SARAH RAYNER

um momento, uma manhã

2015, Editora Fundamento Educacional Ltda.

Editor e edição de texto: Editora Fundamento
Editoração eletrônica: Edgar Fernando Cabral Moreira
                      Bella Ventura Eventos Ltda. (Lorena do Rocio Mariotto)
CTP e impressão: Centro de Estudos Vida e Consciência e Edit. Ltda.
Tradução: Maria de Lourdes Inda Botelho
Arte da capa: Zuleika Iamashita

Copyright de texto © 2010 Sarah Rayner
O direito de Sarah Rayner de ser identificada como a autora desta obra foi assegurado de acordo com o Copyright, Designs and Patents Act de 1988.

Todos os direitos reservados. Nenhuma parte deste livro pode ser arquivada, reproduzida ou transmitida de qualquer forma ou por qualquer meio, seja eletrônico ou mecânico, incluindo fotocópia e gravação de backup, sem permissão escrita do proprietário dos direitos.

Dados Internacionais de Catalogação na Publicação (CIP)
(Câmara Brasileira do Livro, SP, Brasil)

Rayner, Sarah
   Um momento, uma manhã / Sarah Rayner ; [versão brasileira da editora] – 1. ed. – São Paulo, SP : Editora Fundamento Educacional Ltda., 2015.

Título original: One Moment, One Morning

1. Ficção inglesa I. Título.

13-01754   CDD - 823

Índice para catálogo sistemático:
1. Ficção: Literatura inglesa 823

Fundação Biblioteca Nacional

Depósito na Biblioteca Nacional, conforme Decreto n° 1.825, de dezembro de 1907.
Todos os direitos reservados no Brasil por Editora Fundamento Educacional Ltda.

Impresso no Brasil

Telefone: (41) 3015 9700
E-mail: info@editorafundamento.com.br
Site: www.editorafundamento.com.br

Este livro foi impresso em papel pólen soft 80g/m² e a capa em papel-cartão 250 g/m².

Segunda-feira

7h58

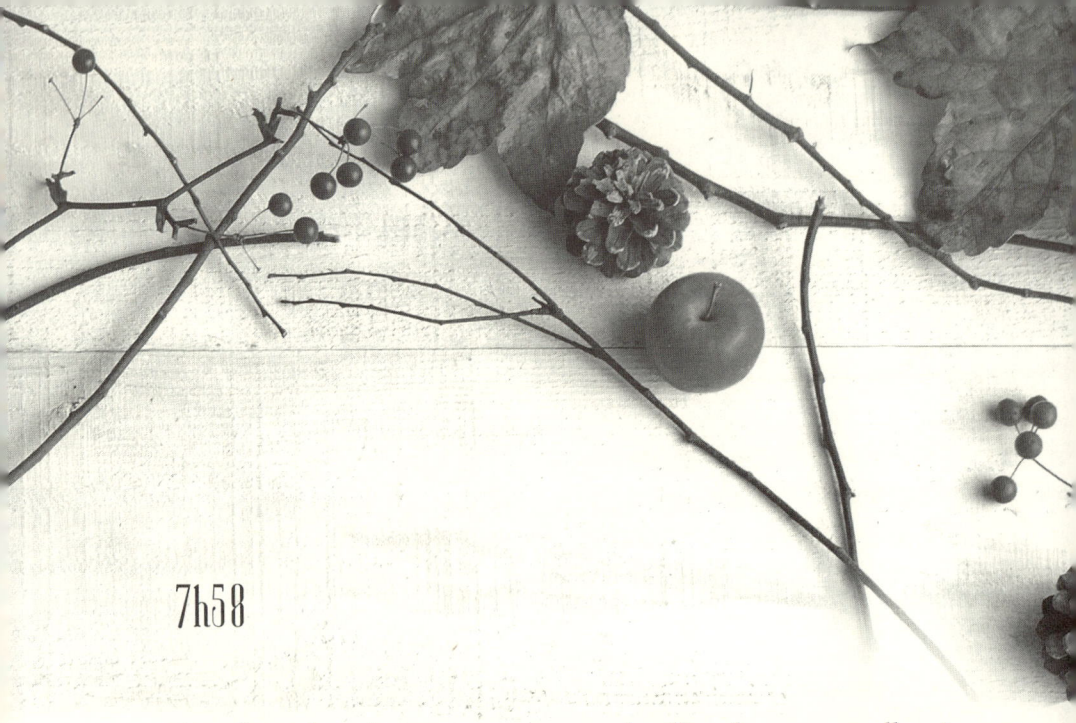

Lou finge dormir, mas com o canto do olho observa a mulher à sua frente aplicar maquiagem. Ver outras mulheres aplicando maquiagem no trem é algo que sempre a deixa fascinada. Lou quase nunca usa maquiagem, a não ser em ocasiões muito especiais e, embora entenda que é uma forma de economizar tempo, acha bizarro que alguém escolha fazer a transição da face privada à pública durante o trajeto para o trabalho. Acaba com todo o mistério: cobrir as imperfeições, espessar os cílios, realçar os olhos e corar as bochechas. Tudo isso cercada por pessoas estranhas. E no trem das 7h44 para a estação Victoria, Lou está inegavelmente cercada por pessoas: a maioria silenciosa, muitas cochilando, algumas lendo e uma minoria, conversando.

A mulher do assento adjacente, do outro lado do corredor, é uma delas. Lou está está escutando música com os fones nos ouvidos e não escuta o que ela diz, mas pelo inclinar da cabeça é evidente que a mulher está falando com o homem à direita dela. Lou troca de posição e ajusta o capuz do casaco, ainda úmido pelo chuvisco no trajeto de bicicleta até a estação, para que o forro de pele não atrapalhe sua visão. Eles são casados: as alianças iguais nos dedos que se curvam em torno de copos descartáveis de café revelam esse detalhe. Lou calcula que a mulher deva ter em torno de 40 anos. Não consegue vê-la de frente, mas parece ter o tipo de rosto de que Lou gosta. Seu perfil é interessante, atraente, apesar de uma leve papada.

Os cabelos são uma grossa cortina castanha. Pelo pouco que Lou pode ver o marido não é tão bonito. Atarracado e grisalho, Lou calcula que seja dez anos mais velho que a esposa, talvez mais, mas seu rosto é simpático. A expressão é branda, e as rugas em torno da boca, fissuras profundas, insinuam que ele gosta de rir. A mulher apoia carinhosamente a cabeça em seu ombro. Há um livro grosso na mesa à frente dele, um recente best-seller, mas ele não está lendo. Prefere acariciar a mão dela lenta e delicadamente. Lou sente uma pontada de inveja. Admira a ternura desse casal e o modo como a demonstram sem constrangimento.

O trem para na estação de Burgess Hill. A chuva apertou, e os passageiros, aborrecidos, sacodem os guarda-chuvas enquanto embarcam. Um apito agudo faz os retardatários acelerarem o passo, e as portas se fecham. Lou volta os olhos para a moça à sua frente. Agora que ela já aplicou a sombra, seus olhos têm mais ênfase. O rosto todo se mostra mais nítido, exceto os lábios, que, ainda pálidos, parecem se diluir. Na opinião de Lou, ela era igualmente bonita sem maquiagem, talvez até mais meiga, mais vulnerável. De qualquer forma, uma bela mulher. Sua cabeleira parece ter vida própria, uma massa elástica de cachinhos loiros, tão diferentes dos fios escuros, curtos e arrepiados da própria Lou que ela se sente tentada a estender a mão e tocá-la.

Agora a moça volta sua atenção para os lábios. De repente, se detém com a boca pintada pela metade, como uma boneca de porcelana inacabada. Lou segue seu olhar, que se fixa no casal. Inesperadamente, embaraçosamente, o homem acaba de vomitar. Um jorro de leite espumoso e espesso lhe desce pelo paletó, pela camisa e pela gravata como a regurgitação de um bebê, salpicado de pedaços de *croissant* parcialmente digeridos.

Discretamente, Lou retira um dos fones de ouvido.

– Minha nossa! – diz a mulher, limpando desajeitadamente a sujeira com o minúsculo guardanapo que veio com seu café. O esforço é em vão: com um gorgolejo infantil, o homem vomita novamente. Desta vez, o jato alcança o pulso da esposa, mancha sua blusa de *chiffon* e, o que é pior, borrifa seus cabelos.

– Eu não sei... – ele diz arquejando.

Lou percebe que ele está coberto de um suor repugnante, anormal.

Ele acrescenta.

– Eu sinto muito...

Lou se dá conta do que está acontecendo (o homem agora leva as mãos ao peito) e se aprupa no assento, deixando a discrição de lado. Então, com um ruído surdo, ele cai de cara sobre a mesa e fica imóvel. Totalmente imóvel. Por alguns segundos, ao que parece, ninguém faz nada. Lou simplesmente fita o café derramado, segue a trilha bege que pinga no chão ao longo da lateral da mesa de fórmica cor de creme. Lá fora, árvores e campos encharcados ainda passam zunindo.

De súbito, instala-se o caos.

– Simon! Simon! – grita a esposa, levantando-se em um salto.

Simon não responde.

Quando a mulher o sacode, Lou vê de relance a boca aberta, a face molhada pelo vômito. Ela o reconhece, tem certeza de já tê-lo visto antes neste mesmo trem. Ele desaba sobre a mesa outra vez, a cabeça pendendo do pescoço flácido.

– Meu Deus! – diz um homem enojado à frente do casal, abanando-se com uma cópia do *Telegraph*. – O que há de errado com ele? Está bêbado ou algo assim? – Seu tom de voz escancara a crítica.

A insensibilidade arranca Lou do transe.

– Não está vendo que ele está tendo um ataque cardíaco?

Ela se levanta de um salto, o curso de primeiros-socorros, o treinamento de escoteira e os antigos episódios de um seriado médico aflorando à memória.

– Alguém chame a segurança!

Outro homem, um jovem de cavanhaque e ar desleixado sentado ao lado da mulher que se maquiava, larga uma sacola plástica no chão e fica em pé.

– Para que lado? – ele pergunta a Lou, como se ela soubesse de tudo.

– No vagão central! – grita a esposa.

O rapaz parece confuso.

– Por ali – diz Lou, apontando para frente do trem, e ele sai correndo.

***

Três vagões adiante, Ana está mergulhada em sua revista feminina preferida. No intervalo entre duas estações, devorou a reportagem principal sobre o tratamento de desintoxicação de drogas de uma princesinha do pop e agora chegou às páginas de moda, onde já bate o olho em uma jaqueta da coleção primavera-verão de uma rede de lojas com preços bem razoáveis. Está dobrando a pontinha da página para não se esquecer de procurar a peça no intervalo do almoço quando um rapaz de cavanhaque passa às pressas pelo corredor e esbarra em seu cotovelo.

– Não foi nada – ela murmura com sarcasmo. "Esses hippies mal-educados de Brighton", pensa.

Alguns segundos depois, ele retorna apressado, seguido de perto por um guarda. Ela reavalia a situação. Ambos parecem ansiosos, talvez haja algum problema.

Nesse instante, ouve-se a voz do condutor no sistema de som:

– Se houver algum médico ou enfermeira a bordo, por favor, procure a segurança no vagão E.

"Como as pessoas vão saber qual é o vagão E?", pensa Ana.

Mas pelo jeito elas sabem, pois alguns segundos depois duas mulheres passam correndo por ela, as bolsas voando às costas. Ana encara os passageiros à sua frente com as sobrancelhas arqueadas. Tanta agitação é uma raridade no trem das 7h44, onde impera uma regra tácita de silêncio e consideração. A coisa toda é um pouco alarmante.

Logo o trem para em Wivesfield.

"Por que estamos parando aqui?", Ana se pergunta preocupada. "Normalmente passamos direto."

Ela espera que seja apenas um semáforo fechado, mas suspeita de algo mais sinistro. Cinco minutos mais tarde, sua inquietação aumentou, e ela não é a única: todos à sua volta estão ficando impacientes e se remexem nos assentos. O trem não pode atrasar, ou ela vai perder a hora. Ana é freelancer, embora tenha um contrato de longo prazo, e a empresa é exigente quanto ao horário. Seu chefe é extremamente controlador, e ela já ouviu dizer que, de vez em quando, ele se posta na recepção para fazer cara feia para os atrasados.

Após um exalar pesado sobre o microfone, outro anúncio:

– Pedimos desculpas, mas um de nossos passageiros passou mal a bordo e teremos de esperar nesta estação até a ambulância chegar.

Ana sente o coração apertar no peito.

"Por que o doente não pode desembarcar e esperar a ambulância na estação?"

Pela janela, vê a plataforma encharcada e se envergonha do rompante pouco solidário. Aí está a resposta: é fevereiro, o auge de um inverno gelado.

Ela está demasiado distraída para ler, então, observa a chuva bater nas pedras cinzentas e formar poças na superfície irregular.

"Onde diabos fica Wivesfield?", pensa.

Não se lembra de jamais ter posto os pés ali, só de passar a bordo do trem.

Os 10 minutos se transformam em 15, depois em 20, sem novos anúncios pelo sistema de som. Os passageiros estão mandando torpedos ou ligando dos celulares, a maioria falando em tom baixo, mas alguns não se acanham de comunicar sua indiferença em altos brados:

– Não sei bem o que houve, parece que alguém "passou mal". Provavelmente algum drogado...

Outros aproveitam a oportunidade para reafirmar a própria importância:

– Bom dia, Jane, aqui quem fala é Ian. Vou me atrasar para a reunião da diretoria. Por favor, diga para não começarem sem mim.

Por fim, Ana vê três vultos de colete refletor passarem correndo pela janela empurrando uma maca.

"Ainda bem, agora não deve demorar muito!" – ela pensa.

Ana mantém os olhos fixos na plataforma, esperando o retorno rápido da maca, desta vez carregando um corpo. Mas só vê a parede de concreto da estação, a chuva caindo e a água borrando as linhas da faixa amarela de segurança.

De repente, um pequeno baque, estalidos e a voz do condutor:

– Mais uma vez, peço desculpas a todos, mas vamos ter de permanecer na estação por um período indefinido. O passageiro não pode ser removido. Peço que tenham paciência e aguardem uma definição.

Ouve-se um suspiro coletivo e o som renovado de corpos que se remexem nos bancos.

"Que incomodação", pensa Ana, deixando a solidariedade de lado.

Mas algo também lhe parece estranho. Ela não acredita na hipótese do drogado. Os notórios usuários de heroína de Brighton não costumam pegar o trem da manhã para Londres. Alguém deve estar realmente passando mal. Mesmo assim, ela não consegue deixar de pensar no chefe e nos colegas; seu dia está cheio de compromissos. Este misto de altruísmo e interesse próprio parece espelhar o estado de espírito de seus companheiros de viagem, todos com cenhos franzidos que combinam exasperação e preocupação.

– Por que ele não pode ser removido? – diz o homem à frente dela, finalmente quebrando o tabu de não falar com estranhos no trem.

Ele é alto, tem cabelos muitos curtos, usa óculos e um colarinho imaculadamente engomado, parece ter saído de uma pintura de Normal Rockwell.

– Talvez tenha machucado a coluna – diz a passageira ao lado dele, uma mulher de idade com uma barriga proeminente.

O modo como ela ajusta a postura a fim de criar espaço entre os dois enquanto fala sugere que não estão viajando juntos.

– Neste caso, não podem mover o pescoço.

Ele assente com a cabeça.

– Pode ser.

Ana não está tão certa.

– Mas como alguém iria machucar a coluna num trem?

– Talvez alguém tenha *morrido*.

Ana vira-se para a menina ao seu lado. Cabelos negros escorridos, piercings no rosto: gótica.

– Ai, meu Deus, não! – exclama a mulher mais velha, consternada. – Não pode ser isso, pode?

– Talvez – sugere Norman Rockwell. – Isso explicaria por que não podemos seguir viagem. Eles são obrigados a chamar a polícia.

– Para declarar o óbito – diz a gótica.

Subitamente, a revista de Ana não parece mais a mesma. Normalmente, é a sua fonte semanal de diversão, moda, estilo e fofocas. Ela sabe que é uma leitura superficial, mas acredita que merece esse pequeno prazer, e, de qualquer forma, a revista também traz artigos sobre assuntos mais sérios. Ela vira a página e, como um reflexo de seus pensamentos, depara-se justamente com um deles, ilustrado pela foto de uma jovem afegã com o corpo horrivelmente marcado por queimaduras.

Ana estremece.

***

Para Lou, ver os passageiros esquivando a cabeça enquanto dois homens levantam a maca acima dos assentos é quase irreal. A maca tem um formato incômodo, maior do que qualquer mala, e a cena toda parece ensaiada, parte de um filme ou, mais precisamente, de um episódio de uma série de TV. Só que a televisão pode ser desligada, enquanto aqui ela é obrigada a assistir. Como poderia ser diferente, com tudo acontecendo a centímetros de seus olhos?

Há 10 minutos, duas mulheres jovens, pelo jeito enfermeiras que iam para o trabalho em um hospital de Haywards Heath, tentam ressuscitar o homem, com desespero crescente. Verificaram sua respiração, procuraram a pulsação no pescoço e, com a ajuda do guarda, deitaram-no no corredor. Tudo isso aos pés de Lou, antes que ela tivesse tempo de se mover, de modo que agora ela se vê encurralada, testemunha forçada do horror que se desenrola. As enfermeiras se alternam, uma bombeando o peito do homem com as palmas das mãos abertas, em movimentos tão calculados e vigorosos que até parecem cruéis, enquanto a outra sopra ar em sua boca, mais ou menos a cada 30 bombeadas. Quando a enfermeira que massageia o peito se cansa, elas trocam de lugar.

Enquanto tudo isso se passa, a esposa do homem está em pé no corredor desamparada. Ela não emite um som, e sua atenção pula de uma enfermeira para a outra e de volta ao marido, o rosto contorcido de preocupação.

Tudo acontece muito rápido no fim. Os paramédicos chegam, a enfermeira que sopra na boca do homem para o que está fazendo, ergue os olhos e sacode a cabeça. Um gesto mínimo, porém significativo. Seus esforços foram inúteis.

Os paramédicos inclinam a maca, deslizam o corpo inerte para cima dela e o levam para a área mais ampla junto às portas do vagão. Os poucos passageiros que ali estão em pé deslocam-se para abrir espaço. Lou vê um cilindro de oxigênio, um desfibrilador, uma seringa de injeção e ouve uma voz advertir:

– Para trás!

Um choque é aplicado.

O homem não demonstra reação.

Mais um.

Nada.

De novo.

Sem resultado.

Todos no vagão estão petrificados. Não se trata de simples fascinação mórbida, mas da incapacidade de compreender o que está acontecendo, choque total. O que vão fazer? Mas o guarda interpreta mal os queixos caídos e os olhos arregalados, seja por aflição pelo homem e sua esposa ou pelo desejo de assumir o controle. Não importa, o resultado é o mesmo. Ele ordena em voz alta o bastante para que todos ouçam:

– Por favor, evacuem o vagão imediatamente.

Lou reúne seus pertences, o celular e a mochila, grata pela permissão para se mover. O livro do homem permanece sobre a mesa, não que ele vá precisar dele agora. Lou fecha o zíper do casaco, puxa o capuz sobre a cabeça e se dirige à porta e à chuva lá fora.

Outro anúncio soa no trem, desta vez pedindo que todos os passageiros desembarquem, e logo Lou se vê cercada de pessoas atarantadas, procurando confusas a saída daquela estação desconhecida.

**

Ana precisa usar os cotovelos para criar espaço para erguer o guarda-chuva. A plataforma está apinhada, mas nem por isso ela vai permitir que a chuva molhe seus cabelos. Odeia que os fios ganhem ondas, o que certamente vai acontecer se não tomar cuidado. Considerando que hoje ela saiu da cama antes de o sol nascer para lavar e alisar os cabelos para a reunião, seria uma afronta ainda maior. Mas Ana tem a sorte de ser alta e ter um daqueles guarda-chuvas automáticos que se abrem ao apertar um botão. Ela ergue o braço acima da aglomeração e pronto, está abrigada do pior.

Ao seu lado está a rotunda mulher de idade e, logo à frente delas, Norman Rockwell.

– Que diabos vamos fazer agora? – ele pergunta irritado.

– Eles vão mandar um ônibus – diz a senhora.

Ana não entende como ela pode estar tão certa, pois esse tipo de coisa seguramente não acontece todo dia, mas decide acreditar.

– Como vão conseguir ônibus para toda essa gente?

Só agora ela começa a entender a dimensão dos acontecimentos.

– Acho que terão de trazer de Brighton – diz Norman.

– Que se dane! – diz uma quarta voz.

É a menina gótica, imprensada às costas de Ana.

– Isso vai levar horas. Desisto. Vou para casa.

"Eu não posso desistir", pensa Ana.

Se ao menos pudesse. Mas os clientes estão a caminho do escritório, e se ela não estiver lá, simplesmente não recebe, e é ela quem sustenta a casa.

Todos os passageiros, tanto os que vão pegar um ônibus quanto os que vão voltar a Brighton, têm que seguir na mesma direção. A saída e o acesso à plataforma oposta ficam um pouco além da área coberta, com suas paredes descascadas e anúncios desbotados na outra extremidade da estação. Ombros e cotovelos se chocam, algumas pessoas insistem em telefonar e enviar torpedos, o que só torna o deslocamento ainda mais lento. A impressão é de que a massa de gente leva horas para passar pelo guichê, descer alguns poucos degraus e chegar à rua.

Ana se detém para organizar os pensamentos. É uma cena bizarra: centenas de pessoas em um espaço tão pequeno. O lugar é minúsculo, nem chega a ser uma estação propriamente dita, apenas um pequeno escritório de venda de passagens. Deve haver milhares de estações como esta espalhadas pelo país, inteiramente despreparadas para o êxodo em massa dos passageiros (menos dois) de um trem matinal com dez vagões lotados. Não há sequer um estacionamento e tampouco Ana vê algum ônibus ou mesmo uma parada sinalizada.

"Merda!"

Naquele exato instante, desviando milimetricamente das poças de chuva, um Ford Mondeo branco se aproxima e encosta no meio-fio ao lado dela. Um táxi! Por um momento, Ana pensa impressionada: "Já estão providenciando condução, que eficiência!", mas logo se dá conta de que não se trata disso. Eles estão em uma estação, ainda que pequena, então deve haver táxis por ali. A luz no teto do carro está acesa: ele está desocupado. A massa humana dá uma guinada na direção do carro. A competição é feroz, mas a porta traseira está exatamente ao lado dela: é agora ou nunca. Ana abre a porta, inclina-se para dentro e pergunta ao motorista:

– Está livre?

A porta do outro lado se abre simultaneamente. Ela vê um capuz debruado de pele emoldurando um rosto ansioso.

– Está indo para Haywards Heath? – pergunta a outra mulher.

– Eu não me importo de dividir a corrida – Ana declara.

– Por mim, tudo bem – o motorista concorda com um muxoxo.

Trabalho é trabalho, o dinheiro de uma não é melhor do que o da outra.

Antes que ele tenha a chance de voltar atrás, as duas mulheres ocupam o banco traseiro.

8h30

Ana suspira.
– Que sorte a nossa!
A chuva golpeia o teto do carro como para sublinhar suas palavras.
A mulher do casaco tira o capuz e remove a mochila dos ombros. Seu corpo é compacto e ágil, e ela parece ter prática nesta manobra.
– Coitado daquele homem – diz, acomodando-se no assento.
– O que houve com ele? – pergunta Ana.
– Ataque cardíaco.
– Acha que ele morreu?
– Infelizmente sim.
– Que horror.
– Foi mesmo terrível. Ele estava com a esposa.
– Como você sabe?
– Eu estava junto deles, do outro lado do corredor.
– Meu Deus. Deve ter sido uma cena pavorosa.
– Foi sim – concorda a mulher do casaco.
"E eu reclamando do inconveniente", Ana se repreende.
A menina gótica estava certa.
"Que diferença faz eu me atrasar um pouco para o trabalho?", ela pensa.
– Ninguém quer morrer assim, não é? Melhor seria empinando pipas com os netos, ou numa festa animada, algo do gênero. Não no trem das 7h44.

– Com licença – interrompe o motorista.

Ele está prestando atenção na voz distorcida e entrecortada que vem do rádio.

– Não adianta irmos para Haywards Heath. Pelo jeito, os trens por lá também estão parados. A linha toda foi suspensa.

– Mas eles podem fazer isso? – Ana pergunta.

– Podem sim, acredite – diz o motorista. – Sabe como é a linha de Brighton: um trilho só de Haywards Heath até o litoral. Qualquer imprevisto interrompe todo o serviço.

As duas mulheres se entreolham.

O motorista pressiona:

– Então, para onde querem ir?

– Para casa? – sugere a mulher do casaco.

– Onde você mora? – pergunta Ana.

– Brighton. Kemptown.

Ana analisa a mulher ao seu lado. Jaqueta pesada, cabelos curtos com gel, cara lavada, jeans, mochila: lésbica. Ela mesma mora perto de Kemptown e até se sente tentada a desistir da viagem, mas não pode.

– Eu preciso ir para Londres – explica.

– Eu também deveria ir – reflete a mulher de casaco. – Mas não é sempre que tenho uma desculpa para faltar ao serviço.

– Tenho uma reunião marcada – diz Ana.

– A que horas?

– Às 10h.

Ana olha para o relógio. São 8h35.

– É sempre assim, não é? – diz. – Normalmente, chego com folga pegando esse trem.

– Mas eles têm que entender – diz a mulher do casaco. – Afinal de contas, alguém morreu a bordo.

Ela ri, mas não de um jeito maldoso, mais como um comentário sobre o absurdo da situação. Depois de uma pausa, sugere:

– Não pode ligar a explicar que vai se atrasar?

Ana imagina o chefe plantado na recepção como um cão de guarda.

– Com licença – o motorista interrompe outra vez.

Estão chegando a um cruzamento com semáforo.

– Preciso que decidam para onde querem ir.

Os olhos de Ana encontram os dele no espelho. Ele parece sorrir de leve, deve estar se divertindo com a situação.

– Eu realmente preciso chegar a Londres – ela reitera.

Não quer deixar os colegas na mão. Sua ausência obrigaria um deles a apresentar o projeto em seu lugar, uma surpresa desagradável, como ela bem sabe. Ela se inclina para frente, aproximando-se da orelha do motorista.

– Quanto o senhor cobra para nos levar até lá?

– Depende do endereço.

Ela se pergunta que bairro seria bom para as duas e que não estaria muito congestionado àquela hora da manhã.

– Pode nos deixar na estação de Clapham Junction?

– Onde é a sua reunião? – pergunta a mulher do casaco.

– Em Cheyne Walk, perto da King's Road. Há vários ônibus em Clapham que passam por lá.

– Por mim, tudo bem – concorda a outra. – Posso pegar o metrô de Clapham até Victoria.

– Faço a corrida por 70 libras – diz o motorista.

Eles estão parados no semáforo.

Ana faz um rápido cálculo mental. Não é um absurdo para uma viagem de quase cem quilômetros. Considerando o que ela ganha por dia de trabalho, vale a pena: perderia muito mais se não aparecesse. A mulher do casaco ainda parece hesitar. Ana entende que nem todo mundo é tão bem pago quanto ela.

– Não me importo de entrar com 50 libras – oferece. – Eu realmente não posso faltar.

– Mas não seria justo.

– Eu recebo por dia trabalhado – Ana explica. – Não é problema para mim, honestamente.

– Tem certeza?

– Tenho.

– Hum...

– É sério, não há problema. Pagaria tudo sozinha se não tivesse com quem dividir.

– Está bem. Obrigada.

A mulher do casaco sorri agradecida.

– Ótimo.

Ana se aproxima do motorista outra vez.

– Pode seguir.

Ele aciona a seta, vira à esquerda e dirige-se para a rodovia.

***

– Está mais do que na hora de nos apresentarmos. Meu nome é Lou.

Ela se vira para a outra mulher e estende a mão.

Sua companheira de viagem não tem uma beleza convencional, mas sua presença é marcante. Deve ter 40 e poucos anos, enquanto Lou é uma década mais jovem e tem um rosto graúdo e anguloso, com cabelos negros lisos em um corte estilo Cleópatra. A maquiagem é arrojada: um rasgo de batom vermelho e sombra escura que realça deliberadamente os olhos castanhos. Transmite autoconfiança, um efeito intensificado por pernas e braços longos e esguios. Ela é magra e bem-vestida e está usando uma capa de chuva azul-marinho elegante e uma bolsa de couro de cobra, obviamente cara. A impressão geral é de uma pessoa inteligente, porém intimidante.

– Ana – ela sorri.

Sua mão é fria e ossuda, o aperto seguro e firme. Mas Lou já percebeu que ela é generosa e simpática e mais acessível do que parece.

– Aonde você está indo? – pergunta Lou.

– Eu trabalho em Chelsea, tenho uma reunião no escritório. E você?

– Vou para Hammersmith.

Há um breve silêncio.

– Trabalho com jovens em situação de risco – Lou acrescenta.

– Ah. – Ana assente com a cabeça.

Por mais que adore seu emprego, Lou está ciente de que não é particularmente glamouroso ou bem-remunerado. Embora ainda não saiba exatamente o que faz esta mulher com escritório em um bairro chique, imagina que seja algo bem mais interessante e sente um impulso de agradá-la. Mas não tem tempo de refletir sobre os próprios motivos, pois no instante seguinte Ana se vira no assento e se senta sobre uma perna de modo a encará-la de frente.

– Então, conte-me o que houve no trem.

Lou narra os eventos com o máximo de detalhes que consegue lembrar.

– Simplesmente não deu tempo para ressuscitá-lo – conclui. – As enfermeiras chegaram logo e fizeram tudo o que podiam. Deus sabe como elas se esforçaram.

Ela estremece ao recordar a cena.

– Tudo aconteceu tão rápido. Ele estava tomando um café e, de repente... se foi.

– Coitada da mulher que estava com ele – lamenta Ana horrorizada. – Imagine só, sair para o trabalho com o marido, achando que é mais um dia normal, aí ele desmaia e morre. Bem do seu lado. Sinto muita pena dela.

***

– Então, você também mora em Brighton? – pergunta Lou quando chegam à rodovia.

O motorista pisa fundo, e logo o táxi estabiliza a 110 km/h. Árvores no início da floração são manchas amarelas no acostamento.

– Sim.

– Em que bairro?

– Seven Dials. Sabe onde fica?

– É claro – retruca Lou. – Eu vivo em Brighton há quase dez anos.

Sendo assim, Ana pode ser mais específica:

– Moro na Charminster Road, entre a Old Shoreham e a Dyke.

– Sei! – exclama Lou. – Onde ficam aquelas lindas casinhas brancas em estilo vitoriano, com o prédio de escritórios no fim da rua.

– Essa mesmo. Está um pouco malcuidada, mas eu gosto.

– É só você?

Ela parece genuinamente interessada, e Ana percebe um olhar de relance para sua mão, provavelmente procurando uma aliança.

"Que engraçado", pensa, "nós duas estamos procurando sinais, avaliando".

Ainda assim, ela faz uma pequena pausa. Não é um aspecto da sua vida que ela goste de discutir.

– Hum... não. Eu moro com meu namorado.

Lou capta o desconforto na voz de Ana e muda de assunto:

– Vai muito a Londres a trabalho?

– Quase sempre. E você?

– Quatro dias por semana. Prefiro não ter que me deslocar todos os dias.

– Não, fica cansativo.

Ana sente uma onda de ressentimento: se Steve ganhasse melhor, ela não precisaria viajar tanto, mas não diz isso em voz alta. Respira fundo e procura soar mais positiva:

– Mas eu adoro morar em Brighton, então, não me incomodo.

Ela sorri, pensando com carinho na casa geminada, cuja decoração dedicou tanto tempo e cuidado, com seu pátio ajardinado e a vista das falésias brancas. Lembra também dos amigos que moram perto, das vielas antigas com suas lojinhas ecléticas e público idem, da praia íngreme coberta de seixos e, logo adiante, o mar. Acima de tudo, é ele quem compensa o longo trajeto para o trabalho: os tons de cinza, verde e azul, o quebrar das ondas, as calmarias e as águas agitadas. Jamais o mesmo de um dia para o outro.

Lou interrompe seu devaneio:

– Eu também gosto de morar em Brighton.

– Em que parte de Kemptown você mora? – pergunta Ana. – Não vai me dizer que tem um daqueles casarões de frente para o mar!

Ela está brincando, é claro. As mansões do período georgiano em frente à praia de Kemptown são enormes, e, mais do que isso, magníficas: fachadas elegantes de estuque cor de creme, janelas gigantescas do piso ao teto, salões com lareiras de mármores e delicadas cornijas de gesso. Possuir uma delas seria um sonho.

Lou dá uma risada.

– Quem dera! Eu moro num sótão reformado, num apartamento pouco maior que uma quitinete.

"Ela disse *eu* ao invés de *nós*", Ana repara, e pergunta:

– Quer dizer que não divide seu espaço com ninguém?

Lou ri outra vez. Sua risada é contagiante: profunda, rouca, desinibida.

– De jeito nenhum, mal dá para mim!

– E onde fica seu apartamento, se não se importa de me dizer?

– Em Magdalene Street.

– Dá para ver o mar?

– Sim, da janela da sala vejo uma mancha azul no fim da rua. É o que os corretores chamam de "vista lateral". Mas tenho um terracinho de onde é possível ver o mar e o píer.

– Que delícia!

Ana sente uma ponta de inveja. Sempre sonhou em ter uma água-furtada. Por um instante, imagina-se vivendo uma vida diferente, sem tantos compromissos, sem financiamento para pagar, sem Steve, com liberdade para explorar a própria criatividade...

Ela mesma interrompe a fantasia inútil. Não pode mudar sua situação e, de qualquer forma, quer saber mais sobre Lou.

– A noite deve ser bem animada por lá – diz, esperando revelações apimentadas.

Lou mora no coração do bairro gay de Brighton, próximo a dezenas de bares e clubes onde Ana imagina que aconteçam muitas indiscrições.

– Às vezes é um pouco animada demais – Lou retruca. – É muito barulho!

"Que sem graça", pensa Ana.

Ela queria ouvir histórias cabeludas sobre uso de drogas e *ménages* lésbicos. Já que atualmente sua vida é tão monótona, pelo menos ela se diverte com experiências de segunda mão. Mas é claro que, se o dia a dia de Lou esconde aspectos mais interessantes, ela dificilmente confessaria tudo a uma desconhecida em um táxi.

***

Depois de meia hora de viagem, Lou chega à conclusão de que Ana é uma pessoa legal, mas que as duas têm muito pouco em comum. Lou é muito perceptiva: os anos trabalhando como terapeuta aguçaram sua habilidade natural, e ela é especialista em avaliar pessoas. Admite que, por vezes, deixa-se influenciar pela atração sexual ao julgar mulheres que lhe interessam, mas já viu muitos héteros de ambos os sexos tomarem péssimas decisões sob o efeito do desejo, então, pelo menos não é a única.

De qualquer forma, Ana é evidentemente hétero e não faz o tipo físico de Lou. Ainda assim, ela se vê intrigada. Não há nada de que goste mais do que mergulhar na alma das pessoas. É a mesma curiosidade que a faz observar estranhos no trem, montar o quebra-cabeça de suas vidas a partir de pequenas pistas. Também é o que a motiva profissionalmente: adora chegar à raiz dos comportamentos complexos (e, às vezes, tragicamente autodestrutivos) de seus jovens pacientes.

Apesar da aparência refinada, que sugere uma personalidade materialista, Lou suspeita que Ana possa esconder mais do que sugere sua imagem impecável. Ela captou sinais tênues ao longo do trajeto. Ana não mencionou filhos, como seria natural em uma conversa daquela natureza. Lou conclui que ela não deve tê-los, o que é relativamente raro para uma mulher da idade dela. Mas o mais interessante foi a hesitação ao mencionar o companheiro. Lou fareja uma questão malresolvida. Ela tem muita facilidade em perceber quando alguém está escondendo algo, até porque, em certas situações, também se vê obrigada a fazer isso. Além do mais, notou que Ana é sensível às necessidades dos outros, mesmo quando assume o controle de uma situação. Elas acabaram fazendo o que Ana queria, no fim das contas, mas ela se ofereceu para pagar a parte de Lou. É sinal de uma mente astuta e de uma personalidade complexa, o que já é o bastante para atiçar seu interesse.

Enquanto o táxi deixa a rodovia e cruza a paisagem suburbana monótona de Coulsdon, Lou se pergunta se elas se encontrarão novamente depois desse dia peculiar. Ela costuma viajar para Londres sozinha pela manhã, usando o trajeto para pensar na vida, mas seria bom ter alguém com quem conversar de vez em quando. Se Ana realmente pega o trem das 7h44 com tanta frequência como diz, talvez elas voltem a se ver. Mas o trem é longo e está sempre lotado. O fato de ambas estarem a bordo ao mesmo tempo não garante que seus caminhos se cruzem outra vez.

9h45

Karen está em pé em um estacionamento. Exatamente como chegou ou há quanto tempo está parada lá no mesmo lugar não está bem certo. Só quando tenta acender um cigarro com os dedos trêmulos é que percebe que está chovendo. O papel branco, salpicado de gotículas que se expandem, amolece. Ergue os olhos: nuvens cinzentas deslizam pelo céu. Inclina a cabeça para trás, e seu rosto logo fica coberto de água. Deveria sentir o frio e a umidade na pele, mas não consegue. Abre a boca para tentar sentir o gosto da chuva, mas é em vão. Está tremendo, mas não sente o frio.

Tenta se localizar. Uma grande placa com letras brancas sobre fundo azul anuncia:

Hospital Real do Condado de Sussex

Parece fazer algum sentido. Por que é mesmo que ela está lá?
Simon está morto.
Morto.
Embora repita a palavra mentalmente, embora o tenha visto morrer bem na sua frente, não está inteiramente convencida. Embora tenha assistido às duas enfermeiras tentarem revivê-lo no trem e aos paramédicos aplicarem choques para que o coração voltasse a funcionar (várias tentativas no trem e mais outras na ambulância), embora o médico tenha

confirmado a morte há alguns minutos e declarado o horário preciso do óbito, ainda não lhe parece real, de jeito nenhum.

Eles permitiram que ela ficasse na Emergência com Simon, tubos por todos os lados. Agora ele está sendo levado para o Necrotério, para uma sala destinada aos familiares, onde sugeriram que ela talvez queira passar mais algum tempo com o corpo. Mas ela quis fumar um cigarro antes e acabou aqui fora, confusa e entorpecida.

– Entorpecida.

Ela repete mais essa palavra, dessa vez em voz alta. Uma lembrança vaga lhe ocorre: não dizem que o entorpecimento é o primeiro estágio do luto?

Imagina que deva tomar alguma providência quanto às crianças. Que horas são? Onde elas estão? Ah, sim, hoje estão na casa da babá, Tracy.

O número de Tracy... está no celular obviamente. Onde mais estaria?

Puxa vida, está chovendo. É mesmo, está chovendo. É melhor ela sair da chuva, o telefone vai se molhar.

Karen vê pessoas conversando sob um largo toldo de vidro na entrada do hospital a alguns passos de distância e se junta a elas. Só agora, abrigada, ela se dá conta do quanto se molhou. A franja gruda em sua testa em placas grossas, fios de água fria descem pelo seu pescoço. Até seus escarpins de camurça estão ensopados, que horror.

Ela tira o telefone da bolsa estampada Liberty, a que ela usa quando precisa carregar documentos e que hoje também contém a edição de março da *Good Housekeeping*, carteira, batom e um pente, uma garrafa d'água e os cigarros. O celular, um modelo básico com capinha de couro gasta que as crianças cobriram de adesivos cintilantes horrorosos, tem o número de Tracy na lista de contatos. Ela tem certeza de que há um modo mais fácil de encontrá-lo – discagem rápida ou algo parecido –, mas não lembra como funciona, então percorre a lista em ordem alfabética e está quase apertando o botão verde quando se detém.

Que diabos está fazendo? O que planeja dizer? "Oi, Molly, oi, Luke, aqui é a mamãe. O papai está morto. Querem vir ao hospital para ver o corpo?" As crianças têm 5 e 3 anos, não entenderão. Ela mesma não entende.

Ai, meu Deus. Ai, meu Deus.

Não, o que Karen precisa é falar com sua melhor amiga. Ela vai saber o que fazer, ela sempre sabe. É o único número que Karen recorda automaticamente sem ter que pensar. Com os dedos ainda trêmulos, ela aperta as teclas.

※※※

Não muito longe de Clapham Junction, o táxi fica preso em um engarrafamento. O motorista ganhou tempo na M23 e manteve um ritmo excelente ao cortar os deprimentes subúrbios de Croydon, Norbury e Streatham, apesar das dezenas de semáforos, mas o trânsito se arrasta em St. John's Hill há quase vinte minutos.

Ana está começando a ficar impaciente quando sente algo vibrar junto ao seu quadril. Em segundos o celular está chamando cada vez mais alto de dentro da bolsa de couro de cobra, que ela revira irritada. Onde se enfiou essa porcaria? Por fim, sente o metal liso sob os dedos e puxa da bolsa o aparelho dobrável que abre com pressa, sabendo que tem apenas alguns segundos antes que a chamada vá para a caixa de mensagens.

– Oi! – exclama animada ao ver o nome na tela.

– Ana? – confirma uma voz fraca e lamentosa.

– Sim, sou eu. É você?

A voz do outro lado da linha fraqueja.

– Sim.

Parece haver algum problema.

– Ei, o que houve?

Ela adota um tom mais delicado e aproxima o fone dos lábios para se fazer ouvir.

– É... foi o... o Simon.

A voz tão familiar soa minúscula.

– O que houve com ele? – Ana está confusa.

– Ele... – A estranha pausa se alonga.

– O que foi? – Ana insiste preocupada.

– Ele... – De súbito, Ana tem uma premonição terrível: sabe o que vai ouvir, mas não pode ser verdade, simplesmente não pode ser. A confirmação vem, contudo, e ali mesmo no táxi a palavra terrível é dita – morreu.

– Ai, meu Deus! – Ana exclama.

Seus pensamentos se embaralham. Será uma piada de mau gosto?

– O que foi? – pergunta Lou, levando a mão ao joelho de Ana em um gesto automático.

Ana sacode a cabeça, pedindo silêncio.

– Como, quando?

– Agora mesmo. Hoje de manhã. No trem.
– O quê? No trem das 7h44 para Victoria? Não pode ser!
– Sim. – A voz mal se escuta. – Como você sabe?
– Eu estava naquele trem! Eu não acredito! Oh, Karen!

As lágrimas saltam de seus olhos instintivamente, antes que consiga dominá-las. Não é um choro de tristeza, pois a informação ainda nem foi propriamente digerida. É choque: Karen e Simon são seus amigos, Karen é a sua *melhor* amiga. Ana precisa saber de tudo.

– Mas o que estavam fazendo no trem? Vocês nunca viajam nesse horário, aquele é o *meu* trem!

– É verdade – diz Karen. – Eu nem me dei conta.

– Merda!

De repente, Ana se recorda:

– Vocês iam assinar a hipoteca hoje, não iam?

– Sim – responde Karen, com pouco mais do que um suspiro. – Estávamos indo juntos para Londres para nos reunirmos com o advogado antes de Simon ir para o trabalho. Depois eu compraria o presente de aniversário do Luke na Hamleys.

Nesse instante, o motorista do táxi interrompe a conversa:

– Desculpe – dessa vez, seu tom é menos brusco. – Chegamos.

– Como?

Ana olha pela janela e vê uma banca de flores, pinceladas de cores sobre folhagens verde-escuras. Acima dela, uma larga placa vermelha:

Clapham Junction

– Ah, sim, certo.

Ela pega a bolsa.

– Espere um segundo, Karen, só um instante, preciso pagar o táxi. Não desligue, já falo com você outra vez.

– Não se preocupe – diz Lou. – Pode descer, eu cuido disso. Fale com sua amiga, depois acertamos.

Ana assente com a cabeça, agradecida.

– Obrigada.

Ela abre a porta do táxi e pisa na calçada, ainda segurando o telefone aberto contra a orelha para não se desconectar de Karen. Lou paga a corrida (por sorte, tinha dinheiro suficiente) e a segue.

– Você ainda está na linha? – Ana pergunta.
– Estou – diz Karen.
– Só mais um instantinho.

Apesar de tudo, Ana quer saldar a dívida. Vasculha a bolsa em busca da carteira, mas quando a encontra, deixa cair no chão.

Lou junta a carteira da calçada.

– Eu posso esperar – diz, devolvendo-a. – Por favor, não se apresse.
– Tem certeza?

Lou assente e dá um passinho diplomático para o lado, para lhe dar mais privacidade.

Ana retoma a conversa com Karen.

– Onde você está?
– No hospital.
– Qual? O de Haywards Heath?
– Não, em Brighton. Eles nos trouxeram para cá por algum motivo, acho que porque eles têm uma unidade de cardiologia.
– Ah, é. Então, conte-me exatamente o que aconteceu.

Embora já tenha ouvido a história contada por Lou, Ana precisa escutá-la nas palavras de Karen para ter certeza de que os dois relatos fecham e aceitar que os fatos são reais.

– Estávamos sentados no trem hoje de manhã, tudo normal, e de repente... sei lá, estávamos conversando, tomando café, e ele teve um ataque cardíaco.
– Como assim? Do nada?
– Para falar a verdade, ele tinha reclamado de indigestão no caminho para a estação. Mas você sabe como é o Simon, está sempre com azia. Ele se estressa demais com as coisas e, para ser bem franca, achei que não fosse nada de mais, só nervosismo com a situação toda da casa nova, a assinatura dos papéis.

Ana faz que sim com a cabeça, embora Karen não pudesse vê-la.

– E depois?

Ana hesita, temendo estar sendo insensível, mas decide ir em frente. Nunca houve muitas barreiras entre ela e Karen.

– Foi assim, de repente?
– Foi. Ele estava bem ali do meu lado. Durou só alguns minutos. Ele passou mal, caiu para frente e entornou o café. Duas enfermeiras vieram

correndo e tentaram ressuscitá-lo, e todo mundo teve que descer do trem. Uma ambulância nos trouxe para cá, e depois eu tive que falar com a polícia e com o capelão do hospital... tanta gente. Mas o médico disse que ninguém teria conseguido salvá-lo. – A voz de Karen volta a ser um sussurro. – Ao que parece, foi um infarto fulminante.

Ana sente que vai tontear e encosta-se no pilar da banca de flores.

– Hum... só um instante, preciso pensar. Onde você disse que está mesmo?

– No Real de Sussex.

– Em Kemptown?

– Sim.

– E as crianças?

– Estão na casa da Tracy.

– Luke não está na escola?

– Não, esta semana são férias de inverno. Deixamos os dois com a Tracy para podermos ir a Londres.

– Entendo. A que horas você ia buscá-los?

– Hum... às 15h30.

"Isso nos dá algum tempo", calcula Ana, os pensamentos acelerados.

– Eles já sabem?

– Não.

– E a Tracy?

– Não, ainda não. Você foi a primeira pessoa que contei.

– E onde está o Simon?

– Hum... – Karen parece desconcertada, como se não entendesse a pergunta. – Ele está aqui, no hospital. Está sendo levado para uma sala especial. Vou entrar daqui a pouco. E você, onde está?

– Em Clapham Junction, na estação. Peguei um táxi.

Ana cogita explicar que dividiu o trajeto com uma mulher que assistiu à morte de Simon, mas resolve não dizer nada. Não é o melhor momento, nem é tão relevante assim.

– Escute... – ela tenta formular um plano. – Vou voltar para Brighton. Tenho uma reunião, mas não é muito importante, alguém pode me substituir. Vou ligar e avisar. Tenho certeza de que compreenderão, senão também que se danem. Vou levar...

Ela olha para o relógio: 9h55.

– Acho que os trens saem 12 minutos depois de cada hora cheia. Se já estiverem correndo normalmente, posso chegar a Brighton pelas 11 horas e pegar um táxi para encontrá-la assim que desembarcar.

– Pode mesmo? – a voz de Karen fraqueja e quase some outra vez. – Tem certeza de que não se importa?

– Se eu me importo? – Ana não acredita que ela possa fazer tal pergunta. – É claro que não. Onde você vai estar? Está querendo ir para casa?

– Eu não sei. – Karen evidentemente não está em condições de tomar essa decisão. – Mais tarde, sim, mas agora quero ficar com Simon.

– É claro. Volto a ligar daqui a um pouquinho. Só quero falar com o escritório e chegar ao guichê a tempo de pegar o próximo trem, ok? Vou desligar agora, mas já retorno, certo?

– Certo. Obrigada.

Alguns segundos depois, Ana sente a mão de Lou apertar seu ombro.

– Você está bem?

– Acho que sim – ela responde, embora esteja muito longe disso.

– Quer tomar um café, comer alguma coisa? Você está branca como um fantasma, acho que devia se sentar um pouco.

– Não, preciso ir. Estava falando com minha amiga Karen. Foi o marido dela no trem! Tenho de voltar para ajudá-la, mas obrigada de qualquer jeito.

– Tem certeza? Uma xícara de chá iria te fazer bem. A cafeteria fica bem aqui em frente.

– Não – ela retruca com firmeza. – Prometi que pegaria o próximo trem.

– Compreendo.

Ana sorri de leve, depois se recorda:

– Eu te devo 50 libras, é isso? Ou é mais? Pagamos gorjeta?

Ela abre a carteira.

– Droga! Só tenho três notas de 20.

– Quarenta está mais do que bom, não se preocupe. Senão não vai conseguir pegar um táxi quando chegar em Brighton.

– Não, não – Ana insiste. – Tenho certeza de que posso trocar uma delas.

– Não seja boba! Quarenta está ótimo.

– Odeio ficar devendo.

– Está bem, então ao invés de se preocupar com isso agora, fique com meu contato.

É a vez de Lou abrir a carteira, de onde tira um cartão simples com fundo branco onde se lê: *Departamento de Educação do Distrito de Hammersmith & Fulham.*

– Mande o troco pelo correio. Ou melhor, ligue ou me mande um torpedo da próxima vez que estiver no trem.

– Hum, está bem. Combinado.

11h

Ana manuseia distraída o cartão de Lou, usando as bordas para limpar sob as unhas, quando o trem para em um semáforo um pouco antes do fim da linha. À sua esquerda, a cidade se espalha por sobre as colinas calcárias, fileiras e mais fileiras de casas geminadas que diminuem com a distância. No painel eletrônico na frente do vagão, os pontos cor de laranja se sucedem avisando: *Próxima Estação: Brighton.* Embora esteja praticamente em casa, Ana sente-se desorientada, com as emoções dispersas. São apenas 11 da manhã e ela já esteve em Wivesfield e Clapham, e agora está de volta. Ana tem a sensação de que deixou partes suas espalhadas pelo caminho e, como resultado, não é mais ela mesma.

Tenta reorganizar os pensamentos em uma sequência mais coerente para poder ajudar Karen. Mas como elas enfrentarão tudo isso? É preciso pensar em Luke e Molly: como contar a duas crianças pequenas que o pai delas morreu? E não se trata apenas de contar, mas também de como isso vai afetar a vida dos dois: que impacto a perda terá sobre eles, tão jovens e com tanto da infância ainda por viver? Há também a família de Simon a considerar: a mãe e um irmão, Alan. Ana já o encontrou várias vezes, e ele e Simon são muito próximos. Ele mora perto, e os dois jogam futebol nos gramados em frente à praia com outros pais da vizinhança.

Mais do que qualquer outra pessoa, porém, é na amiga que ela pensa. O casal estava junto desde o primeiro emprego de Karen após a faculdade.

Simon estava vivendo com outra mulher quando eles se conheceram – e que drama isso causou. Mas o casamento já fazia quase vinte anos, e embora tenha sofrido alguns períodos turbulentos (como aquela vez em que Simon perdeu o emprego, por exemplo, ou quando Luke, recém-nascido, ficou muito doente), nunca esteve realmente em risco. Na verdade, até o dia de hoje nada tinha abalado seriamente a relação dos dois.

Ana estremece. Ela sabe que é apenas o começo e já sente tanto a dor de Karen, que não sabe bem onde seus próprios sentimentos terminam e os da amiga começam. Tem certeza de que não absorveu inteiramente a realidade da situação, pois ainda não consegue acreditar no que aconteceu, que Simon realmente se foi. E, embora tenha derramado algumas lágrimas mais ou menos uma hora atrás, tem a sensação de que é cedo demais para chorar.

Talvez ele não esteja morto, ela se permite pensar por uma fração de segundo. Talvez Karen tenha enlouquecido, ou escutado mal, ou quem sabe os médicos tenham se enganado.

Ana sacode a cabeça com uma raiva repentina: é claro que ninguém se enganou. Mas será que alguém não poderia ter se esforçado mais para salvá-lo? Um homem de 51 anos não cai morto simplesmente, com certeza deve ter havido algum sinal. Será que o próprio Simon não desconfiava de que algo não andava bem? Quando ele jogava futebol, por exemplo, será que não sentia uma ferroada do lado esquerdo? Por que não foi ao médico pedir para fazer exames, um check-up? Ele era pai de família, afinal de contas, tinha responsabilidades. E se o próprio paciente não tomou a iniciativa, ainda assim sua morte deveria ter sido evitada. Por que seu clínico geral não o alertou? (Se bem que Ana duvida que Simon fosse ao médico regularmente. Muitos homens evitam; o próprio companheiro dela, Steve, não marca uma consulta há anos.) Mas e aquelas enfermeiras que Karen mencionou no trem, por que elas não conseguiram fazer algo por ele? Ou o diabo dos paramédicos, ou os médicos da tão elogiada unidade de cardiologia de Brighton? Sem dúvida por falta de equipamentos e de pessoal. A culpa também era do governo, então. Bando de imbecis, que vão todos para o inferno.

Outra certeza lhe ocorre, menos irritante, porém mais perturbadora: Karen vai se culpar pelo ocorrido, como seria típico. Ela se preocupa com todos e sempre coloca os outros à sua frente: as crianças, Simon e, muitas vezes, também Ana. É claro que a culpa não é dela, mas Ana sabe que a amiga vai se convencer de que poderia ter salvo o marido.

Isso faz Ana pensar, pela primeira vez, na sua própria parcela de culpa. Talvez *ela* devesse ter feito mais por Simon. Que Karen não tivesse identificado o problema era compreensível, já que eles viviam juntos e ela cuidava de toda a família. Naturalmente, é mais difícil perceber uma mudança gradual no estado de saúde de uma pessoa com quem se convive diariamente. Mas Ana tinha a vantagem da objetividade e poderia ter notado alguma coisa. Afinal de contas, não via Simon praticamente todas as semanas há Deus sabe quanto tempo? Deveria ter percebido que ele estava com falta de ar, tonto ou indisposto, que tinha mais indigestão do que seria normal, ou que seu rosto vivia vermelho, ou quaisquer que fossem os sinais da aproximação de um infarto. Sim, deveria, se não fosse tão egocêntrica, se não se deixasse absorver tanto pelo trabalho e pelas exigências do seu próprio relacionamento.

— Minha nossa! — Ana diz para si mesma, voltando de súbito ao presente.

Os outros passageiros já desembarcaram, e ela está só no vagão. É melhor descer. A equipe da limpeza vem percorrendo o corredor, recolhendo copos de café e jornais com mãos enluvadas, jogando tudo em grandes sacos plásticos transparentes. Ana veste o casaco, pega a bolsa de cima mesa e, pela segunda vez no mesmo dia, cruza os portões da estação ferroviária de Brighton.

***

Karen está sentada no café em frente ao hospital, fitando o relógio na parede. Só mais alguns minutos até Ana chegar. Ela quer esperar, precisa da ajuda da amiga, da sua orientação, antes de voltar ao imenso prédio de paredes brancas. Em toda sua vida, Karen jamais precisou ser socorrida por algum motivo sério, sempre foi ela a tomar conta dos outros. Mesmo quando criança, ela era a irmã mais velha ou a amiga mandona que decidia tudo. Mas hoje, um único evento catastrófico saldou essa dívida de quarenta anos. Ela se sente presa em um pesadelo do qual não consegue escapar. Quer que alguém a acorde e lhe diga que foi um engano, que nada aconteceu e que ela pode ir para casa. Sente-se completamente desconectada do mundo ao seu redor. O salão onde está sentada lhe parece irreal, suas proporções inteiramente erradas para um café: grande demais, com muito espaço entre as mesas. As lâmpadas fluorescentes emitem uma luz sinistra que faz o balcão onde ela pediu o chá parecer achatado, unidimensional. E embora ela escute outras vozes (o café está quase vazio, mas ainda restam um casal idoso e uma mulher consolando um bebê perto dela), estas parecem distantes, distorcidas, pouco mais do que ecos.

Na faculdade, ela tomou ácido uma vez, com Ana. Odiou a experiência, a sensação de descontrole. Era assim que se sentia no momento, só que pior, pois daquela vez, mesmo em meio ao medo, ela sabia que eram apenas alucinações, truques da mente que passariam mais cedo ou mais tarde. Além do mais, estava com sua amiga, que também estava viajando, mas não pela primeira vez, e estava se divertindo. Ana tinha lhe ajudado a se centrar, conversado com ela para acalmá-la.

Mas agora Karen está só e sem a mínima ideia do que fazer. A pessoa a quem normalmente recorreria seria Simon, então, em sua cabeça, ela conversa com ele. Mas uma voz em sua mente – talvez o médico com quem havia conversado antes – lembra: Simon está morto. Os dois pensamentos não podem coexistir, é confuso demais. Ela não consegue acreditar que ele se foi. De tanto em tanto, o véu do entorpecimento é rasgado por pontadas de pânico, afiadas como estilhaços de vidro. A sensação é terrível, incontrolável, e nessas horas Karen só quer voltar a não sentir nada.

Talvez ela devesse fazer uma lista. Ela gosta de listas.

Lembra que os documentos da hipoteca estão na sua bolsa; ela pode escrever no verso de uma das folhas A4. Sim, tem uma caneta. Recorda que a colocou no bolsinho interno hoje cedo. Já se viu sem caneta no trem, e isso a irritou. Seria bom sentir mera irritação outra vez, mas ela não acredita que isso vá acontecer. Foi em outra vida, que já ficou para trás.

Mesmo assim, completamente perdida, ela se obriga a recorrer às lembranças: a experiência que tiveram com o pai de Simon talvez possa ajudar. Ele havia falecido cinco anos antes, também de um jeito inesperado: um aneurisma que um dia se rompeu. Temendo que o problema fosse hereditário, ela pedira a Simon várias vezes que se submetesse a exames, mas ele simplesmente a ignorara. Uma onda de fúria tenta se sobressair à dor, e Karen quase gosta da normalidade do sentimento. Ela já se zangou com Simon tantas vezes que reconhece a sensação, intensa ao ponto de quase a fazer gritar. Mas ela desaparece em uma fração de segundo, e Karen se vê mais uma vez entre o torpor e o pânico.

Quando o sogro morreu, Simon e ela ajudaram a mãe dele a fazer uma lista de tarefas necessárias. Karen se concentra e, lenta e automaticamente, começa a formular as palavras:

- *Ligar para Tracy. Pegar as crianças.*

Que estranho, sua letra está tão normal, os traços inclinados de sempre em tinta preta. Ela imaginava que sairia diferente.

- *Contar às crianças.*

Não tem ideia de como fazer isso, mas antes que a dor tome conta dela, acrescenta:

- *Trazê-las ao hospital para se despedirem?*

A seguir, escreve:

- *Ir para casa, telefonar para:*
- *Mãe do Simon*
- *Alan*
- *Trabalho do Simon*

É claro, o escritório! Ela precisa ligar imediatamente, estão esperando por ele. E há também o advogado: eles não compareceram à reunião. Essas pessoas não podem esperar até que ela chegue em casa, precisam ser informadas já.

Ela estende a mão para o telefone outra vez. Os adesivos com *glitter* cintilam, e Karen sente um afeto angustiado pela filha que insistiu em decorar o aparelho. Molly escolheu a posição de cada adesivo com um cuidado deliberado, em uma formação que, presumivelmente, significa alguma coisa para ela, mas parece aleatória às outras pessoas: uma estrela cobre o círculo da logomarca e florzinhas minúsculas cercam a tela. Karen começa a digitar o número do escritório, mas a impotência a detém mais uma vez. De onde vai tirar forças para explicar o que aconteceu? Melhor esperar Ana chegar para ajudá-la. Larga o telefone na mesa, decepcionada por não ser capaz de enfrentar a situação. Logo ela.

– Karen, oi.

Karen ergue os olhos. Graças a Deus, um casaco, uma bolsa, um rosto conhecido. Sua amiga chegou.

***

Antes de mais nada, Ana envolve a amiga nos braços. Karen se levanta e devolve o abraço, e as duas ficam assim, unidas em silêncio, por alguns instantes. Karen senta-se outra vez, e Ana toma a cadeira à sua frente, mas imediatamente percebe estar muito distante. Traz a cadeira mais para perto e se debruça sobre a mesa para pegar as mãos da amiga.

Fica impressionada com a transformação que os eventos da manhã operaram na face de Karen. Normalmente ela parece saudável e animada, mas a cor lhe sumiu do rosto, que está pálido e cinzento. Os cabelos longos, sempre sedosos e bem-penteados, estão encharcados, e os olhos castanhos, geralmente expressivos, parecem cegos, vidrados. A energia e o entusiasmo foram substituídos por medo e confusão. E não só o rosto mudou, mas o corpo inteiro, como se ela tivesse sido eviscerada, como se o ar houvesse sido literalmente sugado de seus pulmões por um aspirador de pó gigante. Karen está curvada, murcha. Também treme muito, especialmente as mãos, embora estivesse tentando escrever. Ana repara na folha de papel sobre a mesa.

Queria poder pegar Karen no colo e levá-la para a casa aconchegante da família, secá-la e acomodá-la na poltrona mais confortável, envolvê-la em um cobertor e acender a lareira. Depois faria chocolate quente e lhe traria biscoitinhos. Ao invés disso, ali estão elas, em um lugar que Ana descreveria como lúgubre mesmo no dia mais ensolarado, o que dirá em uma manhã chuvosa de fim de fevereiro. O café não tem charme algum: é um salão amplo com móveis maltratados de metal afogados em luz branca, onde nada oferece consolo ou alívio

– Eu sinto muito – ela diz em voz delicada, com um pequeno sorriso sem convicção.

É verdade: não se lembra de outro incidente em sua vida que a tenha abalado tanto. Pressente as lágrimas começando a arder, mas não deve, não pode chorar.

Karen sacode a cabeça.

– Não sei o que aconteceu.

Ana suspira.
– Não.
– Acho que estou em choque.
– Sim, querida, também estou.
Ana olha para as mãos da amiga nas suas.
"Nós duas temos esboços de manchas senis", pensa. "Estamos ficando velhas."
– Disseram que foi um infarto.
– Sim.
Karen respira fundo.
– Acho que podemos ir, só estava esperando por você.
– Onde ele está?
– Numa sala especial, estavam providenciando a transferência.
– Certo – Ana assente com a cabeça.
Será que vai haver autópsia? O enterro provavelmente demoraria mais, mas pelo menos assim teriam algumas respostas. Ela mesma está cheia de perguntas, e Karen certamente tem muitas mais. Por outro lado, talvez Karen não queira saber. Nada vai trazer Simon de volta.
– Mas, antes, será que você poderia dar uns telefonemas para mim?
– É claro. Para quem?
– Eu simplesmente não consigo.
Ana abre um sorriso compreensivo.
– Tudo bem, não é problema algum. Para quem quer que eu ligue?
– Para o advogado, se não se importar. Ele estava esperando por nós. E para o escritório do Simon, eles... – ela não termina a frase.
Ana assume o controle.
– Você tem os números?
– Sim, anotei aqui. Mas talvez seja melhor usar o meu telefone.
– Está bem.
Ana pega o celular de Karen, com a capa de couro com adesivos ressecados prestes a se desgrudar.
– Vamos ligar para o advogado primeiro.
Por um lado, ela odeia ser tão prática e direta a uma hora dessas, mas não deixa de ser um alívio poder ajudar em uma tarefa relativamente banal.
– Diga-me uma coisa, vocês já tinham formalizado o contrato?
Karen faz que não com a cabeça.

– Íamos assinar os papéis hoje.

"Ainda bem", pensa Ana.

Significa que o negócio pode ser desfeito sem grandes complicações.

– Melhor assim. Vou ligar para o advogado e dizer que você precisa de um tempo.

– Ele não vai gostar – diz Karen.

– Estou pouco me lixando! E você deveria fazer o mesmo. Não vamos nos preocupar com isso agora, está bem?

– Sim.

– Então, cadê o número?

– Os vendedores também vão ficar decepcionados – acrescenta Karen.

É típico dela preocupar-se assim com os outros.

– Esqueça os vendedores – o tom de Ana é brusco. – Eles podem esperar. No momento, precisamos cuidar de você.

Karen assente.

– O número?

– Está aqui.

Com Ana para guiá-la, a mente de Karen volta a funcionar.

– Vou ligar da rua, o sinal aqui dentro é uma porcaria. Não se importa de esperar um pouquinho?

– Não.

O ar frio e a chuva são um choque quando Ana abre a porta do café. Ela mentiu por delicadeza: o sinal do celular estava tão bom dentro quanto fora. Achou que seria mais diplomático que Karen não a escutasse explicando as circunstâncias da morte de Simon. Seria uma dor desnecessária. Já que esta será a primeira ligação de muitas semelhantes, atenuar o sofrimento da amiga sempre que possível é um ato de bondade.

11h35

– Então, a senhora é uma dessas lésbicas?
– Como?

Lou está em uma sessão individual com Aaron, de 14 anos, e, embora se depare rotineiramente com uma ampla gama de situações problemáticas – drogas, abandono, pobreza, violência sexual –, a pergunta a pega de surpresa. Ela trabalha com alunos que já foram excluídos de tantas escolas ("expulsos", como a mãe dela ainda insiste em dizer) que não há mais lugar para eles na rede pública de ensino. Por isso são encaminhados a estabelecimentos especiais, com um número muito maior de funcionários por aluno, como este onde Lou começou há pouco. Além das aulas, os jovens podem optar por uma sessão semanal com ela. No total, Lou atende 15 alunos e nenhum deles teve uma vida fácil.

– A senhora ouviu a minha pergunta.

Embora Lou prefira que a chamem pelo nome, Aaron não consegue abandonar o hábito de usar "senhora", palavra que ele associa a figuras de autoridade (ainda que, no seu caso, isso denote uma postura mais desafiadora do que respeitosa). Ele continua, cruzando as pernas finas dentro do jeans largo de cós baixo e se reclinando na cadeira com uma indiferença estudada:

– Uma dessas, sabe como é, *sapatas*? A senhora gosta de mulher?

Aaron sabe muito bem que a vida pessoal de Lou é um assunto proibido. Ele a está provocando, e Lou recusa-se a responder. Contudo, também entende que não deve evitar completamente o assunto, pois, como adolescente, Aaron está explorando a própria sexualidade. Lou procura conduzir o diálogo com cuidado.

Ele se remexe na cadeira e a encara:

– Por que a senhora não quer me contar? Está com vergonha?

Ela não vai entrar no jogo, mas as palavras dele são reveladoras. Será que ele aprendeu a associar homossexualidade a vergonha?

– Acha que é algo de que se envergonhar, Aaron?

Ele abre um sorriso satisfeito.

– Então é verdade?

Mais uma vez, Lou fica em silêncio.

– Por que não quer me contar?

Ela é firme:

– Estamos aqui para falar sobre você, Aaron, não sobre mim.

– Como pode querer que eu fale de mim se a senhora não me diz nada?

Até que faz sentido, pensa Lou, mas não é assim que funciona. Aaron está usando o assunto para desviar a atenção dele mesmo. Se ela não fosse sua terapeuta, talvez confirmasse para Aaron que sim, ela é gay. Mas esse tipo de revelação vai contra a dinâmica terapêutica e pode ser contraproducente, especialmente se o objetivo das perguntas for satisfazer necessidades voyeurísticas. Mesmo assim, é interessante que Aaron esteja insistindo no tema nesse momento em particular. Ele vinha falando sobre seu uso de drogas (especificamente a maconha), e Lou sabe que a súbita curiosidade a respeito da sua vida íntima é um despiste. Uma tática que ela conhece bem, é preciso admitir.

– A Kyra também acha que a senhora é entendida – acrescenta Aaron.

"Que ótimo!", pensa Lou.

Os dois andam falando de mim pelas costas, o que significa que outros alunos provavelmente estão fazendo o mesmo. Lou quer deixar a própria sexualidade de fora das sessões, não apenas porque confidências não condizem com seu papel, mas porque os jovens que ela atende podem ser agressivos, e alguns são extremamente intolerantes à diferença. Ela já testemunhou o deboche dirigido a um dos professores considerado "metido a besta", o *bullying* sofrido pelos alunos mais esforçados, as risadas cruéis às custas da faxineira obesa, e não tem a mínima intenção de permitir que sua vida pessoal se transforme em alvo. Está na escola há pouco mais de um semestre e não contou a nenhum membro da equipe que é gay.

"Afinal de contas", pensa indignada, "por que eles precisam saber?"

Lou está determinada a levar Aaron a refletir sobre si mesmo:

– Nós dois sabemos que não estamos aqui para falar sobre Kyra e o que ela acha de mim – diz.

Depois de uma pausa, pergunta:

– Mas estou curiosa: que diferença faz para você saber se eu sou gay ou não?

– Então quer dizer que a senhora é gay. – Aaron dá outro sorriso satisfeito. – Pelo menos é o que parece.

Ele não insiste, e Lou tampouco. Intuitivamente, porém, ela sabe que não será a última vez que Aaron vai provocá-la.

***

Depois de falar com o advogado e com o escritório de Simon, Ana quer fazer mais uma ligação antes de voltar para junto de Karen. Vai ser breve, pois ela está preocupada com a amiga sentada sozinha no café, mas precisa informar Steve, seu companheiro, do que aconteceu. Já tentou falar com ele duas vezes do trem, mas ele não respondeu à chamada, e não é o tipo de notícia que se dê por secretária eletrônica. Dessa vez, porém, ele atende:

– Alô – a voz é sonolenta.

– Finalmente! Estou tentando há horas. Onde você estava?

– Desculpe, eu estava dormindo.

"Típico", pensa Ana, olhando para o relógio. É quase meio-dia. Ela sabe que Steve está sem trabalho no momento – ele é pintor e gesseiro, e às vezes tem períodos de inatividade. Mesmo assim, é segunda-feira, e ela se irrita que ele prefira desperdiçar metade do dia. Já é um desplante em circunstâncias normais, visto que ela tem que pular da cama às 6h30 da manhã, mas saber que ele dormia enquanto ela passava por uma situação tão trágica a faz ser mais ríspida do que o necessário:

– Preciso que você acorde.

– Claro, claro. Estou acordado.

– Aconteceu uma coisa.

– O que foi?

– Foi o Simon?

– O Simon da Karen?

– Sim.
– O que ele fez?
– Ele não *fez* nada!

Ana se exaspera ainda mais. Steve e Simon não são grandes amigos, mas não lhe parece apropriado que Steve presuma que Simon tenha feito alguma coisa reprovável. Ela anuncia o fato sem meias-palavras:

– Ele morreu.
– Está brincando!
– Não, Steve, não estou brincando. – Ela faz uma pausa para que ele assimile a ideia. – Ele morreu no trem. Ataque cardíaco.
– Ai, meu Deus. – Pelo tom de voz, Steve sabe que ela está falando sério. – Como foi isso?
– Não sei exatamente, mas parece que foi fulminante. Tentaram ressuscitá-lo várias vezes, mas não adiantou.
– Minha nossa, coitada da Karen.
– Pois é.
– Onde você está?
– Estou com ela.
– Então não foi trabalhar?

Ana suspira, um pouco mais calma. Grande parte da sua raiva é projeção, nada a ver com Steve.

– Na verdade, eu fui. É uma longa história, depois explico. Só queria que você soubesse.
– Obrigado por me avisar. Eu sinto muito. Estou meio chocado. – Ana escuta o roçar dos lençóis enquanto ele se senta na cama. – Onde exatamente você está?
– Num café em Kemptown, em frente ao hospital.
– O que vai fazer agora?
– Não sei bem. Vou ficar com Karen, ela precisa de mim. Está num estado terrível, como você pode imaginar.
– É claro.
– Estão levando o corpo da Emergência para uma sala para os familiares, então vamos entrar daqui a pouco.
– E as crianças?
– Estão na casa da babá.
– Elas já sabem?

– Não, ainda não. Acho que vai ficar para mais tarde.
– Quer que eu vá para aí?

Ana reflete. Gostaria de ter seu apoio, mas não tem certeza de que ele possa ajudar na situação. Steve é um pouco atrapalhado com questões emocionais, e ela nunca sabe como ele vai se comportar. Ele não conhece Karen tão bem quanto ela, e Ana desconfia que a amiga talvez prefira não estar com um casal no momento.

– Acho melhor não.
– O que eu posso fazer para ajudar?

Ela precisa parar para pensar. Não é fácil para Ana pedir ajuda.

– Nada no momento.
– Tem certeza?

Ela percebe que ele está se esforçando e relaxa um pouco mais.

– Sim, não se preocupe. Ligo mais tarde. Só esteja em casa quando eu voltar.

Ela não quer que ele esteja no pub quando ela chegar, disso está certa.

– Pode se encarregar do jantar?
– Deixe comigo.

Ana sente uma onda de afeição. Steve pode não ser perfeito, mas está vivo, e isso a faz sentir-se grata, e, mais ainda, afortunada.

– Eu te amo, benzinho.
– Também te amo, querida. Sabe disso.

É verdade. Quando está sóbrio, Steve é um dos homens mais amorosos que Ana já conheceu.

***

Às 11h55, em um intervalo entre dois pacientes, a mãe de Lou telefona. Ela sabe que a filha tem alguns minutos livres entre uma sessão e outra, e criou o hábito enlouquecedor de controlar o relógio de modo a pegá-la assim que se libera. Chega até a ligar para o ramal da sala para que Lou não possa ignorar a chamada (sempre existe a possibilidade de que outro membro da equipe esteja precisando falar com ela). Lou odeia ser encurralada desse jeito, pois precisa de tempo para organizar os pensamentos, e as ligações da mãe tendem a ser intensas mesmo quando duram apenas três minutos. Ela fala rápido e consegue destilar mais neurose em 180 segundos do que qualquer outro ser humano que sua filha já tenha conhecido.

Hoje Lou está com a cabeça especialmente cheia, ainda tentando digerir a experiência do trem. Por enquanto, porém, vai ter que deixar isso de lado.

– Meu amor – diz a mãe –, eu sei que já está em cima da hora, mas estou ligando para perguntar se você pode vir para cá neste fim de semana. O tio Pat e a tia Audrey vêm nos visitar e adorariam ver você outra vez.

"De jeito nenhum", pensa Lou.

Ela gosta da tia Audrey, mas tio Pat é uma mala quase tão pesada quanto sua mãe. De qualquer forma, Lou já tem o fim de semana planejado. Mas antes que ela possa dizer uma palavra, a mãe emenda:

– Você sabe que o tio Pat não anda muito bem ultimamente.

E como Lou poderia esquecer? Ele sofre de doença de Crohn praticamente desde que ela se entende por gente, e nos últimos tempos tem piorado bastante. Ela também sabe que a mãe vai usar o estado do tio para manipulá-la e impor suas vontades. Sua mãe é como um rolo compressor, esmagando tudo em seu caminho.

– Ele agora está melhor, depois de várias semanas de cama, e você pode imaginar como a tia Audrey está desesperada para sair um pouco de casa.

Lou se entristece ao lembrar da casinha térrea acanhada e escura; tem pena da tia.

– Então é claro que convidei os dois para passarem o fim de semana, já que estou com um quarto livre.

A mãe de Lou mora no campo, em uma casa grande nos arredores de Hitchin que ela transformou em pousada.

– O problema é que – Lou se prepara para o golpe, imaginando o que vem pela frente – não consigo dar conta dos dois sozinha. Com meu quadril do jeito que está, é simplesmente impossível fazer compras e passear com eles o tempo todo.

"Mentira", pensa Lou.

O quadril nunca a impediu de receber hóspedes pagantes, preparar o café da manhã, fazer as camas. É engraçado, isso: quando há dinheiro em jogo, a mãe de Lou sempre faz o que precisa ser feito.

Ela prossegue implacável:

– Então pensei que você poderia me dar uma mãozinha. Não é longe demais para você, não é, querida? Pode pegar o trem de Hammersmith para King's Cross na quinta depois do trabalho e, de lá para cá, é um pulo.

Se já não estivesse acostumada, Lou não acreditaria: a mãe a está convocando para três dias, não só dois.

"E onde anda minha irmã?", pensa furiosa. "Geórgia não pode ajudar?"

No fundo, sabe que nem adianta argumentar. Sua irmã mais nova tem marido e filhos, e a mãe jamais pede que ela faça a metade do que exige de Lou.

– Mãe – ela diz por fim, percebendo que a ladainha está se esgotando agora que o plano foi revelado –, você tem razão: é muito de última da hora e eu já tinha feito planos para o fim de semana.

Ela joga tênis cedo nas manhãs de sexta, depois faz trabalho voluntário em um albergue para moradores de rua e tem um convite para uma festa no sábado.

– É mesmo? Bem, se você está ocupada, desculpe-me... – a pausa é pura decepção silenciosa.

– Preciso de um tempo para pensar e ver o que posso fazer.

Mais silêncio. Lou sabe que a mãe está esperando que ela diga alguma coisa, faça uma proposta. Mais uma tática engenhosa para atingir os próprios objetivos.

– Talvez eu consiga dar uma passada por aí – ela cede afinal, culpada e furiosa.

Sabia que iria ser assim, nunca consegue dizer não.

– Está bem, meu amor. Obviamente seria melhor se ficasse o fim de semana todo conosco, mas você é quem sabe.

"Quanta generosidade", pensa Lou revirando os olhos.

Seu próximo paciente bate de leve na porta.

– Mãe, tenho que desligar.

– Tudo bem. Mas Lou?

– Sim? – Ela tenta não demonstrar impaciência.

– Pode me avisar ainda hoje? É que, se você não puder vir, eu vou ter que desfazer o convite aos seus tios, e não acho justo deixar para o último minuto.

"VÁ SE DANAR!", é o que Lou berra em silêncio, mas ao telefone murmura:

– Claro, não se preocupe.

Coloca o fone no gancho tremendo de raiva por ter sido coagida. Com uma mãe dessas, controladora e egoísta, não é de surpreender que Lou jamais tenha confiado nela o bastante para se abrir quanto à própria sexualidade.

12h06

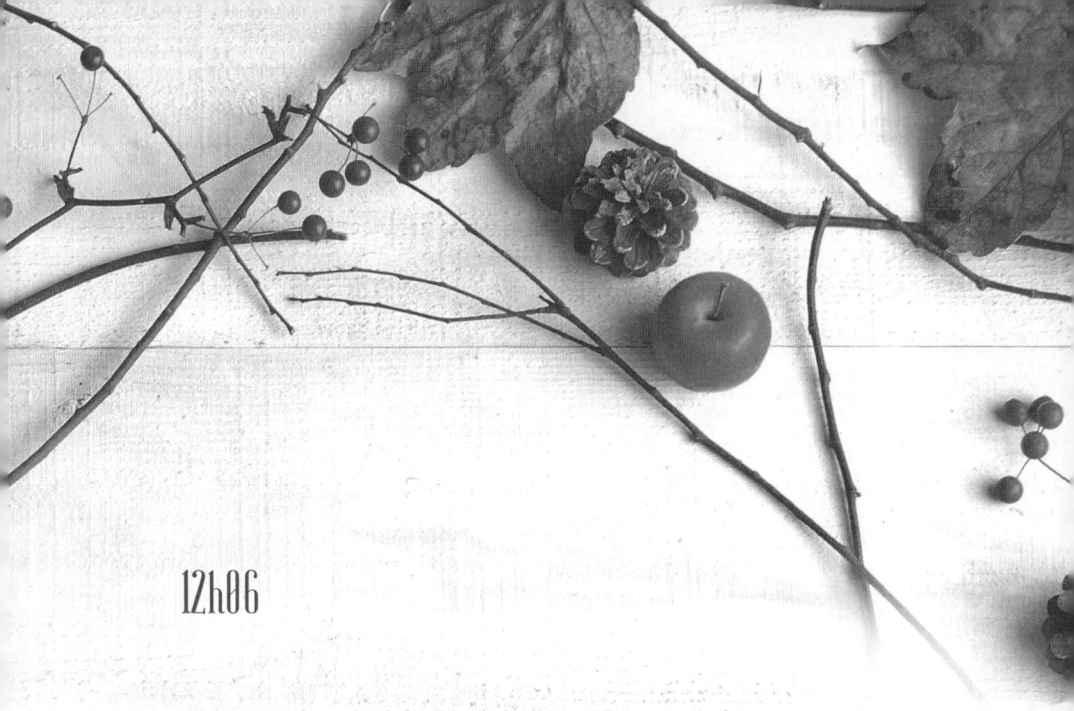

O hospital é um labirinto de corredores e enfermarias, anexos e portas misteriosas, e nem Karen nem Ana estão com cabeça para decifrar as placas. Dirigem-se ao setor de Emergência, mas a recepcionista pede que esperem. Por fim, uma enfermeira de rosto bondoso vem falar com elas.

– Qual de vocês é a esposa do sr. Finnegan? – pergunta.

Karen assente com a cabeça.

– Vou levá-las à sala onde está o seu marido.

– Obrigada.

Elas seguem os passos dos sapatos emborrachados, descendo vários lances de escada e percorrendo mais corredores. Param em frente a uma porta dupla com uma placa que diz Necrotério. Tudo parece terrivelmente brutal.

A enfermeira se identifica ao interfone, e a porta se abre com um zumbido elétrico.

– São os familiares do sr. Finnegan – ela diz para um homem de jaleco branco.

– Ele está na Sala 1. Esperem um minuto. – Ele vai até um armário, abre a porta e pega um saco de lixo grande.

– Quem é a esposa? – pergunta.

– Sou eu – diz Karen.

– Aqui estão os objetos pessoais do seu marido.

– Oh. Obrigada. – Ela olha para dentro do saco.

– São as roupas e a pasta dele.

– Certo.

– Vou lhes mostrar o caminho – diz a enfermeira, e as conduz a uma segunda porta.

Simon está deitado de costas, com os braços cruzados sobre um cobertor branco de algodão, vestindo uma túnica do hospital. A única luz vem de uma janela parcialmente coberta por uma persiana, o ângulo das abas criando um ambiente claro, mas sem ferir os olhos.

– Fiquem à vontade. Pode permanecer o quanto quiser, sra. Finnegan – diz a enfermeira.

– É mesmo?

Ana fica surpresa. Imaginava que o tempo ali seria limitado.

– Sim – garante a enfermeira. – Entendo que a morte do seu marido foi súbita.

Karen assente outra vez.

– Para muitas pessoas, ajuda poder passar algum tempo com o corpo de um ente querido. Não há pressa alguma. Pode ficar com ele por algumas horas se quiser.

– Obrigada – diz Karen.

A enfermeira vira-se para Ana.

– A senhora é amiga da família?

– Sim.

– Podemos conversar rapidamente lá fora?

– Claro.

Elas voltam para o corredor.

– Talvez seja melhor deixar a sra. Finnegan a sós com o marido – a enfermeira sugere em voz baixa. – Pode ajudá-la a aceitar o que aconteceu. Deve ter sido um choque tremendo.

– Sim, é claro. – Ana ia mesmo fazer isso. – Antes que vá, posso fazer uma pergunta?

– Fale.

– Minha amiga tem dois filhos pequenos.

– Entendo – a enfermeira dá um suspiro empático.

– Estava pensando no que fazer com eles, o que devemos dizer.

A enfermeira respira fundo.

– Na minha experiência, é melhor não protegê-los demais. Depois que a sua amiga tiver tido um tempo para aceitar o que aconteceu, o melhor seria incentivá-la a ser o mais honesta possível com eles. Até certo ponto, evidentemente, caso sejam muito pequenos.

– Acha que seria bom trazê-los aqui para se despedirem?

– Quantos anos eles têm exatamente?

Ana pensa e depois diz:

– A menina tem 3, e o menino, 5.

A enfermeira faz uma pausa.

– É complicado, e nem todo mundo concordaria, mas pessoalmente, eu diria que sim. Se eles quiserem vir, devem trazê-los, embora o corpo do sr. Finnegan provavelmente vá ser removido ainda hoje.

– Para onde?

– Como foi uma morte súbita, terá que haver autópsia.

– Quando?

– Depende da agenda, mas assim que for possível encaixá-lo. Depois ele será levado à funerária.

– Poderemos vê-lo lá?

– Sim, claro. Não se preocupe, tudo será explicado à sra. Finnegan no momento adequado. O médico provavelmente já lhe informou sobre os procedimentos, mas é comum termos que repetir mais de uma vez.

– Entendo. Obrigada – Ana sorri. – É muita gentileza sua.

– É o meu trabalho – diz a enfermeira.

Comparado a ele, a profissão de Ana de repente parece muito banal.

***

Enquanto Ana conversa com a enfermeira no corredor, Karen aproxima-se lentamente da cama. A chuva lá fora está passando, o dia está clareando, e a luz que atravessa as persianas agora desenha listras no cobertor que se curvam em semicírculos sobre o corpo. Por um breve instante, Karen tem certeza de que vê o peito de Simon se erguer e cair novamente. Ele está respirando de leve, como sempre faz ao dormir.

– Simon? – sussurra.

Mas ele não responde.

Ela não consegue acreditar que ele está morto. Foi o que lhe disseram, mas, para ela ele ainda parece estar presente. Ela busca pistas no rosto impassível. Os detalhes são os mesmos, mas algo está diferente. Os olhos estão fechados; os cílios escuros que ela conhece tão bem, unidos, e as sobrancelhas ainda precisam ser aparadas, como ontem à noite. Ele está barbeado – é relativamente cedo, afinal de contas –, mas ao fim do dia os pelos estarão despontando outra vez, não? O contorno do couro cabeludo é o mesmo. Simon se orgulha da cabeleira cheia, escura e lustrosa, ainda que riscada de prata; é uma de suas poucas expressões de vaidade. "Muito distinto", ela o flagrou murmurando para o espelho certa vez, e como ele se gaba de ter mais cabelo do que o irmão mais novo, Alan, cujas entradas são indisfarçáveis. Ela sempre achou graça no modo como os homens competem quanto aos sinais de juventude na meia-idade.

Ela reconhece sem dúvida o peito largo e volumoso sob o cobertor. Os braços também, com suas sardas e veias tênues, e os pelos nas costas das mãos reluzindo ao sol. As mãos dele ainda são grandes e quadradas e muito mais fortes do que as dela.

Contudo...

Ele não está mais vestindo a camisa que passou esta manhã, enquanto ela servia o café das crianças, e complementou com as abotoaduras que ela lhe deu de Natal dois anos atrás. Suas roupas foram substituídas por uma túnica azul clara desbotada. A aliança de casamento também foi retirada, o único adorno do qual Simon nunca se despia e que deixou uma marca no seu anular. Ele vinha ganhando peso nos últimos anos, Karen bem sabe.

A dor de ver essas mudanças é avassaladora, apavorante. Karen sente a respiração acelerar e a garganta contrair, como se alguém a estrangulasse.

Há uma cadeira ao lado da cama. Ela se senta para não cair.

Assim é melhor.

Puxa a cadeira mais para perto e pega a mão de Simon. Que estranho. A sensação ao tocá-lo é familiar, assim como o rosto dele parece o mesmo. Mas a pele está fria, e as mãos de Simon nunca são frias, nem mesmo quando ele está tiritando. Ela, Karen, tem má circulação (chega a ter assaduras nos dedos dos pés por conta do frio), e seu toque muitas vezes é gelado. O de Simon, jamais.

Talvez eles tenham razão, então.

Ela fita o rosto dele outra vez. Não é que esteja pálido: às vezes, sua pele tem mesmo um tom cinzento. Simon não tem aquela cor saudável que ela e as crianças compartilham, nunca teve. O problema é que ele parece raso, diminuído, como se uma parte dele estivesse faltando. Aquilo que o animava se foi, não há mais vida nele. Por algum motivo bizarro – ou talvez nem tão bizarro assim –, Karen lembra-se da morte de Charlie, o gato da família. Ele estava muito velho, e um dia se arrastou para baixo da mesa da cozinha, um lugar onde sempre se sentiu seguro, e ali ficou. Quando ela o encontrou, o corpo murcho, o pelo um pouco emaranhado, a boca rígida e seca poderiam ser de qualquer gato morto. O que o definia e o distinguia como Charlie havia sumido.

Agora ela vê o mesmo em Simon: uma parte dele desapareceu.

– Simon? – ela chama mais uma vez.

Novamente, ele não responde.

– Para onde você foi?

Silêncio.

Em uma fração de segundo, ela recorda a cena no trem. O breve gorgolejo quando ele vomita ao lado dela, o baque quando sua cabeça bate na mesa. A compreensão de que algo terrível está acontecendo quando ele não responde aos gritos dela, as pessoas correndo, as enfermeiras...

Karen sente outro surto de ansiedade crescer dentro dela.

Baixa os olhos para a mão dele entre as suas, na esperança de que isso a acalme. Aquela mão segurou a dela inúmeras vezes, acariciou seus cabelos, levou-a ao orgasmo. Escreveu bilhetes e cartões de aniversário, desenhou centenas de projetos paisagísticos, assinou cheques, empunhou martelos, serrou madeira e até estendeu roupas no varal (embora menos do que ela gostaria). A mão que ela agarrou com força – tanta força – enquanto dava à luz, como se só ela pudesse afastar a dor, e que ainda ontem envolveu uma das mãozinhas de Molly enquanto ela segurava a outra, para que juntos a fizessem voar sobre a calçada na volta da praia. "Um, dois, três, uooooou!", ela escuta Simon contar. Os gritos e o riso delicioso da filha ao decolar e aterrissar os pezinhos em segurança nas pedras ainda ecoam na sua memória.

Ele não seria capaz de abandonar Molly, seria? Ela é tão pequena! "Quero upa do papai!", pede a toda hora. Luke já deixou os *upas* para trás, e tanto ela quanto Simon agora precisam pedir seu abraço, mas ele ainda é um menino carinhoso que adora rolar pelo chão brincando com o pai.

Não, Karen não consegue acreditar que Simon não vai voltar.

Neste instante, a porta se abre com um clique discreto. Ninguém entra, e, por alguns segundos, Karen pensa que é ele: Simon escutou seus chamados e voltou para ela. Seu coração se expande no peito...

Mas Simon está na cama ao seu lado.

É Ana quem retorna.

Ao vê-la, Karen entende a pausa: ela vem carregando dois copos de isopor. Teve que abrir a porta primeiro, depois pegá-los e só então entrar.

– Oi – ela diz. – Eu trouxe mais um chá para nós.

***

Um chá, é disso que Lou precisa para acompanhar o almoço hoje. Passou a manhã mais ocupada do que o normal, pois trabalhou só meio turno na semana anterior. Normalmente, toma uma xícara ao chegar à escola, mas com o atraso de hoje essa é primeira pausa que consegue fazer. Depois de tudo o que passou, precisa de algo quente e reconfortante. Vai até colocar açúcar, um agrado que geralmente reserva para quando não está se sentindo muito bem.

Lou tem uma chaleira elétrica no consultório, mas não tem geladeira, então pega algumas caixinhas de leite longa vida da cantina da escola a cada manhã. Como resultado, seu chá tem um leve ranço ao final, mas ainda é melhor do que atravessar o prédio todo cada vez que a vontade bate. Além disso, Lou gosta de oferecer chá e café aos alunos durante as sessões, pois acredita que isso os ajuda a distinguirem as interações com ela do resto das atividades escolares, e também os faz se sentir mais adultos e responsáveis.

Enquanto espera a chaleira ferver, olha ao redor. Nos poucos meses desde que assumiu o posto, Lou tem tentado dar um toque pessoal ao espaço. Muitos de seus pacientes têm dificuldade em permanecer sentados e se concentrar na conversa, e por isso ela oferece vários brinquedos e acessórios para manusearem enquanto falam. Um pau-de-chuva está encostado na parede (um dos meninos parece ter mais facilidade em se abrir ao som delicado do instrumento, formado por um pedaço de bambu oco cheio de sementes, e passa as sessões virando-o para cima e para baixo). Em um canto, há uma caixa grande de massinha de modelar – a escola atende crianças a partir dos 11 anos, e vários alunos mais jovens parecem relaxar melhor quando suas mãos estão retorcendo e amassando punhados de massa elástica colorida. Na parede há diversos pôsteres:

imagens interessantes baixadas da internet, obras abstratas que Lou espera que acalmem os olhos, um encarte ilustrado do jornal dominical sobre "As Maravilhas do Século XX", e, o maior de todos, uma reprodução em estilo pop art emoldurada que ela pendurou acima do sofá.

EU SEI QUEM EU SOU

Proclama o pôster em preto e branco.

"Será que aquele homem que morreu hoje de manhã – como foi mesmo que Ana o chamou, Simon? – sabia quem ele era"?, Lou se pergunta.

Não que isso importasse agora, mas ela sem dúvida acredita que importa muito enquanto uma pessoa está viva. Lou vê tantos estragos causados por pais e mães que não sabem quem são e cuja ignorância acaba se manifestando como violência ou abuso, o que por sua vez reflete nos problemas dos filhos.

E quanto à esposa do homem, Karen? Que efeito terá em uma mulher relativamente jovem a perda súbita do companheiro? Ela vai saber quem é sem o marido? Lou acredita que, em parte, as pessoas se definem através de seus entes queridos, e ficou profundamente abalada com a tragédia de Karen, primeiro como testemunha dos fatos e depois dividindo o táxi com Ana. Uma morte súbita como aquela põe em cheque as prioridades dos vivos: em um instante, Karen tomava café e conversava com o marido e no minuto seguinte assistia aos últimos momentos da vida dele. Lou não consegue esquecer a cena: a cabeça inerte de Simon na mesa, sua boca aberta. Será que ele sabia o que estava acontecendo, sabia que estava morrendo? Que horror não ter qualquer aviso, não ter a chance de dizer que amava a esposa, não ter tempo para se despedir. E se foi terrível para ele, é ainda mais para Karen, que ficou para trás com mil perguntas sem resposta, mil palavras não ditas.

A chaleira apita. Distraída, Lou ajeita um saquinho de chá na caneca e o cobre com água fervente. Enquanto suas mãos trabalham, reflete: o que esse evento pode lhe ensinar sobre o modo como ela mesma vive? Ela conhece a si própria? E os outros, o que sabem dela? O pôster a faz lembrar as provocações de Aaron. Embora tenha o direito de não discutir sua vida privada com os alunos que atende, será que está sendo totalmente honesta quanto aos seus motivos para não confiar nos colegas? Relacionamentos amorosos são discutidos com naturalidade nas conversas cotidianas, mas ela sempre opta por se calar. Lou está relativamente satisfeita com o modo como lidou com Aaron, mas ele não teria um tantinho de razão? Afinal de contas, como ela pode pedir a esses jovens que explorem seus conflitos mais íntimos ao mesmo tempo em que ela mantém segredo sobre um aspecto tão crucial da própria vida? Como pode encorajá-los a se abrir quando ela mesma ainda não "saiu do armário" para as pessoas com quem trabalha?

Até este momento, tinha sido fácil para ela racionalizar o sigilo: simplesmente queria se proteger da discriminação e da rejeição. Mas não é verdade que ela, mais do que ninguém na escola, deveria aceitar plenamente a própria identidade e os próprios sentimentos?

Talvez ela devesse ao menos informar à diretora e, certamente, mencionar as perguntas de Aaron para sua supervisora direta. Quanto ao resto da equipe, é uma decisão difícil, um dilema tão complexo quanto um imenso nó de arame farpado, impossível de desatar sem causar dor.

Não espanta que ela precise adoçar o chá.

15h10

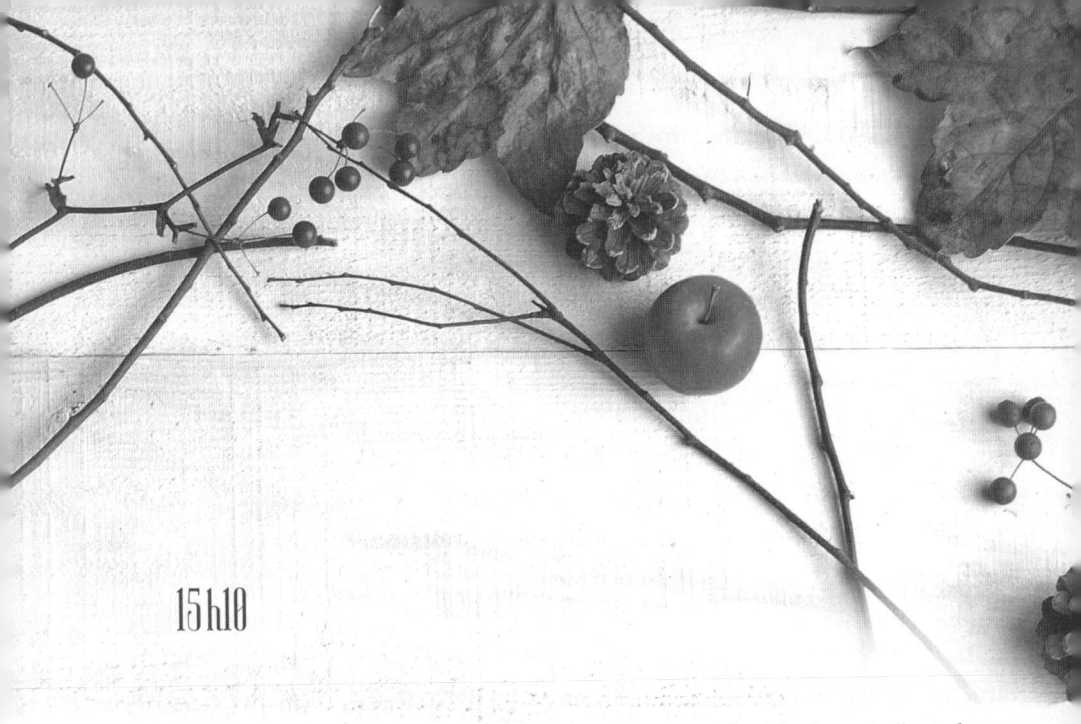

Ana está dirigindo o carro de Karen a caminho do hospital. Achou que a amiga estava trêmula demais para guiar, e embora ela mesma também vacile um pouco, ainda é a mais firme das duas. Além disso, para buscar as crianças com seu próprio carro, teriam que transferir as duas cadeirinhas do Citroën maltratado de Karen, o que jamais conseguiriam fazer no presente estado. O arranjo também permitiu a Ana deixar Karen a sós com Simon por mais tempo, sem ter que dar grandes explicações.

Ela para no estacionamento do hospital e entra para buscar a amiga. A sala está quente e abafada, e Karen ainda está sentada exatamente onde Ana a deixou. O copo de chá pela metade está sobre a mesa com rodinhas ao lado da cama, e a mão direita de Karen segura a de Simon.

– Oi, querida – diz Ana.

– Oh, oi.

– Não acha melhor irmos agora?

– Irmos aonde? – Karen olha atarantada para Ana.

Parece ainda mais perdida do que antes. Os olhos estão vermelhos, mas não se veem lágrimas em seu rosto.

– Buscar as crianças – lembra Ana. – São quase 15h30.

– Ah, sim, é claro.

– Está pronta?

Ana odeia ter que fazer isso. É tão cruel obrigá-la a deixar Simon.

– Eu não sei... Karen faz uma longa pausa; Ana espera. – Não sei se consigo. Acho que ele não vai ficar bem sem mim.

Ana sente o coração de Karen se despedaçar. O seu próprio já está em frangalhos.

– Ah, minha querida.

– Ele não gosta de dormir sozinho.

– Eu sei.

Karen já havia lhe contado isso antes, e Ana ficou surpresa. Não parece combinar com o homem que mais parece um urso.

– Posso buscar as crianças, se quiser. Se precisar de mais tempo.

Quanto tempo Karen vai precisar e como Ana vai entreter Luke e Molly nesse período são questões que a preocupam.

A sugestão tira Karen do transe.

– Não, não posso pedir que faça isso. Eu tenho que ir. Você tem razão, as crianças precisam de mim.

Devagar, ainda agarrada à mão de Simon, ela se levanta.

– Ele ainda vai estar aqui se quiser voltar mais tarde.

– Vai mesmo?

– Por algum tempo, sim.

Enquanto fala, Ana se recorda do que a enfermeira disse: será feita uma autópsia antes de Simon ir para a funerária. Será que Karen registrou essa informação?

Karen dá um suspiro profundo.

– Tudo bem. Posso vê-lo outra vez na casa funerária.

Com relutância, larga a mão de Simon e pega a bolsa. Abre um sorriso fraco, mas Ana vê as lágrimas inundando seus olhos.

– Vamos – Karen diz.

Ana pega o saco de lixo preto, pesado com a pasta de couro de Simon. Elas saem do hospital e levam algum tempo até encontrarem o carro no estacionamento. Ana guarda o saco preto no porta-malas, as duas sentam-se e afivelam os cintos de segurança.

– É estranho ver você dirigindo o meu carro – Karen comenta quando Ana gira a chave na ignição.

– É estranho para mim também. É tão maior do que o meu.

– Está imundo! – observa Karen. – Desculpe.

O coração de Ana se aperta: em meio a todo esse trauma, ela ainda pensa nos outros, ainda se comporta como a Karen de sempre. O que, de certa forma, só faz piorar as coisas.

Elas seguem em silêncio.

Tracy mora em Portslade, a uns cinco quilômetros do hospital por uma estrada reta que acompanha a praia, um trajeto que Ana normalmente gosta de fazer. Mesmo em um dia cinzento e frio como hoje, a paisagem reúne tudo o que ela mais ama no litoral sul: a variedade de estilos arquitetônicos revelada nos prédios modernos lado a lado com os antigos, o clima de férias mesmo no inverno, a proximidade com os elementos. A chuva passou, mas ainda há nuvens pesadas sobre o Palace Pier, o que faz com que os brinquedos do parque de diversões pareçam ainda mais imponentes com suas luzinhas piscantes. O vento está forte, agitando o mar e erguendo uma espuma branca que reafirma o poder da natureza. Mais adiante, passam por uma sequência de hotéis decadentes do período georgiano, com floreiras vazias e balaustradas descascadas, e pelo gigante de concreto setentista que é o Brighton Centre, onde se realizam conferências partidárias e incontáveis shows de rock e de comédia. Logo após estão as ruínas do West Pier, um esqueleto de colunas negras entrelaçadas por cabos e vigas, depois o antigo coreto com sua filigrana delicada finalmente restaurada pela prefeitura e, enfim, chegam a Hove, com seu desfile grandioso de casas e chalés de praia em cores pastéis. O tempo todo, gaivotas mergulham, elevam-se e planam conforme as rajadas de vento.

Elas param na frente da casa de Tracy. A construção da década de 30, cercada por ciprestes, imita o estilo Tudor e tem um ar cansado. Não é bonita nem particularmente elegante, mas com quartos de tamanho generoso e um longo gramado nos fundos, é muito prática para uma mulher com filhos crescidos e grupos de crianças pequenas para cuidar.

Ana desliga o motor e vira-se para a amiga antes de descerem do carro. O rosto de Karen está cinza, e ela se agarra com todas as forças à alça da bolsa, os nós dos dedos brancos de esforço. Ana pousa a mão sobre a dela.

– Coragem – diz.

Ana já explicou a situação para Tracy pelo telefone, querendo poupar Karen de ter que dar a notícia, mas é claro que Tracy não contou às crianças. Ela cuida de Molly e Luke duas vezes por semana desde que cada um tinha apenas 1 ano (agora que está na escola em turno integral, Luke só fica com ela de vez em quando). Mesmo assim, e por mais jeito que tenha com crianças, não é uma tarefa que se possa transferir a babá alguma. Além disso, Karen quis prolongar a felicidade dos filhos por mais algumas horas.

O resultado é que dois rostinhos inocentes as fitam pela janela enquanto elas atravessam o jardim.

– Mamãe! – exclamam Luke e Molly, descendo do sofá de onde espiavam a rua e correndo para a porta.

Antes mesmo de Karen bater na porta, a aba metálica da correspondência se ergue e revela um par de olhos conhecidos.

– É você, Molly? – diz Ana, abaixando-se.

– A Dinda Ana! – Molly anuncia com um gritinho agudo.

Aproveitando a distração, outro par de olhos toma o lugar do primeiro.

– O que você está fazendo aqui? – pergunta Luke.

– Com licença, crianças – ordena a voz de Tracy.

Uma correntinha tilinta ao ser solta, e a porta se abre.

– Oi, meus fofinhos! – Karen se ajoelha e toma os filhos nos braços.

Aperta as crianças com toda força, como se sua vida dependesse daquele enlace.

Ana assiste à cena insuportável.

– Ai! – reclama Luke após alguns segundos.

Ele se desvencilha do abraço, e logo Molly faz o mesmo.

– Vem ver o que nós fizemos, mamãe! – ela comanda, arrastando Karen pelo corredor pela barra da blusa.

Ana vai com os três até a cozinha, seguida por Tracy. Sobre a mesa há uma assadeira com biscoitos em forma de bonecos, alguns bastante queimados.

– Uau! – diz Karen.

– Quer provar? – pergunta Molly, já escolhendo um deles.

– Pode ser daqui a um pouquinho?

– Por quê?

– Não estou com muita fome agora. Prefiro saborear essa delícia em casa com uma bela xícara de chá. Pode ser?

Molly faz que sim com a cabeça.

– E eu não ganho? – pergunta Ana.

– Ela pode? – Molly olha para Tracy.

A aparência de Tracy se assemelha à da casa. É evidente que ela nunca foi uma mulher bonita, e agora, quase cinquentona, veste o corpo de proporções generosas com roupas mais práticas do que elegantes. Mas seu estilo despretensioso é reconfortante em um momento de crise: ela é o que Ana considera uma pessoa bem resolvida, e cada gesto seu exala confiança e generosidade de espírito.

– É claro que sim – diz Tracy com um sorriso.

– Oba, muito obrigada!

Ana pega um dos biscoitos menos queimados. Assim como Karen, ela quer prolongar esse momento para Molly e Luke, os últimos minutos em que acreditam que o pai está vivo. Ela dá uma mordida gulosa no boneco.

– Hum! Vocês dois são muito espertos, sabiam? Fizeram isso sozinhos?

– A Tracy nos ajudou – admite Luke.

– E o Austin também – diz Molly, referindo-se a um menino pequeno do qual Tracy também cuida.

– Está delicioso.

– As mochilas estão prontas, crianças? – pergunta Karen.

Obedientes, os dois correm para a sala para buscá-las.

– Está na hora de irmos para casa.

***

Karen gira a chave na porta da frente e entra no hall, seguida pelas crianças e depois Ana. A presença de Simon está por toda parte: no paletó pendurado na ponta do corrimão depois da saída do fim de semana, nas chuteiras enlameadas ao pé da escada depois da partida de ontem, nas fotos dele com o pai no porta-retratos sobre a mesa do corredor, ao lado de uma pilha dos seus CDs.

Outra onda de pânico se insinua, mas Karen se vale de uma reserva de forças que nem imaginava possuir e mantém a calma. Vai para a cozinha ferver água para o chá. Não sabe como contar aos filhos o que aconteceu, só sabe que é preciso. Ao largar a bolsa sobre o balcão da pia, escuta um miado e vê Toby saindo do seu esconderijo atrás da estante dos vinhos. Sem nem desconfiar, o gato lhe dá uma ideia.

– Oi, Toby – ela diz, pegando o bichano no colo.

O filhote de apenas dois meses, cria da gata do vizinho, foi um dos presentes de Natal de Luke, que teve que esperar por ele até o desmame em meados de janeiro, um desafio considerável para um menino tão jovem.

– Me dá ele! – exclama Luke imediatamente.

– Posso afofar o Toby um pouquinho? – Karen pede, fazendo um carinho atrás das orelhas do gato, onde o pelo é excepcionalmente macio e quentinho.

Depois dos horrores do dia, o contato delicado é uma espécie de consolo.

– Está bem! – Luke concede contrariado, dando-lhe as costas.

– Crianças! – Karen chama.

Enquanto isso Ana se ocupa de fazer ainda mais chá.

– Alguém está com sede?

– Eu – diz Molly.

Luke faz que não com a cabeça.

Karen entrega Toby para Luke e enche de suco o copo com biquinho de Molly, que começa a beber imediatamente.

– Muito bem – ela diz em tom firme –, agora quero que vocês venham para a sala comigo, porque tenho uma coisa para contar para os dois. Pode trazer o Toby se quiser, Luke.

– Quer que eu vá junto? – pergunta Ana. – Posso esperar aqui se for mais fácil.

– Não, tudo bem – diz Karen.

Carregando duas xícaras, Ana segue a pequena família e se acomoda em uma poltrona junto à janela. A sala é grande, e Karen percebe que ela não quer atrapalhar.

Karen senta-se no sofá e inclina-se para frente.

– Cheguem mais perto – diz, puxando as duas crianças, mais o gato, na sua direção. – Agora escutem. O que eu vou contar é muito, mas muito triste, e vai ser um choque para vocês dois. Mas eu quero que saibam que, não importa o que acontecer, a mamãe e o papai amam muito vocês, muito mesmo demais.

Ela mal suporta ver a expressão no rosto das crianças. Luke está franzindo a testa, confuso. Molly segue tomando o suco, buscando instintivamente algo que a acalme.

– O que aconteceu, mamãe? – pergunta Luke.

– Bem – ela respira fundo. – Vocês se lembram do nosso outro gato, o Charlie?

Ela faz mais um carinho em Toby, que está no colo de Luke, esperando que o bichinho lhe dê forças. Ele ergue o queixo para que ela continue a acariciá-lo, indiferente a qualquer outra coisa além do próprio prazer.

As duas crianças assentem com a cabeça, muito sérias.

– E lembram-se de quando o Charlie morreu e eu disse que ele tinha ido morar no céu com outros gatos?

– Você disse que lá ele ia poder brigar quando quisesse – lembra Luke.

Embora fosse castrado, Charlie nunca perdeu o instinto territorial, e estava sempre se metendo em brigas com os gatos da vizinhança, incluindo a mãe de Toby. De vez em quando, gostava até de provocar o poodle da casa ao lado.

– Isso mesmo – continua Karen. – E eu também disse que o Charlie não ia voltar mais, mas que ele estava muito feliz brigando com os outros gatos do céu.

– É – diz Luke.

Molly fica em silêncio.

Embora as crianças estejam bem ao lado dela, Karen estende o braço e põe a filha sentada em seu joelho, depois puxa Luke e Toby mais para perto e baixa ainda mais a voz.

– Bem, hoje o coração do papai de vocês parou de funcionar de repente, que nem o do Charlie. Só que o Charlie era velhinho, e o papai não, por isso foi uma surpresa. Mas significa que o papai se foi que nem o Charlie.

– Como assim? Ele foi brincar com o Charlie? – pergunta Luke.

– Sim – diz Karen encampando a ideia. – Ele foi ajudar o Charlie a vencer todas as brigas que puder.

– Ah! – Luke segue confuso.

– Mas o papai não vai só brincar com o Charlie. Ele também vai poder fazer tudo o que ele gostava por aqui.

– O papai está no céu? – pergunta Luke.

– Sim. – diz Karen.

Ela não consegue pensar em uma explicação melhor, mas ser exata não é o que importa. O principal é a verdade emocional, por certo, e dar a notícia da maneira mais delicada e direta possível. – Você entendeu, querida? – ela pergunta à filha.

Molly está ocupada chupando seu suco, mas, pelo som, Karen percebe que só resta ar no copo. A menina tem o cenho franzido e o lábio inferior projetado para frente em um beicinho, uma expressão que denota alguma compreensão.

– No lugar para onde o papai foi, pode fazer tudo o que ele gosta o *tempo todo*. Vai poder jogar futebol – e tem um monte de gente por lá que adora jogar futebol também. Vai poder tomar cerveja – e vai encontrar muitos homens que gostam de cerveja gelada lá em cima. Vai poder conversar com os amigos e tirar uma soneca de tarde quando quiser. E vai ouvir as músicas dele *bem* alto também! E sabem do melhor? Ele não vai ter mais que trabalhar em Londres, nunca mais. Vai poder fazer só o que gosta, sempre que quiser. Ele vai se divertir muito!

Ao dizer isso, Karen sente-se distante das próprias palavras. Sua voz soa mais jovial e animada do que ela se sente por dentro.

– Mas o papai não gosta de ficar com a gente, mamãe? – pergunta Luke.

Por essa Karen não esperava.

– É claro que sim, meu amor.

– Mas você não disse que ele ia poder fazer todas as coisas que gosta de fazer?

– Bem... – Karen procura uma resposta.

Seu filho tem razão, obviamente.

– É que lá em cima tem pessoas que precisam da ajuda do papai. Vocês sabem como ele dá bons conselhos, não sabem? E nesse momento eles precisam mais de ajuda do que nós, por isso ele foi para lá.

– Então depois de ajudar essas pessoas ele vai voltar?

Ai meu Deus, ela está pisando na bola.

– Não, meu amor, ele não vai voltar.

Luke começa a chorar.

– Meu anjinho. – Ela o abraça apertado e pousa o rosto na massa de cabelos castanhos do menino. – Eu sinto tanto, tanto. – As lágrimas dele a contagiam, e ela também começa a chorar. – É muito triste, e não é justo. O papai não queria ir, mas ele não teve escolha. Sabe como às vezes você tem que fazer coisas que não quer, como escovar os dentes e comer salada?

Luke assente por entre lágrimas.

– Morrer é parecido. Você não quer que aconteça, mas não pode evitar.

– Ah.

Agora Molly também chora. Karen está ciente da presença de Ana do outro lado da sala, assistindo a tudo a alguns metros de distância.

– Dinda Ana, venha nos dar um abraço.

Grata por poder ser útil, Ana se aproxima e envolve os três com os braços. Eles choram juntos, com grandes soluços sentidos.

***

As sessões de Lou terminam às 15h30, e depois ela tem uma reunião de equipe, então, já são mais de 16h quando deixa a escola. A caminhada até o metrô leva alguns minutos, e no caminho ela vê Aaron e Kyra sentados no muro em frente à banca de revistas. É impossível evitá-los, e eles perceberão se ela der meia volta para fazer outro trajeto, então Lou segue em frente. Ao se aproximar, vê que os dois estão fumando e, imediatamente, teme que seja maconha, já que Aaron vive chapado. Ao chegar mais perto, fica aliviada ao ver os filtros marrons dos cigarros. Eles não deveriam fumar nada, já que são menores de idade, mas dos males, o menor. Quando a vêem, rapidamente esmagam os cigarros no muro, deixando marcas pretas nos tijolos vermelhos. Como estão fora da escola, e ela não gosta de parecer muito autoritária, decide que é melhor ignorar a transgressão.

– E aí, beleza? – diz Aaron, estreitando os olhos enquanto ela se aproxima.

– Olá, Aaron, Oi, Kyra. Tudo bem com vocês?

– Comigo tudo bem, e com a senhora?

– Eu estou cansada. – diz Lou, e é verdade.

Ela começou a atender seus pacientes logo depois do incidente da manhã, e agora que a onda de adrenalina passou, só o que realmente quer fazer é dormir.

– Por acaso a senhora passou a noite acordada?

Lou franze o cenho. Já sabe onde isso vai dar.

– Não! – afirma categoricamente. – Ontem foi domingo.

– Para muita gente, não faz diferença.

– A senhora estava com uma mulher? – pergunta Kyra, em um tom que mistura curiosidade e nojo.

Lou poderia simplesmente lhes dar as costas, mas sabe que vão interpretar isso como medo, o que só vai atiçá-los. Ela encara um, depois o outro. Os olhos de Aaron são castanhos escuros e desafiadores. Os de Kyra são azuis claros e a miram de cima com uma arrogância agressiva. Aaron raspa a sola do tênis no chão, enquanto Kyra enrola mechas dos cabelos longos nos dedos: cada um encontra um meio de liberar o excesso de energia.

– Assisti ao noticiário – explica Lou. – Depois vi um filme de época na TV e fui dormir.

– Não tinha um homem gay nesse filme? – pergunta Kyra.

– Para falar a verdade, tinha sim – Lou confirma, registrando que vale a pena explorar o tema nas sessões individuais dos dois: ambos parecem preocupados com questões ligadas à homossexualidade.

Kyra não recua:

– A senhora é gay?

São em momentos como este que Lou gostaria de ter escolhido um local menos tenso para trabalhar como terapeuta, ou pelo menos onde a chance de cruzar com pacientes fora das sessões fosse menor. Comparado ao seu último emprego, a escola como um todo tem um problema sério de limites.

– O Aaron disse que a senhora é. – Lou simplesmente não tem mais energia para isso, mas eles não dão trégua. – Pelo jeito, a senhora não negou.

– Pessoal, se quiserem falar sobre isso, prefiro que seja em hora e lugar apropriados.

– Por que não agora?

Lou respira fundo. Isso é quase *bullying*.

– Acho que você sabe a resposta, Kyra. Respeito o seu interesse pela minha vida pessoal, mas você conhece as regras: eu decido o que dizer ao meu respeito. Se quiserem discutir qualquer outro assunto, por favor, o façam durante as sessões agendadas; estamos num local público. Vamos conversar amanhã, está bem?

– Mas como é que a senhora nos pergunta um monte de coisas e depois não quer nos contar nada?

– Porque nossos papéis são diferentes.

– A senhora está nos enrolando – acusa Aaron.

Apesar de tudo, Lou admira a esperteza dos dois. Ela insiste muito na importância da honestidade durante as sessões. Neste instante compreende que, de certo modo, a lição foi aprendida.

– Sinto muito que vocês tenham essa impressão – ela concede –, mas também precisam respeitar meus sentimentos. Estou exausta e quero ir para casa. Até amanhã.

Ela retoma a caminhada interrompida.

– Nós ainda achamos que a senhora é lésbica, viu? – Kyra grita às suas costas.

19h57

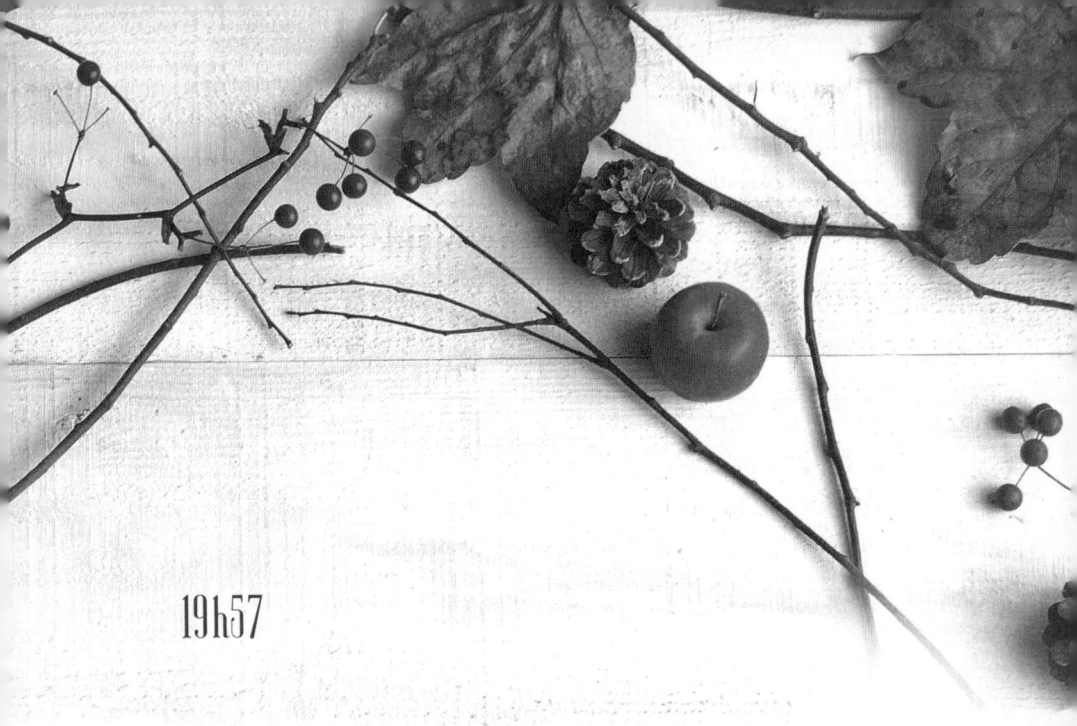

Quando Ana abre a porta do apartamento aquela noite, não encontra as habituais cartas jogadas no tapete, nem uma lufada de ar parado, nem silêncio. Steve recolheu a correspondência e pôs o que não eram malas diretas na mesa do hall; a casa está quente, mas não abafada, e o cheiro de comida vem acompanhado do som do rádio.

– Oi! – chama uma voz vinda dos fundos. – Você deve estar exausta.

Ana sente uma onda de gratidão: que contraste com a chegada de Karen em casa. Ela vai até a cozinha e vê Steve em frente ao fogão, usando o avental dela. Embora não tenha babadinhos (que jamais fizeram o estilo de Ana), a peça é de um tecido xadrez verde-claro, evidentemente feminina, e é curioso vê-la num homem tão másculo. Na verdade, a incongruência faz com que ele pareça ainda mais bonito. E Steve, sem dúvida alguma, é um homem bonito. Alto, de ombros largos, com cabelos cor de areia levemente desgrenhados. É o tipo de homem que as mulheres se viram para olhar na rua – e alguns homens também, já que se trata de Brighton. Ana sabe bem que boa parte do sucesso de Steve como pintor e gesseiro deve-se à aparência dele. Afinal de contas, a relação dos dois começou quando ela precisou de alguém para pintar as paredes da casa após se mudar. Contudo, a beleza de Steve não parece ameaçar homens héteros, talvez porque ele seja um macho típico, com seu amor por carros, esportes e cerveja.

– Estou fazendo espaguete à bolonhesa – diz ele, largando a colher de pau.

O peso no peito de Ana se alivia ainda mais. Ela temia que ele reagisse ao drama do dia começando a beber antes mesmo de ela chegar em casa – não seria a primeira vez. Mas dá para ver que ele está sóbrio. Ainda bem: ela simplesmente não suportaria se ele não estivesse em condições de lhe dar seu total apoio.

– Oba, que delícia!

Ela sente o aroma de tomate, guisado, cebola, alho e cogumelos. É *exatamente* o que quer comer neste momento, um prato simples, reconfortante, cheio de carboidratos, uma das especialidades de Steve. Ele é ótimo cozinheiro, talvez por ser craque em tudo o que requer o uso das mãos. ("Então ele deve ser bom de cama", Karen tinha brincado quando Ana e ele se conheceram.)

– Venha cá.

Ele baixa o volume do rádio e abre os braços. Ela se aconchega em seu peito, inalando o cheiro dele, sentindo o calor, a força e a solidez de seu corpo. É disso que ela precisa, mais do que tudo. Ana exala o ar com um gemido longo e pesado, tentando exorcizar um pouco do que passou.

– Deve ter sido um dia e tanto. – Ele dá um beijo no alto da cabeça dela. – O que você quer beber?

Ana adoraria ter uma taça de vinho tinto nas mãos, mas diz:

– Uma xícara de chá – embora já tenha tomado tantas hoje.

– Tem certeza?

Ela assente com a cabeça.

– Se eu começar a beber, não vou mais parar.

Não é verdade, e ela sabe disso, mas se Ana tomar um drinque, Steve vai acompanhá-la, e ele não consegue se limitar a um ou dois copos.

– Ok, salta um chazinho para a freguesa. E você, sente-se aqui.

Aliviada, Ana senta-se à mesa da cozinha, e Steve começa a massagear seus ombros sem que ela tenha que pedir. Instintivamente, ele sabe onde a tensão se concentra e trabalha com delicadeza insistente. Ela gira a cabeça de um lado para o outro, começando a relaxar.

– Que gostoso.

Ele encontra um nó de músculos na nuca e intensifica a pressão com os polegares.

– Hum, é bem aí. Obrigada.

Ela inclina a cabeça para trás e seus lábios roçam a frente da camisa dele, sentindo os músculos por baixo do tecido de algodão. Quase fica excitada, mas ainda está muito abalada com tudo o que aconteceu.

– Então, conte-me como foi – ele pede.

Ela suspira outra vez.

– Meus Deus, foi absolutamente horrível.

E como se os movimentos das mãos dele extraíssem as palavras de dentro dela, a história jorra em uma sequência longa: o trem, o táxi, o telefonema de Karen, o hospital, o corpo de Simon, as crianças.

Quando ela termina, Steve pergunta:

– Alguém ficou com Karen quando você veio embora?

– Sim, a mãe de Simon foi para lá imediatamente, e o irmão dele, Alan, ia direto do trabalho. Ele saiu mais cedo, então já deve estar lá. Você se lembra dele?

– Claro, um cara simpático. Bem, pelo menos ela não está sozinha.

– Os três iam escolher a roupas dele para o enterro. Eu só imagino... – Ana se encolhe ao pensar na tarefa dolorosa. – Pelo que entendi, Phyllis vai dormir lá.

– Boa ideia. Acho que Karen não deveria ficar sozinha esta noite.

Ele interrompe a massagem e volta ao fogão para mexer a panela. O fogo está baixo, e Ana escuta o borbulhar suave do molho. Depois ele retorna à mesa, puxa uma cadeira e se senta. É a vez dele suspirar.

– Coitada da Karen. – Steve esfrega os olhos, passa as mãos nos cabelos. – Minha nossa! Agora ela não vai ter como se mudar para a casa nova.

Ele está pensando em algo que Ana e Karen ainda não abordaram: dinheiro. Steve continua:

– Simon tinha seguro de vida?

– Acredito que sim. É o tipo de coisa que ele faria.

– Ao contrário de mim, você quer dizer? – Steve ri, mas há um toque de amargura na sua voz.

O fato de não ganhar bem o incomoda muito.

– Ao contrário de você – Ana concorda, mas seu tom é compreensivo, afetuoso.

Neste momento, ela está tão feliz por ter Steve ao seu lado, cheio de energia e vida, que não sente qualquer impulso de alfinetá-lo.

Subitamente, a presença física de Steve a leva de volta ao hospital. Ana jamais vai esquecer a visão do corpo de Simon. Nunca tinha visto um cadáver antes, e não saberia dizer exatamente o que esperava, mas certamente não era o que viu na salinha do necrotério. Em vida, Simon era ainda maior do que Steve, um verdadeiro armário, mas naquela tarde ele parecia tão menor, tão cinzento, tão imóvel.

Ela se debruça sobre a mesa e pega as mãos de Steve. Mais uma vez, o contraste a assalta: aqui está ela segurando as mãos do companheiro como Karen fez com Simon mais cedo. E aqui está a mão de Steve, cheia de sangue quente, veias pulsantes, ossos firmes e tendões elásticos, com as unhas lascadas e a pele engrossada pelos anos de trabalho manual. Ela a agarra com força. Por um breve instante, tem a sensação de que é tudo o que a impede de ser carregada pelo turbilhão.

***

– De novo, mamãe! De novo!

Karen fecha o livro de histórias sobre o colo.

– Duas vezes é o suficiente, Molly.

– Hoje a mamãe está muito cansada – Phyllis explica.

Ela está sendo delicada: Karen está quase catatônica, mas o sono não vai curar sua exaustão.

Alan veio e se foi, levando consigo o traje de Simon para o enterro. Os olhos de Karen mal conseguiam enxergar as roupas no armário, mas ela fez o que pode, e, com a ajuda de Phyllis, os três escolheram um terno cinza, uma camisa branca e a gravata de seda favorita de Simon.

Agora ela e Phyllis estão pondo Molly e Luke para dormir. Juntas, conseguiram dar o jantar para as crianças – *nuggets* de frango foi a opção mais fácil –, dar-lhes banho e fazê-las vestirem seus pijamas sem muita resistência. Karen está feliz pela presença e a ajuda da sogra. Sozinha, provavelmente teria passado a noite chorando na sala com os filhos. Nas últimas duas horas, porém, os adultos distraíram Molly e Luke com uma imitação de vida normal. Mesmo assim, Karen sente que Phyllis também está em choque profundo. Perder um filho é terrível em qualquer circunstância, mas a esta altura da vida, inesperadamente, é um golpe do qual a sogra pode nunca se recuperar.

Luke interrompe seus pensamentos:

– Cadê o Croco Azul?

O crocodilo de pelúcia é o brinquedo predileto dele, gasto e com o recheio escapando pelas costuras desfeitas. Sem nenhum respeito pela coerência científica, tem uma longa cabeleira de fios emaranhados pelos anos de uso. Luke vem demonstrando menos interesse no brinquedo ultimamente, mas ainda procura por ele quando precisa de consolo.

– Está aqui – diz Karen, localizando o bicho ao pé da cama.

Luke o toma das mãos dela e o aperta com força.

– Posso te dar um beijo de boa noite?

Luke sacode a cabeça obstinado.

– Quero que o papai venha me dar um beijo de boa noite quando ele chegar em casa.

Phyllis e Karen se entreolham. Será que ele não entendeu? Karen teve a impressão que sim, mas talvez seja demais para ele, talvez esteja além da sua capacidade. Fora que, em circunstâncias normais, seria exatamente isso o que aconteceria: quando Simon chegasse do trabalho, subiria a escada saltando os degraus para desejar boa noite aos filhos.

– Não, meu pequeno, você se lembra do que eu disse? O papai não vai voltar hoje.

– Ah é? Ele vem amanhã?

– Não, eu sinto muito.

Karen não quer que ele comece a chorar outra vez, então decide distraí-lo. No momento, só o que tem a oferecer é ela mesma, então diz:

– Mas sabe de uma coisa? Eu posso ficar aqui até vocês dormirem. Vou apagar a luz e ficar sentada nesta cadeira até vocês dois caírem no sono.

– Tá bem – Luke concorda.

– Acho que vou descer – diz Phyllis, ficando em pé.

– Vou daqui a pouquinho.

– Não tenha pressa. – Phyllis apaga a luz do quarto. – Quer que eu deixe a porta encostada?

– Abre mais – diz Molly.

Os dois gostam de ver que não há monstros por perto.

Karen escuta os passos abafados de Phyllis no carpete. Estende a mão para afastar os cachos dourados do rostinho de Molly, depois se ajeita na cadeira de madeira. Não é muito confortável, mas ela não se importa. O que precisa agora é estar com os filhos enquanto adormecem. Mas mesmo quando eles já ressonam, ela percebe que não consegue se afastar deles, e passa horas sentada na penumbra, simplesmente escutando os dois respirarem, ainda vivos.

***

É quase meia-noite. As luzes estão apagadas, as cortinas fechadas, o alarme ligado. Ana está imóvel sob o edredom, consciente do corpo de Steve abraçando-a por trás. Normalmente, adora dormir assim: tem uma sensação de liberdade combinada à segurança do abraço. Steve caiu no sono assim que vieram para a cama, mas a mente dela não tem descanso.

Pela primeira vez, Ana tem chance de pensar na sua própria relação com Simon, e em como vai sentir falta dele. Depois de tantos anos, aprendeu a amá-lo de uma forma profunda, ainda que platônica. Ele era um alicerce na sua vida, alguém em quem ela podia confiar. E mais: vai sentir falta do humor dele, da sua gentileza, inteligência e generosidade. Enquanto ela e Karen conversavam na cozinha com xícaras de café nas mãos, a presença dele era um pano de fundo na casa da família, assistindo à televisão, brincando com as crianças, simplesmente existindo. Mesmo quando estava fora, trabalhando, Simon dava a cada momento que ela compartilhava com a amiga algo a mais, algo indefinível. Não apenas segurança, mas uma noção de realidade, solidez, *humanidade*. Ela respeitava Simon; ele tinha princípios. No seu trabalho como arquiteto e paisagista, muitas vezes era contratado por prefeituras para projetar grandes conjuntos habitacionais e recusava-se a fazer negócios com pessoas cujo senso estético ou orientação política se opusessem aos dele. De certa forma, Simon era uma bússola moral pela qual ela julgava a própria vida.

Isso faz com que a perspectiva de viver sem ele seja incerta, assustadora. Ana sente-se como uma barraca sem cabos suficientes no meio de uma ventania: vulnerável, podendo ser carregada com facilidade. Embora saiba que é apenas uma fração do que Karen deve estar sentindo, a sensação não é menos terrível.

Por que Simon, ela se pergunta, aconchegando-se ainda mais na concha do corpo de Steve. Por que Karen? Por que hoje? Ela sabe que isso deve fazer parte de um plano maior, que tudo acontece por algum motivo, blá-blá-blá. Mas simplesmente não entende. Karen e Simon são boa gente, tão corretos, tão amorosos. Nunca fizeram mal a ninguém, não merecem isso. É muito injusto.

Então ela escuta a voz da mãe, quando ainda era pequena, explicando: "Mas, meu amor, o mundo é injusto". Décadas atrás, a frase era usada para justificar o fato de que outras crianças tinham mais do que Ana: convidados que ganhavam uma porção maior de sobremesa, amigos com brinquedos melhores, colegas com mesada maior. Uma filosofia simples, com certeza, mas a única que parece fazer sentido à luz dos acontecimentos.

***

Em casa, algumas ruas adiante, Karen está só, deitada de costas com os olhos abertos, fitando o teto escuro. Nos últimos vinte anos, ela e Simon passaram pouquíssimas noites separados, e agora a cama king size lhe parece grande demais, vazia. Normalmente, o sono de Karen é profundo e fácil: ela apaga segundos depois de encostar a cabeça no travesseiro e acorda oito horas mais tarde. Nem se levanta para ir ao banheiro durante a noite, somente se uma das crianças chamar, e, mesmo assim, Simon geralmente escuta antes dela e resolve o problema. Mas ele não está mais lá, e Karen não consegue dormir, não consegue chorar, não consegue se mover. É uma batalha perdida: só o que pode fazer é esperar pelo amanhecer.

Duas horas depois, ela ainda está deitada na mesma posição quando escuta pezinhos no corredor, seguidos pela maçaneta girando. A escuridão do quarto é cindida por uma faixa de luz, no centro da qual ela vê uma silhueta conhecida. É Luke, arrastando o Croco Azul pelo rabo.

– Não consegue dormir, fofinho?

– Não.

– Nem eu. Quer dar um abraço na mamãe?

Luke faz que sim com a cabeça, e ela ergue o lençol para fazer espaço para ele.

Ele se acomoda ao lado dela, e Karen acaricia de leve a nuca do filho, lá onde os cabelos macios encontram o colarinho do pijama. Em minutos, a respiração dele se acalma e ele dorme.

Ela fica deitada mais algum tempo, depois lembra-se de Molly. Se a menina acordar e descobrir a ausência do irmão, pode se assustar.

Com todo cuidado para não acordar Luke, Karen afasta as cobertas do seu lado da cama e percorre o corredor na ponta dos pés. Molly está dormindo pesadamente, com o lençol, o cobertor e a camisola embolados na altura dos joelhos.

Karen se debruça sobre o berço, desfaz delicadamente o emaranhado das cobertas e ergue o corpinho da filha.

Molly dá um pequeno gemido de protesto a caminho do quarto. Karen a põe na cama primeiro e depois se deita com cuidado entre as duas crianças, puxando as cobertas sobre os três.

De repente, Molly pergunta:

– Cadê o papai?

– O papai não está, meu amor.

Mas Molly não está realmente acordada: ela geme outra vez e volta a ressonar.

Então, na voz mais baixa possível, Karen diz:

– O papai se foi.

O lembrete é mais para ela mesma do que para qualquer outra pessoa.

***

A menos de três quilômetros dali, no seu apartamento diminuto, Lou está tendo um sonho tão vívido que parece real: ela precisa pegar um trem e está com muita pressa. O trem está prestes a partir, mas há uma multidão em seu caminho. Algumas pessoas a encaram com olhares maliciosos, bloqueando sua passagem, empurrando-a na direção contrária. Outras estão de costas para ela, carregando malas imensas, empurrando cadeiras de rodas ou bicicletas. Todos movem-se muito devagar, indiferentes às necessidades dela, que tem um compromisso importante e urgente, e que não vai chegar a tempo. Embora não saiba aonde precisa ir nem por quê, ela pressente que é uma questão de vida ou morte.

Lou acorda com um solavanco, molhada de suor, ofegante.

Está desorientada, em pânico, mas então vê a silhueta da janela contra a persiana e se acalma.

Esta em casa e não na estação, afinal de contas.

E então a lembrança do dia retorna, e ela começa a chorar em silêncio, comovida pela tragédia de uma mulher que não conhece e de outra com quem conversou brevemente, até uma mancha úmida e salgada se formar junto ao seu rosto no travesseiro.

Terça-feira

5h34

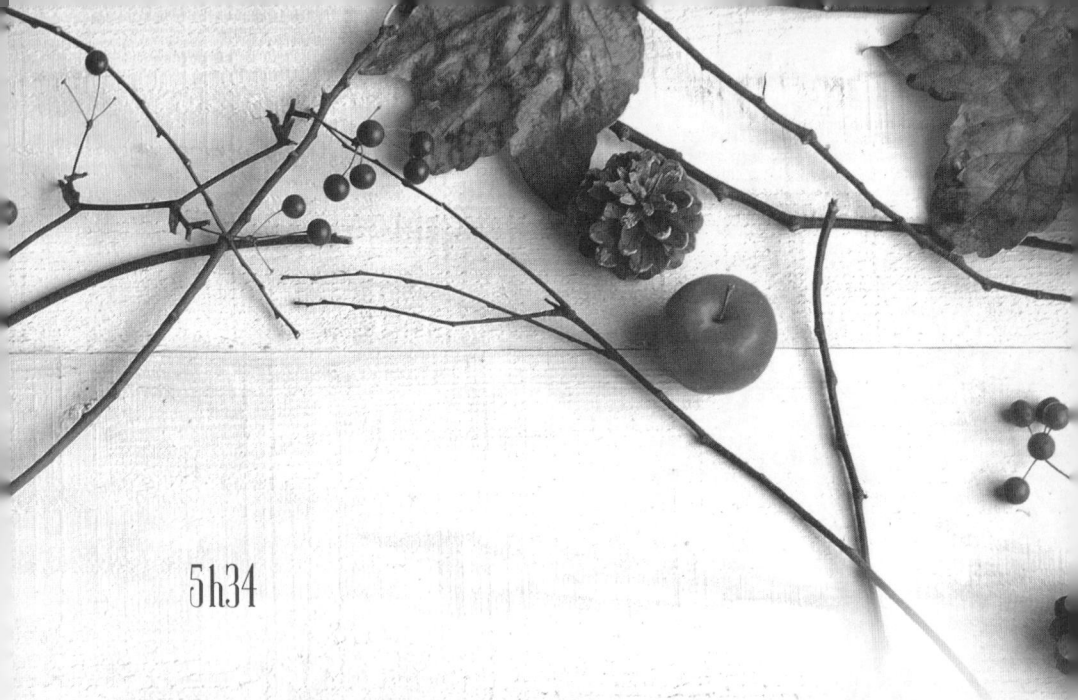

Ainda está escuro lá fora, mas Karen já escuta o ribombar dos trens a distância, sinalizando a chegada da manhã. O calor de Molly e Luke foi um consolo durante a noite, mas nada consegue diminuir o tumulto em sua mente. Ela repassou os eventos muitas e muitas vezes, os pensamentos girando freneticamente como roupas em uma máquina de lavar.

Simon dizendo: "Estou com um pouco de azia", enquanto eles desciam a rua na chuva para chegar à estação.

Ela conferindo o relógio e dizendo: "Então vamos comprar um café. Temos tempo".

"Café?"

"Um café com leite pode ajudar a acalmar o seu estômago", ela tinha argumentado, mas a verdade é que era ela quem estava louca por uma bebida quente. Depois, ao chegarem à plataforma: "Vou pegar o café, você compra as passagens?"

Ela o deixou na fila e foi até o barzinho. E se não tivesse feito isso? E se tivesse ido para a fila junto com ele? Será que ele teria dito que não era apenas um desconforto, e sim uma dor mais séria? Eles poderiam ter se sentado no círculo de bancos em frente à WHSmith e esperado alguns minutos, talvez até decidido pegar o trem seguinte. Se ainda estivessem na estação, tão mais próxima do hospital, quando ele teve o infarto, o resultado poderia ter sido muito diferente...

Mas ela havia dito: "Você devia comer alguma coisa", quando ele parou ao seu lado no instante em que a barista salpicava o cappuccino dela com chocolate em pó.

"Nada me apetece", ele tinha retrucado, olhando para os doces e salgados sob o vidro do balcão. Ela ficou surpresa, já que Simon raramente recusava comida. Por que então não tinha insistido, perguntado se ele estava se sentindo bem?

Ao invés disso, ela anunciou: "Vou querer um croissant", e ele decidiu pedir o mesmo.

E se aquele café foi o culpado? Karen sabe que a cafeína acelera os batimentos cardíacos. Ela visualiza a água fervente escorrendo pelo pó escuro do expresso até cair no copo de isopor. Era quase sinistro olhar para trás agora, sabendo que era ela que precisava da cafeína, não ele. Sem ela, o ritual matinal de Simon era comprar o jornal para se distrair na fila. Ele deixaria para comprar um chá a bordo, quando a menina passasse com o carrinho pelo corredor. Se tinha sido o café, então a culpa era dela, sem dúvida alguma...

E quando Simon desmaiou? Aqueles segundos cruciais antes da chegada do socorro, quando ela podia, não, devia ter tentado reanimá-lo. Por que não tentou? Nem parecia ela. Tudo bem que não soubesse aplicar respiração boca a boca corretamente, mas tinha alguma noção. Ainda assim, sequer havia tentado...

Lembra-se da última conversa dos dois no trem. Tinha sido incrivelmente banal, inteiramente focada nela. Ela tinha se queixado do trabalho, reclamado que o supervisor havia movido sua mesa sem avisar para longe da janela. Karen trabalhava apenas meio turno em uma repartição municipal, não gostava do trabalho e já tinha começado a procurar outra coisa, esquadrinhando os anúncios de emprego do *Argus*. O que importava a posição de sua mesa? Mas a ladainha tinha sido longa e amarga, como se fosse relevante...

Ela não tinha se despedido, sequer dissera a ele que o amava. Aliás, nem se lembrava de quando declarara seu amor pelo marido pela última vez, provavelmente ao final de algum cartão acompanhando um presente de Natal. Antes da chegada das crianças, ela costumava dizer eu te amo o tempo todo. E não é que o amasse menos depois que Luke nasceu, pelo contrário, então, por que perdera o hábito? Teria levado apenas alguns segundos para dizer as três palavrinhas naquela manhã.

E se isso? E se aquilo? E se? Perguntas inúteis: ele se foi, e Karen está deitada ali sozinha.

A luz vermelha do relógio ao lado da cama declara que são 6h01. Estranho que todos os relógios do mundo continuem funcionando quando o mundo dela parece ter parado. Mesmo assim, ela percebe a luz que começa a atravessar a fresta entre as cortinas, escuta as gaivotas berrando lá fora e algo se movendo no térreo. É Toby procurando seu café da manhã – por mais que Luke insista em trazê-lo para cima, o gato dorme na cozinha. As crianças vão fazer o mesmo em breve. Ela poderia passar o resto da vida na cama, mas precisa levantar e começar a agir. Tem que tomar providências, avisar pessoas, tomar uma decisão quanto à compra da casa. A necrópsia vai ser hoje cedo. O hospital deve realizar o exame para estabelecer oficialmente a causa da morte. Ela não quer pensar no seu amado Simon sendo aberto, exposto...

É insuportável.

Depois, é claro, é preciso organizar o funeral.

Esta última lembrança lhe dá a energia que faltava. Antes de poder mudar de ideia, Karen afasta as cobertas e ergue as pernas por cima de Molly, que, toda enrolada em posição fetal, não ocupa muito espaço.

Em pé, automaticamente, estende a mão para o roupão pendurado na porta. Para chegar a ele, porém, precisava passar pelo de Simon. O tecido atoalhado azul marinho é grosso e, apesar dos anos de uso, ainda macio. Ela não resiste e o puxa contra o rosto, respirando fundo.

É claro que está impregnado com o cheiro dele, uma combinação do desodorante e da loção pós-barba que ele usava quase todas as manhãs ao sair do banho, mais o odor natural do próprio Simon. Único, como ele, um dos aromas preferidos dela. Karen não consegue acreditar que ele nunca mais vai exalar aquele cheiro.

***

Uma manhã de outubro, um hotel em Manchester. Nuvens cinzentas acumulam-se no céu. O ar lá fora está frio, mas isso não importa: Karen e Simon estão protegidos, aninhados.

– Veja só – diz Karen abrindo o armário. – Roupões. Que fino!

– O que foi, meu bem?

Simon vem do banheiro com uma toalha branca enrolada na cintura e outra nas mãos, secando os cabelos. Ele se detém e diz:

– Desculpe, não ouvi o que você disse.

– Veja só – ela repete, tirando um dos roupões do cabide.

Os dois são azul marinho, enormes e têm um M floreado bordado no peito, representando o nome do hotel.

Ele solta a toalha da cintura e a joga sobre a cama.

– Perfeito.

Toma o roupão das mãos de Karen e o veste, amarrando a faixa na cintura.

– Fica bem em você – observa Karen, e é verdade.

A cor realça o azul dos olhos dele, mas não é só isso: a peça lhe cai com perfeição. O tecido encorpado e o corte generoso fazem justiça ao seu corpo como um traje sob medida, enfatizando a largura dos ombros e criando um V até a cintura.

Ela sorri.

– Faz você parecer tão másculo.

– Não fique tão surpresa – ele dá uma risada. – Eu *sou* másculo.

– É claro que é – ela também ri.

Karen está se divertindo. É bom estar nesse hotel e, melhor ainda, com todas as despesas pagas. Foi Ana quem o recomendou, e seu bom gosto é infalível. A decoração é elegante, mas não formal, moderna sem ser minimalista. Embora não seja extremamente caro (ou a firma de Simon não aceitaria), o lugar tem um ar de opulência que a faz se sentir especial. A cama é divinamente confortável, e o jantar na noite anterior foi uma sequência de delícias suntuosas, precedida por coquetéis à luz de velas no bar revestido de madeira. Também há detalhes mais sutis: a espuma de banho não cheira a talquinho da vovó, como na maioria dos hotéis, mas sim a um buquê de aromas sofisticados que permite a Karen imaginar-se, por alguns breves instantes, incrivelmente glamorosa e bem-sucedida. E o que é melhor: Simon está aqui para uma conferência, mas ela está apenas o acompanhando e tem liberdade para fazer o que quiser. Lugares turísticos não estão na pauta: ela quer ir às compras, e Ana havia lhe dito que Manchester é um ótimo lugar para isso.

Karen senta-se no banco em frente à penteadeira e tira o secador de cabelo da gaveta. Nesse momento, Simon aproxima-se e enlaça sua cintura por trás.

– E você, minha bela, é muito feminina.

Ela arqueia as costas, inclina cabeça para trás e o beija. Está vestindo apenas lingerie e imediatamente se sente excitada: a combinação do ambiente, a sensação de liberdade em relação à rotina, a loção hidratante perfumando sua pele e, acima de tudo, o próprio Simon. O cheiro dele tão limpo a inebria e o torna especialmente irresistível.

– Hum – é a vez dele murmurar, captando o desejo dela.

Simon desliza a mão para dentro da calcinha de Karen.

– Oh...

Os dedos encontram o alvo rapidamente, mas ainda assim ele é delicado: Simon conhece bem o corpo dela, sabe medir sua temperatura.

Ela gira na banqueta para encará-lo.

– Não comece se não puder terminar – provoca. – Você não tem que sair?

Ele olha para o relógio ao lado da cama.

– Teoricamente, sim – diz com um sorriso maroto. – Mas o primeiro evento de hoje é um seminário maçante. Duvido que alguém vá notar se eu só chegar no final.

– Quanto tempo você tem? – Ela desata o cinto do roupão. Ele está duro. – Hum – ela ri outra vez. – Eu diria que não vai demorar muito.

– Acho que uns quarenta minutos.

– Só isso?

Lentamente, ela traça a linha dos pelos que descem pela barriga dele com a ponta do dedo, depois ergue os olhos.

– Bem, talvez uma hora... – ele arqueia uma sobrancelha. – Se é disso que a minha garota precisa.

– Exatamente – diz Karen. – Para poder fazer tudo direitinho...

Ela toma o pênis dele nas mãos e começa a movê-lo do jeito que sabe ser irresistível.

Minutos depois, ela monta sobre ele na cama. Eles fazem amor prolongando o ato, ambos sentindo-se mais audaciosos por estarem em um lugar diferente, luxuoso, e porque Simon deveria estar trabalhando.

Ao fim do dia, ainda relaxada e contente, Karen fica sabendo que os roupões do hotel estão à venda como suvenires. Compra um deles na recepção e presenteia Simon ao chegarem em casa, de surpresa. Algumas semanas depois, ela descobre que está grávida. Se foi naquela manhã, ou na noite anterior, não tem como determinar, mas conclui, pelo seu ciclo, que Luke foi concebido durante a viagem. O seu menino, agora com 5 anos, dormindo na cama dela com o polegar na boca, no lugar que Simon deveria ocupar, grande e másculo.

6h30

O despertador de Ana dispara, e ela acorda com um salto. Tinha finalmente adormecido por volta das três horas, e agora é lançada de volta ao mundo pelo rádio, sintonizado permanentemente em uma estação de notícias 24 horas. Embora Steve prefira música, essa batalha foi vencida por Ana, com o argumento de que é ela quem precisa acordar e sair para o trabalho primeiro. De qualquer forma, Ana tem a palavra final, embora isso nunca tenha sido articulado em voz alta. A casa é dela – Steve contribui com pagamentos esporádicos de aluguel ou fazendo consertos, mas é o nome dela que está na escritura. Ana é específica, até truculenta, quanto a suas preferências: não gosta de acordar com música e não suporta a animação forçada dos apresentadores, que não costuma combinar com o humor matinal dela. Mais do que isso, para ela as músicas, e especialmente as canções pop, são muito vagas, desconexas, e deixam-na emocionalmente perturbada e ansiosa. Em circunstâncias normais, tem a impressão de que a voz humana e as notícias, por mais negativas que sejam, a trazem para a realidade, para um ponto específico no tempo. Isso lhe dá uma sensação de estabilidade que ancora o seu dia.

Hoje, porém, tudo está diferente. Antes mesmo de abrir os olhos, Ana se recorda dos eventos do dia anterior: Simon, Karen. O locutor está entrevistando um político; ambas as vozes são roucas e têm um sotaque distintamente escocês, mas ela não entende uma palavra. Sua cabeça está cheia de tristeza, preocupação e raiva, e outros sentimentos que ela nem sabe definir.

Para não se deixar paralisar, ela procura um foco: hoje vai trabalhar. Karen lhe garantiu que a companhia de Phyllis vai ser suficiente, que as duas podem se apoiar mutuamente. Ana vai vê-la à noite, e precisa se levantar agora.

Steve ainda está ferrado no sono, roncando de leve. Ana não entende como ele consegue dormir com o rádio ligado, mas quatro anos juntos provaram que é assim, talvez devido ao fato de que, quando ele tem trabalho, este é fisicamente exigente. Embora ela se ressinta da intermitência das atividades dele, reconhece que lhe agrada poder se aprontar sem interrupções.

Durante a noite, Steve jogou um braço por cima dela, que agora repousa em seu ombro. Ela o ergue com cuidado, desliza sob o edredom e enfia os pés em um gasto par de pantufas de couro. Atravessa o quarto e acende a lâmpada fluorescente fraca sobre a penteadeira. Steve rola na cama, murmura alguma coisa e volta a roncar.

Depois do banho, Ana se veste. Normalmente, gosta de planejar o que vai vestir na noite anterior, combinando sapatos, meias com acessórios e bijuterias que se complementem. Tem esse hábito desde o tempo da faculdade, quando ela e Karen dividiam uma casa. Karen sempre a considerou incrivelmente organizada e, enquanto escolhia a roupa de baixo, Ana escutava a amiga lhe provocando: "Você é tão obsessiva!". No dia a dia, Karen puxa a primeira roupa do armário, e, se vai a algum lugar especial, escolhe o traje de acordo com o humor do momento.

Ana suspira. Hoje, mais do que qualquer outro dia, escolher o que vestir não será prioridade para sua amiga.

Como não estava com cabeça para separar roupas na noite anterior, agora Ana faz como Karen e opta pelo mais fácil: a saia e a blusa de ontem.

A seguir, a maquiagem. Ao abrir bem os olhos para aplicar o rímel, sente uma vontade avassaladora de chorar, que a deixa atônita: até agora vinha mantendo um certo controle, funcionando em piloto automático. As lágrimas saltam antes que ela possa impedi-las, borrando o delineador e riscando traços claros no blush. Ela quer berrar como um bebê com fome, mas engole em seco e pisca para parar as lágrimas.

Droga, terá de aplicar parte da maquiagem outra vez. Se não parar com isso, vai perder o trem das 7h44. Ela se obriga a se concentrar e, com alguns minutos de atraso, está pronta.

Lá fora, a manhã é fria, porém clara. Está clareando e, enquanto Ana desce o morro íngreme até a estação, as pernas travando o impulso para frente, sua respiração a segue como o vapor de um trem em um filme antigo.

***

Lou adora dormir e desenvolveu uma rotina matinal precisa para esticar ao máximo o tempo na cama. Ela mora a um quilômetro e meio da estação, mas seu despertador toca mais tarde que o de Ana. Suas prioridades são: tomar banho, vestir-se e comer alguma coisa, tudo o mais rápido possível.

Seu apartamento não tem espaço para uma banheira, mas a chuveirada rápida é um prazer diário. Ela gosta de sentir a água carregando consigo as impressões embaçadas da noite, com o auxílio de um xampu de menta que faz seu couro cabeludo formigar. Alguns minutos sob o secador, um pouco de gel, e os cabelos estão prontos. Ela veste o sutiã de algodão com a mesma destreza, depois a calcinha, uma camiseta, jeans e um moletom com zíper. A seguir, o café da manhã: uma tigela de cereal com banana picada, consumida em pé junto à janelinha do sótão, vendo o sol nascente transformar o céu ao leste. Ela mal acabou de engolir a última colherada e tomar alguns goles de chá e já está vestindo o casaco, passando os braços pelas alças da mochila e descendo a escada.

Lou guarda a bicicleta no corredor estreito do prédio, um acordo ao qual chegou depois de muito negociar com os vizinhos. Acende a luz controlada por temporizador, sabendo que a lâmpada vai se apagar um pouco antes de ela conseguir girar a chave na trava – a senhoria é rígida quanto às despesas, incluindo eletricidade. Não importa: depois de tantos anos, suas mãos sabem o que fazer mesmo no escuro. Agora é só carregar a bicicleta escada abaixo (sempre machucando as canelas no caminho), abrir a porta da frente, jogar a perna esquerda sobre a barra e seguir caminho.

Hoje o dia está muito mais bonito, ela pensa, enquanto acelera pela rua, frio, porém seco. Talvez até faça sol mais tarde. Lou está tão concentrada, os olhos baixos focando o movimento dos pedais, que tem que desviar de súbito para não se esborrachar contra um veículo grande. É uma ambulância, parada em fila dupla em frente ao Palace Pier. As luzes giratórias não estão ligadas, mas logo adiante também há uma viatura da polícia, então algo deve estar acontecendo.

Ela diminui a velocidade para observar e vê os paramédicos subindo a rampa da praia carregando uma maca. Logo percebe por que as luzes estão apagadas: o corpo tem o rosto coberto, a emergência já passou.

Ah não! De novo, não.

Mas ela não tem tempo para assistir à cena toda e, de qualquer forma, seria de mau gosto, então, estende o braço direito e ruma na direção dos domos ornamentados do Pavilion e do Theatre Royal.

O ritmo das pedaladas ajuda a organizar seus pensamentos.

Preciso lidar com Aaron, pensa. Não posso deixar a situação com ele degringolar. Preciso ligar para minha mãe e – droga – avisar Vic que não vou poder ir à festa.

Sua mãe. O máximo de rebelião que Lou se permitiu foi não telefonar na noite passada, conforme a mãe lhe pediu. Mas vai fazer a viagem no fim de semana.

Ela atalha pelas ruas transversais de North Laine até a estação, diminuindo a marcha no caminho. O trajeto é morro acima, mas Lou está em forma e acostumada ao esforço. Fileiras de casas brancas geminadas ladeiam a rua, com portas que se abrem direto na calçada. Aqui não há jardins, somente floreiras nas janelas e vasos junto aos degraus. Um século atrás, essas residências pertenciam a funcionários da ferrovia e a pescadores, mas há muito foram invadidas por famílias endinheiradas com filhos pequenos com nomes pretensiosos, como Apollo e Atlas, estudantes cheios de piercings e dreadlocks, e artistas de talento questionável que precisam se virar para pagar o aluguel.

Lou desce da bicicleta e a conduz pela estação até a área nos fundos reservada para elas. Tranca a trava, retira o capacete e se dirige à Plataforma 4.

Que estranho, pensa, recordando a manhã de ontem, ver tudo de volta ao normal, todos se comportando como se nada tivesse acontecido. Isso a entristece, o fato de que a vida de uma pessoa tenha tão pouco impacto. E aquele corpo na praia, agora há pouco? Talvez fosse alguém que dormia ao relento. Brighton tem um bom número de moradores de rua, e o inverno é difícil para eles. Nesse caso, essa morte provavelmente vai afetar um círculo ainda menor de pessoas: a maioria prefere não pensar nos desafortunados, muito menos se envolver com seus problemas.

Lou suspira e olha para o relógio. Segue para a parte da frente do trem para ficar mais próxima da saída na estação Victoria, espiando pelas janelas em busca de um vislumbre de Ana.

Ela gostaria de vê-la outra vez, sente-se conectada a ela pela experiência em comum. Mas ou Ana ainda não chegou, ou não vai trabalhar hoje. Embora Lou tenha lhe dado seu cartão, ela mesma não tem como fazer contato.

Espero que ela esteja bem, pensa, e a amiga dela também.

***

Ana compra seu café da manhã na cafeteria da estação, como sempre, e vai para a Plataforma 4. Chegou bem mais tarde do que o habitual, mas ainda achou um vagão com assentos livres, uma vantagem de quem embarca em Brighton, que é o início da linha. Ela tira o casaco e se acomoda junto à janela, como gosta de fazer. Por um instante lembra-se de Lou e pensa se deveria ligar ou enviar um torpedo, mas não está com cabeça para bater papo com ninguém, a não ser o estritamente necessário. Outro dia, talvez, quando estiver menos sensível.

Alguns minutos depois, o apito soa e o trem parte. Na parada em Preston Park, alguém ocupa o assento ao lado de Ana, e a viagem prossegue como sempre, até pararem em Burgess Hill.

Foi aqui que aconteceu. Há exatas 24 horas, neste local, Simon teve um ataque cardíaco.

Inexplicavelmente, as lágrimas irrompem contra a vontade de Ana, pequenos riachos borrando-lhe a maquiagem dos olhos mais uma vez.

"O que está acontecendo comigo?", pensa.

As pessoas ao lado e à frente dela, cujos rostos não reconhece, provavelmente estavam no trem, mas não têm ideia de que ela conhecia o homem que morreu.

"Vão pensar que eu sou louca, chorando desse jeito."

São tão desagradáveis essas erupções inesperadas de emoção que parecem surgir do nada. Ela procura um lenço de papel na bolsa.

Percebe o homem à sua frente lhe observando, então se esforça para conter as lágrimas e sorrir para ele. Mas não funciona: só consegue fazer uma careta trêmula.

No meio de tudo isso, uma ideia terrível lhe ocorre: ela traiu Karen de muitas formas, estando no mesmo trem, separadas por apenas alguns vagões.

E se ela soubesse que Karen e Simon estavam a bordo? E se tivessem se encontrado na estação? Ou se, por acaso, tivessem acabado no mesmo vagão, ela avistando o casal ao entrar um pouco depois? Se estivessem juntos, ela poderia ter ajudado, alterado o curso dos eventos, feito *alguma coisa*. Ao invés disso, estava aqui, quase no mesmo lugar, lendo sua revista. Sem a menor noção do que se passava.

Lembra-se de ter dobrado a página com a foto da jaqueta que pretendia comprar. Que pessoa materialista e superficial ela é.

8h56

    Caminhar pachorrento, jeans pendurado no quadril revelando o elástico das cuecas, tênis gigantes: Lou vê Aaron alguns passos à frente dela. Também sente o cheiro dele, doce, enjoativo e pesado: maconha. Estão a menos de 200 metros da escola, ainda não são nem nove horas da manhã. Ela sente um peso no peito.

    Será que deve questioná-lo, ou é melhor deixar passar? Ele não está dentro da escola; portanto, estritamente falando, ela não tem autoridade sobre ele, especialmente visto que é sua terapeuta, e não professora. A relação dos dois é diferente da que ele tem com outros membros da equipe. Ela não quer parecer pudica nem ditatorial, e as coisas entre eles já andam complicadas. Além disso, hoje não tem sessão marcada, e o fato de ele estar chapado não vai afetá-la diretamente. Ignorar seria muito mais fácil, contudo, nesse estado, ele não vai prestar atenção como deveria, e isso não é nada bom. A longo prazo, Aaron precisa ser considerado capaz de frequentar uma escola normal, retornar ao ensino regular. Fumar maconha antes das aulas não é o melhor caminho.

    Ela acelera o passo e, em alguns segundos, emparelha com ele.

    – Oi, Aaron.

    Ele é pego de surpresa, sem tempo de se desfazer do baseado, mas não demonstra reação.

– Oi, e aí? – Os olhos dele estão sonolentos, semicerrados, vermelhos.
– A senhora quer dar um pega?

Ele oferece o baseado com a ponta voltada para ela.

– Não, obrigada.

Ele esmaga a brasa em um poste de concreto, mas guarda o baseado no bolso para terminar mais tarde, desafiador.

Lou respira fundo.

– Que interessante você estar fumando antes da aula.

Ele olha para o chão e murmura:

– Que diferença faz? Não tenho que conversar com a senhora hoje.

– Não estou preocupada comigo, mas com você. Fico me perguntando por que precisa se chapar para assistir às aulas.

Ele se vira para ela com um sorriso audacioso:

– Assim elas ficam mais divertidas.

– Mas como vai prestar atenção desse jeito?

– Não é problema para mim.

– Acho que teria mais concentração se não fumasse.

– Quer dizer que a senhora já fumou também?

Ela tem que admitir: mesmo nesse estado, ele é esperto.

– Aaron, não estamos falando de mim, mas de você. Não foi justamente por causa da maconha que você acabou aqui?

Desconfiados, os olhos dele se estreitam ainda mais.

– A senhora vai me entregar?

– Ainda não decidi.

Lou acredita que a disciplina é papel dos professores, não necessariamente dela. Se quiser ganhar a confiança dele, não pode apontar todas as mínimas transgressões.

Os dois seguem quietos, lado a lado. Estão quase na porta da escola quando ele quebra o silêncio:

– A impressão que me dá é que a senhora tem os seus segredos, assim como eu tenho os meus.

A observação tem um tom de ameaça, e ela sabe ao que ele está se referindo. O raciocínio tem mesmo uma certa lógica, impressionante para alguém tão obviamente drogado, mas é evidente que Aaron está acostumado a pensar em meio à fumaça.

– Você conhece as regras básicas – ela o lembra enquanto entram no prédio. – A sua relação comigo não tem a ver com a minha vida. Estou aqui para lhe ajudar e lhe dar apoio.

– É o que a senhora diz. – Ele sorri, seguro de que a desarmou, pelo menos momentaneamente. – A gente se vê.

Ele vira as costas e some no corredor.

Lou sobe as escadas até sua sala com o cenho franzido. Por mais que Aaron e Kyra prolonguem essa dança, mesmo que a intimidem ainda mais, o resultado deve ser o mesmo: ela não vai revelar fatos da sua vida íntima. Eles precisam aprender a respeitar limites. Contudo, a atitude dos dois serviu para deixar uma coisa muito clara: Lou quer ter o apoio de pelo menos um colega de trabalho, e decide se abrir com a diretora. Vai ter uma conversa com ela assim que as duas tiverem um tempo livre.

***

Um pouco depois das 9 horas, Ana desce do elevador e entra na agência de marketing em Chelsea onde trabalha como redatora freelancer. A maioria das pessoas não sabe que algo fora do normal aconteceu, ela lembra a si mesma. Provavelmente apenas seu chefe, para quem ela telefonou ontem de manhã, e Petra, a secretária que agenda seus trabalhos, e ambos têm suas próprias preocupações. O drama de Ana terá para eles apenas um interesse passageiro, nada mais.

Ela está certa: a recepcionista lhe pergunta apenas se está se sentindo melhor. Ana não a corrige. É melhor deixar os colegas pensarem que faltou por doença.

– Sim, obrigada – responde, empurrando a porta dupla do escritório barulhento onde passa seu dia de trabalho.

A mesa de Ana é separada do Financeiro por uma divisória na altura do ombro, e por trás dela Ana escuta o clique-clique de unhas postiças batendo no teclado.

No Departamento de Criação, seus colegas estão se comportando como sempre: à esquerda está Colin, recém saído da faculdade, lendo comerciais de rádio em voz alta para medir sua duração com um cronômetro. Ele é tão esforçado que sua mera presença faz Ana sentir-se culpada: pelo maço de folhas A4 que tem na mão, dá para ver que ele redigiu várias ideias diferentes. À direita estão Bill, o diretor de arte, e Ian, outro redator, conversando sobre o que viram na TV ontem à noite. Ana gosta dos dois, até por serem mais parecidos com ela: experientes, de meia-idade, sarcásticos, sem grandes ilusões quanto à vida real.

Ela mal tem tempo de cumprimentar os três antes que a secretária surja ao seu lado:

– Bom dia, Ana – Petra diz com a voz enérgica. – Está se sentindo melhor?

Então o chefe tampouco explicou a situação a ela. Ana não sabe se deve interpretar isso como discrição ou desinteresse da parte dele, mas não importa. Facilita as coisas do mesmo jeito – se alguém fosse muito solidário, ela poderia chorar outra vez.

– Sim, obrigada.

Ela dá um sorriso neutro e Petra lhe passa algumas cartas para redigir para uma seguradora.

De início, com medo de não conseguir se concentrar o bastante para cumprir a tarefa, Ana se obriga a digitar um rascunho risível. Em meia hora, já está se sentindo mais normal: é bom poder focar a atenção numa atividade familiar. Mais tarde, reúne coragem para buscar a privacidade do corredor e telefonar para Karen.

***

Karen está parada na cozinha, fitando distraidamente o quintal pelos janelões, e Phyllis está sentada no balcão com uma caneta na mão. As crianças estão na sala assistindo a um desenho animado. Normalmente, Karen não permitiria que os filhos ficassem na frente da TV neste horário, mas hoje nada está normal.

Ela encontrou forças para se vestir – muito embora, se alguém lhe pedisse para fechar os olhos e descrever suas roupas, não seja capaz de se lembrar delas – e dar o café da manhã às crianças, mas não conseguiu comer nada. Sente-se muito estranha fisicamente. Ainda que não esteja se movendo, suas pernas parecem muito leves, como se os pés não tocassem o chão. Ela é como uma daquelas figuras dos quadros de Chagall, flutuando pela casa, desafiando a gravidade. E, o que é pior, de tanto em tanto tem ataques de pânico aterrorizantes que a deixam sem fôlego, o coração palpitando.

Ela e Phyllis estão tentando fazer uma lista dos amigos e parentes que precisam contatar. Phyllis está encarregada de escrever, e a Karen cabe lembrar os nomes. Ah, se fosse tão simples. Tudo está de cabeça para baixo, nada é o que deveria ser, incluindo a memória dela.

Controle-se, ela diz a si mesma. As pessoas precisam saber do que aconteceu.

Ela olha para o relógio.

– Acho que já dá para começar a telefonar. É um horário razoável.

Phyllis assente com a cabeça e diz:

– Antes de começar, acho que gostaria de ir à funerária ver Simon.

– É claro – diz Karen. – Entendo perfeitamente.

Pobre Phyllis. Mesmo mergulhada em seu próprio luto, Karen entende a ânsia de uma mãe por seu filho. O que aconteceria com ela se perdesse Luke? A idade não faz diferença. Karen se aproxima, põe as mãos nos ombros da sogra, encurvados pela idade, e descansa a cabeça no travesseiro macio de seus cabelos grisalhos. Elas ficam assim por alguns instantes, imóveis a não ser pelas lágrimas de Phyllis. A ligação física diz tudo.

– Vamos ligar para lá – sugere Karen por fim. – Ver quando Simon deve ser liberado da necrópsia. Acho que seria feita hoje cedo.

– Quer vir comigo?

Karen hesita. Ela quer aproveitar cada oportunidade de estar com Simon – teria voltado ao hospital ontem à tarde se não fosse por Molly e Luke. Mas essa é a questão: ela tem que pensar nos filhos.

– É melhor eu ficar aqui. Seria um pouco demais para as crianças.

– Como achar melhor, mas gostaria de me despedir dele.

Nesse instante, uma vozinha as interrompe:

– De quem você vai se despedir?

As duas se viram e veem Luke parado na porta da cozinha.

– Do papai – diz Karen, antes de conseguir controlar a língua.

– Mas você não disse que o papai não ia mais voltar?

Ai, não! Ela pisou na bola *outra vez*.

– É verdade, meu amor. Ele não vai mais voltar.

– Então como é que a vovó vai falar com ele?

– Ela vai se despedir do corpo, e não do papai de verdade.

– Não entendi.

Ela respira fundo.

– O corpo do papai parou de funcionar. É muito triste, e nós estamos com muita saudade dele.

Luke ainda parece confuso, então Karen continua:

– Você se lembra de ontem, quando eu disse que o que aconteceu com o papai é parecido com o que houve com o Charlie? Lembra como o corpo do Charlie ainda estava aqui quando ele morreu, e como nós o enterramos no quintal, mas que o Charlie mesmo se foi?

– Vamos enterrar o papai no quintal?

Karen não consegue reprimir um sorriso.

– Não, meu amor. O papai é uma pessoa muito especial, vamos fazer o que se chama de funeral daqui a alguns dias. É um tipo de festa, embora os convidados fiquem meio tristes e alguns até chorem. Aí você e a Molly vão poder se despedir direito do papai.

– Mas eu quero falar com ele hoje! – ele bate o pé no chão. – Eu não posso ir com a vovó?

Karen e Phyllis se entreolham. Nenhuma delas sabe o que dizer ou como agir.

Phyllis pega Luke no colo e sussurra para Karen, por cima da cabeça dele:

– Talvez seja uma boa ideia, se ele quiser ir. Eu fui ao velório do meu avô quando eu era só um pouco maior do que Luke.

Karen não está muito certa. Por um lado, quer proteger os filhos, mas, por outro, nunca foi de esconder a realidade, e para ela foi bom passar um tempo com o corpo de Simon.

Ela se pergunta o que ele diria. Ia querer que os filhos o vissem, frio e sem vida em um caixão? Ela não tem certeza, mas então se recorda de quando o pai dele havia morrido. Em uma conversa, Simon lamentara o quanto a morte é escondida das pessoas hoje em dia. Seu pai era um irlandês católico que ia à missa regularmente, e a família tentou respeitar sua fé o máximo possível.

"Os costumes tradicionais são diferentes, mais honestos", Simon dissera ao explicar o velório com caixão aberto na casa dos pais. "Ele teria preferido assim". Mas, embora a prática fosse apropriada para o pai, eles eram de gerações distintas. Será que Simon escolheria o mesmo para si?

Os pensamentos de Karen dão voltas, mas ela sabe que o filho está esperando uma resposta. Não é hora de procrastinar.

Talvez o melhor nessa situação seja fazer o que Luke quer. Ela se abaixa para ficar da altura dele no colo de Phyllis, segura-o delicadamente pelos ombros e olha dentro dos seus olhos.

– Luke, meu amor, se você quiser se despedir do papai, é claro que pode ir com a vovó. Mas o papai vai estar diferente.

Luke parece amedrontado.

– Como assim, diferente?

– Não é nada para se preocupar, nem se assustar – ela o tranquiliza.

– Você vai ver – diz Phyllis. – Ele vai estar bem quietinho.

– Como se estivesse dormindo?

– Mais ou menos. Mais quietinho ainda do que quando estava dormindo.

Ele assente com a cabeça, olha para Phyllis e declara:

– Eu vou com você.

O peito de Karen infla de orgulho da coragem do filho.

Neste momento, o telefone toca, e Karen dá um salto. Depois, alívio: é Ana.

***

Não há motivo para rodeios:

– Como você está? – Ana pergunta.

– Péssima – Karen responde com uma risada seca. Mesmo assim, é bom ouvir a amiga rindo. – Para falar a verdade, você nos pegou num dilema, e eu bem que gostaria de um conselho seu. Espere um segundo, vou para o quintal.

Ana escuta a porta de correr da cozinha abrir e fechar.

– Phyllis quer ir ver Simon – Karen retorna com a voz baixa.

– Certo – Ana não entende qual é o problema. – Ele ainda está no hospital?

– Está sendo levado para a funerária. Não é muito longe daqui, para os lados de Hove. Vão removê-lo assim que terminarem a necrópsia.

– Ela pode ir sozinha, não pode? Sempre achei que ela sabia dirigir.

– Sim, sim, ela dirige. Não é essa a questão. É que Luke quer ir junto.

– Luke?

Ana fica atônita. Por algum motivo, não consegue imaginar o menino ao lado de Simon. Instintivamente, quer resguardá-lo do trauma. Ver Simon morto foi chocante para ela, o que dirá para uma criança de 5 anos.

Karen explica:

– Ele escutou nossa conversa e agora também quer se despedir do pai.

– Ah.

– O que você acha?

– Puxa, Karen, realmente não sei. São seus filhos. E a Molly?
– Eu estava pensando em ficar aqui com ela.
– Hum, não acho uma boa ideia. Se Luke vai ter essa oportunidade, acho que Molly deveria ter o mesmo.
– Mas ela tem só 3 anos, não acha que seria demais para ela?
Ana relembra:
– Na verdade, aquela enfermeira simpática de ontem sugeriu que você levasse os dois para vê-lo. Se eles quisessem, é claro.
– É mesmo?
– Sim, desculpe, deveria ter mencionado.
Ana sente-se culpada. Mais uma vez, deixou a desejar como amiga.
– Não se preocupe, ontem todo mundo estava tão atrapalhado. Se bem que hoje continuamos atrapalhados por aqui.
– Você pode ligar para o hospital e pedir para falar com a enfermeira, mas foi isso o que ela disse. Além do mais, Simon não está machucado, nem nada parecido. Se ele tivesse sofrido um acidente, eu diria que não, porque ver o pai desfigurado seria cruel. Mas ele dava a impressão de estar dormindo.
– É verdade. Talvez você tenha razão. Só não quero forçar a Molly.
– Não, claro que não.
– Já sei o que vou fazer: vou perguntar a ela também.
– Boa ideia – Ana concorda. – Tenho certeza de que vai conseguir colocar as coisas de um jeito que ela possa entender, e desconfio que, no futuro, ela vai te agradecer.

"Minha nossa", ela pensa, desligando o telefone alguns minutos mais tarde. "Quem sou eu para incentivar tanta abertura? Eu, que mantenho em segredo metade da minha vida particular. Nenhum dos meus colegas sabe muito sobre os meus problemas. Imagine o que Bill e Ian iriam dizer se eu revelasse do que Steve é capaz quando está bêbado. Ficariam horrorizados."

Ana suspira. Na esteira da morte de Simon, o comportamento dela parece ainda menos saudável. Ela volta à mesa de trabalho e às cartas, tentando domar os pensamentos mais uma vez, mas eles não a deixam em paz. Simon vivia de forma tão honesta que sua partida lança uma luz desconfortável sobre a enormidade dos segredos dela.

Ana não sabe por quanto tempo vai conseguir continuar assim, agora que vê as coisas por uma perspectiva diferente.

10h51

– Lou, é você?

Droga! Lou ia telefonar, mas a mãe foi mais rápida. Ela finge entusiasmo:

– Mãe! Sim, sou eu.

– Achei que você ia me ligar ontem à noite.

Mal trocaram duas frases e Lou já precisa se desculpar.

– Eu sei, desculpe, é que eu, eu precisava ligar para uma amiga antes. Disse que ia ter que cancelar algumas coisas para poder viajar, lembra?

Boa, Lou! Culpa se enfrenta com culpa, é a tática perfeita.

No entanto, a mãe só parece interessada em saber se Lou vai fazer o que ela quer:

– Então você vem?

– Sim, eu vou.

– Na quinta?

Ugh!

– Não, vou no sábado de manhã.

– É mesmo? Não dá para vir antes?

– Infelizmente, não posso. – É mentira, ela poderia ir na sexta após a partida de tênis, mas não quer encarar tanto tempo com a mãe. – Já vou perder a festa do sábado. – Isso é verdade, e é perfeitamente razoável respeitar alguns de seus planos. De jeito nenhum ela vai ceder por completo.

– Ótimo, querida, obrigada. – A mãe claramente percebeu seu tom e se deu conta de que é o máximo que vai conseguir. – Tio Pat e tia Audrey ficarão tão felizes em te ver.

"Eu acredito", pensa Lou, torcendo furiosamente o fio do telefone para conter sua irritação. Ela decide encurtar a conversa:

– É só isso, mãe? É que eu preciso fazer mais algumas ligações e só tenho alguns minutos antes do próximo aluno.

– Oh, ok.

A mãe parece decepcionada, mas Lou a ignora. Trate os outros como gosta de ser tratada, afinal de contas.

– Então tchau! – Lou diz em um tom ridiculamente vivaz e põe o fone no gancho. Depois, não resiste a dar um chute no armário de aço.

É melhor ligar para a Vic, uma velha amiga dos tempos de escola. Ela ainda tem alguns minutos livres.

– Vic, é a Lou.

– Oi!

– Tenho notícias irritantes.

– O que houve?

– Não vou poder ir à sua festa.

– Que droga! Por quê?

– Minha mãe.

– De novo, não!

– De novo, *sim*.

– O que foi desta vez?

– Ela quer que eu ajude com meus tios, que vão passar o fim de semana com ela. Tio Pat não anda muito bem, e eles não saem de casa há meses.

– Por que ela precisa de você?

– Para cuidar deles. Os dois dão trabalho.

– Ela não pode se virar sozinha?

– Ela diz que não. O quadril dela não anda muito bom, sabe?

– Mas você *sempre* vai! Sua irmã não pode ajudar?

– Você sabe muito bem que não. Ela até pode aparecer, mas tem os filhos e o marido, e já deve ter o final de semana planejado.

– Assim como você! A festa está marcada há *horas*.

– Eu sei, eu sei, sinto muito.

A culpa vem por todos os lados, e Lou realmente está chateada por ter de recusar o convite. Vic conhece tantas pessoas diferentes que suas festas geralmente são ótimas.

– Domingo é meu aniversário. É tão raro cair em um final de semana... Mais culpa.

– Vic, é sério, eu nem preciso dizer que preferia mil vezes estar com você no seu dia, mas não posso recusar. Você sabe como é a minha mãe. Ela vai me atormentar durante meses se eu não for.

Vic suspira.

– Acredito, mas é uma pena. Eu também queria que você viesse por outro motivo.

– É mesmo?

– Tem uma pessoa que eu queria que você conhecesse.

Lou para de brincar com o fio do telefone.

– Sério?

– Seriíssimo.

– Quem?

Vic não é gay, mas trabalha no teatro e tem um monte de amigos gays, embora a maioria sejam homens.

– Uma pessoa adorável que eu conheci há pouco nos bastidores.

– É?

– Sim. Amiga de um dos atores. Ela faz bem o seu tipo.

– Como é o nome dela?

– Sofia.

– Italiana?

– Espanhola, mas vive aqui há anos.

– E como ela é?

– Parece ser uma pessoa ótima. Engraçada, inteligente e simplesmente um amor.

– Bonita?

– Eu disse que ela faz o seu tipo.

– Como assim?

– Cabelo preto curto e crespo, olhos castanhos. Não estou mentindo, ela é muito atraente. Eu daria em cima dela, se fosse gay.

– Pela descrição, parece ótima. O que ela faz?

– Trabalha numa empresa da internet. Acho que é a diretora.

Então deve ser inteligente e se sustentar sozinha. Lou não aguenta mais mulheres dependentes.

– Idade?

– Eu diria que ela anda pelos trinta.

Um pouco mais jovem do que Lou, mas não jovem demais.

– Onde ela mora?

– No momento em Acton, mas trabalha em East Croydon.

Lou se entusiasma, já prevendo o final feliz:

– Quer dizer que, se formos morar juntas, ela pode pegar o trem para o trabalho!

– Exatamente o que eu pensei.

Lou lembra-se das obrigações familiares e chuta a porta do armário outra vez.

– Porcaria!

– Você é quem sabe...

– Não tem como você nos apresentar outro dia?

Vic dá um suspiro teatral, exagerado. Sua profissão não é coincidência, ela sabe ser dramática.

– Se não houver outro jeito, sim.

– Ah, Vic, você sabe que eu não transo com ninguém há meses. Marque alguma coisa para nós.

– Como assim, tipo um encontro às escuras?

– Não, não, isso é constrangedor. Não podemos sair juntas, eu, você e ela?

– Não vou apresentar vocês se só estiver interessada em sexo.

– Olha quem está falando!

– Eu sei, mas esse caso é diferente. Sofia é uma pessoa legal. Não quero que você brinque com o coração dela.

– Eu jamais faria isso! – Lou protesta.

No fundo, porém, sente-se lisonjeada que Vic a considere capaz de uma coisa dessas. Na verdade, geralmente é Lou quem acaba se machucando nas relações.

– Está bem – Vic cede por fim. – Vou ver o que posso fazer. Quando vai estar livre?

– Sexta à noite? – sugere Lou esperançosa, embora duvide que Vic esteja disponível assim tão em cima da hora.

– Hum, talvez dê, não sei...

Vic está brincando com ela, tendo prazer em torturá-la. Ainda bem que Lou disse à mãe que não poderia viajar antes do sábado.

– Por que vocês duas não vem a Brighton? – ela propõe ansiosa. – Podíamos sair aqui.

– Eu ia pintar meu apartamento na sexta, para ficar bem bonito para a festa. E já que você recusou meu convite, não me sinto muito generosa.

– Ah, Vic, pare com isso! Desde quando você se importa com a decoração?

O apartamento de Vic é uma pocilga. Ela mal o limpou nos quase dez anos desde que se mudou.

– De qualquer maneira, não é melhor deixar a pintura para depois da festa? As paredes podem acabar riscadas.

– Talvez você tenha razão. – Vic concede. – Mas não vou beber na sexta, tenho de estar em forma para receber meus convidados.

– Não, de jeito nenhum – reforça Lou, embora saiba que é mentira.

– E você tem que convidar mais alguém, senão não vai ter muita graça para mim.

– Está bem.

Lou vasculha a memória. Não é tão fácil encontrar um candidato adequado: a maioria dos seus amigos estão casados, e mais um par poderia exacerbar a sensação de exclusão de sua amiga. Além disso, Vic tem personalidade forte, e alguns solteiros mais tranquilos podem considerá-la cansativa.

– Que tal o Howie? Vocês já se conhecem, lembra?

Howie mora em Brighton e talvez esteja disponível, especialmente porque acaba de deixar o namorado de muitos anos e está louco para socializar no momento.

– Espere eu falar com Sofia antes de você convidá-lo. Mesmo que ela não tenha planos, pode não querer ir até Brighton.

Quanto a isso, Lou sabe que ela está sendo honesta.

– Certo. Espero você me telefonar. Preciso desligar, minha próxima sessão já vai começar.

***

– Muito bem, crianças – diz Karen andando até a televisão.

Luke e Molly estão sentados no sofá, as perninhas balançando sobre a beirada, hipnotizados pelos créditos finais do desenho.

– O episódio terminou, chega de TV por enquanto.

Ela desliga o aparelho.

– Ah! – Luke reclama.

– Molly, daqui a pouco Luke e a vovó vão se despedir do papai. Você pode ir também, mas só se quiser. Quero explicar uma coisa antes de você se decidir.

Molly simplesmente a fita com os olhos arregalados. Seu rosto, tão dolorosamente parecido com o de Simon, está com aquela expressão perplexa a manhã inteira. Karen não sabe se ela compreende a situação ou se é demais para sua cabecinha.

– O papai vai ser enterrado logo – Karen explica.

– Mas não no quintal – lembra Luke muito sério.

– Não, não no quintal. E quando for enterrado, vai ser em uma caixa especial chamada caixão.

– Que nem o Charlie?

Eles tinham enterrado o gato em uma caixa de sapatos.

– Mais ou menos a mesma coisa. Então, quando virmos o papai na sua caixa especial, ele não vai ser o mesmo a que você está acostumada, que nem o Charlie quando ele morreu. Você pode dizer coisas para o papai e dar tchau para ele, mas ele não vai poder responder, porque ele... – ela fica em dúvida, e então decide usar a única palavra que lhe parece apropriada – foi para o céu.

– Lá em cima – acrescenta Luke.

– Sim. Então o que nós vamos ver é só uma parte do papai, não todo ele.

Molly parece ansiosa.

– Está faltando um pedaço dele? Como a Princesa Aurora?

Princesa Aurora é o brinquedo favorito de Molly, uma boneca que há muito perdeu uma das pernas.

– Não, não – Karen corrige. – Não é como a Princesa Aurora. É que o corpo dele vai estar lá, mas não o seu caráter.

Assim que a palavra sai de sua boca, ela se dá conta de que está além da compreensão de Molly

De alguma forma, porém, a menina compreendeu a essência da mensagem:

– Eu também quero dar tchau pra ele – proclama.

– Tem certeza? Nós não somos obrigadas a ir. Você e eu podemos ficar em casa e... – Karen procura uma sugestão desesperadamente – fazer um bolo! Aí o Luke a vovó podem comer quando voltarem.

Molly sacode a cabeça.

– Eu quero ir com o Luke a vovó.

– Então está decidido. Posso ganhar um abraço da minha menininha linda?

Ela pega a filha do sofá e lhe dá um abraço e um beijo.

Mas quando se abaixa para acariciar os cabelos castanhos de Luke, Karen vê que agora ele tem o olhar aflito.

– O que foi? Não quer mais ir?

– O papai vai ficar bem numa caixa de sapato?

Ela compreende o que ele quer dizer: imaginar Simon sozinho na terra fria também a perturba.

Luke continua:

– Quando nós enterramos o Charlie, colocamos seu cobertor favorito na caixinha.

– Eu lembro. Acha que seria bom dar ao papai alguma coisa que ele goste para lhe fazer companhia, meu bem?

Antes que Karen sequer cogite uma sugestão, Luke salta do sofá.

– Já sei! – ele exclama e sai correndo.

Molly se desvencilha dos braços de Karen, desliza pela perna dela até o chão e segue o irmão. Karen ouve os passos dos dois na escada, e escuta Luke dizendo algo para Molly, que responde. Alguns minutos depois, os dois retornam. Quando vê o que trazem nas mãos, Karen tem que se controlar para não chorar.

O Croco Azul e a Princesa Aurora.

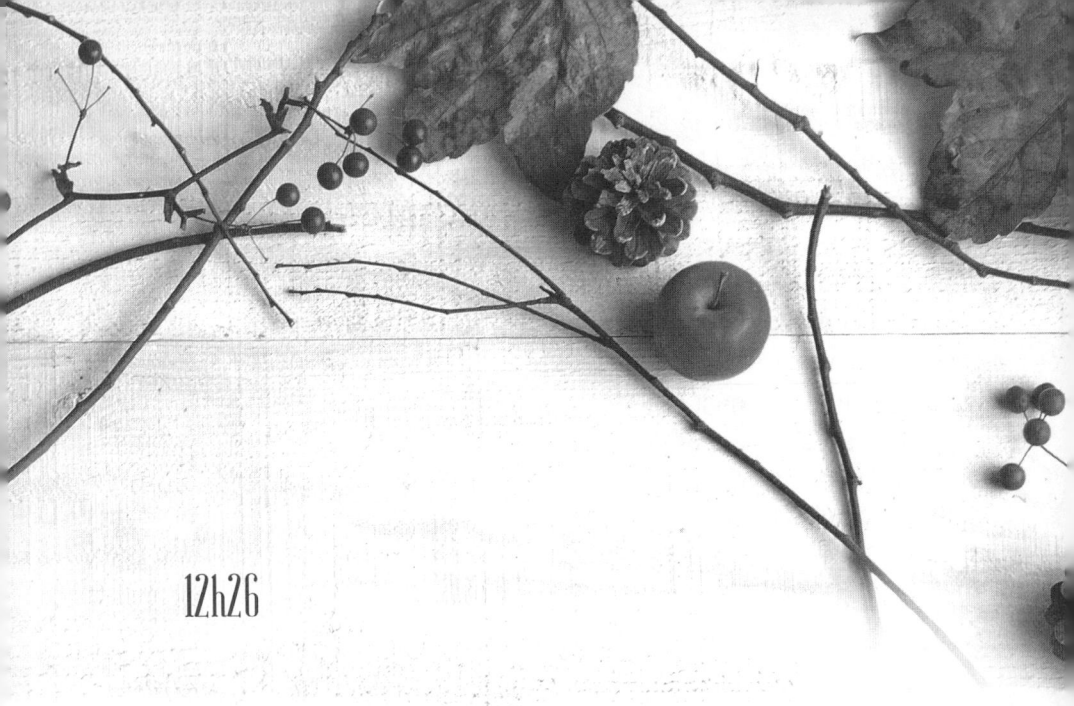

12h26

– Eles pediram para esperarmos mais uma hora – diz Phyllis desligando o telefone.

– Sério?

Luke está se esforçando para amarrar sozinho os sapatos. Molly já está pronta, mal podendo dobrar os bracinhos dentro do casaco grosso.

Phyllis baixa a voz para que as crianças não escutem.

– O corpo recém chegou da necrópsia. Acho que ainda tem que vesti-lo.

– Ah – diz Karen.

Eles devem ter cortado o lindo peito de Simon, e outras partes dele também. Só de pensar nisso, sente-se nauseada, tonta.

Phyllis toca em seu ombro.

– Eu sei, é horrível. Sente aqui. – diz e puxa uma cadeira.

– Obrigada. Desculpe.

Karen apoia a cabeça nas mãos, esperando a tontura passar. Quando ergue a cabeça outra vez, vê que Molly a fita alarmada.

– Está tudo bem, querida – ela sorri de leve.

Molly está segurando a Princesa Aurora contra o peito.

Imediatamente, ocorre a Karen: Molly *precisa* da sua boneca. Luke também precisa do Croco Azul, embora no momento o brinquedo esteja no chão da cozinha com as pernas pro ar. Não é a hora de se separarem desses objetos que lhes trazem consolo. Eles – assim como ela – precisam de todas as formas de apoio que puderem obter.

– Crianças, estava pensando numa coisa – ela diz. – Talvez a Princesa Aurora e o Croco Azul prefiram ficar aqui com vocês.

– Mas você não disse para a gente pegar alguma coisa para dar para o papai?

– Sim, eu disse. – Não é a primeira vez que os filhos questionam suas contradições. – Mas é que... Você não vai sentir muita saudade do Croco Azul se não puder dormir abraçadinho nele?

– Não vou, não – diz Luke confiante, mas Karen sabe que ele não quer ser visto como um bebezinho.

– Sei que *eu* vou sentir saudade dele – diz Karen. – E acho que você também, nem que seja um pouquinho. Lembra como ficou triste quando achou que tinha perdido o Croco no aeroporto aquela vez? – Triste é pouco: os uivos de Luke ecoaram por todo o Terminal Sul de Gatwick.

– É, mas eu só tinha quatro anos.

Phyllis dá uma risada.

– Já sei! – exclama. – Tive uma ideia. Molly, meu amor, tire o casaco. – Ela entra em ação, desabotoando a japona da neta, e Molly franze a testa, sem entender. – Não vamos sair agora. O papai ainda não está pronto. Então, enquanto esperamos, cada um de vocês vai fazer um desenho para dar para ele.

"Que ótima solução", pensa Karen.

Phyllis abre a gaveta da escrivaninha onde Karen guarda os materiais de desenho das crianças.

– Preferem giz de cera ou canetinhas?

– Canetinhas! – diz Molly, já se concentrando obedientemente na tarefa.

– Mas eu quero dar o Croco Azul para o papai! – Luke está irredutível.

– Por que a gente não faz o seguinte? – sugere Phyllis. – Vamos levar o Croco Azul e a Princesa Aurora conosco para eles também se despedirem do papai. Não é uma boa ideia?

Phyllis está fazendo um ótimo trabalho, e Karen se sente agradecida.

– É uma ideia excelente – concorda.

Ainda assim, Luke olha para as duas com desconfiança. Às vezes, seu filho pode ser muito teimoso, mas Karen está convicta de que não seria bom para ele se separar do Croco Azul. Ela busca uma alternativa:

– Sabe o que o cobertor do Charlie tinha de bom?
– O quê? – Luke resmunga.
– Ele deixava o Charlie bem quentinho.
– E daí?
– Daí que eu não acho que o Croco Azul e a Princesa Aurora vão conseguir esquentar o papai. Eles são bons de abraçar, mas não servem de cobertor. Então, eu estava pensando, por que a gente não leva aquele lindo roupão azul para o papai? Aí, se ele ficar com frio dentro da sua caixa especial, vai poder se enrolar nele e ficar bem quentinho.

Luke fica calado, assimilando a ideia. Por fim, faz que sim com a cabeça, cauteloso.

– Vou buscá-lo.

Antes que o filho possa mudar de ideia, Karen sobe até o quarto e tira o roupão do gancho da porta.

***

Lou escuta dedos tamborilando na madeira.

– Sim?

Um rosto surge na fresta da porta: óculos, uma moldura de cabelos grisalhos arrepiados.

– Posso entrar? – diz Shirley, a diretora da escola. – Achei que seria mais fácil conversarmos aqui.

– É claro – diz Lou, ficando em pé e imediatamente se sentando outra vez.

Embora tenha solicitado a reunião e saiba que está fazendo a coisa certa, mesmo assim está nervosa.

– Você se importa se eu almoçar enquanto conversamos?

Shirley não espera a resposta: puxa uma cadeira em frente a Lou, abre a embalagem plástica de salada e leva à boca uma garfada de cuscuz marroquino, milho e pimentão vermelho.

– Fique à vontade. – Lou desenrola o filme plástico do sanduíche que comprou na cantina e dá uma mordida, mas o pão está pastoso e gruda no céu da boca. Ela não está mesmo com fome, prefere ir direto ao assunto, então larga o sanduíche e começa:

– A questão tem a ver com Aaron.

– Ah, Aaron – diz Shirley.

O "ah" tem vários significados: "nós duas sabemos que Aaron é um problema", "sei do que você está falando" e "não me surpreende". É impressionante o quanto uma única sílaba pode comunicar. Apesar disso, Lou sente que estão indo pelo caminho errado.

– Na verdade – ela se corrige –, não é só Aaron, tem a ver comigo também.

O garfo de Shirley para no ar, a caminho da boca.

– Hum?

– Para ser mais exata, tem a ver com algo que Aaron concluiu ao meu respeito.

O coração de Lou está acelerado, suas mãos estão úmidas, e ela sente as bochechas corarem. Por mais profissional que seja, ainda é um ser humano: vulnerável e às vezes tímida.

– Ah – diz Shirley devagar.

Dessa vez, o som tem outro sentido.

Lou sabe que Shirley já antecipa o que está por vir, mas se sente compelida a explicar mesmo assim. Não podem saltar a parte difícil, embora ela quisesse muito.

– Eu sou gay.

Outra pausa. O coração de Lou bate ainda mais rápido, seu rosto está em chamas.

– Você sabe que não precisava me informar, certo?

– Eu sei.

– Não é da minha conta.

– Entendo.

Lou sente o rubor diminuir. O pior já passou.

– A escola não tem absolutamente nenhuma ingerência no que você faz da sua vida fora daqui.

– Sim, eu sei disso.

Ela entende que essa é a resposta certa, a que a diretora deve lhe dar para não causar ofensa nem criar problemas. Também sabe que Shirley provavelmente está sendo sincera e acredita que a sexualidade de Lou não interfere em seu trabalho. Shirley é boa pessoa e suas convicções são liberais.

Mesmo assim, não é totalmente verdade: a vida particular de Lou tem, sim, algo a ver com sua vida profissional – muito, até –, e não apenas no que diz respeito às dificuldades com Kyra e Aaron, mas em um nível mais amplo e profundo. Não fosse por sua sexualidade, Lou poderia não estar aqui. O fato de ser gay é uma parte enorme, crucial, de sua identidade. Desde muito jovem, ela teve a sensação de ser diferente, antes mesmo de saber o porquê. Seus conflitos com a orientação sexual determinaram sua atitude quanto à vida e às relações entre as pessoas. A luta para se aceitar, com todo o medo, a dor e a alegria que a acompanharam, lhe proporcionou uma forte noção de si mesma, como o pôster em sua sala declara: ela sabe quem é por causa do que passou. E não só isso: sente-se ligada a todos que, de diferentes maneiras e por diferentes razões, veem-se desconectados da sociedade. Ironicamente, ela se sente ligada aos Aarons e Kyras deste mundo, justamente pelo isolamento imposto a cada um deles.

Ainda assim, não é hora nem lugar de discutir essas nuances com Shirley. É desnecessário e só vai confundir as coisas.

– Normalmente, não teria mencionado o fato – Lou continua. – Simplesmente partiria do princípio de que você saberia. Mas o problema é que Aaron percebeu e Kyra também.

– Entendo. – Shirley diz e segue mastigando.

– Eu tampouco teria lhe contado em circunstâncias normais, mas o comportamento deles se tornou um tanto intimidante, e obviamente isso não é bom para nenhum dos dois, nem para mim. Até agora, evidentemente, mantive a minha vida particular em sigilo, e vou continuar nessa linha, pelo menos com eles. Mas queria que você soubesse.

– Fico feliz que tenha decidido me contar – Shirley lhe dá um sorriso bondoso. – Na verdade, sinto-me honrada por ter confiado em mim. Obrigada.

Lou fica surpresa e aliviada. Até agora, está sendo mais fácil do que ela imaginou.

– Não quero que ninguém da minha equipe sinta que deve se virar sozinho. O trabalho com os alunos já é difícil por si só. Todos precisamos do máximo de apoio.

– Está certíssima.

Lou leva alguns instantes para processar essa reação, tão mais calorosa do que esperava.

– Então, como pensa em proceder de agora em diante? – Shirley pergunta.

Lou não tinha ido tão longe. Ela pensa um pouco e diz:

– Prefiro que não conte ao resto da equipe, se não se importa. – Ela não está pronta para um grande anúncio público. Seria excessivamente dramático, o que a deixaria constrangida.

Shirley raspa a embalagem com o garfo e saboreia os últimos grãos do cuscuz.

– Não acho necessário, não é da conta deles. Como posso ajudar quanto a Aaron e Kyra? Quer que eu converse com eles?

Lou faz outra pausa.

– Não pensei em nada específico. Acho melhor eu mesma lidar com eles nas sessões. É só que me dei conta de que ninguém mais sabia o que estava acontecendo, e...

– ... e a situação estava muito próxima de *bullying* – Shirley completa.

– Quase isso, sim. Estou sempre insistindo que os alunos sejam abertos e honestos quanto às suas emoções e incentivo que falem com alguém caso sintam-se intimidados, mas percebi que não estava seguindo meus próprios conselhos.

– Bem, agora você está – garante Shirley. – E, por favor, não hesite em me chamar para outra conversa se precisar.

– Pode deixar.

Lou sorri, sentindo-se mais leve. Tudo foi surpreendentemente simples.

– Ótimo. – Shirley se levanta da cadeira. – Tenho que ir.

– Obrigada.

Lou também fica em pé. Ao fechar a porta atrás de Shirley, pensa como seria bom se sair do armário fosse assim, indolor, para todos.

***

Lou está na casa dos pais em Hitchin. Ela já tem seu próprio apartamento, mas retornou à casa da família porque seu pai está muito doente. O câncer, que começou nos pulmões, espalhou-se rapidamente: foi diagnosticado há apenas seis meses, e o período tem sido terrível. Embora ninguém tenha comentado, sua aparência espectral diz tudo: ele teve alta do hospital para morrer em casa. Hoje, pediu para ver as duas filhas em particular. A irmã mais nova, Georgia, está na cozinha, de olhos vermelhos. Já falou com ele; agora é a vez de Lou.

– Oi, pai – ela diz, entrando no quarto.

Ele está sentado na cama, apoiado por vários travesseiros. Um tubo pinga morfina lentamente em sua veia nas costas da mão.

– Oi, meu amor – ele sussurra.

Falar é difícil: ele tem pouca energia e fez uma traqueotomia. Ergue a mão para cobrir o buraco na garganta; seus dedos são frágeis, trêmulos como os de um pássaro.

– Sente-se – diz.

Lou puxa uma poltrona para perto da cama.

– Minha Loulou!

Ele usa seu apelido de infância, e ela se sente rasgar por dentro. Os dois sempre tiveram tantos interesses em comum – esportes, o contato com a natureza, construir coisas com as próprias mãos – e foi ela, mais do que a irmã, a sua companheira de aventuras. Secretamente, Lou sempre desconfiou que fosse sua filha favorita. Da sua parte, ela o ama incondicionalmente, enquanto que a relação com a mãe é mais tensa.

– Pai.

– Eu sei que as coisas não são fáceis para você.

Ela fica surpresa. Não é o que esperava ouvir dele.

– Especialmente com a sua mãe.

Ele expulsa as palavras à força; elas saem lentas, dolorosas. Lou quase deseja que ele se cale, mas ao mesmo tempo está ansiosa, desesperada para ouvi-lo.

– Vamos ser honestos – ele ri, e o riso causa um acesso de tosse.

Lou se levanta e dá tapinhas delicados em suas nas costas até a tosse passar. Ele se reclina nos travesseiros outra vez.

– Desculpe-me.

– Não foi nada.

– Deus sabe que ela é uma mulher difícil, e eu também sei.

Lou assente com a cabeça. Há muito já percebeu que a relação dos pais está longe de ser tranquila. Eles são muito diferentes: seu pai é um otimista bem humorado e tolerante. A mãe é desconfiada, nervosa, constantemente se comparando aos outros. Lou crê que o pai abdicou muito de si para ficar com ela. Ele é um homem bom, de uma geração com forte senso de dever, que jamais deixaria a esposa, por mais incompatíveis que fossem. Preferiu se curvar, como a madeira de um arco, para acomodar a rigidez dela, a corda. Durante anos Lou teve o pressentimento de que um dia algo iria se romper.

Mas, ao final, foi o corpo dele que se entregou. Ele tem só 60 anos, mas décadas de tabagismo, um hábito que sem dúvida foi piorado pela tensão de viver com a esposa, voltaram para lhe assombrar.

Parece injusto que o pai tenha que pagar o preço do acordo tácito que regeu suas vidas, especialmente já que é a mãe quem costuma varrer as emoções para baixo do tapete. Mas ele também deve ter reprimido seus impulsos para se manter casado. Mesmo assim, mais de uma vez Lou se pegou desejando que eles pudessem trocar de lugar, que a mãe fosse a doente desenganada. Nesses momentos, ela tira a ideia da cabeça, sentindo-se vil.

– Vocês nunca se acertaram direito – continua o pai.

– Eu sei.

Ele respira fundo e estende para ela a mão livre. Está mais fria do que o normal.

– Você pode não acreditar, mas ela ama você.

Mais uma vez, Lou se surpreende. Jamais acreditou que a mãe a amasse de verdade, mas não imaginava que o pai suspeitasse do que sente. Para Lou, sempre pareceu que o afeto da mãe estava sujeito a condições que ela não sabia como satisfazer.

– Mas você tem muitos lados que ela jamais vai compreender.

"Como se eu não soubesse", Lou pensa, mas não diz nada.

– Acho que você sabe do que eu estou falando.

Ele crava nela os olhos vermelhos e lacrimosos e, por trás da fragilidade, há um reconhecimento instantâneo. Ela sabe que ele sabe. Há quanto tempo se deu conta? Ela tem 23 anos e se assumiu para os amigos, mas nunca disse nada a ele. Não quis colocá-lo na posição de ter que mentir para a esposa. Lou tem certeza de que a mãe não suportaria, como não suportou um capítulo mais erótico de um romance literário que Georgia lhe emprestou recentemente – ficou tão perturbada que não conseguiu terminar o livro. Ela não fica nem um pouco à vontade falando de sexo.

– Eu só queria lhe dizer que acho melhor não contar a ela – os olhos dele suplicam. – Sei que é difícil para você, sei mesmo. Mas para ela seria o fim.

Lou assente com a cabeça. Sente um calor intenso e emoções que se sucedem sem nexo algum: raiva, pesar e alívio pelo pai saber a verdade.

– Mas quero que você saiba que eu sei, e que qualquer escolha que fizer está bem para mim.

Lou engole em seco.

– Não vou fingir que entendo, mas, honestamente, o que você faz no seu quarto é decisão sua. Eu só quero que a minha Loulou seja feliz.

– Ah, pai – Lou começa a chorar. – Obrigada.

– Não chore – ele acaricia a mão dela. – Vai dar tudo certo.

– É mesmo?

– Sim – ele sorri. – Acredito que existe um par para cada um de nós neste mundo.

Ela sorri para ele. É claro que não é a perspectiva de ficar solteira que a faz chorar, e sim a de perdê-lo.

– Isso é tudo o que eu tinha para dizer – ele encerra, fazendo um gesto para ela sair. – Agora estou cansado, vou dormir.

Ele fecha os olhos. Ela fica em pé e sai do quarto em silêncio.

Menos de 24 horas depois, o pai de Lou está morto.

14h05

— Nossa, uma mulher agente funerária — diz Phyllis, lendo a placa acima da vitrine.

Funerária
Barbara Reed & Filhos

— Sim — diz Karen. — Para ser bem franca, escolhi esta funerária por ser a mais próxima, mas já passei por aqui muitas vezes e sempre achei que pareciam respeitáveis. Tinha curiosidade de saber o que se passa por trás dessas cortinas, mas nunca imaginei que fosse descobrir.

A montagem da vitrine é um tanto bizarra. A peça central é uma grande cruz de mármore cinza, soturna e feia, ladeada por arranjos florais idênticos, compostos de lírios, ramos de hera e palmas em enormes vasos em forma de urna. São bonitos, mas muito tradicionais. Karen não diz, mas o que realmente a fez optar por essa firma em particular foi o resto da vitrine: conchas de vários tamanhos e formas, seixos alisados pelo mar e uma estrela-do-mar gigantesca, e, ao lado de cada vaso (a simetria obviamente é importante), duas réplicas em miniatura: à esquerda, o Brighton Pavilion em toda sua glória barroca; à direita, o Palace Pier com seu parque de diversões e luzinhas piscantes. O efeito geral é de uma cafonice comovente, o que lhe atraiu muito mais do que a discrição lúgubre da concorrência.

— Nós vamos entrar aí? — pergunta Luke.

Ele e Molly estão de nariz colado no vidro.

– Vamos – diz Karen abrindo a porta.

Uma campainha soa, e a família se vê em uma alcova de *chintz* rosa claro e mogno bem-lustrado – a cafonice certamente não se restringe ao exterior. Cada mesa tem um guardanapo bordado; cada cadeira, uma manta de crochê. Até as pantalhas dos abajures têm babadinhos, como anáguas vitorianas.

– Sra. Finnegan!

Uma mulher de blusa cor de damasco e saia preta justa vem recepcioná-los. Ela é gorducha, tem a pele bronzeada e o cabelo pintado de um tom de vermelho vivo demais para sua idade. O efeito geral é meio tomate, meio abóbora, mas não deixa de ter seu charme. Seu rosto é sorridente e afetuoso, e Karen fica aliviada por ela não ter o aspecto sinistro do estereótipo da profissão.

– Sou eu – diz Karen.

– Meu nome é Barbara Reed, sou a proprietária. Falei com seu cunhado ontem à noite.

Alan tinha entrado em contato um pouco antes do horário de fechamento.

– Ele trouxe as roupas para o seu marido hoje cedo.

– Pode me chamar de Karen – ela diz, com um aperto de mão. – Esta é Phyllis Finnegan, minha sogra.

– Como vai? Meus pêsames pelo seu filho.

– Obrigada – diz Phyllis, pronta para explodir em lágrimas outra vez.

– Estes devem ser seus filhos – Barbara sorri para as crianças. – Como se chamam?

– Luke.

Molly não responde. Enfia o polegar na boca e tenta se esconder atrás da saia de Karen.

– Desculpe, esta é a Molly. Às vezes ela é um pouco tímida. Pode dizer oi, Molly?

– Não se preocupe – diz Barbara. – Só imagino como ela está estranhando tudo isso.

– Posso ver o Píer? – pergunta Luke.

– É claro que pode. Quer que eu puxe a cortina para você ver melhor?

– Sim, por favor.

– Só não toque em nada – adverte Karen.
Enquanto ele se distrai, Barbara prossegue:
– O corpo do seu marido chegou há umas duas horas.
– Certo.
– Preparei uma das capelas para vocês.
– Obrigada.
– Em algum momento, vamos ter que combinar como vai ser a cerimônia, mas podemos esperar um pouco mais.
– Prefiro ter essa conversa sem as crianças.
– É claro. Então – Barbara dá um olhar sentido para Karen e Phyllis, depois se abaixa para ficar da altura de Molly –, você veio ver o seu papai?
– Sim – diz Luke, afastando-se das miniaturas na vitrine. – Eu trouxe um desenho para ele.
– Posso ver? – pergunta Barbara.
Karen tira o desenho da bolsa e o passa para Luke, que empunha a folha com orgulho.
– Que lindo! Este aqui é você?
– Sim. Este aqui sou eu, esta é a mamãe, este é o papai e esta é a Molly.
– Estou vendo.
Barbara vira-se para Karen:
– Ele desenha muito bem.
Karen sorri. Ela não é a primeira a notar que Luke herdou o talento do pai. Mais do que isso, também parece ter jeito para o design: seus desenhos são extremamente detalhados, e ele tem uma preocupação especial com padrões e linhas. Karen reconhece a blusa que veste no desenho, com suas florzinhas roxas, e ele pôs remendos nos joelhos do jeans de Simon, exatamente como na vida real.
– Você também fez um desenho? – Barbara pergunta a Molly.
Molly ressurge por trás da saia de Karen, que lhe passa a outra folha de papel.
– Este é o Toby – Molly aponta.
– Toby é o nosso gatinho – Karen explica.
Em contraste com o desenho de Luke, o rabisco arredondado de Molly requer uma explicação.
– Esplêndido! – Barbara exagera. – Tenho certeza de que o seu papai vai adorar. Vocês estão prontos?

Ela se vira para Karen:

— Vocês conversaram a respeito do que eles vão ver?

— Sim.

— Muito bem, então. Venham comigo.

Ela mostra o caminho até a capela. O caixão foi colocado sobre uma base forrada mais ao fundo da sala.

— Estou com medo — diz Luke.

Ele havia sido tão destemido até agora que Karen é pega de surpresa. Mesmo assim, ela sabe o que fazer.

— Quer vir no meu colo?

Luke faz que sim com a cabeça. Karen larga as sacolas que trouxe consigo e pega o filho nos braços.

— Eu também estou com medo — diz Molly.

— Quer que eu pegue você? — Phyllis se oferece.

— Quero.

Juntos, os quatro se aproximam do caixão. Karen imagina o que vai ver, mas o cheiro dos arranjos florais e produtos químicos — provavelmente o fluido usado no embalsamamento — é doce demais, enjoativo. Somado à ansiedade pela presença das crianças, a combinação é poderosa, e ela sente uma onda violenta de náusea. Engole em seco para superá-la: ela *precisa* ser forte.

Simon jaz sobre um forro acolchoado de cetim cor de creme, e seu rosto está mais cinzento do que antes. Não há sinais óbvios da necrópsia, mas é como se o verdadeiro Simon estivesse ainda mais ausente do corpo de alguma forma. Como ela gostaria que ele pudesse falar! Ele está vestido com o terno, a camisa branca e a gravata que ela, Phyllis e Alan escolheram na noite anterior, o que o faz parecer muito formal e sério. Não é o visual com o qual se acostumou: a primeira coisa que ele fazia ao chegar em casa era abrir o botão do colarinho e afrouxar a gravata. Simon não aguentava se sentir apertado, e ela o imagina aflito para se livrar daquelas roupas neste instante.

Karen cogitou trazer um traje diferente esta manhã, mas o que seria? O terno cinza é muito respeitável, e a família o escolheu em conjunto. Embora, pessoalmente, ela sempre tenha gostado mais de vê-lo em roupas casuais, a ideia de enterrá-lo em um blusão de lã ou moletom grosso simplesmente lhe parece errada. De qualquer forma, ela trouxe o roupão azul, algo do Simon menos formal.

Ao lado dela, Phyllis arqueja transtornada.

"Deve ser terrível para ela", pensa Karen.

Ela apoia Luke no quadril para poder segurá-lo só com um dos braços e pousa a outra mão no ombro da sogra.

Os quatro ficam em silêncio por um momento, absorvendo a cena.

– Posso tocar nele? – pergunta Luke.

Karen busca a resposta no olhar de Phyllis, que assente com a cabeça.

– Por que não faz um carinho no rosto do papai?

Ela se inclina para frente para aproximar Luke do caixão.

– Ele está frio? – pergunta Karen.

– Está sim. Por que, mamãe?

– Porque o sangue parou de circular pelo corpo dele. Sabe quando você se corta e sai sangue? Isso acontece porque o seu coração está mandando o sangue para os braços – Karen desliza a mão pelo bracinho dele até a ponta dos dedos. – Ele vem até aqui, depois volta e desce pelas pernas – ela faz o mesmo até o bico dos sapatos dele. – Mas o coração do papai parou de funcionar, então o sangue parou de correr, e é por isso que o papai está frio.

– Posso tocar nele? – pede Molly.

– É claro que pode – diz Phyllis.

Molly estende a mão e toca o rosto de Simon, minúsculos dedinhos gorduchos encontrando a pele sem viço.

– Então o papai está morto? – pergunta Luke.

– Sim. Este é só o corpo do papai. Ele agora está no céu.

Ela quer ser o mais direta possível. Respostas elaboradas só vão confundir os dois ainda mais, não é mesmo?

– Mas como ele chegou lá em cima se o corpo dele está aqui?

Karen tenta simplificar:

– O corpo dele está aqui, mas o espírito está lá em cima – ela respira fundo. – Então, querem colocar os desenhos na caixa especial do papai?

Eles concordam, cada um com seu desenho nas mãos.

– Muito bem. Por que não colocamos aqui? – ela sugere, prendendo o desenho de Luke onde o forro encontra a madeira da tampa do caixão.

Ela faz o mesmo com o de Molly.

– Agora, querem pegar seus brinquedos para eles poderem se despedir? Estão naquela sacola grande perto da porta, Luke.

Luke desce do colo e busca a sacola. Karen pega o Croco e o entrega ao filho.

Luke morde o lábio inferior, hesitante.

– Eu! – Molly pede a Princesa Aurora.

– Será que a Aurora podia dar um beijinho no papai? Você sabe como ele gosta de beijos.

Karen se dá conta de que, a cada frase, desmente a ideia do corpo de Simon estar separado do espírito, mas não estava preparada para isso e só consegue improvisar.

Phyllis chega mais perto do caixão e Molly encosta solenemente a cabeça da boneca no rosto de Simon, acompanhando o gesto com um beijo da própria boca.

– Quem sabe agora o Croco Azul pode dar um beijo no papai, Luke?

Karen guia delicadamente o filho pelo ombro até o caixão. Ele ainda resiste, mas não quer parecer hesitante comparado à irmã, então obedece.

– Agora vamos dar o roupão ao papai – Karen tira a peça da sacola e a estende sobre o corpo. – Por enquanto, acho que podemos deixá-lo assim.

Pode não ser apropriado, mas ela vai discutir isso com Barbara depois.

– Ele vai ficar quentinho? – pergunta Molly.

– Sim, querida. Veja: o papai está todo tapado e contente.

A voz dela falseia. As lembranças inundam sua mente: inúmeras manhãs vendo Simon vestir o roupão para fazer o chá, os fins de semana em que ele se encarregava do café da manhã, as noites em que se cobria rapidamente porque ouvia uma das crianças chorar e queria ver o que era.

Se os desenhos são o presente das crianças, o roupão é o dela. Parece tão pouco, mas também tão significativo, tão íntimo. Certamente destoa do que o cerca: o cetim brilhoso do interior do caixão, a lã cinza do respeitável terno de trabalho. É uma pena ela não ter tido a chance de lavá-lo antes.

– Karen? – Phyllis interrompe seus pensamentos.

– Desculpe – Karen exala devagar e se esforça para se concentrar no presente. – Então, crianças, querem dizer mais alguma coisa? – os dois parecem perdidos, e ela acrescenta: – Querem dizer tchau para o papai?

– Tchau – os dois dizem em uníssono.

Mais uma vez, o coração de Karen salta no peito. É demais para eles. Ela mesma está achando a cena insuportável.

– Acho que a vovó quer ficar sozinha um pouco com o papai. Vamos voltar para casa e depois ela nos encontra lá?

Ela olha para Phyllis para ter certeza de que é realmente o que ela quer.

Phyllis, que ainda está segurando Molly, chora silenciosamente sobre os cachinhos dourados da neta. Ela assente rapidamente.

– Então nos vemos em casa. Barbara pode chamar um táxi para você, se não se importar.

Alguns minutos depois, Karen está prendendo o cinto de segurança da cadeirinha de Luke.

– Mamãe?

– Sim?

– Você também vai morrer?

Tantas perguntas! Mas é bom se concentrar nas necessidades das crianças, e não nas suas próprias. Ela faz uma pausa para pensar e depois diz:

– Tudo o que está vivo um dia vai morrer, meu amor. Mas a maioria das pessoas vive muito mais do que o papai. O que aconteceu com ele foi muito triste porque o papai ainda era jovem, tinha só 51 anos. Não sabíamos que ele estava doente, então foi uma surpresa para todo mundo. Mas a maioria das pessoas vive até os 70 ou 80 anos, e ainda vão se passar muitos e muitos anos antes de eu morrer. Eu prometo.

Ela se pergunta como pode garantir isso.

– Eu sou mais nova do que o papai, lembra?

– Quantos anos você tem?

– Eu tenho só 42 anos, então você já vai estar bem grandinho quando eu fizer 80.

– E a vovó?

Essa é mais difícil.

– Acho que ela não está pensando em morrer agora.

– Que bom. – Luke franze a testa. – Então por que o papai morreu?

Se ao menos eu soubesse, pensa Karen.

21h33

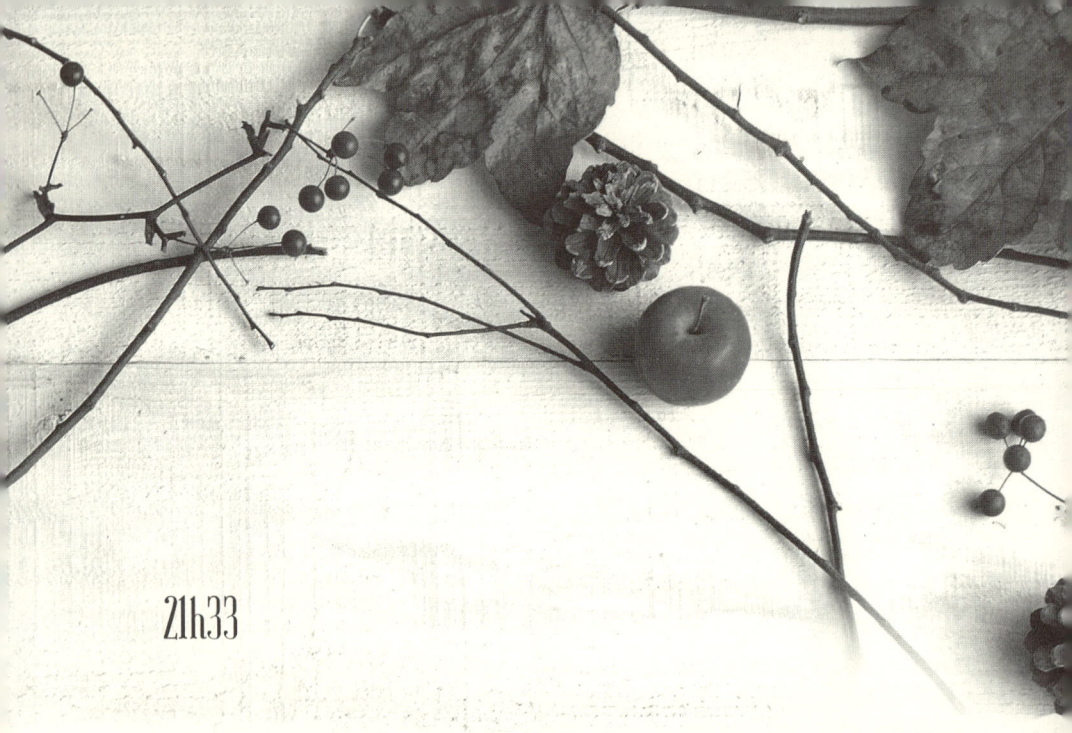

As crianças estão dormindo e Phyllis foi para casa. Agora são só Karen e Ana, cada uma com seu copo de vinho, dividindo o sofá como fazem há vinte anos.

Ana está curiosa quanto aos planos de mudança da família, mas não quer trazer mais preocupações para Karen, então toca no assunto com cautela:

– Só queria entender uma coisa: os papéis da casa de Hove foram encaminhados, mas vocês não chegaram a assinar o contrato, é isso?

Uma pausa, depois Karen diz:

– Era o que íamos fazer ontem de manhã.

– Entendo. – Ana suspira.

A próxima pergunta é difícil:

– Você ainda pretende fechar o negócio?

– Eu também estava pensando nisso. – Karen franze o cenho.

Ana pode ver que ela está dividida entre a propriedade grande nos arredores de Hove, com prestação alta, ou a casa onde estão, menor (mas não tão pequena assim), mais próxima da estação de Brighton e com um financiamento mais amigável. A resposta é clara, para falar a verdade: mesmo que Simon tenha feito seguro de vida, Karen pode vir a ter dificuldade para manter os pagamentos sozinha. Mas ela ainda está em choque e precisa de mais tempo para raciocinar.

– Acho que não – ela diz por fim.

– Não.

Ana sacode a cabeça desconsolada, sentindo a angústia da amiga quanto a mais essa perda, tão pouco tempo depois da primeira. Ela sabe que o grande atrativo da casa nova é o espaço externo: como muitos imóveis na área central de Brighton, o pátio deles é minúsculo. Karen queria espaço para as crianças brincar e para ela plantar flores e uma horta. Simon também adorava plantas, e a casa em Hove tem uma área enorme nos fundos.

Desistir do projeto seria difícil em qualquer circunstância, mas levá-lo adiante a essa altura não seria sensato. Karen já tem muito com o que se preocupar e de jeito nenhum pode enfrentar mais esse estresse. Pensando bem, a casa em que moram no momento é adequada.

O silêncio se prolonga, a não ser pelo zumbido suave da lareira a gás. O gatinho está esticado na frente do fogo.

Karen reaviva a conversa:

– Uma das principais razões para comprarmos aquela casa era para que Simon pudesse ter um escritório aqui mesmo e acabar com o inferno das viagens diárias a Londres – Karen dá uma risada de desdém. – Que ironia.

Ana suspira.

– Eu sei.

Ela e Karen passaram horas analisando os prós e contras de Simon abrir sua própria firma de arquitetura e paisagismo. Karen tinha algumas objeções: "Não é um bom momento, com a economia do jeito que está, e ele vai me enlouquecer ficando em casa o dia todo". Mas de modo geral gostava da ideia da família poder passar mais tempo junta. "Simon é um pai velho, Ana, com duas crianças pequenas que mal consegue ver. Ele perde vinte horas por semana naqueles malditos trens."

Sem dúvida, uma ironia.

Ana estende a mão e aperta a de Karen. Sente tão agudamente a dor da amiga que é como se fossem uma só nesse momento, gêmeas siamesas dividindo um coração.

O silêncio instala-se outra vez, e Ana pensa em Steve. O que ela faria sem ele? Como iria se virar? Imagina a cama vazia, a vida sem intimidade sexual. Como seria nunca mais conversar com ele, rir das mesmas piadas ou provocá-lo? Ela estremece. Está tão feliz por ele estar vivo.

Depois, perversamente se pergunta se a morte de Steve teria causado menos dor. Seria terrível, sim, mas essencialmente para ela, enquanto que a ausência de Simon afeta muitas pessoas. Certamente haveria quem sentisse a falta de Steve: seus pais na Nova Zelândia, que o amam, as irmãs, os amigos também. E ela, é claro, o adora, não é mesmo? Senão não aguentaria o comportamento dele. Além disso, estão juntos há muito menos tempo do que Karen e Simon, têm menos história como casal. Ela tinha vida própria antes de conhecê-lo: sua casa, os amigos, o trabalho. Poderia retomar tudo sem maiores traumas.

As vidas de Karen e Simon, porém, estão interligadas há duas décadas, um dependendo do outro; a identidade dela fundida com a dele. Simon cumpria tantos papéis para Karen. Além de amante, amigo e confidente, foi seu companheiro de viagens, gerente financeiro, faz-tudo, jardineiro, mecânico, cúmplice de travessuras – a lista é interminável. Ele era como a viga que sustenta o teto da sala de estar em que elas estão sentadas naquele exato momento.

E não é só Karen que sofre a perda: Phyllis e Alan também estão em luto, e os colegas de trabalho e amigos de Simon. E Molly e Luke, que nunca mais vão ver o pai.

Ana pensa no seu próprio pai, agora já setentão, e no papel central que ele ocupou nos primeiros vinte anos da vida dela. Sua cabeça se enche de lembranças: a caça aos ovos de Páscoa que ele organizava para ela e os irmãos, a casa de bonecas que construiu para ela, as discussões sobre os estudos, as roupas que ele não queria que ela usasse, os namorados dos quais tinha ciúmes. Molly e Luke não terão nada disso.

Karen quebra o silêncio:

– Foi culpa minha. Deveria ter desconfiado.

– Minha querida amiga, você não é clarividente – retruca Ana, tentando fazê-la sorrir.

Funciona por alguns segundos.

– Você não sabia. Eu não sabia. Phyllis não sabia. Simon não sabia. Nem o desgraçado do médico de Simon sabia.

– Mas eu era a *esposa* dele! – Karen protesta, como se a veemência pudesse convencê-la.

– Eu sei, eu entendo. – Ana cata um fio solto de uma almofada, procurando em vão palavras de consolo. Ela sabe que o sentimento de culpa é inevitável (ela mesma não o sente?), mas gostaria de poder aliviar o tormento da amiga.

– Deveria ter feito boca a boca nele – Karen insiste. – Estava tão atrapalhada...

– Eu não saberia como. Você sabe?

– Na verdade, não. De qualquer forma, deveria ter tentado.

– Assim como qualquer outra pessoa no vagão – observa Ana –, mas ninguém tentou. E, pelo que entendi, as enfermeiras chegaram um ou dois minutos depois de ele passar mal.

Isso a faz pensar em Lou. Ela não contou a Karen sobre o encontro no táxi ontem, achou que só iria causar mais sofrimento. Mas elas não sabem guardar segredos uma da outra; a amizade entre as duas sempre se baseou na franqueza total. A última coisa que Ana quer agora é criar distância com verdades não ditas, então faz um preâmbulo cuidadoso:

– Tem uma coisa que eu não te contei. Quando o trem parou em Wivesfield, eu dividi um táxi até Londres com uma mulher.

– Ah, foi? – Karen parece desinteressada, como se Ana estivesse tentando distraí-la com irrelevâncias.

– Ela estava sentada ao lado de você e Simon. Do outro lado do corredor.

– Oh! – Karen fica pálida. – Deve ter sido horrível para ela.

– Não é por isso que estou te contando. Ela se chama Lou, e foi muito simpática. Talvez você se lembre dela: cabelos castanhos curtos, rosto fino, não muito alta, magra. Estava usando um casaco.

Karen sacode a cabeça.

– Não me lembro.

Ana se dá conta de que falou bobagem. É claro que Karen não vai se lembrar de Lou. De qualquer maneira, não é essa sua intenção.

– Lou me contou o que houve, no táxi, antes de eu saber que tinha sido o Simon – ela prossegue com delicadeza, incerta da reação de Karen. – Não saberia repetir cada palavra que ela disse, obviamente, e ela não entrou em maiores detalhes, mas lembro que afirmou que não havia absolutamente nada que ela, você, ou qualquer outra pessoa pudesse ter feito para salvá-lo.

– Oh – Karen parece assimilar a ideia aos poucos. – Talvez você tenha razão.

Ana a conhece o bastante para saber que ela não se convenceu.

**

Karen fecha a porta da casa com cuidado para não fazer barulho. Agora que Ana se foi, ela está sem companhia pela primeira vez naquele dia. Ana se ofereceu para passar a noite com ela, mas Karen sabe que seria incômodo para a amiga. Por terem dividido uma casa por vários anos, durante e depois da faculdade, Karen conhece os gostos e hábitos de Ana tão bem quanto os dela mesma. Ana gosta de estar sempre bem-arrumada e sentiria falta do seu guarda-roupa e dos produtos de beleza, para não falar da cama (e de Steve). Karen sabe que lhe fez um favor mandando-a para casa em um horário razoável.

Ela volta à sala de estar. Ainda ligado, o aquecedor a gás com efeito de chama a faz lembrar Simon. Impressionado com a lareira de Ana na Charminster Street, ele restaurou a coluna da chaminé desativada da casa e instalou, ele mesmo, o aparelho retangular com pedras vulcânicas sobre uma grelha de metal cromado. As chamas que lambem as silhuetas arredondadas fazem Karen desejar um cigarro, e ela localiza uma carteira na bolsa sobre a mesa de centro. Não é uma fumante habitual, mas se dá ao luxo de algumas tragadas quando sai sem as crianças, o que é cada vez mais raro, ou quando está excepcionalmente estressada.

Ela se inclina por cima de Toby, que ainda ressona, livre de qualquer ansiedade, e acende o cigarro na lareira, chamuscando o papel branco.

Abre a janela e traga profundamente, deixando a fumaça encher seus pulmões. Quem se importa se faz mal? Normalmente, é um ato de vontade deliberada ignorar que se trata de um hábito letal, mas esta noite Karen deseja o veneno. Sente-o invadindo seus alvéolos, entrando na corrente sanguínea e tocando os receptores do cérebro, trazendo-a para mais perto da morte, de Simon...

De súbito, cambaleia. Talvez seja o efeito da nicotina, mas mais provavelmente é o fato de estar sozinha. É como se ela fosse uma boneca de pano, mantida em pé pelas pessoas à sua volta: Molly, Luke, Phyllis, Ana – e agora não há ninguém para apoiá-la. Suas pernas são mero algodão recheado de espuma; os pés, bolas inúteis de feltro preto. A linha grossa dos pontos não basta para sustentar quadris e joelhos. Senta-se no sofá para não cair.

O que Karen quer e precisa fazer é chorar, mas não consegue. Por algum motivo, as lágrimas só vêm quando ela está acompanhada, como se então tivessem permissão para jorrar. Mas aqui, sozinha, quando ela poderia uivar para a lua e golpear as almofadas do sofá, vê-se impedida. Não é que esteja preocupada em acordar as crianças, e sim por temer que, se ceder ao impulso, acabe perdendo toda a noção de quem é. Se desmoronar sozinha, não será capaz de se recompor para cuidar de Molly e Luke, organizar o enterro, consolar Phyllis e outras pessoas. Como uma casa em um terremoto, restará apenas uma pilha de escombros, cacos que ela jamais conseguirá juntar outra vez.

***

A porta está trancada quando Ana retorna. Steve saiu e não disse aonde ia, o que significa que ela sabe exatamente onde ele está: no bar. Provavelmente no pub da rua onde moram, não que faça muita diferença. Se ela tiver sorte, ele vai voltar quase em coma e desabar roncando no sofá, sem nem tirar os sapatos. Um Steve ligeiramente menos bêbado é mais preocupante: agressivo, cheio de energia, disposto a falar durante horas.

Ela está recém tirando o sutiã quando a porta bate. Ana fica imóvel, tentando decifrar os movimentos dele. Passos pesados seguidos de pausas, o som se repetindo cada vez mais próximo: Steve vem subindo a escada, seu andar é muito mais lento e desajeitado do que quando está sóbrio.

Rapidamente, ela veste a camisola. Já está vulnerável o bastante sem que ele a veja nua.

Ele abre a porta do quarto de supetão. A maçaneta golpeia a parede, onde o reboco já está marcado. Sob efeito do álcool, Steve não consegue medir a própria força.

Ana sabe que ele não vai estar irritado de início. Já passou por isso antes, aprendeu a rotina. Mas a guinada de humor geralmente é rápida, e o fato de ela poder antecipá-la torna as coisas ainda piores.

Os tendões em seus braços enrijecem, as pernas se retesam, até seu abdômen se contrai. Ela sabe o que vem pela frente: insultos, acusações indignadas, fúria. Mas quem sabe dessa vez ela tenha sorte – já não passou pelo bastante hoje? Será que Deus ou o Universo não lhe devem esse pequeno favor? Ela já esgotou suas reservas emocionais com Karen, e não tem mais forças para um embate. Talvez Steve possa compreender isso.

Na esperança de apelar a algum resquício de sobriedade, ela arrisca:
– Acabei de chegar da casa de Karen.

Talvez a menção à amiga possa avivar a memória dele, e sua compaixão.
– Ah... certo.

Obviamente ele esqueceu. Sua expressão se enevoa. É impressionante como os traços de Steve se transformam quando ele está intoxicado. Desaparecem as maçãs do rosto esculpidas, a boca masculina e sensual, os olhos bondosos e pensativos. Ao contrário, sua face perde a definição: os lábios pendem moles, os olhos se afundam e perdem o foco. Seu corpo também é diferente: a postura é menos ereta, a barriga mais saliente, os ombros curvados.

Ele se senta pesadamente na cama, por pouco não perdendo o equilíbrio, mas então a surpreende: ao invés de balbuciar bobagens sem sentido, seguidas de recriminações, acusações e críticas, ele fica em silêncio. Sua boca é uma caricatura de tristeza, um semicírculo voltado para baixo, e dos olhos saltam gotas graúdas. Steve está chorando.

Ana fica surpresa, emocionada e aliviada. Senta-se ao lado dele.

– O que há com você?

Ele seca as lágrimas com as costas da mão, como uma criancinha.

– Eu sou um inútil – lamenta, encolhendo os ombros.

– Não é, não!

Por mais que odeie o fato dele beber em excesso, Ana sabe que a raiz do problema é justamente a pouca autoestima.

– Sou, sim – ele retruca. – Olhe só para mim!

Ele levanta as mãos, vira-as de um lado para o outro.

– Cobertas de tinta. O que eu sou? Uma porcaria de um pintor.

– Você é um *ótimo* pintor – ela diz, e é verdade.

Steve é perfeccionista, mas também trabalha rápido, uma combinação rara. Seus clientes são fiéis e costumam recomendá-lo aos amigos.

– Sim, mas não é uma carreira, é?

Embora esteja bêbado, ele está estranhamente coerente, e, na verdade, tem razão. A profissão dele não incomoda Ana – ela não é do tipo de mulher que precisa de um homem bem-sucedido. Mas não é esta a questão. O que importa é que ele não se realiza no que faz, considera-se inteligente demais para um trabalho sem dignidade.

– O Simon tinha uma carreira – Steve acrescenta com a voz lamuriosa.

Ele volta a chorar, e embora não seja a primeira vez que Ana o vê nesse estado, sempre é desconcertante assistir às lágrimas de um homem adulto. Então, em um rompante, a ideia que o perturba por entre a névoa do álcool é revelada:

– Deveria ter sido eu.

– O que quer dizer?

– Eu. EU! – ele bate no peito, furioso. – Eu é que deveria ter morrido.

– De onde você tirou isso? – Ana o acalma, põe um braço em seus ombros. – Não seja bobo.

– É o que vocês queriam, não é?

Ele afasta o braço dela com um gesto brusco. Sua raiva está aumentando e voltando-se para fora, na direção que Ana teme.

– Como assim, *o que nós queríamos*? Do que você está falando?

– Vocês preferiam que tivesse sido eu. Você e Karen.

Ele se vira para encará-la com os olhos frios, cheios de ódio.

– Isso não é verdade!

É ridículo, e Ana não quer dar trela para o assunto, particularmente porque Steve parece ter lido os pensamentos dela. Ela está cheia de remorso por ter cogitado uma coisa dessas, ainda que brevemente, mas sabe que não passou de um devaneio da sua mente em luto.

Para Steve, porém, seguir esse raciocínio não é construtivo – certamente não vai ajudá-lo a se sentir melhor. É isso que ela nunca conseguiu entender: o que quer que o angustie só piora com a bebida, toma mais relevo ao invés de se aquietar no fundo do copo.

– Você preferia que eu estivesse morto.

– Stevie, meu amor – a voz de Ana é firme, e ela usa o apelido para tentar acalmá-lo. – Isso é um absurdo. Você está dizendo besteiras.

Então, curiosamente, como se Deus, o Universo, ou quem quer que seja tivesse escutado as preces dela, ele parece refletir.

– Estou?

– Sim – ela sussurra.

– Está bem.

– Eu amo você, meu amor.

– Eu também.

Com essas palavras, ele se estica no colchão. Em segundos, está roncando.

Delicadamente, Ana tira os sapatos dele, abre o cinto, desliza o jeans pelas pernas. Steve rola na cama, murmurando sem acordar, quando ela puxa o edredom por baixo dele e depois o cobre. Ele ainda está de cueca, camisa e meias, mas isso não importa.

Aliviada, ela se senta sobre os calcanhares ao lado da cama.

À luz da luminária da mesa de cabeceira, o rosto de Steve se transforma mais uma vez. A curva dos lábios parece doce e sincera; os cílios roçam bochechas angelicais, marcadas por uma trilha de lágrimas. Na paz do sono profundo, Ana enxerga nele o menino que precedeu o homem, quando seu espírito inquieto era ainda inocente e brincalhão, e não rebelde e autodestrutivo. Ela se pergunta quando a balança pendeu, quando ele deixou de ser meramente um menino levado – conforme seus próprios relatos – e se tornou primeiro um adolescente problemático, depois um homem perturbado e, por fim, um alcoólatra.

O odor da bebida não está apenas em seu hálito, mas emana de todos os poros. Quem diz que a vodka é inodora está redondamente enganado. Ana odeia esse cheiro acre, repulsivo, irremediavelmente associado a mentiras e excessos furtivos. Ela sabe apreciar um bom copo – hoje mesmo dividiu aquela garrafa de vinho com Karen, por exemplo –, mas o consumo de Steve é de outra ordem. Ele não é capaz de parar. Para ele a bebida serve a outros fins. Às vezes ela suspeita que o que ele busca no álcool não é a mera fuga de circunstâncias difíceis, mas a aniquilação de sua personalidade como um todo.

Se ela soubesse disso quando o conheceu, estaria aqui agora? Ela não tem certeza. Às vezes, tem a impressão de ser a corda em um cabo de guerra entre dois Steves: o sóbrio – charmoso, sedutor e capaz –, e o dependente do álcool – hostil, ressentido e abusivo. Ela mesma sente-se dividida: em dívida com ele, por um lado, e, por outro, sem coragem de mudar. Ela teme o que pode acontecer se o deixar, e não apenas com ele, mas com os dois. Ele pode se perder de vez, e ela não quer ficar sozinha (já passou dos 40, e hoje mesmo no escritório alguém comentou que uma colega, alguns anos mais jovem que Ana, tinha "passado da data de validade"). Acima de tudo, ela o ama de verdade, e ainda se sente atraída por ele. A química entre ela e o Steve sóbrio é intensa, quase animalesca: o cheiro delicioso dele a excita.

Ela sorri para si mesma, mergulhada em lembranças.

***

– Venha conhecer nosso pintor – Karen convoca na tarde em que Ana resolveu aparecer sem avisar. – Uma colega do curso pré-natal me deu o telefone dele.

Ela dá uma piscadinha matreira e, enquanto sobe a escada à frente de Ana, diz baixinho, arregalando os olhos:

– Ele é lindo!

Steve está parado junto à janela, o braço erguido empunhando o pincel encharcado de emulsão branca. A bermuda jeans esfiapada, os tênis, a camiseta, as mãos e os cabelos clareados pelo sol estão salpicados de tinta. Ele se vira quando elas entram no quarto:

– Steve, esta é a minha amiga, Ana.

– Olá – ele diz com um sorriso. – Prazer em conhecê-la.

A voz dele é grave e melodiosa, com sotaque antípoda, provavelmente australiano. Mais tarde, Ana fica sabendo que ele é de uma família de classe média alta da Nova Zelândia. "Quer dizer que você é bem de vida?", ela pergunta em tom de brincadeira. "Para um pintor, sim", ele retruca. Comparado aos outros pintores que ela já conheceu, ele é distintamente mais bem educado e culto.

Ela poderia ter questionado por que um homem com uma posição social relativamente boa acabou virando pouco mais que um faz-tudo. Mas sua primeira impressão é de que ele parece ser um pouco mais jovem do que ela e Karen, e quem sabe ainda esteja indeciso profissionalmente. Talvez seja um artista, ou escritor, e tenha que pintar paredes como bico. Isso não é raro em Brighton, com suas hordas de tipos criativos.

– Ana também está precisando de um pintor – diz Karen.

"Estou?", pensa Ana.

É verdade que ela acabara de se mudar para a casa nova, mas pretendia se encarregar da decoração sozinha.

– Ah, é verdade – diz, não querendo contradizer a amiga. – Você poderia passar lá em casa e fazer um orçamento uma hora dessas.

– Será um prazer.

Ele sorri outra vez, o olhar carregado de segundas intenções prende o dela por um segundo a mais do que ditaria a boa educação. Ana sente um frio na barriga: a atração evidentemente é mútua.

E foi assim: do orçamento para um drinque naquela mesma noite (na qual ele, obviamente ansioso para criar uma boa impressão, não se embebedou) e do bar para um restaurante onde ela mal tocou na comida, tão absorta estava na conversa. Depois do jantar, os dois "treparam até o raiar do dia", nas palavras de Karen no dia seguinte.

– Não foi nada disso – Ana protesta.
– Oh, mil desculpas – Karen debocha. – "Fizeram amor".
– Eu tampouco usaria essa expressão.

Depois de um único encontro, a descrição parece séria demais, embaraçosa.

Logo, porém, eles estavam fazendo amor, e dentro de algumas semanas ele se mudou para a casa dela.

***

"Todas as relações têm seus altos e baixos, não é?", pensa Ana, deslizando para baixo do edredom ao lado dele.

Ela está cansada demais para seguir dissecando o problema. Minutos depois, também dorme, mais profundamente do que na noite anterior, exaurida pela emoção.

Quarta-feira

7h37

Lou está ajustando a trava da bicicleta quando o telefone toca uma, duas vezes. Ela revira a mochila e abre o aparelho.

Você tem duas mensagens.

Uma é de Vic, a segunda de um número que ela não reconhece. Lou abre a de Vic primeiro.

O plano está de pé. Convenci a moçoila a ir a Brighton na sexta para comemorarmos meu aniversário na balada. Vamos dormir no seu apê, então nada de sexo barulhento! Você me deve uma. Bjs, V.

Lou ri sozinha. Vic sempre vai direto ao ponto, e a mensagem desmente sua intenção anunciada de ficar sóbria na sexta-feira. Mas ela está certa quanto à necessidade de discrição: o apartamento é pequeno e Lou não pode colocar a amiga de longa data para dormir no banheiro. A essa altura, porém, isso não passa de um detalhe, já que Lou pode nem se sentir atraída pela tal Sofia, e vice-versa. Mesmo assim, a simples expectativa de conhecê-la é excitante. Agora vai ligar para Howie, e os quatro podem acabar tendo uma noite muito divertida. Lou pendura a mochila no ombro e atravessa quase correndo o amplo espaço aberto da estação, lendo a segunda mensagem no caminho.

Espero que você receba esta mensagem. Aqui é Ana. Vai estar no trem das 7h44 hoje? Estou no vagão do meio, logo depois do relógio. Tenho aquelas dez libras para lhe dar.

Lou fica feliz. Esteve pensando em Ana e sua amiga Karen, e os planos confirmados para o fim de semana com Sofia a deixaram com vontade de conversar. Ela aperta a tecla verde com o símbolo do telefone e logo escuta o tom de discagem.

– Estou chegando à plataforma – diz.

– Vou guardar um lugar para você.

Alguns segundos depois, Ana tamborila os dedos na janela para chamar a atenção de Lou, que em pouco tempo se acomoda ao lado dela no assento do corredor. A mochila descansa na prateleira acima delas; o celular e o tablet, sobre a mesa.

Lou se vira para ela:

– Então, como você está?

Ela observa que Ana parece cansada e seus cabelos não estão imaculados como dois dias atrás, o que não a surpreende.

– Estou bem. Antes que eu me esqueça, vou te dar o dinheiro.

– Ah, não se preocupe com isso – Lou abana a mão na frente do rosto para indicar que não se importa.

– Não, eu quero pagar.

Ana abre a carteira (Lou nota que é de couro de qualidade, com um zíper graúdo de metal acobreado), pega uma nota amassada e a põe na mesa em frente a Lou.

– Obrigada.

Lou percebe que não adianta argumentar. Sente-se grata, não pelo dinheiro, mas pela desculpa para um novo contato. Agrada-lhe a ideia de ter uma companheira de viagem de vez em quando, e por sorte Ana tomou a iniciativa de quebrar o acordo tácito de privacidade dos passageiros habituais. Normalmente, o trem não é um lugar para se fazer amigos.

– Como vai Karen? É esse o nome da sua amiga, não é?

– Péssima.

Lou assente com a cabeça. Poucas outras palavras se aplicam tão bem às circunstâncias.

Ana suspira.

– Acho que ela ainda está em choque. Mas tudo está de pernas para o ar.

Ela olha pela janela, e Lou pode ver que Ana tenta não chorar.

– Eles estavam casados há muito tempo? – Lou não quer parecer intrometida, mas a polidez fria tampouco é do seu feitio.

– Quase vinte anos.
– Então você também devia conhecê-lo bem.

Ana assente e procura um lenço de papel na bolsa para secar os cantos dos olhos.

– Sinto muito – diz Lou.
– Obrigada. – Ana tenta um sorriso.
– Uma coisa dessas é terrível para qualquer um.
– Eles têm dois filhos.

As palavras escapam da boca e reabrem a ferida. Ana dá um gemido baixo e as lágrimas escorrem livremente.

– Ai, meu Deus!

Por algum motivo, essa possibilidade nunca ocorreu a Lou, embora, pensando bem, fosse provável.

– Que idade eles têm?
– Molly tem 3 anos e Luke tem 5. Os dois são meus afilhados – Ana acrescenta.

Lou sente pena dela, de todos eles. Estende o braço e o pousa nos ombros de Ana. Ainda que mal a conheça, o gesto parece apropriado e muito necessário. Os passageiros à frente delas observam furtivamente, mas um deles está com fones de ouvido e não escuta a conversa, e o outro está digitando no laptop e não parece muito interessado. Do outro lado da janela, a paisagem de Sussex se desenrola perfeita como um cartão postal: campos verdes e colinas suaves.

– Eles devem estar precisando muito de você no momento – Lou observa. – E você, tem alguém para lhe dar apoio?
– Sim... Acho que sim.

Mais uma vez, Lou tem a impressão de que a vida particular de Ana é complicada: sua reação não foi a de uma pessoa com um companheiro muito compreensivo. Lou reconhece os sinais por experiência própria, ainda que não exatamente na mesma configuração: sua mãe deixa muito a desejar em termos de apoio emocional. Mas não é hora de fazer perguntas difíceis.

– Desculpe-me. – Ana funga e relaxa um pouco.

Lou recolhe o braço.

– Não há por que se desculpar. Como você mesma disse, a situação é péssima.

– Karen está se sentindo muito culpada.

— Oh, não.

— Ela acha que deveria ter feito alguma coisa para ajudar, que poderia ter salvado Simon. Ela acredita que, se tivesse começado a fazer respiração boca a boca imediatamente, ele teria sobrevivido, esse tipo de coisa. Já disse e repeti que não teria feito a menor diferença, mas ela não aceita.

Lou franze o cenho.

— Não havia nada que ela pudesse fazer. Vi tudo, ele morreu na hora.

— Eu sei, é o que vivo repetindo para ela. Mas você sabe como é, a pessoa fica pensando "se pelo menos eu tivesse feito tal coisa...". E Karen é exatamente assim: assume os problemas dos outros e se sente responsável pelo mundo todo.

— Ela deve ser uma boa pessoa — Lou observa.

— Ela é maravilhosa.

— Mas toda essa culpa não vai ajudar em nada.

— Não.

— Embora seja muito comum.

— É mesmo?

— Com certeza.

— Não entendo muito de luto — Ana admite.

Lou esclarece:

— Nunca perdi alguém de repente, como sua amiga, mas meu pai morreu há alguns anos.

— Sinto muito.

— Não se preocupe, já faz muito tempo. Mas desde então eu também lidei com este tipo de questão no meu trabalho.

— O que você faz exatamente?

— Sou terapeuta. Trabalho com jovens que foram excluídos da escola.

— Que interessante! Quero saber mais. Você se importa de me contar?

Lou não se incomoda de falar sobre o que faz, e, para Ana, mudar de assunto é claramente um alívio.

***

As crianças estão com Tracy. Karen não quer que elas escutem as minúcias da organização do funeral, nem os telefonemas que ela tem que fazer para amigos, parentes e colegas de trabalho. Mais do que isso, ela está tentando manter um mínimo senso de normalidade para Molly e Luke, e

Tracy, que conhece as crianças há tanto tempo, é a pessoa ideal para cuidar delas no momento.

A metade do cérebro de Karen que estava funcionando normalmente pôs as crianças no carro, afivelou os cintos de segurança e dirigiu com cuidado até Portslade, sem jamais ultrapassar 40 km/h. Eles chegaram pontualmente às 9 horas, conforme o combinado. Karen então voltou para casa, trancou o carro e pôs a chaleira no fogo. A água vai ferver a qualquer momento.

Ela tem consciência de uma estranha dicotomia, como se sua cabeça tivesse se dividido em duas. Um lado é capaz de andar, falar, preparar o chá e levar Molly e Luke para a casa de Tracy. Foi este lado que vestiu roupas decentes e penteou os cabelos, e é ele que está tomando as providências necessárias: contatar um padre com quem ela nunca conversou e escrever e-mails para pessoas que ela não conhece, usando a lista de contatos do laptop de Simon. Karen reconhece essa metade de si mesma: é a funcionária eficiente da repartição, a mãe organizada que dificilmente se atrasa para buscar os filhos na escola ou na babá, a mulher que percorre o supermercado de Hove com as crianças em um carrinho duplo e uma longa lista nas mãos.

A outra metade de Karen, porém, não está funcionando adequadamente, ou pelo menos é essa sua impressão. Essa metade é um emaranhado maníaco, como um dos desenhos de Molly: cores descombinadas, riscos desencontrados. No entanto, os desenhos da filha são expressões exuberantes de felicidade e vida, enquanto que a paisagem de Karen é sinistra e infernal, tingida de azul profundo, roxo e preto. Uma sucessão enlouquecida de emoções: a culpa que se volta contra ela mesma, a sensação de perda cuja força ela teme ainda não ter vivenciado totalmente, um sentimento avassalador de pesar e desespero. E exatamente no centro desse labirinto está a dor implacável, pulsando em vermelho vivo, como se alguém tivesse aberto seu crânio e vertesse ácido diretamente sobre os nervos expostos.

Karen tenta silenciar essa metade infernal de si, subjugar seus pensamentos. Ela precisa se concentrar, e tem um sucesso surpreendente por longos períodos de tempo. Ela supõe que deva estar em choque para ser capaz de suprimir as emoções a esse ponto. Viu o corpo de Simon, informou outras pessoas da morte dele, absorveu expressões de solidariedade, derramou e viu derramarem lágrimas. Ainda assim, sente que pode se distanciar da experiência, isolar-se da realidade, como se nada estivesse acontecendo.

Ela ainda espera que Simon retorne. Não para de ouvir a chave dele girando na porta, a voz anunciando sua chegada, seus passos no hall. Vê o marido de relance trabalhando no computador, sentado à mesa da cozinha, assistindo à TV com os pés no sofá.

Mas nada disso é real.

A realidade é o funeral.

Ela e Phyllis concordaram com uma cerimônia na igreja. Como Simon nunca havia explicitado suas preferências, as duas precisam seguir a intuição, basear-se no que sabiam dele. Tomam decisões em uma espécie de transe. Quem deve ser avisado? O que seria melhor para ele? Como podem saber, quando mal aceitaram a realidade da morte dele?

Mesmo assim, de alguma forma, é o que fazem, juntas.

A necrópsia mostrou que ele sofreu uma "oclusão total da artéria coronária esquerda, resultando em infarto e ruptura do ventrículo esquerdo". Em outras palavras, um simples ataque cardíaco.

– Mas isso não responde às nossas perguntas – diz Phyllis.

Ela está certa: o que ambas querem saber, na verdade, é por que a vida é tão injusta. Por que Simon? Nenhum atestado médico pode resolver esse enigma para elas.

Quanto ao funeral, Karen inicialmente sugeriu um ritual menos tradicional – estão em Brighton, afinal de contas –, mas ser enterrado em um bosque ou numa cesta de vime parece alternativo demais, pagão demais, simplesmente *ridículo* demais para Simon. Ele não era um ecologista militante. Sim, ajudava a reciclar garrafas, papéis e latas, mas isso não era nenhum esforço, já que havia coleta de casa em casa. Na verdade, Karen é mais ligada nessas questões do que ele, e ela mesma não iria querer um caixão biodegradável, então por que imaginar que ele quereria?

Ele provavelmente não se importaria de ser cremado. Gostava de fogueiras e churrascos, tinha construído a lareira da sala. Mas, por algum motivo, nem Karen nem Phyllis cogitam essa opção para Simon. A ideia de ver um homem tão grande reduzido a um montículo de poeira lhes parece inconcebível. Simon pesava mais de cem quilos.

Então não há discussões nem desavenças: ele será enterrado no cemitério de Brighton conforme a prática adotada há séculos, terá uma lápide como a que seu próprio pai recebeu não muito tempo atrás. A escolha se dá principalmente porque tanto Karen quanto Phyllis desejam a materialidade de uma sepultura. Na medida em que Karen é capaz de imaginar alguma coisa no momento, ela pode se ver visitando o cemitério no futuro com Molly e Luke. Quer que tenham um lugar aonde ir para se lembrar do pai e teme que, tão pequenos, não retenham a lembrança de espalhar as cinzas dele.

    Lá está ela outra vez, a dor lancinante que acompanha qualquer vislumbre do futuro. Resoluta, Karen a afasta, pega a caneta e começa a fazer uma lista de compras. As pessoas vão ter que comer alguma coisa depois do enterro, não é verdade?

15h04

Assim que desliga o motor do carro, Karen escuta os gritos:
– EU QUERO UM UPA DO PAPAI! EU QUERO UM UPA DO PAPAI!

Seu estômago dá saltos. Molly não tem um ataque de birra há meses – ela e Simon tinham notado o fato com uma mistura de orgulho e alívio no fim de semana anterior. Mas Karen compreende instantaneamente o que Molly usa de tanta urgência para comunicar. Muitas vezes, a menina berra por um abraço da mãe, mas agora quer seu pai. Mais do que qualquer coisa no mundo, Karen gostaria de poder satisfazer esse pedido tão simples.

A voz de Molly cresce em volume:
– EU QUERO UM UPA DO PAPAI!

"Meu Deus", pensa Karen atravessando o jardim, "pobre Tracy".

Se os gritos são audíveis daqui, devem ser ensurdecedores dentro de casa. Ela toca a campainha.

Tracy abre a porta imediatamente.
– Eu sinto muito – diz Karen. – Há quanto tempo ela está assim?

Tracy ergue os olhos para o céu.
– Desde a hora do almoço – confessa.
– Tracy, você devia ter me ligado!

Ela normalmente dá o almoço das crianças às 12h30.
– Queria que você tivesse um tempo para si mesma.

Ela passa a mão pelos cabelos.

– Entendo, fico imensamente agradecida. Consegui fazer várias coisas, mas você é uma santa por aguentar uma gritaria dessas por tanto tempo.

– EU QUERO UM UPA DO PAPAI! EU QUERO UM UPA DO PAPAI! – Molly segue gritando, tão alto que nem se dá conta de que Karen chegou.

– Normalmente eu consigo acalmá-la – diz Tracy, levantando a voz para se fazer ouvir. – Ou pelo menos eu a ignoro e ela acaba se cansando, você sabe como é.

– EU QUERO UM UPA DO PAPAI! EU QUERO UM UPA DO PAPAI!

– É o meu método preferido.

Tracy leva Karen para a sala para não terem que falar tão alto.

– Mas hoje ela simplesmente não parou.

Karen dá um suspiro pesado e morde o lábio inferior.

– Onde ela está?

– Embaixo da mesa da cozinha.

Em circunstâncias normais, Karen não se incomodaria muito com os gritos, pois já aprendeu a praticamente ignorá-los. Mas os sons que saem da garganta de Molly são pura dor, e Karen entende perfeitamente. Ela mesma anseia por um upa do papai.

– Também tivemos um pequeno acidente.

– Ah, não! – Molly tinha começado a usar o banheiro no outono, e não usava mais fraldas desde antes do Natal. – Espero que tenha sido só xixi.

– Os dois.

Karen franze o rosto.

– Está tudo bem. – Tracy sorri, mas Karen pode ver que ela está exausta.

– Eu nem trouxe uma muda de roupas – ela lamenta.

Isso já não era necessário há um bom tempo, então nem lhe ocorrera naquela manhã. É óbvio que ela não está usando a cabeça.

– Ela está com umas roupas velhas da Lola – Tracy explica.

Lola é a filha dela, agora com 7 anos.

– Eu sempre guardo algumas peças para emergências.

– Eu nem sei como agradecer.

– Sério, não se preocupe, mas você vai ver que as roupas estão sobrando em Molly.

Karen vai para a cozinha. Molly está embaixo da mesa, enroscada em uma pequena bola de fúria.

– A mamãe chegou – diz Tracy erguendo a voz outra vez.

Karen se agacha.

– Oi, meu amor.

Ela engatinha para junto da filha.

Mas Molly é como um caminhão sem freios, desgovernada pelo excesso de energia. Apesar da presença de Karen, ela continua, esmurrando o piso de linóleo:

– EU QUERO UM UPA DO PAPAI! EU QUERO UM UPA DO PAPAI!

Karen sente-se impotente, mas cruza as pernas, toca as costas encurvadas da filha e arrisca:

– O papai não está aqui – sua própria alma está pedindo por ele enquanto ela fala. – Serve um upa da mamãe?

Pelo menos Molly não a rejeita. Aos poucos, seus gritos caem para um tom menos desesperado, e por fim ela se aproxima, ainda com o corpinho tenso, e desaba no colo de Karen.

Elas ficam assim por vários minutos, rodeadas pela toalha da mesa. Karen repara na penumbra e no calor do local e sente o cheiro da madeira. Não a surpreende que Molly tenha escolhido esse refúgio: ela também se sente segura ali.

– Pronto, pronto. Está tudo bem, tudo bem. Sei que eu não sou o papai, mas estou aqui com você, querida. Estou aqui.

Karen envolve a filha nos braços, acariciando seus cabelos macios, até ela finalmente arquejar o último soluço. Sua respiração se aquieta, e Molly silencia.

Por fim, Karen pergunta:

– Está melhor?

– Tá dodói – diz Molly erguendo a cabeça.

– Onde está dodói?

– Aqui – Molly se senta e aponta para a barriga.

– Coitadinha da pancinha – Karen pousa a mão no abdome da filha.

– Aqui também. – Molly toca a testa.

– Pobrezinha da cabecinha – Karen beija a testa suada.

– E aqui – Molly desce o dedinho outra vez, agora sobre o coração. – Tudo dodói.

Karen sabe que a dor física é uma manifestação do sofrimento interior. Ela também se sente dolorida. Enquanto acaricia o peito de Molly, ergue a cabeça e vê Luke parado junto à mesa. Ele levantou a ponta da toalha e está observando as duas.

– Oi, meu querido – ela diz, estendendo a mão para ele.

Há quanto tempo ele está ali?

– Quer entrar?

Luke sacode a cabeça.

– Então é melhor sairmos daqui – diz, mudando de posição. – Vamos, Molly, está na hora de ir para casa.

Molly grita como um animalzinho assustado e se aninha ainda mais contra o corpo da mãe.

– Agora chega, meu amor. Precisamos ir embora.

Antes que a filha possa reclamar ou voltar às lágrimas, Karen faz uma manobra cuidadosa e as duas emergem do abrigo da mesa.

– Luke, meu fofo – ela sorri para ele ao ficar em pé, notando que mal lhe deu atenção.

Luke permanece em silêncio.

– Tudo bem com você?

Luke simplesmente a fita com o lábio inferior esticado. É incomum: normalmente ele faria que sim ou não com a cabeça, mas agora mal registra a pergunta dela.

– Vamos para casa. Quando chegarmos, vamos tomar leite com biscoitos e, se vocês se comportarem direitinho, vão poder escolher um DVD para assistir. Que tal um filme de princesas e dragões?

– Eu quero – diz Molly sem hesitar.

Luke continua calado. Talvez ele se solte quando chegar em casa.

Ela jamais permitiria que eles assistissem a um filme a essa hora, mas os dois parecem tão aflitos que ela quer lhes oferecer todo consolo possível. E, pensando bem, que mal faz quebrar as regras na situação em que se encontram? Dificilmente o excesso de televisão vai ser tão traumatizante quanto a morte súbita do pai deles.

– Não se esqueça das roupas da Molly – diz Tracy, entregando-lhe uma sacola. – Já estão lavadas, mas não deu tempo de secar.

– Você é um anjo.

Karen pendura a sacola no ombro e, com uma mão na cabeça de cada criança, guia os filhos na direção da porta; Molly um pouco atrapalhada com o vestido grande demais, e Luke arrastando os pés, rabugento e desconsolado.

***

Nossa destilaria ergue-se às margens do estreito, onde a água é rica em minerais e a brisa marinha perfuma o ar. É aqui que, há mais de duzentos anos, trabalhamos para aprimorar um dos mais puros single malts da Escócia. Sirva uma dose e examine a cor contra a luz. Do dourado pálido ao amarelo mais escuro, cada tom é um reflexo do nosso lar nas Highlands.

Não é a primeira vez que Ana sente-se feliz por ter o trabalho para se distrair. A concentração exige esforço, mas ela está acostumada. Quantas vezes teve que reprimir lembranças da noite anterior para poder escrever após uma briga com Steve? Ela aprendeu a ignorar pensamentos obsessivos, prometendo a si mesma lidar com os próprios problemas mais tarde. E embora dessa vez o problema não seja Steve, e sim Karen e as crianças, a capacidade de focar suas energias é como um músculo bem-exercitado. Tanta facilidade lhe parece quase desleal.

– Quer um chá? – pergunta Bill, arrastando a cadeira para o seu lado.

– Sim, por favor. Ótima ideia – diz Ana e ergue a vista.

O escritório fervilha em torno dela, celulares tocam, colegas conversam. No entanto, Ana estava no seu próprio mundo, muito ao norte dali, cercada de névoa e ar marinho com cheiro de algas. Ela gosta de redigir anúncios descritivos como esse, que lhe permitem escapar para outro lugar como mágica.

Assim que Bill lhe entrega a xícara de chá, ela escuta o telefone tocar. É uma boa hora para fazer uma pausa e verificar as mensagens, já que o fluxo dos seus pensamentos foi interrompido.

As coisas por aqui andam difíceis. Seria bom conversar, mas entendo se estiver ocupada. Bjs, K.

Ana sente-se mal. Lá estava ela, toda satisfeita por ser capaz de deixar de lado justamente a angústia de que Karen não pode escapar.

Ela sai para o corredor e liga na mesma hora.

– Alô?

Pelo tom dessa única palavra, Ana já sabe que ela está em prantos. Há quanto tempo está assim, chorando sozinha?

– Ah, querida, você deveria ter me ligado antes.

– Eu não queria atrapalhar.

— Não teria respondido se estivesse muito ocupada, mas sempre dá para falar um pouquinho. Da próxima vez me ligue, está bem? Na verdade, eu é que deveria ter ligado para você. Me desculpe.

Karen engole em seco, tentando segurar as lágrimas.

— Eu é que peço desculpas. Na maior parte do tempo, chorar é difícil para mim, só que agora não consigo parar. As crianças estão na sala vendo um filme e eu deveria estar falando com a casa funerária sobre as flores para a igreja, mas simplesmente não consegui, desabei. Molly teve um ataque terrível esta tarde na casa de Tracy. Nunca a vi se comportar desse jeito, devem ter sido quase três horas de choros e gritos, e só o que ela queria era o papai. O Luke não quer falar comigo, ele se fechou e não disse uma palavra até agora, mas ontem ele estava bem. Quer dizer, não estava *bem*, mas você sabe como é, estava falando e chorando. Tinha a impressão de que podia ajudá-lo, mas não posso ser o papai deles, nunca vou poder ser! Oh, Ana, por que isso tinha que acontecer comigo? Quero o Simon de volta! Quero ele aqui com a gente! Quero que ele me ajude a lidar com tudo isso! — ela começa a chorar ainda mais alto. — Recém chegamos em casa, e eu estava tentando ajeitar as coisas, mas quando abri a secadora tinha algumas roupas dele que botei para secar na segunda de manhã, camisas do trabalho. Nem me lembrava que elas estavam lá, de repente comecei a soluçar e o Luke veio ver o que era. A expressão no rostinho dele era horrível, ele ficou apavorado.

Ana escuta em silêncio, depois Karen se acalma um pouco e diz:

— Eu sei que você está no trabalho, desculpe, mas é que hoje está sendo muito difícil. Desculpe, desculpe.

— Querida, pare de pedir desculpas e pare de ser tão dura consigo mesma — Ana ordena. — Você tem todo direito de se desmanchar em lágrimas, mas, ainda assim, está conseguindo tocar a vida e me parece que está fazendo um ótimo trabalho com as crianças. Ninguém vai se importar caso você chore, muito menos eu.

— Eu me importo — retruca Karen.

— Eu sei — Ana dá uma risada compreensiva. — Mas você é a única, pode acreditar em mim.

— As crianças vão se importar.

— Não vão, não. Muito pior para eles é ter uma mãe que finge que está tudo bem.

– Acha mesmo?

– Sim. Chorar não é sinal de fraqueza. É bom desabafar.

Ana está convencida disso, sente instintivamente que as lágrimas reprimidas de Karen só servirão para encher o poço de sua tristeza a longo prazo. Mas, ao mesmo tempo, sente-se desconfortável, pois sabe que ela mesma está engolindo sapos em silêncio. Esta contradição a faz sentir-se mal e quase imediatamente ela racionaliza a situação: suas circunstâncias são diferentes, ela não perdeu um companheiro, precisa ganhar a vida e precisa ser forte para ajudar Karen. Mais uma vez, Ana tem a sensação de que ela e Karen são um espelho uma da outra. Mesmo agora, suas reações são semelhantes: ambas querem ser fortes pelo bem de outras pessoas. Elas são codependentes, construindo juntas um castelo de cartas: um movimento desajeitado e a coisa toda pode desmoronar. Qual delas vai causar a queda é uma incógnita.

– Mas é tudo culpa minha – Karen lamenta outra vez. – Deveria ter feito mais...

"Oh, não", pensa Ana.

Ela sabe que faz tão pouco tempo – pouco mais de 48 horas –, mas escutar Karen se recriminando é especialmente doloroso.

– Karen...

– Eu sinto que o matei – diz Karen em voz baixa.

– Não diga uma coisa dessas.

– É verdade.

– Isso é um absurdo.

Ana gostaria de estar com a amiga em pessoa, quer muito lhe dar um abraço. É tão frustrante não poder argumentar com ela frente a frente, ajudá-la a entender o quanto está equivocada ao se culpar. Nesse aspecto, elas não se espelham, e Ana percebe como a situação das duas é diferente. O mundo de Karen virou do avesso com o que aconteceu, e sua perda é de uma magnitude que só ela mesma pode sentir. Por isso, por mais que Ana tente, por mais que queira, nada que ela diga vai convencer a amiga a ver os eventos à sua maneira.

19h09

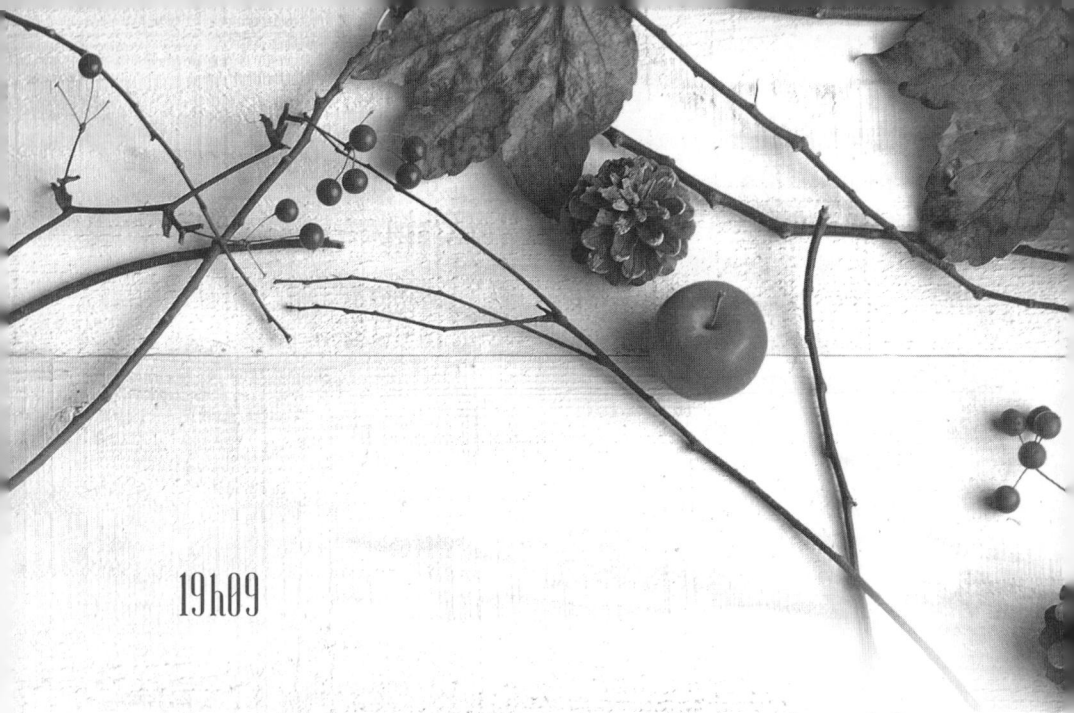

Ana está indo para casa depois do trabalho quando o telefone toca mais uma vez. Que estranho, ela acaba de transferir este número para sua lista de contatos.

– Oi. É Lou.
– Eu sei. Acabei de adicionar seu número ao celular.
– Que coincidência.
– É mesmo.
– Você está no trem?
– Sim, e você?
– Eu também.
– Mais uma coincidência. Cheguei um pouco tarde, então estou no último vagão.
– Estou na frente. Provavelmente não vale a pena a gente se procurar agora.

Elas já estão chegando a Brighton

– Mesmo assim, estava pensando em você. Você está bem? Teve um bom dia?
– Acho que sim – Ana dá uma risada cansada. – O trabalho é a menor das minhas preocupações no momento.
– Compreendo.

Lou faz uma pausa, depois pergunta:

– Como vai Karen?

– Ela, bem...

Ana não se sente bem mentindo para Lou, que estava presente quando Simon morreu, mas tampouco quer ter uma conversa íntima no trem, onde tantas pessoas podem escutar cada palavra. Ela pensa rápido. Steve vai terminar uma pintura para um cliente e só vai chegar em casa mais tarde; Karen vai receber a visita do irmão de Simon, Alan. Ana estava mesmo querendo passar um tempo sozinha e já tinha planejado tomar um banho de banheira e ir para cama cedo. Por outro lado, seria bom conversar com alguém...

– O que acha de nos encontrarmos para um drinque rápido? – pergunta impulsivamente. – Algum lugar perto da estação?

Mais uma pausa, depois Lou responde:

– Claro, por que não?

– Podemos ir àquele pub na Trafalgar Street. Nunca me lembro do nome, mas o lugar é ótimo.

– Aquele bem na esquina? Eu também nunca lembro o nome.

As duas estão mesmo em sintonia, até se esquecem da mesma coisa.

– Esse mesmo, à direita de quem sai da estação.

– Combinado. Espero você nas catracas.

O trem passa sacolejando pelo pátio de manutenção, onde vagões pintados recentemente reluzem sob a luz fluorescente. Depois diminui a velocidade para passar pelas sinaleiras e, por fim, desliza ao lado da plataforma da estação.

***

Lou ligou para Ana em um impulso, porque andava pensando nela e em Karen, perguntando-se o que poderia fazer para ajudar. Ela sabe que é quase nada em face do que se passou, e também sabe que precisa se proteger, pois tem tendência a se doar demais, e seu trabalho já exige muito dela. Mesmo assim, não consegue ignorar a empatia que sente pelas duas.

E lá está Ana agora, em meio à massa que se espreme na direção das catracas. Lou acena.

– Oi! – Ana abre um sorriso ao vê-la passando pelo portão e lhe dá dois beijinhos no rosto.

"Ana parece mais calorosa cada vez que nos encontramos", pensa Lou.

Que engraçado, isso. Algumas pessoas que parecem tão simpáticas à primeira vista acabam se mostrando superficiais, enquanto que as mais distantes, como Ana, se revelam afetuosas e leais.

Lou pega a bicicleta e elas saem da estação. Está frio, e o vento desarruma os cabelos de Ana. Ela está usando botas de couro verde escuro de salto alto que a forçam a descer o morro a passos curtos. Os cabelos de Lou são despenteados com qualquer tempo, e seus tênis gastos e confortáveis facilitam a caminhada.

"Somos uma dupla improvável", ela pensa.

– Ah, então esse é o nome – diz Ana quando chegam à porta do *Lord Nelson*.

No bar, Ana se insere entre um grupo de homens mais velhos, de faces coradas pela cerveja, e dois jovens de jaqueta.

– O que quer beber?

Ana examina a carta de vinhos.

– Uma taça deste aqui – ela aponta para um tinto perto do fim da lista. – Mas não se preocupe, eu pago.

Lou nota que Ana tem gostos caros. Mesmo assim, diz:

– Não, pode deixar. A segunda rodada é por sua conta.

A menina atrás do balcão se aproxima sorridente. Ela é bonita e tem os cabelos arrepiados tingidos de uma cor maluca. É mais jovem do que Lou, provavelmente ainda na universidade. Lou percebe imediatamente que ela é gay. Ela pede o tinto de Ana e uma cerveja pequena para si. Uma bufada impaciente indica que um dos homens mais velhos estava esperando para ser atendido antes dela, mas decide ignorá-lo. E daí se ela estiver recebendo tratamento preferencial? Quase sempre é o contrário que acontece.

Ela olha em torno. As mesas estão dispostas em cantinhos aconchegantes do salão, o ar está cheio de cerveja, vozes e risos.

Ana ecoa seus pensamentos:

– Eu gosto daqui, é exatamente o que precisava.

– Vamos sentar lá? – Ana faz um gesto para uma alcova, onde dois bancos de couro de espaldar alto se encaram com uma mesa entre eles.

Ana tira a capa de chuva antes de se sentar, e Lou se dá conta de que é a primeira vez que a vê sem casaco. Seu traje é simples, saia e blusa de gola alta pretas, mas o colar de contas graúdas de pedra polida em seu pescoço transforma o visual.

"É preciso ter confiança para se vestir assim", pensa Lou, ainda mais em vista de tudo o que Ana passou recentemente.

Ela se sente desleixada, ciente de que combinou as próprias roupas de um jeito quase aleatório. Mas agora não é o momento para se preocupar com aparências e, de qualquer forma, Lou se interessa mais pelo que se passa dentro da maioria das pessoas. Mesmo assim, não quer entrar de cabeça em um assunto delicado e constranger Ana, o que seria falta de tato. Quer que Ana tome a iniciativa, então simplesmente reitera:

– Então o trabalho está indo bem?

Ana assente com a cabeça.

– Não posso me queixar. É bom ter algo para me distrair no momento.

– Entendo.

– As pessoas com quem trabalho são ótimas, mas, às vezes, é mais fácil não falar muito da vida pessoal. Assim posso separar as coisas, se é que você me entende.

Lou sorri.

– É claro que sim. – "Se ela soubesse o quanto me identifico com isso", pensa, mas não acha apropriado explicar as dificuldades que vem enfrentando. Ana já tem muito no que pensar. – Foi uma ótima ideia virmos aqui.

– Sim, é ótimo poder vir ao pub sem ter que me preocupar.

Ana se cala e a frase fica solta, sem explicação. Lou desconfia que ela estava prestes a revelar alguma coisa, mas não sabe bem o quê. Então tenta outra via:

– Como você acabou em Brighton?

– É uma longa história – diz, reclinando-se no banco. – Mas vou tentar encurtar. Vivi com um homem por muitos anos, Neil era o nome dele. Morávamos em Londres, nos dávamos bem, mas a nossa relação era um pouco sem graça.

– Sei – Lou sabe do que ela está falando.

– Não me entenda mal, Neil era ótima pessoa e muito bem-sucedido. Na verdade, ele me acostumou mal, e sinto saudades de ser mimada.

Por um instante, os olhar de Ana se turva.

– Em termos materiais, eu tinha tudo: um apartamento lindo, carro do ano e um bom emprego.

"Então é daí que vem o gosto por bebidas caras", pensa Lou.

– Mas fui ficando entediada – continua Ana. – Não que a coisa se manifestasse assim. Para falar a verdade, comecei a ter ataques de pânico. Não sei se você já passou por algo parecido.
– Não.
– Não sabia o que era no início. Ficava apavorada. Sentia falta de ar, tontura, tinha vertigem. Uma vez cheguei a desmaiar no metrô.
– Que horror!
– Pois é, e o pior é que era imprevisível, eu nunca sabia quando ia acontecer. No fim das contas, as coisas estavam tão ruins que meu médico me encaminhou para um terapeuta.
– E ajudou?
– Um pouco, sim. Sem entrar em detalhes, juntos concluímos que eu estava claustrofóbica, num sentido bem amplo. Minha vida, meu trabalho, meus relacionamentos, tudo estava me sufocando. Então decidi mudar as coisas. Não queria ter filhos com Neil, só isso já deveria ter sido um sinal. Ele queria muito criar uma família, mas eu simplesmente não conseguia me imaginar levando uma vida perfeita numa casa enorme, trabalhando com publicidade e tudo mais.
"Uau", pensa Lou. "Então eu estava certa. Ana não é o que parece."
– Então eu o deixei.
Ana sacode a cabeça, como se ainda não acreditasse no que fez.
– Não deve ter sido fácil para você.
– Não foi, mas eu teria enlouquecido se tivesse ficado com ele, disso tenho certeza. Sabe o que quero dizer?
– Sei.
Mais uma vez, Lou compreende muito bem. Mas ela pode se explicar a Ana mais tarde, agora quer ouvir mais. Ela se inclina para frente, e Ana continua:
– Então comecei a pensar no que fazer e para onde ir. Decidi chutar o balde. Estava cansada de Londres e da competitividade, cada um tentando ganhar mais do que o outro e todo mundo se matando de trabalhar, sabe como é. Então pedi demissão e virei freelancer. Decidi que também queria mudar de paisagem. Estudei aqui, e já sabia que gostava do lugar. Brighton não é tão longe de Londres, como você bem sabe, então eu ainda podia me deslocar para trabalhar. Mas, no fim das contas, acho que o que me fez voltar mesmo foi o fato de Karen e Simon viverem aqui. Eles me

convenceram. Karen mora aqui desde a época da faculdade, foi onde nos conhecemos e onde ela e Simon se encontraram pouco depois. Então comprei uma casinha perto deles, e o resto, como dizem, é história.

Depois de tantas revelações, Lou está ainda mais curiosa quanto ao namorado atual de Ana e quanto ao tipo de homem que a interessa nessa nova fase da vida, mas não quer parecer intrometida demais. De qualquer forma, agora é a vez dela se abrir um pouco, e quem sabe Ana pode voltar a falar depois.

Ana lhe dá a deixa:

– E você, como acabou em Brighton? Você não é daqui, é?

"Ela foi muito franca", Lou pensa, "devia retribuir".

No entanto, sua cerveja está chegando ao fim e ela precisa de mais um copo se vai revirar o passado.

– Minha história é uma novela, acho melhor pegar mais uma bebida antes de começar.

– Certo – Ana concorda. – Mas essa rodada é minha. Estou pensando em comprar umas batatas fritas. Você quer?

***

Ana retorna alguns minutos depois. Lou larga o telefone – estava mandando um torpedo para Howie sobre a sexta-feira.

– Não me atenderam tão rápido quanto você – Ana reclama. – Então, como começa a novela?

Lou respira fundo.

– Resumindo a história, acho que vim para cá para fugir da minha família.

– Ah.

– Talvez esteja exagerando, mas certamente para fugir da minha mãe depois que meu pai morreu.

– Isso já faz algum tempo, pelo que você disse.

– Quase dez anos. Câncer.

– Sinto muito.

Ana sente-se mal por ter feito Lou falar nisso. A morte parece cercá-las.

– Sou de Hitchin, em Hertfordshire. Conhece?

Ana faz que não com a cabeça.

– É o tipo de lugar mais comum na Inglaterra: uma cidadezinha bonita, mas, para usar a sua expressão, claustrofóbica pra burro. Especialmente se você é gay, como eu.

"Eu sabia", pensa Ana, "mas é bom ouvir em voz alta. Agora será mais fácil".

Lou coça a cabeça, como se isso pudesse lhe ajudar a formular melhor as frases, e suspira.

– Meu pai estava muito doente no fim da vida, então voltei para ajudar minha mãe a cuidar dele. Ainda fiquei em casa por alguns meses depois que ele morreu, até ela se recuperar um pouco. Até sugeri que ela abrisse uma pousada para se ocupar e não se sentir tão sozinha.

– Ela seguiu seu conselho?

– Sim, e ainda vive disso.

– Foi muita bondade sua cuidar dela, e dele também, por tanto tempo – diz Ana. – Você tem irmãos?

– Uma irmã mais nova, Georgia.

– E por que só você ajudou?

– Boa pergunta – Lou dá uma risada sardônica. – Ela é casada e tem dois filhos. Sou a mais velha, a expectativa era de que eu cumprisse meu dever. Depois de seis meses morando com minha mãe, estava começando a subir pelas paredes, precisava me afastar. Como você, deixei tudo para trás. Obviamente, minhas razões para escolher Brighton foram um pouco diferentes, mas eu também tinha amigos por aqui. Queria estar num lugar onde pudesse me sentir em casa, numa comunidade. Nunca me senti em casa onde nasci.

Ana quer completar o quadro:

– E o que a levou a ser terapeuta?

– Comecei a fazer trabalho voluntário com moradores de rua. Lidava com muitos dependentes químicos, especialmente alcoólatras.

Ao ouvir a palavra, Ana empalidece. Não sabe se Lou percebeu, mas ou ela está absorta na própria história, ou é educada demais para demonstrar surpresa com a reação. Lou continua:

– Sempre me intrigaram os motivos que os levavam por aquele caminho, que os tornavam tão autodestrutivos. Então decidi ser terapeuta. Terminei a formação no ano passado. Fui contratada por uma escola de

Hammersmith no início do semestre, mas ainda trabalho com moradores de rua toda sexta à tarde.

"São tantas coincidências", pensa Ana.

Ela acredita na força do destino e lhe ocorre que talvez as duas tenham se conhecido por algum motivo que ainda não está bem claro.

– Gostaria que você conhecesse Karen – ela diz de repente.

– É mesmo?

– Sim – ela faz uma pequena pausa para refletir. – Acho que seria muito bom para ela conversar com você.

– Por quê?

– Não sei – Ana tenta explicar. – É intuição, mais do que qualquer outra coisa. Ela está se sentindo tão culpada, e com a sua experiência...

– Talvez.

– Você se importaria se eu sugerisse isso a ela?

– De jeito nenhum. Adoraria poder ajudar.

– Acho que é uma boa ideia.

– Mas não há pressa. Agora pode não ser o momento certo. Talvez seja melhor esperar.

Ana está impaciente para agir.

– Vou ligar para ela.

– Tem certeza? Ela já tem muito com que se preocupar.

– Concordo, mas não há mal em perguntar.

Ana abre o telefone e aperta o botão da discagem rápida. As crianças já vão estar na cama. Karen atende após o primeiro toque, e Ana vai direto ao ponto:

– Karen, vou te fazer uma proposta, e antes de dizer não, quero que me escute bem.

– Ok.

– Por que você não conversa com a mulher que eu conheci no trem? Aquela que mencionei ontem, que estava sentada ao lado de vocês.

– Por que eu faria isso? – a voz de Karen tem um tom perplexo.

– Porque... – Ana hesita, quase se arrependendo de não ter esperado como Lou aconselhou.

Ela não planejou essa conversa e ainda está articulando a justificativa.

– Bem, por diversas razões.

– Quais?

– Hum. Em primeiro lugar, porque Lou, esse é o nome dela, viu tudo o que aconteceu.

– Você me contou – Karen fala devagar. – Deve ter sido horrível para ela.

– Não foi isso o que eu quis dizer.

Ana está frustrada, mas se esforça para disfarçar. Gostaria que a amiga parasse de pensar nos outros pelo menos uma vez.

– Claro, você tem razão. Tenho certeza de que não foi uma cena fácil de assistir. Não quero parecer insensível, querida, mas nunca é a mesma coisa, uma experiência dessas, se você não conhece a pessoa. Lou não conhecia Simon evidentemente.

– É claro.

– É aí que estou querendo chegar: Lou pode te ajudar a ser um pouco mais, digamos, objetiva a respeito da situação.

– Objetiva? Por que eu ia querer ser mais objetiva quanto à morte do meu marido?

Ana meteu os pés pelas mãos. Agora Karen está ainda mais transtornada, e com razão: a sugestão deve ter soado incrivelmente desrespeitosa. É uma questão tão delicada, como ela pode se explicar direito? O melhor é ser honesta:

– É que odeio o modo como você está se culpando.

– Entendo.

Ana percebe que Karen ainda está incerta, e não se surpreende. Quem sabe Lou tenha razão e talvez seja cedo demais para propor esse encontro. Melhor dar tempo ao tempo e esperar Karen superar o pior. Mas Ana ainda não está disposta a desistir:

– Lou é terapeuta. Não estou dizendo que você precisa de terapia, mas ela entende de luto. E ela também trabalha com crianças, quem sabe possa até lhe ajudar com Molly e Luke.

– É?

O tom da voz de Karen está mudando. Ana percebe uma ponta de curiosidade e insiste:

– Eu sei que ela gostaria de conversar com você.

Seu entusiasmo parece ter o efeito contrário.

– Como você sabe? – a dúvida retornou.

– Nós nos encontramos hoje no trem – Ana confessa.

– Por coincidência?

– Na verdade, não. Mandei um torpedo para ela.

Ana se dá conta de que todo o esforço de convencimento será em vão se Karen desconfiar que ela estava discutindo seu infortúnio com uma pessoa estranha, então decide abrir o jogo:

– Fiquei devendo parte da corrida do táxi que pegamos até Londres.

– Ah – o tom é interessado outra vez. – E por que você acha que ela gostaria de falar comigo?

– Ela se ofereceu – diz Ana, sem rodeios, embora ache melhor não revelar que elas estão juntas no pub naquele instante.

Espera que Karen não adivinhe pelos ruídos de fundo.

– Ela perguntou por você, como qualquer um faria, e eu lhe contei que você está enfrentando tudo muito bem, o que é a mais pura verdade. Mas eu também disse que você está se culpando pelo que aconteceu, e ela afirmou categoricamente que não foi culpa sua de modo algum.

– Oh – o silêncio se prolonga. Karen está digerindo a conversa. – Está bem – ela cede. – Se é isso que você quer.

Mais uma vez, Ana se esforça para ser clara:

– É, mas só porque acredito que vai te fazer bem.

– Ok. Eu não tenho mesmo nada mais a perder, não é?

– Não – ela reconhece. – Acho que não tem.

Quinta-feira

19h53

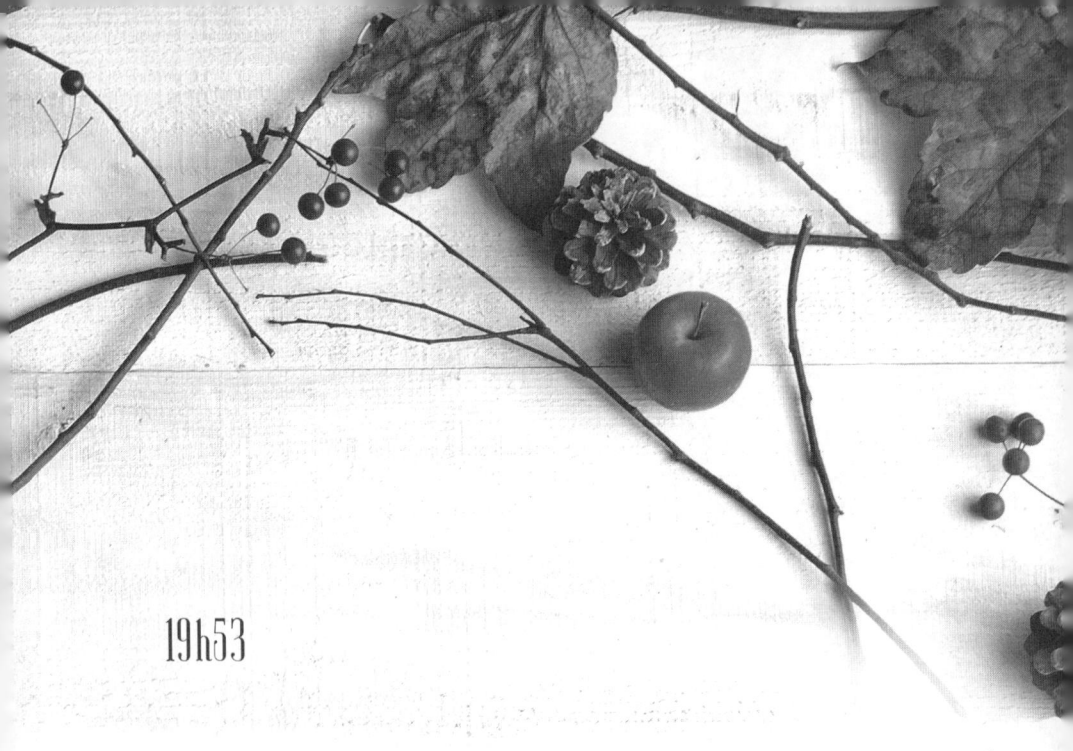

Não vou para casa hoje, diz o bilhete. *Decidi ficar em Brighton. Que tal um piquenique na praia?*

Karen dobra a folha de papel antes que os colegas a leiam. Espia em torno para ter certeza de que ninguém a está observando, e seu olhar procura Simon.

Ele está sorrindo, as sobrancelhas erguidas.

Ela sente um frio na barriga. Está tão afim dele que não consegue resistir. Como poderia? Ela sabe que o que estão fazendo é injusto e até cruel: ele tem uma namorada, os dois moram juntos. Ela não sabe que história Simon inventou para justificar uma noite fora de casa e nem quer saber. Não gostaria nem um pouco se fizessem isso com ela, e nunca se considerou o tipo de mulher capaz de roubar o homem de outra. Ana e ela sempre reprovaram esse tipo de coisa, argumentando, desde os tempos da faculdade, que há muitos homens disponíveis no mundo, sendo desnecessário ir atrás dos já comprometidos. Mas ela gostou de Simon desde o primeiro dia neste emprego, e foi ele quem tomou a iniciativa. Foi ele quem a deixou muda de espanto com um beijo roubado na festa do escritório uma semana atrás, quem perguntou se poderia passar a noite na casa dela e quem deve ter dado desculpas esfarrapadas ao voltar para casa no dia seguinte. Só foi preciso uma noite para abrir a caixa de Pandora da atração mútua entre eles: a experiência foi muito melhor do que qualquer incursão anterior de Karen no sexo casual. Além do mais, pelo comportamento dele desde então – aproveitando qualquer pretexto para vê-la, considerando que eles trabalham em departamentos diferentes, e uma vez até acariciando seu braço quando se viram a sós por alguns segundos –, Karen tem a impressão de que Simon realmente gosta dela.

Ela faz que sim com a cabeça discretamente, e duas horas depois estão no carro dele indo em direção a Hove, bem longe do escritório em Kemptown, mas ainda assim arriscado. Ela observa o perfil de Simon, que dirige concentrado, mas se vira para fitá-la várias vezes, sempre sorrindo. Ele não parece preocupado nem nervoso, e ela se pergunta se, na verdade, ele não quer ser pego em flagrante. De certa forma, é isso o que ela quer, pois mesmo no ritmo doido em que tudo vem acontecendo, já sabe que quer mais deste homem, que uma única noite jamais seria suficiente.

Eles param em um mercadinho grego e entram correndo para comprar vinho e algo para comer. Em um dia comum, o lugar seria feioso e nada convidativo, mas este é um entardecer mágico de verão. O mundo está banhado pela luz morna e aveludada do sol das 19 horas, e tudo e todos resplandecem, incluindo a lojinha acanhada. Lá dentro, é como se um tesouro se oferecesse a eles, e o que normalmente seria uma variedade bem convencional de alimentos comuns e bebidas baratas transforma-se em um banquete de delícias sedutoras: pasta de grão de bico, *taramasalata*, azeitonas, folhas de parreira recheadas, pão sírio. Eles se veem indecisos diante de tantas opções, crentes que tudo, inevitavelmente, será delicioso. Rapidamente, enchem a cesta e escolhem uma garrafa de vinho, que concordaram que deveria ser frisante, gelado e, por que não, rose. A bebida parece refletir o clima da noite: inebriante, porém leve, descompromissado. Menos a escolha de dois transgressores imorais, e mais a de um casal decidido a aproveitar o momento, presa de uma atração tão forte e implacável que quaisquer consequências de suas ações parecem estar a anos luz de distância.

Minutos depois, Karen e Simon estão parados na beira da estrada junto a um lago artificial a oeste da cidade; adiante dele, o mar. É o mais longe que conseguem chegar sem terem que seguir dirigindo além do que a paciência dos dois permite, e distante o suficiente da parte mais movimentada da praia de Brighton, o que lhes dá uma relativa privacidade. Simon joga sobre o ombro um grosso cobertor xadrez que guarda no porta-malas do carro. Enquanto eles contornam o lago, sacolas plásticas farfalhando e sandálias de dedo estalando, os raios do sol realçam as marolas azuis, que dançam e cintilam.

– Onde vamos nos instalar? – pergunta Simon quando chegam ao calçadão.

Karen esquadrinha praia. Sua prioridade é ficar distante de outras pessoas; depois disso, quer ficar ao sol.

– Lá – ela responde, apontando para um trecho coberto de pedras e banhado pela luz laranja.

– Perfeito – diz Simon, resoluto. É mesmo o ponto perfeito.

Seus passos fazem barulho nas pedras. Eles largam as sacolas, e Simon estende o cobertor, que se abre no ar e aterrissa em um quadrado perfeito.

Karen fica em pé fitando o mar por um instante. Está ventando, mas não demais, as ondas convidam sem intimidar, e as gaivotas se precipitam para a água, sobem e dão voltas no ar, brincando com a brisa. A luz difusa colore os seixos da praia com um milhão de tons de rosa e amarelo, vermelho e dourado, ao invés do cinza de sempre.

Ela sente que Simon a observa e imagina como ele a vê: longos cabelos castanhos espalhados pelo vento, saia de algodão branco grudada nas pernas, camiseta verde desbotada realçando a cintura e os seios. Naquele instante, Karen sente-se feminina, até quem sabe, bonita.

Simon deita-se de lado no cobertor e apoia a cabeça na mão. Com a outra, dá um tapinha no espaço vazio ao seu lado:

– Venha cá.

Ele não precisa repetir o convite. Karen vira-se, fica de joelhos e deita-se ao lado dele. Em segundos, estão se beijando, o corpo dela dobrando-se na direção dele, as costas arqueadas como um gato ao sol, alongando-se em êxtase. Ela leva a mão aos cabelos dele para uma carícia. Foi uma das primeiras coisas que notou em Simon, seus cabelos ondulados, escuros e grossos. Quando ele pressiona o corpo contra o dela, ela pensa como é maravilhoso estar com um homem grande, um homem de verdade, não um desses tipos poéticos e delicados pelos quais se apaixonou no passado. Faz com que ela se sinta menor, mais feminina, e ela adora isso. Karen inala o cheiro dele: o mesmo odor que a eletrizou uma semana antes: ligeiramente cítrico, fresco, tão másculo e, pelo menos para ela, enlouquecedoramente sensual.

– Vamos tomar um banho? – ele pergunta, descolando-se dela depois de alguns minutos.

Uma parte de Karen está adorando tanto a sensação de suas bocas unidas, lábios e línguas se descobrindo mutuamente, que não quer parar o que estão fazendo. Outra parte sente que devem dar um tempo, pois ele já está com uma perna entre as dela, pressionando sua virilha, e uma das mãos sob sua camiseta. Se não se controlarem, logo estarão indo longe demais para um lugar público. A ideia de entrar no mar também lhe agrada: o dia está quente, e já que não podem fazer amor aqui, não deixa de ser uma alternativa sensual. Ela está usando um conjunto de calcinha e sutiã que poderia facilmente passar por biquíni. E se eles se molharem, o que importa? Ninguém vai saber se ela for para casa sem nada por baixo.

– Está bem.

Ela fica sentada e, com gestos rápidos, desliza a saia por sobre os joelhos e a camiseta pela cabeça, e fica quase nua na frente dele. Mais uma vez, percebe que ele a observa.

– Você é linda – ele diz, deslizando a mão pelas costas dela.

A sensação dos dedos de Simon na sua carne a faz querer mais beijos, mas não, ela vai resistir. As ondas chamam.

– O último a entrar é mulher do padre! – ela anuncia, ficando em pé de um salto e correndo, ainda de chinelos, pela praia de seixos.

Ela deixa as sandálias para trás e nem se importa com a dor das pedras nas solas dos pés. Logo está com água pelas coxas e decide afundar rápido para molhar as partes mais sensíveis de uma vez, primeiro até a cintura, depois até os ombros. A água não está tão gelada quanto ela temia – a primavera foi quente, e uma onda recente de calor ajudou. Seus cabelos flutuam em torno dela, mas ela não molha o rosto para não borrar a maquiagem: quer estar bonita para Simon. Ela se volta para a terra: ele está correndo pela praia de cueca, e em segundos está dentro da água ao lado dela.

Ela o prende entre as pernas e se joga para trás, batendo os braços para se manter à tona. Apesar do frio, sente que ele está duro, e o provoca esfregando a mão na frente das cuecas dele.

Ele ergue as sobrancelhas outra vez, sorri e geme.

Então, de repente, ele se desvencilha dela, mergulha e emerge com o cabelo molhado e o rosto pingando.

Agora ela sorri, vira de barriga para baixo e sai nadando, desafiando-o a vir atrás. A paisagem vista do mar é de tirar o fôlego: tufos de algodão-doce cor de rosa sobre as elegantes casas em estilo *art déco*. Ela não se lembra de ter se sentido tão feliz antes.

Logo está de volta nos braços dele, de costas para as ondas, e beijando-se, a água salgada misturando-se à saliva. Ela enlaça o pescoço dele, que a segura pela cintura. Ela já não dá a mínima se estão em público. Não há ninguém por perto e ninguém pode ver o que está se passando sob a superfície. Karen enlaça os quadris de Simon com as pernas outras vez e se aperta contra ele, lenta e ritmadamente.

É demais – ou talvez não o bastante –, e ele tira o pênis para fora da cueca, puxa para o lado a calcinha do biquíni improvisado dela e a penetra. Ela mal pode acreditar na audácia e no prazer que sente: eles estão realmente fazendo sexo no mar.

Suas bocas não se desgrudam enquanto ele entra e sai dela. Karen já teve alguns parceiros antes, mas nunca sentiu nada igual, uma química tão perfeita quanto com Simon. Sem dúvida é a melhor sensação do mundo; no momento, ela é incapaz de imaginar algo melhor.

O fato de haver pessoas caminhando pelo calçadão só aumenta o *frisson*, a sensação de que não deviam estar fazendo isso por vários motivos. Mas os motivos que se danem, negar-se esse prazer é impossível.

Mais tarde, de volta aos seixos da praia, Simon abre o vinho frisante e eles bebem direto da garrafa.

Ele observa Karen tomar um gole. O olhar dele a excita, embora dificilmente ela possa ficar mais excitada do que já está.

– Espere um pouco – ele diz de repente. – Vou até o carro e já volto. – Antes que ela possa perguntar por que, ele já se levantou e se afastou com passos tão rápidos que quase corre.

Logo ele volta, ofegante.

– Trouxe isso comigo para tirar umas fotos de um projeto em que estamos trabalhando.

Ele tem na mão uma câmera automática.

– Ah, não! Por favor, não – Karen protesta, cobrindo o rosto com as mãos, mas ele a ignora e tira várias fotos.

– Já que eu não tive escolha, agora é a minha vez – ela pega a câmera e tira algumas fotos dele. – Venha cá, quero uma de nós dois juntos.

– Como vamos fazer isso? Essa máquina não tem temporizador.

– Assim – ela retruca, e segura a câmera o mais longe possível com o braço estendido.

Inclina a cabeça para junto dele, sorri, e clica. O momento fica registrado.

***

Ela está olhando para aquela foto neste exato momento.

Os cabelos úmidos de Simon, formando anéis em sua testa, sem um único fio grisalho. Os dela escorrendo em tentáculos pelos ombros, a pele tão jovem refletem os últimos raios do sol. Ela está mais próxima da lente, com o queixo erguido, os olhos semicerrados, o sorriso de uma mulher que acaba de fazer amor. Ele tem a expressão satisfeita e preguiçosa de um gato que acaba de se refestelar com um litro de leite.

Mesmo agora, vinte anos mais tarde, ela ainda sente o gosto salgado da água do mar nos lábios. Karen está em pé na janela do quarto, segurando a foto emoldurada nas mãos, e o sal é de suas lágrimas.

Ela se lembra de ter lido em algum lugar que lembranças são como gotas d'água em uma pedra. Quanto mais se repetem, mais profundas são as marcas que deixam na memória, garantindo que permanecerão para sempre.

Aquele dia está gravado em sua mente como uma espada cravada na pedra e, por um momento, ela parece incapaz de pensar em qualquer outra coisa. É como se a química do seu cérebro estivesse determinada a carregá-la para outro lugar, como seixos levados pela água, gaivotas carregadas pelo vento ou como uma trilha de vapor dissolvendo-se no ar.

Já chega.

Foco, Karen, foco.

O que ela estava fazendo?

Ah, sim, estava esperando por Ana. Karen mora no alto do morro e pode ver a rua toda até a baía. Ana deve chegar a qualquer instante com uma mulher que conheceu no trem, chamada Lou, mas está atrasada, o que não é do seu feitio.

Furiosa consigo mesma por se entregar à nostalgia, Karen põe a foto na penteadeira outra vez e seca as lágrimas com gestos bruscos.

***

Aconteceu de novo e desta vez no trem: uma torrente de lágrimas sem qualquer aviso.

Ana estava bem, lendo a edição da tarde do jornal. Havia mantido o controle durante o dia no trabalho, depois batido um papo com seu colega Bill até a estação de Haywards Heath, onde ele fez baldeação para Worthing. Tinha até conseguido falar um pouco sobre Simon sem perder a compostura. Passou por Wivesfield e Burgess Hill concentrada nas palavras cruzadas.

Mas então, em Preston Park, a represa se rompe, e ela não faz ideia de quando o rio de lágrimas vai parar, para onde está indo ou que destroços vai deixar em seu caminho. Para piorar as coisas, ela tem que estar na casa de Karen em 15 minutos. Não quer que a amiga a veja desse jeito. Combinou até de chegar antes de Lou para terem um tempinho a sós, além disso, precisa ser forte para ajudar Karen.

Ana desce do trem com os olhos marejados. Embora seu choro seja silencioso, está ciente de que as pessoas a fitam, mas está angustiada demais para se importar com o que os outros vão pensar dela.

Ela sai da estação e começa a subir o morro, a visão está distorcida pelas lágrimas. Sabe que está tendo uma reação normal de tristeza por causa de Simon, mas isso não ajuda: *tudo* à sua volta é desolação. Tem uma ânsia desesperada para estar com alguém, não consegue aguentar o sofrimento sozinha, está assoberbada.

Ela tem que passar pela própria casa a caminho da de Karen, e lhe ocorre que talvez Steve já tenha chegado. O que ela mais precisa agora é de um colo, um abraço de urso que esprema todas as suas lágrimas, como se ela fosse um pano molhado sendo torcido. Depois poderá seguir caminho, restaurada.

Ela gira a chave na fechadura e chama por Steve. Ao contrário da outra noite, quando foi recepcionada pelo cheiro do espaguete à bolonhesa e palavras de consolo, desta vez se depara com silêncio.

Ela vai para a cozinha.

Vazia.

Ele provavelmente está no pub. Por um momento, sente raiva no lugar da tristeza, mas logo é engolfada pela dor outra vez. Sem tirar o casaco, senta-se à mesa da cozinha e chora.

Agora que está livre para lhe dar voz, a força e a profundidade de seu tormento quase a assustam. É como se ela estivesse se revirando do avesso: berra como uma criança, soluçando. Não está chorando por Simon nem Karen, Molly ou Luke, Phyllis ou Alan, nem ninguém mais. Está chorando por si mesma.

Para Ana, ser forte, inteligente e engraçada é uma obrigação que agora ela se vê incapaz de cumprir. Sente-se fraca, carente e vulnerável, quer alguém que cuide dela. Simultaneamente, porém, tem um forte pressentimento ruim: a morte de Simon lançou uma luz brutal sobre as condições de sua própria vida, e ela está cada vez mais desgostosa com o que foi exposto. Perversamente, decide confirmar seu palpite (já que é improvável que ela possa se sentir pior ainda), pega o celular e seleciona o número.

Após alguns toques, ele responde.

– Steve?

– Sim?

– Sou eu, Ana.

Ela escuta vozes ao fundo, risos, música tocando.

– Eu sei. A sua carinha boboca aparece na minha tela.

Imediatamente, ela percebe que ele está alto. Ainda não totalmente bêbado, mas chegando lá. Ela escuta isso na fala lenta, como se ele tivesse que pensar mais do que o normal no que vai dizer. E a expressão "sua carinha boboca" não é algo que ele diria se estivesse sóbrio. Suas suspeitas se confirmam, e ela fica furiosa.

– Onde você está?

Steve não responde imediatamente. Ele sabe que ela sabe onde ele está. Não quer admitir, mas não tem escolha. Por fim, confessa:

– No Charminster Arms.

O bar da rua onde moram.

– Ah, certo. E há quanto tempo está aí?

– Não muito, acabei de chegar. – Ela sabe que ele está mentindo. – Por quê? Onde você está?

– Em casa.

Outra pausa. A informação leva mais tempo para ser processada no estado inebriado.

– Você não ia visitar Karen?

– Sim, mas passei em casa no caminho.

– É? Por quê?

– Estava me sentindo muito mal.

Por que não dizer a verdade logo de uma vez? É um teste, ela quer saber como ele vai reagir.

– Certo.

– Achei que você poderia me dar uma força.

– Entendo.

Mas ele não entende. Não pode entender nada se estiver bebendo. E depois que começa, não consegue parar, então seus abraços não vão servir para nada. Pedir que ele a escute falar de sua tristeza terá um preço, o risco de abuso verbal, e Ana não quer pagá-lo.

– Quer que eu vá para casa? – ele se oferece.

Ela sabe que não é o que ele quer.

– Não importa.

– Eu vou, se quiser.

Mais uma vez, a fala é arrastada.

Ela é brusca:

– Não, já estou melhor. Não tenho tempo para esperar. Imaginei que você estivesse em casa. Já estou atrasada. Não se preocupe. Mais tarde nos vemos. – Agora ela só quer desligar o telefone. – Tchau.

Ana fita o aparelho sobre a mesa por alguns minutos.

Ela estava certa. Onde está Steve quando precisa ser cuidada? Sim, às vezes ele está disponível, mas não agora, e certamente não sempre. E, cada vez mais, "às vezes" é insuficiente para Ana.

O choro a exauriu, e agora ela ainda tem que lidar com a decepção. Ela se pergunta se ficar com Steve é uma expressão de algum impulso autodestrutivo, se o desejo físico por ele simplesmente mascara o fato de que ele lhe faz mal emocional, financeira e socialmente. No fundo, ela sabe que muitas amigas suas não gostam dele e se preocupam com ela. Karen e Simon já deram a entender isso, outros não têm coragem de falar, mas tampouco se esforçam para disfarçar suas opiniões. Como uma corrente de ar entrando por uma janela aberta, pode não ser visível, mas gela a sala mesmo assim.

Ana afastou-se aos poucos das pessoas que mais a incomodam, com outras ainda convive, desde que Steve não esteja presente, pois se diverte mais sem os olhares de reprovação silenciosa. Mas a percepção de cada pessoa é diferente: alguns de seus amigos também se dão bem com ele e, certamente, uma ou outra amiga já comentou que o acha atraente. Embora perceba que algumas acreditam que ela poderia estar com alguém mais à sua altura, outras invejam o fato de ele ser alguns anos mais jovem e de fazer os consertos necessários na casa.

Tudo é muito complicado.

No entanto, ela não tem tempo para pensar nisso agora. Karen já deve estar preocupada com seu atraso, e Ana combinou de apresentar-lhe Lou. O encontro foi ideia dela, e já é tarde demais para cancelar.

Ana fica em pé, recompõe-se e sai outra vez. Ao se aproximar da casa de Karen, já sente a presença da amiga. Ergue os olhos e a vê parada na janela, esperando. Ana força um sorriso, acena e aperta o passo.

20h23

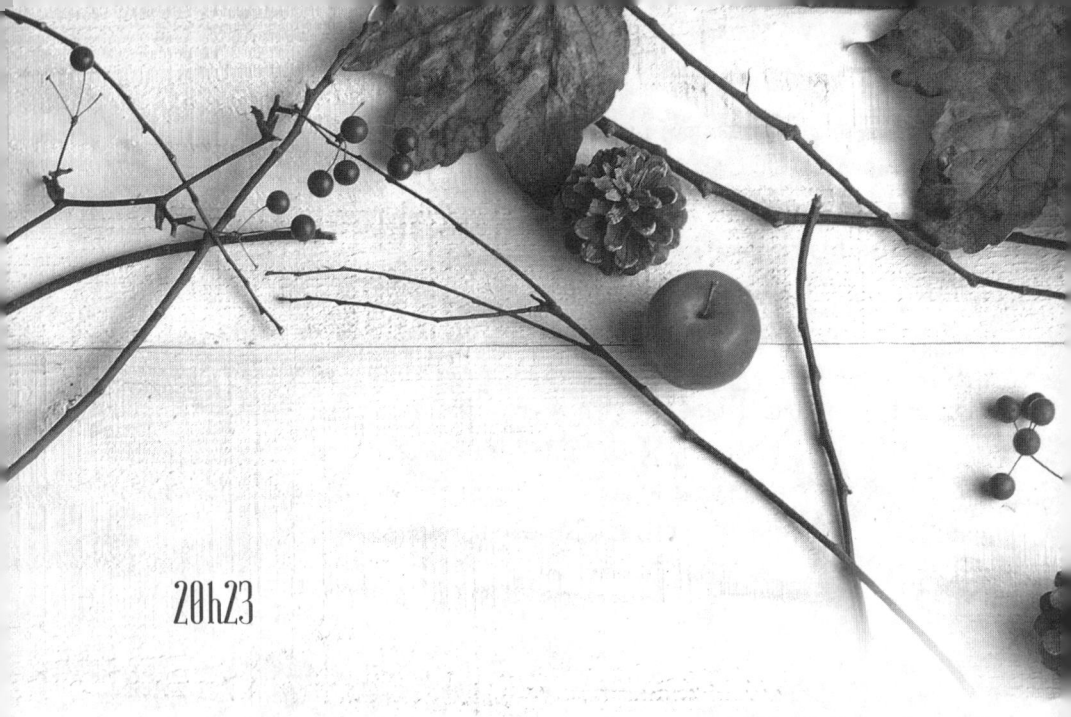

A casa de Karen fica em uma das muitas ruas residenciais íngremes de Brighton. Dos dois lados da rua, fileiras de casas geminadas da era vitoriana alinham-se cansadas sob o brilho alaranjados dos postes de iluminação. No alto, há dois sobrados independentes dos anos 30. Vistos de fora, não são especialmente interessantes, mas Lou supõe que ofereçam mais espaço e sabe que Karen tem filhos. A garagem ocupa a frente, e Lou precisa dar a volta na casa para localizar a porta de entrada na lateral. Ela prende a bicicleta a uma tubulação que desce da calha e bate na campainha. O *ding-dong* a faz lembrar-se do slogan "Avon chama!" da sua infância.

Ela escuta vozes vindas de dentro e tem um instante de hesitação. Lou combinou de encontrar Ana aqui porque andou sem tempo para organizar seus relatórios sobre as sessões na escola e não queria deixar a papelada se acumular ainda mais. Seu final de semana vai ser tão cheio que esta noite acabou sendo a única oportunidade. Também lhe pareceu sensato não perturbar a rotina noturna das crianças com sua presença, e deixar que Karen e Ana conversassem um pouco antes de ela chegar.

Mas agora que a hora chegou, Lou está ansiosa quanto ao que esperam dela. O fato de ser terapeuta não faz muita diferença: ela ainda não sabe como falar com pessoas em luto, especialmente com uma mulher que perdeu alguém próximo tão recentemente.

Ela escuta passos vindos em sua direção pelo corredor, e a porta se abre. É Karen. Ela está vestida de um jeito mais informal do que no trem na segunda de manhã, com um jeans desbotado e uma blusa solta, mas Lou a reconhece imediatamente. Esta noite seu rosto parece diferente, porém: o pânico e a perplexidade diminuíram, mas seus traços são o quadro da tristeza. É a mesma transformação que Lou notou em Ana na manhã de ontem, mas dez vezes mais escancarada.

– Olá. – A voz de Karen é suave, delicada. – Você deve ser Lou.

– E você é Karen.

– Sim.

– Gostaria que estivéssemos nos conhecendo em circunstâncias mais felizes.

Karen dá uma risada triste.

– Eu também. Mas venha, entre.

Lou cruza a soleira, e já no hall percebe os sinais óbvios de que está na casa de uma família: há fotos das crianças em molduras nas paredes cor de creme, o cabideiro está cheio de pequenos casacos, sobretudos e cachecóis. No chão de parquê estão vários pares de galochas coloridas e sapatinhos desparceirados.

– Oi, Lou – diz uma voz conhecida, mais confiante em contraste com a de Karen.

Lou fica aliviada ao ver Ana vir da cozinha com uma taça na mão.

– Você nos acompanha no vinho?

– Sim, por favor.

– Vou pegar um copo. – Ana evidentemente sente-se em casa aqui. Lou se pergunta exatamente há quanto tempo ela e Karen são amigas, e como se conheceram.

– Deixe a sua bolsa por aí e venha conosco – diz Karen.

Lou obedece, pendura o casaco e segue as duas em direção à cozinha.

A peça é ampla, dividida por uma ilha central. Ao fundo ficam os armários, o fogão, a pia e os janelões que dão para o quintal. Está escuro lá fora, mas Lou adivinha que o espaço externo não deve ser muito grande, já que a casa é tão próxima do centro da cidade. Bem à sua frente há uma mesa de carvalho marcada pelo uso, e à esquerda, um refrigerador duplex com desenhos infantis presos com ímãs. Na altura das crianças, letras magnéticas em tons vivos formam as palavras "Luke", "gato" e "banana".

Ela ainda está absorvendo o cenário quando Karen diz:

– Eu me lembro de você no trem.

Lou fica desconcertada: em meio à toda aquela comoção, não esperava que Karen reparasse nela.

– Tinto ou branco? – Ana interrompe.

Lou vê que as duas estão bebendo vinho tinto.

– Hum...

– Escolha o que quiser – Karen a tranquiliza. – Temos os dois.

– Prefiro branco – admite.

– Sem problemas – diz Karen, passando por ela e abrindo o refrigerador. – Pode ser *Sauvignon*?

– Está ótimo.

Lou fica impressionada com o esforço de Karen para deixá-la à vontade, mesmo com tudo o que deve estar passando. É mesmo da natureza de certas pessoas cuidar das outras em qualquer circunstância. Por outro lado, há aquelas, como a mãe de Lou, cuja natureza não é cuidar de ninguém. Em comparação, como anfitriã, sua mãe é tensa e esnobe. Mas é melhor deixar o ressentimento de lado, ela não está aqui para falar da mãe.

– Não achei que fosse reconhecê-la – diz Karen. – Mas você ajudou muito.

– É mesmo? – Lou fica emocionada.

– Sim. Acho que você percebeu o que estava acontecendo antes que todo mundo.

– Talvez. Foi tudo tão rápido.

– É verdade.

O silêncio se instala, e Lou fica perdida.

– Eu sinto muito – é tudo o que ela consegue murmurar, e lhe parece totalmente inadequado.

Ela tenta recordar suas ações: gritou, tentou fazer as pessoas agirem com rapidez, não foi isso?

– Eu gostaria de ter feito mais – admite.

– Eu também.

Karen gira a taça lentamente pelo pé. Depois baixa a voz e diz em um sussurro feroz:

– Meu Deus, como eu queria!

Ana se aproxima da amiga e põe um braço em torno de seus ombros.

– Querida...

Lou sente uma dor tão viva que mal consegue respirar.

– Eu deveria ter tentado reanimá-lo.

Karen fecha os olhos como se olhasse para dentro, examinando seu fracasso.

Lou sente uma onda de culpa: ela também deveria ter tentado salvá-lo.

– Duvido que tivesse conseguido – diz Ana baixinho.

– Mas eu sou a mulher dele! – Karen exclama.

Lou está acostumada às explosões de seus pacientes na escola, mas sente-se envolvida de um modo tão pessoal nesta situação que não pode manter a mesma distância, e isso a perturba.

Karen continua:

– Deveria ter cuidado dele. É isso que as esposas fazem – a voz dela fraqueja. – Ele sempre cuidou tão bem de mim.

– Isso é verdade – o tom de Ana é melancólico.

Mais uma vez, Lou tem a impressão de que as necessidades afetivas desta mulher tão charmosa não são satisfeitas como ela gostaria.

– Mas você cuidou dele de um jeito maravilhoso, meu bem, sempre cuidou de todo mundo, inclusive de mim. Não aguento ouvir você falar assim.

– Desculpe, Lou – Karen diz de repente. – Nem lhe ofereci uma cadeira. Por favor, sente-se.

Isso ilustra a opinião de Ana à perfeição. Lou puxa uma cadeira da mesa.

– Obrigada.

– Já comeu alguma coisa? – Karen abre um dos armários.

Lou não quer incomodar, mas não come desde a hora do almoço.

– Não, mas não se preocupe comigo...

– Vamos começar com estas batatinhas.

Karen pega um saco de salgadinhos do armário e enche uma vasilha.

– Está ótimo. Vou jantar em casa, é sério.

– Não seja boba.

– Posso preparar alguma coisa para nós – Ana se oferece, olhando com censura para Karen. – Estou preocupada com você, acho que não anda comendo direito.

– Não sinto fome.

– Não importa, você tem que comer mesmo assim. – Ana diz com firmeza e começa a revirar o armário.

Ela é alta, alcança as últimas prateleiras e pega um pacote de massa.
– Tem algum molho pronto? Pensando bem, não se preocupe, deixe comigo.

Ela abre a geladeira e encontra um pote de molho pela metade, cebolas, abobrinha e berinjela. Ana parece tão capaz, tão segura, que Lou imagina como ela deve ser profissionalmente, e pensar em trabalho faz ela se recordar de algo. Ela empurra a cadeira para trás.

– Acabo de me lembrar. Espero que não se importe, mas eu imprimi um material para você.

Ela vai até o hall e retorna com uma folha de papel, que entrega para Karen.

– É bem óbvio, eu sei, mas às vezes é fácil nos esquecermos do básico.

Ana aproxima-se para ler sobre o ombro de Karen:

Como enfrentar uma morte súbita
É importante focar no seu bem-estar físico:
- *Mantenha uma rotina normal. Tente realizar suas atividades regulares, mesmo que seja difícil. Uma agenda estruturada vai lhe dar uma sensação maior de controle.*
- *Durma o suficiente, ou pelo menos descanse bastante.*
- *Fazer listas ou anotar coisas pode ajudar, assim como escrever um diário.*
- *Tente fazer exercícios regularmente, pois eles ajudam a aliviar o estresse e a tensão.*
- *Mantenha uma dieta balanceada. Evite o excesso de fast-food e alimentos muito calóricos. Beba bastante água.*
- *Beba álcool em moderação. A bebida não deve ser usada para mascarar a dor.*
- *Dedique-se a atividades que lhe tragam consolo, energia e força. Lembre-se de outras épocas difíceis e de como você sobreviveu a elas. Isso vai ajudar a despertar sua força interior.*

– Viu só? É isso que eu estava dizendo.
Ana toca a lista com o indicador.
– Obrigada – Karen começa a chorar.
Lou sente-se péssima. Não soube avaliar a situação.

– Desculpe-me, não queria piorar as coisas.
– Não se preocupe, estou bem – Karen suspira e dá um meio sorriso. – É que tudo parece tão surreal, até esta lista. Entendo a intenção, sei o que está sendo dito, mas é como se as palavras não entrassem na minha cabeça. Nada entra desde que Simon... teve o ataque cardíaco.
– Isso é absolutamente normal – diz Lou. – Você sofreu um choque terrível, e essa é a maneira do seu corpo, ou melhor, da sua mente lidar com a situação. Quando meu pai morreu, lembro que foi tão incompreensível que tinha a impressão de que meus pensamentos estavam sempre alguns segundos atrasados. Demorei um bom tempo para realmente entender as coisas.
– E conseguiu? – pergunta Karen.
– Mais ou menos. Quer dizer, alguns aspectos ainda não fazem sentido, nem parecem justos.
– Como seu pai morreu?
– De câncer. Não foi a mesma coisa, é óbvio. Foi bem rápido até, mas ainda assim tivemos tempo para nos acostumarmos com a ideia. Então não me surpreende que você não consiga entender as coisas.
– Às vezes me sinto quase normal – diz Karen. – Quando estou organizando coisas, por alguns momentos. Depois, no minuto seguinte, parece que estou caindo no vácuo. Sem paredes, sem teto, sem chão. Tenho a impressão de que nunca mais vou me sentir normal outra vez.
– Tenho certeza de que essa sensação também é muito comum, considerando o imenso trauma da sua perda – Lou faz uma pausa. – Ajudaria se eu te dissesse do que me lembro daquele dia? Às vezes é bom ver as coisas de outro ponto de vista.
– Hum... – Karen hesita.
Talvez ela não queira reviver o momento. Mas então diz:
– Sim, acho que poderia.
Lou prossegue:
– Lembro que estava sentada na frente de uma mulher que estava se maquiando. Eu ainda estava meio dormindo, vendo as pessoas com o cantinho do olho. Então me recordo de olhar para você e Simon. Vocês estavam conversando. Eu não podia escutar, estava com o rádio ligado, mas lembro-me de pensar – e estou sendo inteiramente honesta, não estou falando só por falar – que vocês pareciam tão felizes.
– Sério? – Karen respira fundo.

– Sim. Ele estava fazendo carinho na sua mão, e vocês pareciam tão à vontade um com o outro. Imaginei que tinham uma intimidade muito especial.

– Nossa, que engraçado você ter notado isso.

– Acho que sou meio intrometida – Lou admite.

– Mas isso é bom – Ana opina. – Não é, Karen? Quer dizer que os últimos momentos do Simon foram felizes.

– Pois é. Não tinha pensado nisso. Parece que foi há anos-luz. O que mais você viu?

– Bem, aí tudo parece ter ficado em câmera lenta para mim, mas na verdade a coisa toda deve ter levado menos de dois minutos. Lembro-me que Simon primeiro vomitou.

– Sim, também me lembro disso.

– Aí tirei os fones de ouvido. Lembro que ele apertou o peito e disse "Sinto muito".

– É mesmo? Ele pediu desculpas?

– Sim, disso eu tenho certeza.

– Acho que não escutei.

– Tenho certeza de que foi o que ele disse.

Karen pergunta com a voz embargada:

– Por que você acha que ele se desculpou? Provavelmente por ter vomitado. Típico de Simon, preocupado e orgulhoso. Ele deve ter odiado aquilo, vomitar em público. Que bobagem, como se importasse.

– Talvez estivesse pedindo desculpas por deixar você? – arrisca Ana.

– Você acha?

– Sim – diz Ana, pescando um lenço de papel da bolsa.

Enquanto ela o entrega a Karen, Lou nota que o papel já está úmido, provavelmente de lágrimas da própria Ana.

– Foram as últimas palavras dele?

– Foi o que eu ouvi – confirma Lou.

– Não escutei Simon dizer mais nada – Karen concorda.

Pega o lenço, seca as lágrimas.

– Acho que... – Lou faz uma pausa, tentando relembrar a cena: pode ver Simon levando a mão ao peito, a cabeça dele pendendo para frente. – Ele morreu imediatamente depois disso. Foi tão rápido, deu a impressão de ter sido fulminante.

– Foi o que os médicos disseram – Karen fala devagar –, mas ainda tenho a sensação de que poderia ter feito alguma coisa.

– Eu também.

– Não, você fez muito.

– E você também – diz Lou. – Eu vi.

Karen funga.

– Eu me levantei e entrei em pânico. Fui uma inútil.

– Você não ficou parada. Pediu ajuda e sabia para que lado ficavam os seguranças.

– É mesmo?

– No vagão do meio. Não sabia disso – Lou ri de si mesma. – Provavelmente teria mandado alguém para o lado errado e teríamos perdido mais tempo. Como você sabia onde eles estavam?

Karen parou de chorar.

– Uma vez tive que comprar minha passagem de um guarda. Eu ia viajar com Simon, e chegamos atrasados. O bilhete dele era válido para todo mês, e eu comprei o meu a bordo.

– Então, um perfeito exemplo de como você não foi inútil – observa Ana.

– Foi pura sorte o segurança estar lá – diz Karen. – Estava em pânico total, então disse a primeira coisa que me veio à cabeça. Ele poderia muito bem estar em outro lugar.

– Mas não estava – retruca Ana. – E garanto que a maioria das pessoas não teria essa presença de espírito.

– Acho que entendo um pouco o que você está passando – afirma Lou. – Fiquei mais ou menos assim quanto à morte do meu pai. De início, fiquei revoltada por que o tumor não foi detectado mais cedo, mas depois acabei me dando conta de que não é assim que funcionamos.

– O que quer dizer?

– Bem, nós só vamos ao médico quando estamos doentes, não é? Nunca antes.

– Como eu gostaria que Simon tivesse o hábito de fazer check-ups.

– É claro que sim, isso é natural. Mas o fato de que ele não costumava ir ao médico se deve muito mais a ele do que a você.

– Poderia ter insistido.

– Quando foi que Simon foi ao médico porque você mandou? – pergunta Ana.

Ela pega a garrafa e serve mais vinho tinto para ela e Karen, depois vai à geladeira pegar o branco para Lou.

– Você sabe que ele não iria, simplesmente não estava interessado.

– Posso imaginar – concorda Lou. – Meu pai também era assim.

– Acho que você tem razão...

– E, de qualquer forma, quem garante que o médico teria identificado a doença? Ele poderia ter passado a vida fazendo consultas regulares, mas não era um hipocondríaco, graças a Deus – ela toma um gole de vinho. – Não acho que os hipocondríacos se divirtam muito.

– Simon sabia se divertir – diz Ana.

– Mas você não sentiu que a morte do seu pai foi culpa sua, sentiu? – pergunta Karen.

– De certa forma, sim. Ele poderia ter se alimentado melhor, se exercitado mais, e eu poderia tê-lo incentivado, ajudado. Adoro esportes e me cuido muito. Poderia ter mostrado a ele os benefícios, no entanto, não fiz nada disso. Certamente poderia ter insistido mais para que ele parasse de fumar.

– Sim.

– Mas agora que já se passaram alguns anos, posso ver que a morte dele não foi resultado de um único fator, e, portanto, uma única mudança não teria alterado nada.

– Acho que eu não entendi bem o que você quis dizer com isso.

– A doença do meu pai foi causada por uma série de coisas: ele fumava, estressava-se com a minha mãe, alimentava-se mal, preocupava-se demais, não ia ao médico...

– E ele também teve azar, não foi? – diz Ana.

– Sim. Algumas pessoas desenvolvem câncer, outras não.

– Então o que você está dizendo é que foi errado se culpar? – Ana insiste.

Lou sabe que é isso que Ana desesperadamente quer que Karen acredite, mas enquanto fala se dá conta que o seu próprio entendimento dos fatos é mais complicado. Ela escolhe as palavras com cuidado:

– Eu não sei, acho que o sentimento de culpa é simplesmente inevitável. Certamente foi o que aconteceu comigo, e é perfeitamente compreensível. Com Simon, todos nós nos envolvemos na morte dele em termos de como reagimos a ela: você, eu, as enfermeiras, os médicos e os outros passageiros. Mas não é possível culpar uma única pessoa, mesmo sentindo que poderíamos ter feito algo mais. Disso eu tenho certeza.

Karen respira fundo e solta o ar devagar.

– Obrigada. A sua explicação ajudou muito.

– Fico feliz.

Lou surpreendeu a si mesma: tinha mais a dizer do que pensava.

Elas ficam em silêncio outra vez.

– Você realmente acredita que ele estava pedindo desculpas por me deixar? – pergunta Karen por fim, em voz muito baixa.

Mais uma vez, Lou sente a magnitude da perda de Karen. Apesar das reações semelhantes que vivenciou, não se compara à morte do seu pai, pois ela teve tempo para se preparar. Embora o pai tivesse apenas 60 anos, não era tão jovem quanto Simon. Lou mal pode imaginar a experiência de perder um companheiro. Ela é solteira, e é claro que sente-se só de vez em quando, mas a solidão de Karen após vinte anos de uma união aparentemente feliz deve ser avassaladora. Este é o lado trágico do amor: ele traz consigo a possibilidade da perda.

Lou sabe que não é o que um terapeuta necessariamente diria a um paciente em luto, mas esta não é sua especialidade, e, além do mais, ela não está ali como profissional. Confrontada com o sofrimento de Karen, Lou quer que suas palavras a confortem o máximo possível:

– Sim, sinto que foi isso o que ele fez. E eu realmente não acredito que você poderia ter feito algo a mais naquele momento.

– Talvez não. – Karen baixa a vista. – Só gostaria de ter podido me despedir. Daria qualquer coisa para poder dizer adeus.

"É claro", pensa Lou.

Nesse ponto, a morte de seu pai não se compara: ela pôde dizer adeus.

Mais uma vez, silêncio.

Por fim, Lou só pode reiterar suas certezas:

– Acima de tudo, acho que você deve lembrar que os últimos minutos da vida dele foram muito felizes.

– Está bem – Karen assoa o nariz.

O lenço de papel já está se desfazendo em partículas brancas amassadas.

– Obrigada. Você não sabe o quanto isso significa para mim.

23h41

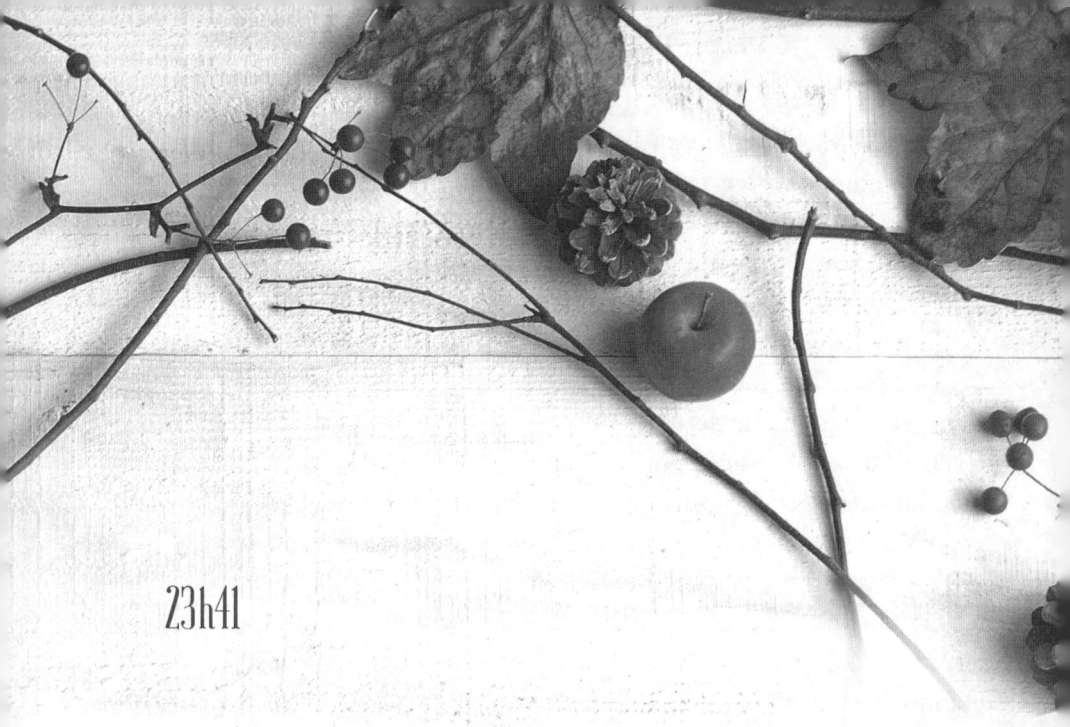

Ana chega em casa depois de Steve. Ele está ajoelhado no chão da cozinha, revirando o armário embaixo da pia.
– Se está procurando aquela garrafa – informa ao entrar –, joguei-a fora.
Ele vira-se para olhar para ela.
– Você fez o *quê*?
– Joguei no lixo.
– Quem te deu o direito de fazer isso?
Ana não está com cabeça para ser paciente, moderar a linguagem ou disfarçar a raiva. Já usou suas reservas emocionais durante a noite com Karen e Lou. É uma situação que vem se repetindo nos últimos dias: agora que outra pessoa precisa dela, Ana tem pouca energia para Steve, não consegue alcançar o estado de espírito necessário para lidar com ele. Normalmente, ela assumiria um tom conciliador e evitaria o confronto para não ser sugada pelos argumentos irracionais dele. Mas hoje ela simplesmente não quer se dar a esse trabalho. Se necessário, vai entrar na briga. Na verdade, está quase *querendo* brigar, não só por estar irritada com ele, mas também porque está com raiva do mundo, de Deus e do destino por ter levado Simon embora. Ela quer dar vazão a essa raiva, então diz:
– Ontem foi dia de coleta seletiva.
É claro que Steve é um dos piores alvos para sua hostilidade. Ele não é um saco de pancadas impassível e, quando bêbado, não é nem remotamente

capaz de entender o que está se passando com ela, como a experiência já deveria ter lhe ensinado. Mesmo assim, Ana segue em frente:

– A garrafa estava quase no fim, e você sabe que eu não gosto de ter destilados em casa.

Inevitavelmente, Steve morde a isca. Ele fica em pé e diz:

– Ah, a sargentona não gosta, é? Tinha me esquecido de que a madame é quem decide tudo por aqui.

Ele dá um passo na direção dela. Embora Ana seja alta, ele é mais alto e muito mais forte e pode ser intimidante.

Ana não se sente tão ameaçada o quanto poderia – ou deveria –, pois ela mesma está de cabeça quente. Furiosa, ela avisa:

– Não seja grosseiro comigo, Steve.

– "Não seja grosseiro comigo" – ele a imita com a boca retorcida em um muxoxo de desprezo. – Vou ser tão grosseiro quanto eu quiser.

– Não na minha casa.

Ela sabe que está batendo onde dói.

– Na *sua* casa? Isso diz tudo, não é? Achei que essa era a *nossa* casa. Não foi isso que você disse? "Venha morar na minha casa, *querido*, e ela vai ser nossa."

– Ah, pare com isso, Steve – Ana pendura o casaco no corredor e retorna à porta cozinha. – Se quer que esta seja a nossa casa, por que não tenta tratar a mim e a ela com um pouco de respeito?

Mas é inútil. Esse não é o tipo de argumento que Steve tem capacidade para seguir no momento, nem interesse em compreender.

– Você sempre considerou a casa só sua! – ele já está levantando a voz. – É aí que está o problema.

É verdade. Ela comprou a casa muito antes de conhecê-lo, e ele paga aluguel enquanto ela paga o financiamento. Porém, a contribuição dele é mínima e não vale nem a metade da prestação do financiamento, o que é muito conveniente para ele.

– Não sou bom o bastante para você. Sou só um pintor que mora no emprego.

É sempre a mesma coisa. A desigualdade entre os dois aguça a insegurança de Steve, agrava sua baixa autoestima e o leva a beber. Só que este ódio não é direcionado internamente quando ele fica bêbado, e sim sobre quem quer que cruze seu caminho, como uma bomba de fragmentação. Na maioria das vezes, a principal vítima é Ana.

Eles já tiveram essa mesma briga antes, o que torna tudo ainda mais cansativo.

– Convidei você para morar comigo antes de me dar conta de que é um bêbado – Ana dispara. – Se minha atitude mudou, a culpa é toda sua.

– Não sou um bêbado! – Steve berra.

Ela ri. Chega a ser ridículo de tão óbvio.

– Você sempre me acusa de estar bêbado quando eu não estou.

Ela sacode a cabeça e diz, por falta de coisa melhor:

– Vá à merda, Steve.

É como balançar uma capa vermelha na frente de um touro bravo. Ele vem para cima dela, pega seu queixo nas mãos e, agarrando-o com força, rosna entre dentes:

– Sabe de uma coisa? Você é uma cadela.

Ela se encolhe ao ouvir a palavra, mas ele interpreta mal a reação:

– Não se preocupe. Acha que eu vou te bater? Não vou, não.

– Não foi nisso que pensei.

Até agora, ele nunca bateu nela. A postura dele é assustadora: os braços erguidos ameaçadoramente, os músculos tensos de raiva. Mas ele sempre parou por aí, um passo antes da violência física. É como se soubesse que, se chegar a encostar a mão nela, estaria passando de um limite do qual nunca poderia recuar. Embora Ana aguente muita coisa, não vai aceitar isso.

– Você é uma cadela desgraçada – ele diz mais uma vez, e dá um soco na parede.

Ana aproveita a chance para se desvencilhar dele. Ao pé da escada, ela se vira e diz:

– Steve, já chega. Vou me deitar.

– Não vai, não – ele tenta agarrá-la outra vez, mas ela desvia. – Quero falar com você.

– Sinto muito, mas não quero falar com você – ela sobe dois degraus. – Se não estiver pronto para ir para a cama, sugiro que assista à TV e durma aqui embaixo.

– FALE COMIGO! – ele urra.

– Não quero falar. Já é quase meia-noite, e eu tenho que trabalhar amanhã cedo. Estou cansada.

— Por que não quer conversar comigo? Eu amo você, Ana — ele choraminga.

Ela sente que o humor dele está mudando, e logo tem a confirmação. Em um gesto enlouquecido e grotesco, ele cai de joelhos e repete:

— Eu amo você.

O piso do corredor é de pedra, deve ter doído.

Ana não se sente amada, nem disposta a dar amor. Sente repulsa por Steve e está quase disposta a rejeitá-lo completamente. Mas sua raiva diminuiu, e ela não quer reavivar a briga, precisa dormir.

— Eu também amo você, mas está na hora de deitar.

Com ele ainda de joelhos, ela lhe dá as costas e sobe as escadas.

Enquanto se despe, ela reflete sobre o abismo tão vasto entre a relação dela com Steve e o casamento de Karen e Simon. A ternura que Lou observou, que ela foi capaz de notar em alguns segundos, isso é amor, não é? E os cuidados que Karen mencionou: ela e Simon cuidavam um do outro o tempo todo. Steve não estava por perto para cuidar dela mais cedo, quando Ana precisava tanto, e a decepcionou mais uma vez agora a pouco.

Steve.

Simon.

Nomes semelhantes, idades semelhantes, companheiras semelhantes em muitos aspectos. Eles até moravam perto um do outro.

No entanto, existe um mundo de diferença entre os dois.

***

— Preocupo-me com ela, sabe? — Karen pendura a blusa no armário.

— Eu sei, meu amor.

Simon já está na cama, sentado com as costas apoiadas no travesseiro. Ele estende a mão para acender a lâmpada da mesa de cabeceira.

— Pelo menos hoje ela vai passar a noite aqui. Mas sei que vai voltar para ele amanhã.

— Ela é uma mulher adulta.

— E teimosa.

— Chame do que quiser. Diria que ela sabe o que quer.

— O problema é que ela está apaixonada por ele.

— Não me entenda mal, gosto dele. Apenas não acho que ele seja bom para ela.

– Não precisa dizer isso para mim!

Karen pega o removedor de maquiagem e esfrega os olhos com mais força do que o necessário.

– Ela diz que ele não bate nela. Você acredita?

– Acho que sim.

Karen tira a calcinha e o sutiã e joga as duas peças no cesto de roupa suja. A frustração a faz usar força excessiva, e as peças batem na parede e caem no chão.

– Mas até quando?

Ela se senta na beira da cama, nua e desanimada.

– Se ele bater nela, vai ter que se ver comigo.

– Adoro o fato de você querer protegê-la – Karen dá um beijo no alto da cabeça de Simon.

Ele muda de posição na cama e começa a acariciar as costas dela.

– Com um pouquinho de sorte, as coisas não vão chegar a esse ponto.

Karen relaxa um pouco sob o toque dele.

– Nunca se sabe, ele pode até procurar ajuda.

– Talvez. Posso dar uma palavrinha com ele, se quiser.

Ela se vira para encará-lo:

– Faria isso?

Ele encolhe os ombros.

– Se você acha que pode ajudar.

– E o que diria a ele?

– Não sei – ele dá uma risada. – Convidaria Steve para ir ao pub e diria que ele tem um problema sério com a bebida. De homem para homem!

Karen também ri. Sentar para tomar uma cerveja é o método mais comum de Steve para fazer amigos. Então ela pensa em Ana, dormindo no sofá da sala deles. Sabe que ela não teria vindo refugiar-se ali por uma desavença qualquer; as coisas devem ter se complicado bastante.

– Não. Pensando bem, não acho que seja uma boa ideia você falar com ele. Pode ter o efeito contrário: ele vai ficar na defensiva e seu comportamento pode acabar piorando ainda mais.

– Você é quem sabe. O que disser, eu faço. Vocês duas são amigas há muito tempo, e você sabe que eu também gosto muito dela.

Karen dá um sorriso triste.

– Nunca deveria ter apresentado os dois. Depois que Ana terminou com Neil, achei que ela precisava se divertir um pouco e gostei do Steve à primeira vista. Ele parecia tão confiante e tão tranquilo. Você sabe como ela é, um homem fraco não tem chance com ela, e Neil simplesmente não era forte o bastante. E, além de tudo, Steve é um gato.

– É um sujeito bacana, pelo menos quando está sóbrio – observa Simon.

– Pode ser. Mas isso é parte do problema, não? Se ele não fosse um cara legal, ela não lhe daria a mínima atenção. Ana pode ser teimosa e orgulhosa, mas não é nenhuma idiota.

– Não.

Karen tateia sob o travesseiro, encontra a camisola, fica em pé e se veste.

– Acho que fizemos o possível por enquanto. Meu palpite é que essa não é a primeira vez que ele perde o controle, tampouco será última. Ela simplesmente não quis nos contar antes. Só o que podemos fazer é lhe dar apoio. Ainda bem que tenho a sorte de ter um homem maravilhoso como você – ela entra embaixo das cobertas ao lado dele. – A luz, amor.

Simon apaga a luz e pede, deitando de lado:

– Quero dormir de conchinha, mas você me abraça.

"Não é justo", ela pensa, aconchegando-se nas costas do marido, cuja respiração já fica mais lenta. "Por que eu ganhei um Simon, e Ana ganhou um Steve?"

Mas a vida é injusta, não é mesmo?

Sexta-feira

8h06

Pela intensidade da luz que atravessa as cortinas, Lou sabe que é um dia ensolarado.

"Que beleza é a sexta-feira", ela pensa. Ao invés de trem e trabalho, tênis. Ela joga o ano inteiro, sempre que o tempo permite. E isso não é tudo: hoje à noite vai conhecer uma pessoa nova!

Lou sabe que seu otimismo é irracional. Pode nem simpatizar com essa mulher, muito menos sentir atração por ela, mas talvez, quem sabe, dessa vez ela tenha sorte. Vic se dá bem com ela – isso já diz muito – e acredita que Lou vai gostar dela. Afinal, Vic conhece suas preferências. Pela descrição, ela deve ser inteligente, e Lou adorou seu nome: Sofia parece ter muito potencial.

Ainda assim, Lou sente uma dor chata nas têmporas, e sua boca arde de tão seca.

"Sou uma idiota. Bebi demais na casa de Karen ontem."

Lou sabe o por quê. Estava "bebendo suas emoções", como dizem os terapeutas, uma expressão que não lhe parece adequada para descrever comportamentos muitas vezes complexos. E que burrice a dela, quando a própria lista que levou para Karen aconselhava a não usar o álcool para esse fim. Mas ela estava ansiosa e com medo de dizer algo errado, precisava relaxar e não se policiou como costuma fazer. Lou não é de beber muito, e por isso mesmo já sente os efeitos até com pequenas doses.

"Azar, o mal já está feito, melhor pular da cama. Vou sair hoje à noite outra vez, e, conhecendo Vic, é certo que vamos beber, então, preciso me livrar da dor de cabeça antes de adquirir outra."

Ela joga as cobertas para longe, vai para a sala e abre as cortinas. A luz do sol filtrada pela janela a obriga a estreitar os olhos.

Vê o homem idoso da casa em frente olhando pela janela do seu apartamento, um sótão reformado como o dela. Ele se planta ali todas as manhãs a essa hora com uma xícara de chá. A rua é tão estreita que eles não podem estar a mais de seis metros de distância um do outro. Os cabelos dele são parcos e desgrenhados, formando longas teias e lhe dando a aparência de um personagem de conto de fadas. Ele ainda está de pijama, a estampa tornada assimétrica pelos botões enfiados nas casas erradas. Ela acena, mas a visão dele não é boa e ele não a vê. Ela já conversou com ele na banca de revistas da esquina, e sabe que ele mora no mesmo apartamento há mais de 40 anos. Por algum motivo, isso lhe agrada. Pode ser apenas sua imaginação, mas ela desconfia que ele seja gay e gosta de pensar que ele foi um pioneiro: imagina-o como um ativista homossexual dos anos 60, mudando-se para uma área que, na época, não era tão tolerante quanto hoje. Qualquer que seja sua história, ele agora é frágil e solitário, e ela duvida que ele saia muito de casa hoje em dia.

Olhando para baixo, Lou vê que as gaivotas andaram ocupadas. Os lixeiros de Brighton travam uma batalha perdida contra elas, e hoje os pássaros rasgaram alguns sacos de lixo e espalharam dejetos pela rua toda. Por um instante, Lou irrita-se ao pensar nos vizinhos que não são capazes de levar o lixo até as caçambas comunitárias. Sempre parece haver alguma coisa jogada na calçada: um resto de comida, um móvel velho, uma bicicleta enferrujada com as rodas tortas. A cidade tem uma população tão itinerante que muitos residentes parecem não saber o dia da coleta, e muito menos se importar.

Então ela recorda que a bagunça e a displicência fazem parte da cultura tão rica de Brighton.

Lou não tem mesmo do que se queixar: cintilando para ela ao fim da rua está o mar. A superfície está calma sob o céu azul limpo, com uma listra de azul mais profundo no horizonte que clareia perto da praia, o que significa que não deve estar ventando. Um dia perfeito. Se o luto de Karen lhe ensinou alguma coisa, foi que ela deve valorizar os pequenos prazeres do dia a dia.

Lou não se dá ao trabalho de tomar banho: vai suar jogando tênis e quer desfrutar do seu ritual antes de se encontrar com Vic e Sofia mais tarde. O que ela não vai deixar para depois, porém, é o telefonema para a mãe.

– Oi, mãe – diz quando ela atende. – Liguei para avisar quando vou chegar.

– Ótimo, quando vai ser?

Lou sabe que elas provavelmente vão dormir tarde e não quer apressar suas hóspedes de manhã, além de outros motivos.

– Estava pensando em chegar aí no início da tarde, lá pelas 14 horas. – Silêncio na linha. – Pode ser?

– Acho que sim.

"Acho que *não*", pensa Lou. Se os eventos dos últimos dias a levaram a reavaliar o que é importante, o lado ruim é que ela agora tem menos tolerância com pequenas irritações. Imediatamente, a mesquinhez da mãe a irrita.

– Qual é o problema?

– Bem, esperava que você fosse chegar mais cedo, já que disse que vinha passar o fim de semana.

– Eu nunca disse isso.

A resposta de Lou é firme, mas ela se sente culpada. Será que deu a entender outra coisa? Está quase certa de que não, mas os últimos dias foram tão intensos que ela não pode afirmar.

– Achei que tinha dito que iria no sábado de manhã.

– É, mas às 14 horas não é de manhã, meu bem.

Lou cerra os dentes. "Meu bem" usado para evocar o senso de responsabilidade filial, e não como um termo afetuoso, é um exemplo perfeito do lado manipulador de sua mãe.

– Eu quis dizer que ia *sair* daqui de manhã, não que chegaria aí cedo.

– Ah, então fui eu que não entendi direito – o tom de voz não disfarça o cinismo.

– A viagem de trem leva mais de duas horas.

– Sei.

Lou pode até visualizar a mãe calculando o tempo de viagem, quase escuta a pergunta não formulada que viria a seguir: o que diabos minha filha vai estar fazendo até o meio-dia?

Ela está prestes a retaliar quando o vizinho idoso do outro lado da rua se vira e olha na sua direção. De repente, ele a reconhece, acena e sorri, e o gesto faz murchar sua fúria. Não vale a pena se aborrecer com a mãe: a vida é curta, como ela confirmou recentemente. Lou muda de tom:

– Mãe, sinto muito, não quis te dar uma impressão errada. É que umas amigas dormirão esta noite aqui, e eu não posso expulsá-las do apartamento neste frio antes de servir um bom café da manhã. Você é uma ótima anfitriã e não ia querer que eu fizesse uma grosseria dessas, não é?

A bajulação dá certo:

– Acha mesmo que sou uma boa anfitriã? Puxa, obrigada.

– É claro que sim, mãe – Lou mente. – A melhor. E sabe de uma coisa? Tenho umas fotos lindas para mostrar quando chegar aí.

– É mesmo, querida? De quem?

– Da Georgia e das crianças. Tirei fotos no Natal, lembra? – Lou se orgulha da sua habilidade por trás das lentes.

– Que ótimo – diz a mãe.

A estratégia parece ter funcionado.

– Certo, agora vou jogar tênis, então tenho que desligar. Amanhã a gente conversa melhor. Estou ansiosa para chegar aí. Pode me esperar entre duas e três. Tchau.

Ela se senta no sofá com a cabeça entre as mãos. Ansiosa? De onde tirou isso? Ela precisa resolver estas questões com a mãe. Odeia o modo como as duas se comportam, tanta duplicidade e manipulação, tão pouca integridade. O contraste com a conversa franca da noite anterior é enorme, além disso, Karen e Ana são praticamente estranhas para ela. Agora, mais do que nunca, ser tão falsa com a mulher que lhe deu à luz parece ser um grande erro.

***

Ao acordar, Ana remonta pouco a pouco o quebra-cabeça da realidade. Primeiro, recorda: Simon está morto. Por isso seu despertador não tocou: hoje ela não vai trabalhar, vai ajudar Karen a preparar os comes e bebes para o funeral. A conversa com Karen e Lou ontem foi boa, Lou pareceu verdadeiramente interessada em ajudar. Apresentar as duas foi uma decisão acertada.

"Eu gosto de Lou", pensa.

Então, outra lembrança: Steve.

Quando voltou para casa, ele foi agressivo. Por um instante, ela chegou a pensar que apanharia dele, não foi? Na hora, não quis reconhecer o perigo. Só olhando para trás é que consegue admitir que ele realmente estava prestes a atacá-la. Depois da noite de sono, o comportamento inebriado dele lhe parece quase irreal. As oscilações de humor de Steve são tão extremas que é difícil achar um lugar para elas no seu cotidiano. Ela sabe que, se fosse julgá-lo pelos mesmos critérios que aplica a si mesma e aos outros, ele deixaria muito a desejar. Talvez o fato da conduta dele ser pior fora dos horários normais do dia crie a sensação de que os dois habitam outro mundo, um lugar onde os padrões normais não se aplicam. Um mundo ao contrário, como o que Alice encontrou ao atravessar o espelho.

Talvez seja hora de parar de inventar desculpas. Simon era um homem de princípios. Nunca se excedia, nem era rígido demais, mas sempre tratava bem as pessoas. Ana o admirava por isso, e agora que ele está morto, a incoerência dela fica mais evidente. Por que é disso que se trata, não é? A lacuna entre sua vida íntima e a imagem que apresenta ao mundo, que não para de crescer.

Ela está de costas para Steve, mas sente o cheiro de álcool mesmo assim. Acordou na beira da cama, como se até no sono quisesse manter distância dele.

Ela se vira devagar para não acordá-lo.

Nesse momento, ela não o ama. Tampouco o odeia, mas tem pena dele. E depois que a pena passa a fazer parte de uma relação...

"Que se dane", pensa.

Ele que se dane. Steve já sugou suas energias demais. Desde que abriu os olhos, ela não fez nada além de pensar nele. Os problemas dos dois podem esperar. Pelo menos até depois do funeral, Karen é a sua prioridade.

***

O supermercado está cheio. A manhã de sexta-feira sempre é movimentada. Karen é uma das muitas mães que empurram carrinhos pelos corredores, fazendo estoque para o fim de semana. Ao contrário da maioria delas, está sem os filhos, uma oportunidade rara. Toda sexta ela tira algumas horas para si: não precisa trabalhar, Luke está na escola e Molly fica com Tracy. Ir às compras pode não parecer um uso muito emocionante do seu tempo, mas ela está aproveitando mesmo assim. É um alívio não ter as crianças implorando por produtos que não tem nenhuma intenção de comprar, e ela se permite percorrer os corredores calmamente.

Perto da entrada, seus olhos batem em uma caixa cheia de um fruto cor de rosa escamoso que ela nunca viu antes. *Pitaia*, diz o cartaz. Ela pega uma fruta. A casca é lisa ao toque e está quase gelada, parecendo plástico. Ela se pergunta que gosto terá, como deve ser por dentro. É cara, e eles não precisam dela, mas Luke pode gostar, e Karen tenta incentivá-lo a comer alimentos saudáveis. Ela põe a fruta exótica no carrinho junto com as de sempre: bananas, uvas, maçãs.

Ela deixa a seção de hortifruti e vai atrás dos básicos: pão, massas, peixe, frango. Ao fim de um corredor, vê uma cerveja em oferta. Simon sempre diz que as *lager*s do norte da Europa são as melhores, mas será que ele gosta de cervejas belgas? Ela não tem certeza, mas o *design* das garrafas lhe agrada e o preço está razoável, então pega um engradado com seis.

Passando pelo corredor dos produtos de limpeza e higiene, ela se depara com uma arara com roupas de criança, itens de inverno em liquidação. Um vestido de veludo cotelê azul-turquesa com rosinhas bordadas está por 40% do preço original. Ela raramente faz compras por impulso, mas essa é uma oferta realmente imperdível. As cores ficam bem em Molly, e o tamanho 4 significa que a peça provavelmente vai estar um pouco grande para ela e, com sorte, ainda vai servir no ano que vem. Karen põe o vestido no carrinho.

Três compras fora do normal não chegam a caracterizar descontrole.

No caixa, ela embala os produtos com cuidado: latas de molho de tomate, atum e milho em uma sacola, detergente, papel higiênico e esponjas na outra. Ela paga com o cartão de débito e olha para o relógio enquanto espera a senha ser aprovada. Ainda tem tempo antes de buscar Molly. Pode ir para casa, descarregar o carro e deixar tudo pronto para o fim de semana. Eles não têm grandes planos, mas ela fica feliz com a perspectiva de passar tempo com a família, com Simon em casa. Espera a semana toda por esses dois dias.

***

– Licencinha?

Karen volta a si com o susto.

Ela está bloqueando a entrada do supermercado. Um homem empurra o carrinho vazio dela na tentativa de entrar.

– Oh, desculpe.

Ela sai do caminho e ele dá um suspiro exasperado enquanto passa.

Ela está no supermercado de sempre, em Hove. É sexta-feira, o dia em que ela normalmente vai às compras. Mais uma vez, está sozinha.

Da última vez que esteve aqui, comprou coisas para Simon.

Uma semana atrás, Simon lhe telefonou para dizer que ia sair uma hora mais cedo do trabalho. Uma semana atrás, Simon abriu a geladeira assim que entrou em casa, procurando uma cerveja e reclamou que ela tinha comprado a marca errada, depois se arrependeu de ter sido ingrato e veio lhe dar um beijo enquanto ela cozinhava.

– Você é maravilhosa – ele disse para se desculpar, e embora o processo de pensamento dele fosse óbvio, ela não pode conter um sorriso.

Uma semana atrás, ele e Luke cortaram a pitaia ao meio juntos, admiraram a polpa branca exótica e provaram a fruta, exclamando "Eca!", fazendo caretas de nojo e rindo muito. Uma semana atrás, ele admirou Molly em seu vestido novo: "Você fica linda com ele!", e alfinetou Karen: "Embora duvide que a nossa filha precise de mais roupas do que já tem" – em um tom que mostrava que ele já tinha lhe perdoado a extravagância.

Uma semana atrás...

Apenas sete dias.

Desta vez, ela está aqui se preparando para o enterro dele.

Ela ainda tem a impressão de que tudo está acontecendo com outra pessoa. A vida dela era a que ela tinha antes, isso é uma aberração. E o que ela pensa que está fazendo? Deve estar louca se acha que vai ser capaz de receber dezenas de pessoas em casa quando mal consegue concatenar dois pensamentos! Deveria ter deixado a equipe funerária organizar tudo, como Phyllis tinha sugerido ainda ontem. Ela não está pensando racionalmente, usando seu bom senso. É como se alguns aspectos de sua personalidade tivessem desaparecido junto com Simon, deixando-a perdida como um alpinista em uma montanha traiçoeira, envolta pela névoa.

12h21

– Tenho a impressão de que estou sempre te pedindo socorro – diz Karen.

– Bobagem. Eu me ofereci para ajudar ontem à noite. Então, onde quer que eu guarde isso? – Ana ergue um par de latas de atum enroladas em celofane.

As duas amigas estão na cozinha de Karen, organizando as compras. Sacolas pela metade cobrem a mesa e o balcão da pia. Caixas de vinho e garrafas de refrigerante estão espalhadas pelo chão. Toby, o gatinho, diverte-se investigando esses corpos estranhos, pulando entre as embalagens, animado com tantos aromas diferentes.

– Vamos deixar o que iremos precisar aqui – diz Karen, afastando as sacolas para abrir espaço sobre a mesa. – O atum é para as *vol-au-vents*. A maionese está ali.

Ana dá uma risada.

– Você não facilita as coisas para si mesma.

– Não sei onde estava com a cabeça. Fiz uma lista, mas foi inútil. Nem sei o que estou fazendo na maior parte do tempo.

Ana larga a maionese ao lado do atum. As duas ficam em silêncio por um instante, concentradas. Por fim, ela diz:

– Quantas pessoas está esperando?

– Não tenho a menor ideia.

– Nem assim, por cima?

– Bem, mandei quase 60 e-mails, depois tem as pessoas para as quais eu telefonei, nossos vizinhos...

Ana tenta não chorar. É reconfortante saber que Simon era tão popular.

– Acha que todos vão aparecer?

– Não, claro que não.

Ana espera que Karen tenha planejado o que vai preparar. Pelo que viu até agora, sua amiga não parece ter noção de por onde começar.

– Alguma receita em mente?

– Ahn.. Mais ou menos.

– E quando Molly e Luke vão voltar para casa?

– Tracy ficou com eles de manhã. Phyllis vai buscá-los por volta das 13h30.

– Então não temos muito tempo.

– Não.

– Sem problemas – Ana diz com entusiasmo. – Vamos aproveitar ao máximo o tempo que tivermos. Quando eles chegarem, podem nos dar uma mãozinha.

– Isso. Eles podem nos ajudar – Karen reitera.

Elas contemplam a mesa lotada de ingredientes: queijo de cabra, latas de grão-de-bico, sacos de camarão congelado, bacon, uvas, cebolas, azeitonas, uma berinjela.

Karen começa a rir histericamente. Logo as lágrimas estão correndo por seu rosto.

– Sinto muito – ela se acalma. – Só de pensar na Molly mexendo na massa folhada... Minha nossa! – ela volta a gargalhar.

– Não se desculpe. – Ana também está rindo. Fazer canapés é uma loucura, e mãozinhas de 3 anos dificilmente vão ajudar em alguma coisa. É tão catártico escutar a risada de Karen outra vez que, por mais inapropriado que possa parecer, vale a pena fazer mil sugestões idiotas.

Neste instante, a campainha toca. As duas se entreolham atônitas.

– Está esperando alguém?

– Não – Karen franze o cenho. – Devem ser mais flores ou cartões de pêsames. A sala já está atulhada deles. – É evidente que a ideia não lhe agrada. – Vamos deixar que batam? – Seu tom é de cumplicidade, e faz Ana lembrar-se de seus dias de estudantes, quando uma tentava convencer a outra a ir ao pub ao invés de estudar.

– Você é que sabe – ela diz.
– Não aguento mais receber condolências de pessoas que mal conheço.
Ana baixa a voz:
– Então é melhor nos escondermos. Aqui talvez possam nos ver.
A porta da frente tem painéis de vidro jateado que, bem de perto, permitem ver facilmente se há alguém no andar térreo da casa.
– É mesmo! – Karen fica de quatro e engatinha para debaixo da mesa. Ana a segue, e depois Toby se achega, ronronando.
– É a segunda vez nesta semana que me enfio embaixo de uma mesa – Karen sussurra. – Não espanta que eu esteja enlouquecendo.
– Como assim?
– Molly escondeu-se na cozinha de Tracy quando teve aquele ataque.
– Ah!
Após alguns instantes, Karen pergunta:
– Já foram embora?
– Vou conferir – Ana afasta uma cadeira e estica o pescoço na direção da porta. – Droga! – ela recua bruscamente. – Eles me viram.
– Que azar!
– Estavam espiando pela fresta da caixa de correio.
– O que vão pensar de nós?
– Que perdemos totalmente a noção da realidade? – As duas encolhem os ombros tentando conter o riso.
Uma voz potente berra na direção delas:
– Ana? Que diabos você está fazendo?
– Não acredito! – diz Ana.
– Quem é?
– Steve.
– Você sabia que ele vinha para cá?
– Não.
– É melhor abrirmos a porta – Karen fica em pé. – Espere um segundo! – ela sussurra. – O que ele está fazendo aqui?
– Não sei – Ana dá de ombros, obviamente contrariada com a presença dele. – Ele estava dormindo quando saí – explica, espanando a poeira das calças e seguindo Karen até a porta.
Steve está parado na soleira. Aliviada, Ana percebe que ele está sóbrio. O ranço de álcool se foi, ela só sente o cheiro do desodorante dele. Ele também fez a barba esta manhã.

Além disso, está carregando uma caixa de papelão. Ana precisa de um instante para ter certeza de que seus olhos não a enganam. A caixa está cheia de utensílios de cozinha: formas desmontáveis para quiche, assadeiras, ramequins, livros de receitas. Ele não se esqueceu nem do avental xadrez.

– Mas que surpresa – ela diz.

– Achei que podiam precisar de ajuda – ele declara, e baixa o olhar para a caixa em seus braços. – E não sabia o que vocês tinham de pratos. Posso entrar?

– Ahn, sim, claro – diz Karen.

As duas dão um passo para trás para abrir caminho.

Ana está confusa.

– Você não ia trabalhar hoje?

– Mike ligou de manhã e disse que o gesso ainda não secou o suficiente para ser pintado. Pediu que eu espere até segunda.

Mike é um empreiteiro para quem Steve costuma trabalhar.

– Então você viu o meu bilhete?

Ana havia deixado o bilhete na mesa do hall, avisando onde estaria.

– Vi e achei que podia ajudar – ele olha em volta. – E parece que eu tinha razão.

Steve é tão bom cozinheiro que preparar comida para um batalhão não o assusta nem um pouco. Na verdade, estando sóbrio, vai adorar a tarefa.

– Que bom que você veio, querido – Ana lhe dá um beijo.

Agora que ele a lembrou de como pode ser generoso e solícito, ela está muito feliz em vê-lo, e Karen tem um sorriso de orelha a orelha. Mas esse não é o único motivo da felicidade de Ana, o fato principal é que ela não teve que pedir. Ele reconheceu sua necessidade e a de Karen sozinho, e está sendo genuinamente prestativo. Enquanto ele dispõe seus utensílios sobre o balcão – a única superfície ainda disponível – Ana pensa consigo mesma que, embora isso possa não compensar totalmente o comportamento dele na noite anterior, já é um grande passo para sua redenção.

***

Steve ata o avental às costas.

– Karen, queria lhe dizer que sinto muito pelo que aconteceu – ele recua e olha para ela.

– Obrigada – diz Karen.

Ela vê a compaixão nos olhos dele e sente a tristeza golpeá-la outra vez, bem no plexo solar, deixando-a sem fôlego. Como podia estar rindo agora há pouco?

Steve abre os braços como se adivinhasse instintivamente que é disso que ela precisa. Karen quase cai para dentro do abraço dele, e ele a puxa contra o peito. Imediatamente, ela se dá conta de que é a primeira vez que recebe um abraço de um homem desde que Simon morreu. Steve não é tão grande quanto seu marido era. É mais baixo e mais magro. Seu avental não é tão macio quanto os blusões de Simon e seu cheiro é diferente. No entanto, a sensação de segurança, intimidade e proteção que ela associa ao marido volta num turbilhão e toca algo profundo dentro dela. Ela começa a chorar.

Ela já recebeu muitas condolências e palavras de consolo, mas teve pouco contato físico e nenhum como esse. Cada célula de seu corpo anseia por Simon: o cheiro dele, o toque dele, a sensação dele, seu calor. Ela faria qualquer coisa naquele momento para que Steve fosse ele, parado ali na cozinha, abraçando-a. Qualquer coisa. Logo ela está soluçando tanto que encharca a frente do avental de Steve.

Ele apenas acaricia seus cabelos com delicadeza. Por vários minutos os dois ficam parados em um abraço apertado.

Por fim, Karen afasta-se, sorri para ele e diz:

– Obrigada.

Não há necessidade de outras palavras. Ele lhe deu algo precioso, ambos sabem disso.

– Muito bem – Steve respira fundo e esfrega as mãos. – Por onde vamos começar?

***

Lou pedala ao longo do calçadão. Seus músculos ainda estão aquecidos pela partida de tênis. Assim que passa pelo Palace Pier, ela entra à esquerda em uma das ruas transversais, anda mais alguns metros e freia. Joga a perna sobre o quadro e prende a bicicleta nas grades de ferro preto. Visto pelo lado de fora, nada sugere que o prédio do período georgiano, com cornijas ornamentadas e janelões arqueados, agora seja um abrigo para moradores de rua. É aqui que Lou trabalha como voluntária toda sexta-feira, coordenando um grupo de terapia.

Geralmente, o grupo conta com cerca de dez participantes, metade dos quais muda semanalmente e metade que são frequentadores mais constantes. Ela tenta não deixar que estes dominem a conversa, mas às vezes é difícil. É muito mais fácil e mais gratificante trabalhar com aqueles que participam com mais frequência. Os recém-chegados estão se acostumando com a configuração do grupo quando a sessão termina e geralmente há pouco que ela possa fazer para ajudá-los. São homens com histórias complexas, apesar de suas semelhanças, são pessoas que acabaram nas ruas por razões muito diferentes: há alcoólatras e dependentes químicos, doentes mentais e homens cujos relacionamentos se desfizeram, ou que perderam o emprego ou sofreram alguma espécie de trauma.

Ela faz um reconhecimento rápido do círculo: hoje há oito participantes, apenas três deles caras conhecidas. Ela reprime um suspiro desapontado. Por que isso?

Uma cadeira de madeira com assento de tecido vermelho tem uma advertência escrita nas costas com pincel atômico: CADÊRA DO JIM. NÃO USAR!!! Lou sabe que Jim não é uma pessoa hostil, longe disso. A advertência é apenas mais um indício da batalha que esses homens precisam enfrentar a cada dia para conservar os poucos bens materiais que adquiriram.

Jim participa do grupo praticamente desde que ela começou a coordená-lo, há quase dois anos. De vez em quando ele falta uma semana, nunca fala muito, às vezes nem uma palavra sequer, mas há algo nele de que Lou gosta especialmente.

Lou cruzou com ele pela primeira vez antes de ele começar a frequentar o abrigo, em uma esquina perto de casa em Kemptown. Ele estava sentado na soleira de uma porta, montando um sanduíche com pão preto, manteiga e queijo branco, com uma faca de plástico. A meticulosidade dele, embora vestindo um casaco grosso que atrapalhava seus movimentos, as costas curvadas para se proteger do vento e da umidade, chamou sua atenção. Quando ela o conheceu propriamente no abrigo, perguntou se ele gostava de pão preto e queijo branco. Ele explicou que gostava de se alimentar bem e que os sanduíches eram melhores para ele do que a comida oferecida pelo abrigo. Inicialmente, pareceu incongruente a Lou que um morador de rua se preocupasse tanto com a própria saúde. Ela imaginava que fossem todos viciados, com pouco respeito pelo próprio corpo. Mas quanto mais ela trabalhava no abrigo, mais ela percebia que esse comportamento não era nada estranho. Ela é que estava errada: Jim podia ser uma alma perdida e solitária, mas jamais tinha tocado em drogas ou álcool. Ela o via com frequência pela rua, apesar de seu leito no abrigo, catando lixo nas calçadas de Kemptown. Mas ele não estava procurando comida nem juntando objetos para carregar consigo: estava limpando a cidade. Ele depositava cada fragmento de lixo nos latões públicos, removendo os dejetos deixados por pessoas menos cuidadosas e pelas gaivotas. Sua diligência e seu perfeccionismo deixavam Lou emocionada.

O grupo estava pronto para começar.

– Onde anda o Jim? – Lou pergunta. – Ele não apareceu na semana passada.

– Ele se foi – diz Roddy, um homem mais velho que também comparece regularmente.

Ele não é muito inteligente e usa poucas palavras, mas é honesto e trata bem a maioria dos outros participantes.

– Se foi? – Lou está acostumada ao vai e vem dos usuários do abrigo, mas ainda assim, lamenta que Jim tenha ido embora.

Roddy faz que sim com a cabeça.

– Na semana passada você não sabia onde ele estava – Lembra Lou. – Disse que talvez ele fosse voltar.

– Agora nós sabemos aonde ele foi – diz Roddy.

Algo no seu tom soa sinistro.

– Onde.

– No mar.

– É?

Outro membro do círculo começa a se balançar vigorosamente na cadeira, tentando chamar a atenção. A cadeira bate na parede e distrai os outros. Lou tem dificuldade para se concentrar.

– Silêncio, por favor, Tim. Daqui a pouco você vai poder falar. Por favor, Roddy, continue.

Roddy esclarece:

– Ele entrou no mar. Andando.

– No mar? – Lou estremece.

É fevereiro, a água está gelada.

– Apareceu boiando perto do píer na terça.

– Ai, meu Deus! – Lou sente um aperto no peito. – O que aconteceu?

– Ele tomou um porre.

– Não sabia que Jim bebia.

– Fazia muitos anos que não.
– E o que o fez beber agora?
Roddy encolhe os ombros.
– Descobriu que a mulher dele se casou de novo.
– Jim era casado? Não sabia.
Lou sente-se péssima: via-o regularmente há tanto tempo e mesmo assim não sabia nada sobre ele.
– Eles se separaram há uns dez anos. Ela botou ele pra fora de casa, foi assim que ele acabou na rua. Achei que você sabia.
– Não.
Ela está chocada. Jim tinha tantos segredos.
– Como ele descobriu que ela se casou outra vez?
– Eles se encontraram na rua. Ela ainda mora em Brighton, em Whitehawk. Ela mesma contou.
– Ah.
Lou está tendo dificuldade em aceitar a notícia.
– O primeiro porre em muitos anos. Tiraram ele da água de manhã cedo. Pelo que me disseram, ele estava cinza como um peixe.
Lou está chocada. Não é a primeira morte no seu grupo, mas das outras vezes ela foi capaz de identificar sinais, como depressão ou aumento no uso de drogas. Mas ela achava que Jim era diferente. Não sabia que ele tinha sido alcoólatra no passado, mas mesmo que soubesse, não imaginaria que ele fosse por esse caminho outra vez. Ela sempre tinha admirado o modo como ele se cuidava, muito embora não tivesse nada: nem família, nem emprego, nem casa. Mais do que qualquer outro frequentador do grupo, ela sempre acreditara que ele acabaria bem. Mas ele era tão vulnerável quanto os outros, e talvez ainda mais do que eles. Eles ainda estão aqui, ele está morto.
Lou respira fundo e se esforça para manter a compostura.
– Vamos fazer um minuto de silêncio para lembrar o Jim?
Enquanto eles mantêm as cabeças baixas, ela pensa que talvez por isso mesmo ele fizesse tanta questão de se manter saudável: sabia o quanto era frágil. Isso a faz lembrar de que a dependência nunca termina. Os viciados nunca se curam completamente, porque um dia, em um milésimo de segundo, algo pode acontecer que torna a tentação irresistível, mesmo após anos de abstinência. Por isso estão sempre em recuperação, e suas vidas são precárias. A possibilidade da recaída pende para sempre sobre suas cabeças, como a lâmina de uma guilhotina esperando para cair.

17h02

Steve abre a porta do forno.
– Perfeito. Passe as luvas.
Ana obedece. A cozinha de Karen é território dele no momento. Ele estabeleceu seu domínio ao longo da tarde – até o gato foi banido para a sala. Ana sente uma lufada de ar quente enquanto Steve retira duas quiches da grelha de baixo do forno e uma terceira da grelha superior, as três perfeitamente gratinadas.
– Uma de atum, uma de presunto e cogumelos e outra de legumes – ele anuncia, pousando as formas sobre descansos para que não queimem o balcão.
Ana sente um misto de alívio e orgulho. Alívio por terem avançado tanto nas últimas horas, orgulho por tudo se dever a Steve.
– Acho que por hoje chega – ele decreta.
As superfícies, antes cobertas de assadeiras, pacotes e vidros são testemunha do seu sucesso. Quase milagrosamente, ele transformou uma lista de compras sem pé nem cabeça em um cardápio apetitoso. Preparou vastas quantidades de pastinhas e molhos, montou bandejas de tâmaras recheadas com queijo parmesão e enroladas em bacon, trufas de queijo de cabra, uva e pistache. Assou quatro pizzas e uma torta de cebola caramelada e fez três saladas gigantescas – uma de trigo e duas de feijão branco – cujo sabor vai apurar à medida que absorverem o molho durante a noite, como ele garantiu a Karen. Ana teve que ir à *delicatessen* buscar mais

ingredientes não uma, mas duas vezes, e ele perdeu a paciência com elas várias vezes, mas, ainda assim, o cardápio é espetacular.

– Agora vocês só precisam colocar as *vol-au-vents* de queijo brie no forno por alguns minutos amanhã – ele instrui. – Preparar as saladas verdes, servir as batatas chips, o pão e assar algumas batatas. Podem esquentar as quiches, as pizzas e a torta também, se preferirem.

Ana olha de relance para a amiga. Karen está concordando com a cabeça, mas Ana percebe que é demais para ela.

Esta é uma das muitas incongruências de Steve: ele pode ser totalmente inútil em um instante e absolutamente capaz no outro, mas quando está funcionando bem se esquece das próprias dificuldades e, às vezes, das dos outros, e pode ser brusco, quase grosseiro.

Ana entende o que Karen deve estar pensando. Quando exatamente ela deve fazer isso tudo? Ela não está dando uma festa onde sua única preocupação além da comida é entrar no banho e o que vestir. Vai estar em um velório, o velório de seu marido. Inevitavelmente, será extremamente difícil para ela. Não vai poder sair mais cedo para acender o forno e rasgar folhas de alface. Ana não quer dizer isso, porém, simplesmente observa:

– É muita coisa para lembrar.

– Não me parece tanto assim – Steve murmura.

Ana percebe que ele se ofendeu, como se ela estivesse dizendo que ele não ajudou muito e, ainda por cima, está delegando uma tarefa excessiva para Karen. Ele é tão contraditório, ela pensa, zangando-se por um momento. Pode ser demasiado sensível e, ao mesmo tempo, ignorar totalmente os sentimentos dos outros. Ainda assim, também pode ser excepcionalmente atencioso, como demonstra essa intrincada preparação.

Ela tenta remediar a situação:

– Podemos ajudar, não é? – ela diz a ele.

– É claro.

Ele faz uma pausa, como se só então se lembrasse do motivo daquela comilança toda.

– Na verdade, eu nem preciso ir à igreja. Posso ficar aqui, se quiser, e aprontar tudo para esperar vocês.

– Como? – Karen não consegue acompanhar.

– Não preciso ir à igreja – ele repete. – Odeio velórios, para ser honesto. Sei que Simon era o seu marido, mas não me sinto bem com o caixão, a choradeira e tudo mais.

Karen suspira.

– Eu também odeio velórios.

– Se você fizer questão, é claro que eu vou estar lá – Steve acrescenta, não querendo soar insensível. – É óbvio que eu gostava do Simon e quero me despedir dele.

– Não, não precisa ir se não quiser. Tenho certeza de que a igreja vai estar cheia.

"Eu quero que ele vá", pensa Ana, mas talvez não seja hora de expressar suas próprias necessidades.

– Sério, se você não se importar, não é problema nenhum para mim vir aqui antes. Dou um jeito nas coisas enquanto vocês estiverem fora. Posso acender o forno, preparar o resto das saladas, servir os pratos.

– Você não se importa mesmo?

– Nem um pouco – diz Steve. – Será um prazer, é a minha maneira de homenagear o Simon.

Ana já pode até vê-lo com o avental xadrez, servindo porções generosas e cativando os convidados. Ele vai estar em seu elemento, aproveitando o papel de anfitrião sem o estresse da responsabilidade. Por um átimo, ela teme que ele possa beber demais, mas certamente não faria isso... De qualquer forma, o funeral será no fim da manhã, em um horário que não a preocupa. Ela gostaria que ele a acompanhasse, ou pelo menos que perguntasse se ela não se importa com sua ausência, mas não pode revelar isso. Não é o que sempre faz? Além do mais, ele está fazendo tudo isso para ajudar Karen. Ana se permite sentir orgulho dele mais uma vez.

***

– Muito bem, crianças – diz Karen entrando na sala depois de se despedir de Ana e Steve. – Hora de desligar a TV.

– Não! – protesta Molly.

Não que ela dê a impressão de estar assistindo: está fazendo uma de suas muitas Barbies dançar nas costas do sofá nas pontas dos dedos perpetuamente esticados.

– Terminaram de cozinhar? – pergunta Phyllis.

– Sim, pelo menos até amanhã.

– Você parece exausta. Quer que eu dê o jantar para as crianças?

Karen calcula que seria bom se sentar um pouco, mas está tão desconectada do próprio corpo que não sabe avaliar. E Phyllis tem a aparência cansada, cuidou de Molly e Luke a tarde inteira praticamente sozinha.

— Não, não se preocupe. Descanse um pouco. Quer um chá ou um café?

— Um chá com limão seria ótimo.

Ao invés de ficar no sofá, Phyllis segue Karen até a cozinha e fecha a porta delicadamente.

— Eu não queria falar na frente dos seus amigos — a voz dela é baixa —, mas acho melhor você saber que Luke está dizendo que não quer ir conosco amanhã.

— Ao velório?

— Isso — Phyllis assente com a cabeça. — Não quis insistir, achei que não era meu papel. Imagino que deva ser demais para a cabecinha dele compreender.

— Claro — diz Karen, pegando uma xícara.

Na verdade, ela gostaria que Phyllis tivesse insistido. Não tem certeza se tem forças para convencer o filho. Ele ainda está se comportando de um jeito difícil. Desde o incidente na casa de Tracy está emburrado e calado, e ela está com dificuldade para não brigar com ele. Mesmo assim, ela entende por que Phyllis pensou que não seria seu papel. — Mas eu acho que ele deveria ir, não acha?

— Eu não sei, minha querida — Phyllis franze o cenho. — Talvez. Mas ele está irredutível.

Karen mergulha um saquinho de chá na água e acrescenta uma fatia de limão. Passa a xícara para Phyllis e diz:

— Deixe comigo.

Luke poderia ficar em casa com Steve, se necessário, mas intuitivamente ela sente que, se ele não for ao velório, vai se arrepender para sempre. Mesmo que ele não esteja preparado, não haverá outra chance. Ela retorna à sala de estar, decidida.

— Antes do jantar — ela anuncia em um tom bem mais autoritário do que gostaria —, quero falar com vocês dois. Vocês sabem que amanhã é o velório do papai? — Molly faz que sim com a cabeça, mas Luke fica calado. — Qual é o problema, Luke?

— Não quero ir. — Ele está sentado no chão, colando e descolando as tiras de velcro dos tênis.

O barulho é irritante, e Karen precisa se conter para não mandá-lo parar com aquilo. Ela se senta no chão ao lado dele, cruza as pernas para poder chegar bem perto e diz:

– Sabe de uma coisa, meu bem? Eu também não estou com muita vontade de ir ao velório, mas vou assim mesmo. Por que você não quer ir?

– Eu só não quero – ele diz, baixando os olhos.

Às vezes Luke é assim, Karen sabe. Embora seja fisicamente destemido – atividades esportivas e ao ar livre raramente o intimidam –, ele não tem nenhuma inclinação especial para novos desafios sociais. Pessoas desconhecidas o deixam nervoso. Os primeiros tempos de escola foram uma provação, por exemplo, mais do que para a maioria das crianças.

Ela precisa pensar. Em meio a sua própria tristeza e ansiedade, é difícil distinguir o que está se passando com ele. É quase impossível, já que ela ainda não começou a processar as próprias emoções. Ela parece estar tão em conflito quanto ele. Em um instante ele lidou bem com as coisas – quis se despedir do pai –, e agora está aqui, menos de 72 horas depois, recusando-se a ir ao velório. Mas ela mesma não estava alternadamente chorando e rindo com Ana mais cedo? Talvez não seja tão difícil assim entender o filho. É simplesmente o jeito de ele demonstrar como está infeliz. Não quer que seu pai esteja morto e por isso não quer ir ao velório.

Talvez se Karen explicar mais uma vez como vai ser, a experiência pareça menos intimidante.

– Sei que nunca fomos a um velório antes. É isso que está preocupando você?

Luke não responde. Molly voltou a fazer a Barbie dançar pela sala, distraída. Os dedinhos de plástico saltitam por cima da televisão e rodopiam pelo peitoril da janela.

– Eu sei que velório é uma palavra esquisita – Karen continua. – Parece uma coisa muito séria, mas na verdade é bem normal quando uma pessoa morre, como o papai. Quase todo mundo que morre tem velório.

– Por quê? – pergunta Luke.

Karen hesita. Mais uma vez, precisa improvisar, buscando justificativas na confusão da própria cabeça. Ela não sabe se são convincentes, mas não tem escolha.

– É uma oportunidade para a família e os amigos do papai se encontrarem e dizerem obrigado e dar tchau para ele. Você e a Molly já fizeram isso, mas nem todo mundo pôde, então eles vão ao velório. Muitas pessoas que você conhece vão estar lá, incluindo alguns amigos seus, como o Austin e a mãe dele, a Tracy e a Lola. E nós queremos estar todos juntos.

– Todo mundo vai chorar?

Talvez seja isso que o esteja preocupando. Karen não pode mentir.

– Algumas pessoas, sim. Elas vão estar tristes porque o papai morreu, assim como nós.

– Os adultos também vão estar chorando?

Ah, então isso é o que está o preocupando tanto. Karen compreende. Ela se lembra de como ficava desconcertada ao ver adultos chorando quando era pequena. Não era o papel deles, e a deixava sem jeito. Mais uma vez, porém, ela sente que precisa ser franca:

– Acho que sim, alguns adultos provavelmente vão chorar, porque vão estar tristes como eu, você e a vovó. Mas acho que também vai ter muita risada.

Ela faz uma pausa, pensando no que mais pode dizer.

– Você vai ver que muitas pessoas vão estar de preto, ou com roupas escuras, o que pode parecer estranho, mas logo você vai se acostumar. Nós mesmos vamos para lá em um carro preto enorme, eu, você, Molly e a vovó.

– É mesmo? – Karen nota que ele ficou impressionado com a ideia do carro.

– Sim. Você não vai querer perder isso, vai?

Luke suga o lábio inferior, um gesto que Karen conhece bem e que significa que ele está pensando.

Ela entende os temores dele. Os rituais que ele conhece – Natal, Páscoa, aniversários – revolvem em torno das crianças, e o papel dele é claro. Ele é um participante importante e seu comportamento é compreendido, apreciado, desfrutado. Mas velórios são diferentes. Karen não se lembra de ter ido a um funeral quando criança. Os parentes morriam, e os adultos marcavam o fato. Embora uma parte dela queira proteger Luke dessa dor, ela está determinada a não ceder.

– Meu amor, eu sei que é um pouco estranho e assustador, mas quero que você vá com a gente. É uma coisa especial de família, e é importante para mim que você esteja lá. Prometo que, se não gostar ou se sentir estranho, você pode sair para brincar ou dar uma volta. A Dinda Ana ou a Tracy podem ir com você. Mas como você era o menino especial do papai e vai ser o dia especial dele, quero que todos nós estejamos juntos.

Luke não diz mais nada, e Karen percebe que ele não está satisfeito, mas decide deixar por isso mesmo. Ela sabe que é melhor convencer Luke aos poucos – não que tenha tido que lidar com algo parecido antes. E, é claro, ela geralmente tinha a ajuda de Simon nessas horas...

Ela ainda não é capaz de aceitar que jamais falará sobre as crianças com Simon outra vez.

17h14

– Eles estão chegando! Eles estão chegando! – Karen despenca escada abaixo, os chinelos de dedo estalando. – Todos para o quintal, agora mesmo! Pare com isso, Phyllis – ela dá um tapinha carinhoso na mão da sogra para indicar que não é hora de recortar cebolinhas para decorar a salada de tomate. – Ana, pegue aquele *espumante* – e enxote todos para fora. Ela obedece, fechando a porta atrás de si.

Quase 30 pessoas estão reunidas no quintal. Aqueles que estão perto da janela se agacham para não serem vistos da cozinha. É um aperto. Um espaço que mal tem 50 metros quadrados e que, mesmo em circunstâncias normais, está explodindo de vasos de flores, mobília de jardim e brinquedos: bolas de praia, baldes e pazinhas, pequenas raquetes de tênis feitas de plástico.

– Onde está o papai? – A voz aguda de Molly perfura o ar.

– SHHHHH! – a excitação e os nervos impacientam Karen. – Lamento, querida – sussurra no ouvido da menina. – Papai e o Tio Al estão subindo o morro e estarão aqui dentro de instantes.

Alguns fazem silêncio. Amigos e parentes lançam olhares esperançosos, as crianças se esforçam para conter o riso. Será que Simon adivinhou? Será que vai gostar de ver todos aqui? Tem gente que detesta surpresas.

O único som que se ouve vem de Steve, estacionado no retorno lateral que corre ao longo da casa, virando carvões do churrasco. Karen franze o cenho, ele não deveria ter acendido a churrasqueira tão já. Simon poderá ver a fumaça da rua e se perguntar o que está acontecendo.

Através da janela aberta da cozinha, ela consegue ouvir a chave sendo girada na porta da frente. Ouvem-se os passos pesados de dois homens no capacho da porta, devem estar limpando as botas. Depois, eles entram no hall.

– Karen? É Simon.

– Que estranho – diz Alan, elevando a voz de propósito. – Pensei que eles estariam aqui.

Ele está participando da encenação, é claro. Os irmãos andaram jogando futebol juntos em Hove Lawns como costumam fazer quase todos os domingos, mas, de qualquer forma, é uma responsabilidade trazer Simon aqui no horário. Karen imagina que Alan esteja ansioso para acabar com o teatrinho para que possa abdicar de sua responsabilidade e relaxar.

– Nossa, quanta comida! – murmura Simon.

É evidente que estão na cozinha.

"Devíamos ter escondido a comida", pensa Karen.

A expectativa dele era almoçar com a família, mas tem comida demais para oito. Está claro que não é um assado, também. Felizmente ele não terá tempo para pensar nisso. De fato, dentro de segundos, a porta dos fundos é aberta e os dois homens param na soleira.

– Karen?– diz Simon mais uma vez.

Antes que ele consiga assimilar o apinhado de gente diante de si, todos pulam e gritam em uníssono.

– SURPRESA! – e chegam mais à frente.

Bang! Bang! fazem os lançadores de papel picado. *Pop!* faz o espumante. Imediatamente surgem serpentinas e copos de plástico transbordando, crianças gritando e adultos rindo por toda a parte.

E, no centro da multidão, está Simon.

A princípio, ele parece atordoado, depois impressionado e por último, felicíssimo, Karen pode perceber.

– Oh, meu DEUS! – diz ele, tapando a boca com a mão para abafar a emoção. – Vocês não deveriam...

Os homens dão tapinhas nas costas dele, as mulheres o beijam no rosto, ele luta para se virar e ver quem está lá. Quase todo mundo que conhece: a esposa de Alan, Françoise, com os filhos adolescentes; Tracy, que cuida de Molly e Luke, e duas famílias que moram na parte alta da rua. Lá está, também, sua mãe, é claro, e seu amigo do tempo de escola, Pete, com a nova namorada, Emily. Estão, também, vários de seus colegas de trabalho: seu chefe, Charles, que se bandeou lá de Hampstead. E até mesmo seus companheiros do futebol, que chegaram à casa pouco antes que deles. Alan teve ordens estritas de parar no meio do caminho para colocar gasolina. E estas são somente as pessoas mais próximas. Ela vê lágrimas brilhando nos olhos do marido, quase sufocado de emoção.

– Vocês não deveriam.

As crianças correm para ele, libertas do toque de recolher.

– Feliz aniversário, Papai! – gritam.

Simon agarra os dois em um abraço duplo; ainda são suficientemente pequenas para caberem em um mesmo abraço.

Depois, ele se move lentamente, medindo os passos. Karen se aproxima.

– Feliz aniversário, querido.

Ela se aproxima por trás para beijá-lo. Os lábios dele são macios e quentes, seu corpo irradia calor. Ainda está molhado do suor do jogo.

– Uau! – ele sacode a cabeça. – É demais para mim, na verdade, não imaginava nada disso.

– Não mesmo?

– Não tinha a mínima ideia.

Ele se volta para Alan.

– Seu filho da mãe, traidor.

– Cinquenta – Alan ergue uma garrafa de cerveja. – Você não pensou que iria sair dessa impune?

Simon meneia a cabeça.

– Você sabia o tempo todo.

Alan dá um largo sorriso.

– Por que acha que eu disse que não podíamos fazer uma parada para um tomar um drink rapidinho?

– Ele não sugeriu isso! – diz Karen, em tom de reprovação.

Simon ri.

– Eu disse para *não contar* para as esposas.

Karen vem por trás e dá um abraço apertado nele e nas crianças.

– Fale a verdade, você não ficou chateado?

Ela precisa da confirmação dele.

– Não, não, é maravilhoso. E deve ter dado um trabalhão para planejar tudo. Onde acharam tempo?

Mais uma vez, ele faz uma pausa para compreender o que se passa à sua volta. Está mais calmo agora.

– É demais para mim. Vou dizer uma coisa, mas antes – ele põe as crianças no chão – preciso tomar um banho.

Embora ele tenha tirado as chuteiras e calçado as sandálias, ainda está vestindo a camiseta vermelha e branca e os calções. Suas pernas estão cobertas de lama.

– É claro – concorda Karen.

– Aqui – Ana o interrompe para entregar uma taça de espumante. – Leve isto com você.

***

Karen olha em volta da cozinha. Quem diria 18 meses atrás que, a próxima vez que a cozinha estivesse repleta de pratos preparados em honra ao marido seria para receber os convidados para o funeral dele?

Ela ainda não conseguia conceber a coisa toda. Antes, na época do aniversário de 50 anos, eles presumiram que ainda teriam mais 20 anos juntos, no mínimo. Cinquenta não é idade para morrer, ainda mais Simon – o seu Simon?

Cinquenta e um...

É tudo tão injusto, tão terrível, tão horrivelmente injusto.

De repente, Karen é tomada pela fúria. E antes que consiga se conter, pega uma tigela de plástico, cheia até a borda com uma das saladas preparadas com amor por Steve. E sem pensar que pode quebrar alguma coisa ou assustar as crianças e também a Phyllis, que está na sala de estar ao lado:

AAAAAARRRGGGGHHHHH! ela urra, um uivo lamentoso, arrancado das profundezas das entranhas, e lança a tigela para o outro lado da cozinha.

A vasilha bate na parede, espalhando feijões, milho-verde e molho vinagrete por toda a parte, indo aterrissar com um estalido no assoalho coberto com ladrilhos de terracota.

***

Lou está sentada no seu café favorito, apreciando a praia, vendo os garotos lançarem pedrinhas ao mar. Precisa ir para casa, tomar um banho, mas antes necessita clarear seus pensamentos, afastar para bem longe a sensação da tragédia alheia que parece ter grudado nela. Mas, em vez disso, veio para cá, com uma caneca de chá fumegante diante de si. A luz cintilante e alegre dessa manhã se fora, o dia está morrendo rapidamente. O tempo ficara nublado, friozinho e ventoso, mas um toldo de lona a protege do pior. Onde os garotos estão brincando perto da costa, a água está cinzenta, tingida de tom de laranja da areia batida. Ondas com cristas de espuma correm até o horizonte, um lembrete do poder dos elementos da natureza.

"Que semana", pensa ela, "e hoje é apenas sexta-feira".

A morte de Simon a sensibilizou. E agora, tem Jim. Que estranho e que triste, que o casamento da ex-esposa pareça ter sido o catalisador que o levou a isso.

Lou suspira lentamente.

Suas emoções estão se revolvendo, colidindo, reestabilizando-se como resultado dos eventos, intensificando a sensação da sua própria mortalidade, fazendo com que questione sua vida, e se pergunte se é feliz. E talvez mais do que tudo, a sensação mais forte enquanto está ali, sentada, as mãos em torno da sua caneca de chá, seja a solidão.

A primeira vez que se deu conta desse sentimento foi na noite anterior, quando comparou sua situação à de Karen. E agora, depois disso, com Jim, sente a coisa ainda mais aguda, enquanto olha as pedrinhas de vários tons e formatos, em marrom, cor de rosa e bege. A morte de Simon e o suicídio de Jim fizeram com que ela se sentisse dolorosamente só. E não apenas sozinha, mas insignificante, como se fosse mais uma minúscula pedra em uma infinita massa de seixos.

Seixos ... De repente, lhe vem à mente a terça-feira. Ela volta ao dia seguinte à morte de Simon. Não foi nesse dia que ela viu uma ambulância perto daqui, ao lado do porto? Estava a caminho da estação, de bicicleta, e teve que desviar. Um corpo estava sendo retirado da praia.

Cristo, pergunta-se, era Jim?

Põe a cabeça entre as mãos. Pobre Jim. O homem do queijo cottage. O catador de lixo. E entrar no mar, que forma tão brutal e desolada de partir.

Lou não estaria na cabeça de Jim naquela dia por nada neste mundo.

Em contraposição, de certa forma, quase sente inveja de Karen. Vê-la chorar por Simon, ouvi-la falar dele, fez com que Lou ficasse ainda mais consciente de que não existe alguém especial na sua vida, de que não tem um par. Ela pode não ser Jim, mas ainda não tem ninguém a quem contar o que aconteceu no trem naquela manhã.

Até agora, tirando Ana e Karen, ninguém que a conhece sabe que testemunhou uma morte em primeira mão naquela semana. Ninguém sabe que ela conheceu Karen, que elas conversaram e que tentou ajudá-la. Está carregando sozinha essa experiência. E está farta de ter que suportar tudo sozinha. Absolutamente farta. Será que vai ser sempre assim?

Imediatamente outra emoção colide com esta: a culpa. Ela se repreende: como pode invejar Karen? É perverso de sua parte, egoísta. Sua vida, seus problemas, sua solidão, não são realmente nada. Ela não é uma sem-teto, não perdeu um parceiro. E se está só, de quem é a culpa, de quem foi a decisão, em última análise, senão dela?

***

– Sabe qual é o seu problema? Você ainda não saiu do armário, é isso.

Em frente de Lou, braços e pernas retesados de fúria, o queixo erguido, desafiadora, está Fi, a namorada de Lou há quase dois anos. Elas estão de pé na cozinha do apartamento de Lou, discutindo. Estão sempre brigando, mas esta é a pior briga até agora. Lou já sente que, daqui para frente, não haverá volta.

– Eu saí, sim – protesta Lou.

– Não, você não saiu, não para sua família.

– Minha irmã sabe.

– Isso é fácil. Ela é da nossa geração. Mas e quanto à sua mãe? À sua tia?

– Por que isso importa tanto? – pergunta Lou.

– Porque é *importante*, este é o motivo. Sei que você pensa que isso não faz diferença, mas faz. Importa imensamente, e o motivo pelo qual você acha que não importa é porque não tem coragem de dar esse passo.

Poxa, isso dói. Porque é verdade. Lou não consegue enfrentar o problema, e Fi não entende o motivo.

– Estou farta disso – diz Fi. – Passar a noite na casa da sua mãe, fingindo. Não é questão dos quartos separados. Posso ficar sem sexo por uma ou duas noites. São as mentiras. "Esta é a minha amiga, Fi", ela imita uma voz patética. São as respostas evasivas quando sua mãe pergunta se existe um homem na sua vida. Não sou sua amiga, sou sua namorada, sua amante. É um absurdo na sua idade mentir para ela. Você tem mais de 30 anos.

– Você não entende. Ela não é como seus pais. Ela não é liberal nem compreensiva. Ela não lê o *Guardian* nem mora em Kentish Town e fala sobre política. Ela é antiquada e pudica. Ela toca uma pousada em Hertfordshire e lê o *Daily Mail*. Ela ficaria histérica.

– Eu sei, já vi como ela é. Fiquei apavorada quando a conheci. Mas o problema não é este. Você está colocando a questão como se dissesse respeito a ela, mas, na realidade, diz respeito a você. Não está sendo verdadeira consigo mesma, Lou, mantendo isso em segredo. Sinceramente, não dou a mínima para ela – Fi sacode a cabeça, em desespero. – É com você que eu me importo. E daí se ela ficar histérica? Você sobreviverá a isso.

É exatamente neste momento que Lou se retrai. Não diz nada, apenas dá de ombros. Sabe que Fi enlouquece com o jeito como ela se fecha, principalmente quando se recusa a contar para a mãe. Isso impele Fi a insistir ainda mais. Ela já disse incontáveis vezes que não consegue suportar a maneira como Lou se comporta, que o comportamento dela faz com que sinta-se deixada de lado, rejeitada.

Lou não consegue explicar, não consegue chegar lá. É complicado demais, pesado demais. Está relacionado com a perda do pai. E não é somente porque prometeu ao pai, quando ele morreu, que não contaria à mãe. É também, e talvez mais ainda, o medo que, se contar à mãe, ela vá excluí-la e, assim, perderá a mãe, também. Perder um dos pais já é bem ruim, mas perder ambos, seja qual for sua opinião sobre a mãe, é algo que Lou não consegue enfrentar. Se for forçada a escolher, e sente que está sendo forçada, ela vai preferir perder Fi, essa é a verdade.

19h35

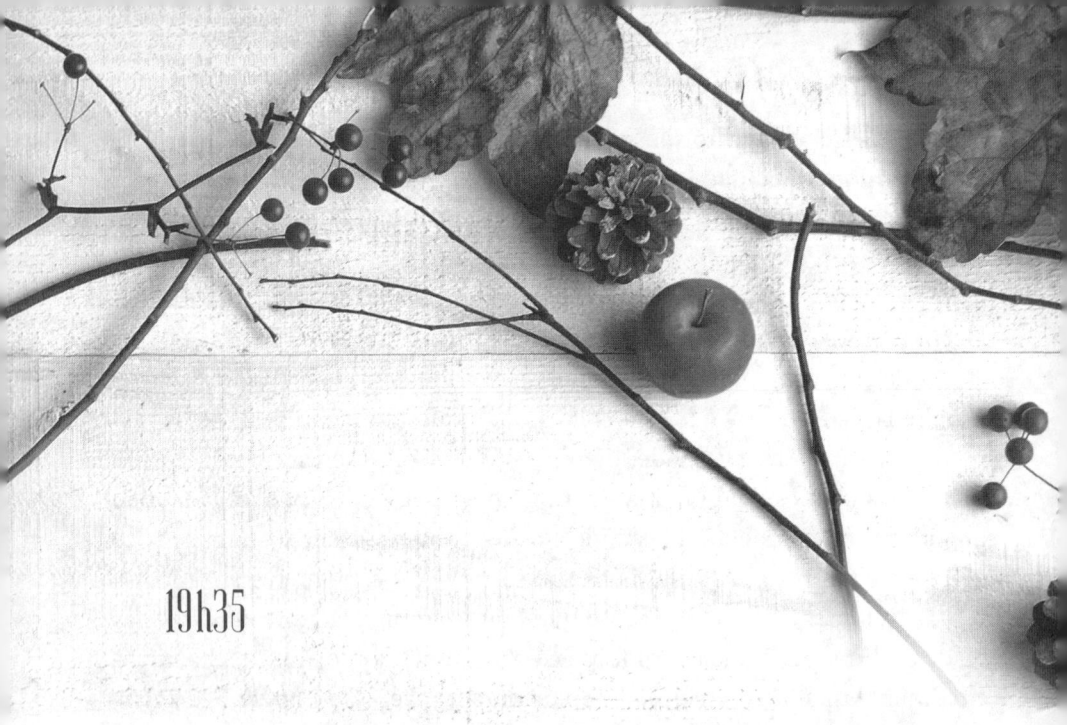

Mais uma vez, Lou está na catraca da estação de Brighton, esperando por Vic e Sofia. Seu estado de espírito melhorou, está mais animada agora. Elas devem chegar a qualquer momento. Lou observa ansiosa a plataforma, sem saber por onde o trem virá. Em Londres, e em todos os outros lugares em que Lou já morou, os trens sempre chegam na mesma plataforma, diariamente, mas, em Brighton, parece que as coisas funcionam de acordo com as conveniências. Para ela, essa coisa meio bagunçada e informal parece apropriada, como se a irreverência permeasse a própria infraestrutura da cidade. Fica imaginando a consternação que isso causaria se os trens que entram e saem da sua cidade natal operassem desse jeito. Em Hitchin, tudo é muito certinho. Até mesmo a flora e a fauna são perfeitamente cuidadas o ano todo.

Às vezes, Lou deixa-se levar por um ditado que diz que "uma chaleira vigiada nunca ferve". Tem esta superstição. Por isso, resolve dar um volta na livraria do saguão, na esperança de precipitar a chegada do trem. A livraria está apinhada, mas Lou não pretende comprar nada, está apenas passando o tempo, tentando não admitir para si mesma o seu nervosismo.

Um trem diminui a velocidade e para, a porta se abre. Ali está a sua amiga, andando a passos largos pela plataforma, com a aparência mais inacreditável do nunca. Vic mede cerca de 1m80 e é metade jamaicana. Com uma massa de cabelos crespos na altura dos ombros e uma silhueta escultural, ela chama a atenção em qualquer ocasião e não se furta de causar impressão. Hoje usa sapatos com saltos stilletto, altíssimos, veste um casaco que imita pele de leopardo e carrega uma bolsa de grife vermelho brilhante.

Logo, Vic vê Lou e acena entusiasmada. Com passos confiantes, ela causa sensação ao atravessar a multidão. Antes que Lou se dê conta do que está acontecendo, é beijada em ambas as bochechas com um espalhafatoso "Muáh!, Querida!, Muáh! Querida!", ficando inebriada com um perfume almiscarado tremendamente forte. Depois que Lou desprende-se do abraço da pele de leopardo, olha em volta e se dá conta de que Vic não trouxe ninguém junto, está sozinha.

– Onde está Sofia? – pergunta.

Talvez ela não tenha vindo. Não, Vic não faria isso com ela, com certeza.

– Ela acabou vindo num outro trem– murmura Vic. – Disse que encontraria você aqui, ela estará aqui a qualquer momento.

Neste exato momento, uma voz sobre o ombro de Lou as interrompe.

– Vic, olá! Lou... olá! ...

Lou vira-se e dá de cara com um cabelo escuro e curto, meio desarrumado e profundos olhos castanhos. A atração bate direto no seu plexo solar. Sofia não é meramente bonitinha, ela é *adorável,* uma fada deslumbrante.

– Lou, Sofia; Sofia, Lou.

"Uau!", pensa Lou, e imediatamente se pergunta: Por que diabos uma garota como esta está fazendo vindo me conhecer? Impossível que lhe faltem oportunidades.

Elas se dirigem para o ponto de táxi, do lado de fora da estação. A fila está pequena e dentro de poucos minutos, Lou e Sofia estão refesteladas no banco traseiro do carro.

– Arreda prá lá – diz Vic. – Oh, esquece, não importa. Vou sentar na frente.

Amuada, Vic atira-se ao lado do motorista e fecha a porta.

– Que lugar de Kemptown? – indaga o motorista.

Lou inclina-se na direção dele.

– Final da Rua Magdalene, por favor.

O ar escapa do assento de plástico estofado quando ela senta. Está agudamente consciente da presença de Sofia ao seu lado. É como se o espaço entre elas estivesse com estática. Imagina ser como um daqueles geradores de eletricidade. Ela teve um pequeno no início da década de 1980, no formato de globo. Ele disparava faíscas quando alguém colocava a mão perto dele, minúsculos raios que se conectavam com a pele.

Vic vira-se para trás.

– E aí, quais são os planos?

– Vocês estão com fome?

– Um tanto faminta – diz Vic. – Não sei se vou aguentar a noite inteira sem nada.

Era o que Lou esperava, uma garota como Vic precisa de muito combustível para sua estatura e toda sua energia. Precavida, já tinha planejado algo.

– Poderíamos ir àquele lugar de tapas em Lanes, se você quiser ir, então, todas podem ter o que desejam.

Lá há muitas opções, não é caro e Lou não vai precisar fazer um escarcéu dizendo que é vegetariana ou que está sem dinheiro. Mas ela tem uma preocupação:

– Assim está bom para você, Sofia? Acho a comida bem gostosa, e o cozinheiro é espanhol, mas talvez não se compare com as tapas que você tem na sua terra.

– Está ótimo. Tenho certeza de que mesmo tapas ruins são melhores que muita comida inglesa – Sofia sorri e dá uma piscadela provocante, o que deixa Lou aturdida, sem saber como reagir.

Elas largam as bolsas no apartamento de Lou e saem apressadas. O restaurante fica a distância de uma caminhada rápida de 10 minutos dali e quando chegam já está um burburinho. As mesas com toalhas xadrez e as cadeiras de madeira estão amontoadas, quase umas em cima das outras. Quase não há mais lugares.

– Será que Howie está aqui? Vai nos poupar a espera – diz Vic, olhando em volta do salão.

– Ah! Lá está ele.

Ela está certa: sentado em uma mesa bem no canto, com uma garrafa de vinho diante de si, é uma figura comum: com cavanhaque, óculos e cabelo cortado rente, ele examina o cardápio. Inevitavelmente, a presença de Vic, com sua pele de leopardo, chama a sua atenção. Ele levanta os olhos e acena para elas se aproximarem.

Vic abre caminho até a mesa.

– Olá! Como vai?

Howie sorri.

– Bem. E você?

– Estou ótima. E você parece completamente diferente. Da última vez que nos vimos, você era um pirata e eu, uma madame.

– Então vocês se lembram um do outro – interrompe Lou.

Ela toma consciência da presença de Sofia, parada ali educadamente, esperando.

– Howie, esta é a amiga de Vic, Sofia.

– Sofia? – Howie ergue uma sobrancelha.

Lou percebe uma insinuação no gesto.

"Droga", pensa ela, "nunca deveria ter confidenciado para ele que Vic traria alguém para me apresentar; isso só serviu para despertar sua curiosidade e me deixar mais constrangida."

Howie entrega o cardápio para Sofia assim que ela se senta. Enquanto ela está lendo atentamente, ele lhe dirige a palavra:

– O chouriço está muito bom.

– Sofia é espanhola.

Lou sente-se muito protetora. Howie pode ser cheio de pose de vez em quando, e é por isso que ele e Vic se entenderam tão bem anteriormente – duas divas do teatro juntas.

– Não como carne – explica Sofia.

Lou fica surpresa e satisfeita, mais coisas em comum.

– Isso é bem fora do comum para uma espanhola – observa Howie, enchendo o copo delas. – Como isso repercutiu na sua terra?

– Foi um dos motivos pelos quais parti – diz Sofia secamente.

– Está aqui há muito tempo, então?

– Sete anos.

– Devia se mudar para Brighton – diz Howie.

Como todos que adotaram a cidade como lar, ele gosta de elogiar seus encantos.

– Está cheio de vegetarianos.

– Realmente gosto daqui – Sofia ergue o olhar, captando os olhos de Lou.

"Isso foi uma pista, não foi", pensa Lou. "Aprovando a minha cidade? Ou estou imaginando coisas?"

Ela gostaria que Howie conversasse com Vic, em vez de com Sofia. Afinal, eles já se conhecem. Mas é claro que Howie está mais interessado em Sofia, e sabe que Lou está fascinada por ela. Se tivesse tentado, não poderia ter criado uma oportunidade melhor para ele.

– Então, fale-nos de você – continua Howie.

O interrogatório pode ser útil, talvez consiga que ela revele aquilo que Lou não seria capaz de perguntar, diplomática demais que é.

– O que você quer saber?

– Vamos começar com o que a trouxe para a Inglaterra.

– Sou designer. Minha firma estava fazendo um grande projeto aqui e eles queriam alguém que falasse espanhol e inglês para supervisionar o projeto. Então eles me mandaram. Provavelmente estou há tempo demais aqui, mas adoro as pessoas e elas são muito boas para mim.

– E onde fica a empresa?

– Em East Croydon.

Howie salta instantaneamente.

– Então você poderia se mudar para cá! Onde mora agora?

– Dalston.

– Credo, mulher, deve levar anos para chegar ao trabalho, vinda de lá.

– Não é tão longe, pouco mais de uma hora. E tenho muitos amigos por lá.

– Mas, se são amigos que você procura, então, quer melhor lugar do que este aqui? Está cheio de sapatas.

– Gosto dos meus amigos, eles são especiais.

Lou está contente. Até agora, a coisa toda parece promissora. Sofia parece ter prioridades semelhantes: assim como acontece com ela, os amigos são importantes. E pelo visto, a empresa de Sofia tem muita consideração por ela, talvez pelo seu talento. Porém, Lou não pode se precipitar. Ela se contém. Se Sofia é tão atraente e hábil como parece, talvez esteja fora do seu alcance.

– Bem, é claro que teremos que convencer você – ele se volta para Lou e Vic. – Não teremos?

Depois pega a garrafa de vinho e enche o copo delas, acena para o garçom e lhe entrega a garrafa vazia.

– Mais uma, por favor.

No momento em que o garçom está voltando para o bar, ele quase esbarra numa garota vindo em direção da mesa deles.

– Olá – diz ela.

Lou engole em seco. Cabelo tingido de uma cor estranha, roupas exóticas, rostinho gracioso: é a estudante que estava atrás do balcão do pub em Trafalgar Street.

"Bem, nunca esperei isso", pensa Lou. "Quais são as chances aqui? Há meses não recebo nem uma piscada e, de repente, dou de cara com duas mulheres bonitas na mesma noite."

Estava justamente pensando que as oportunidades de romance são como ônibus, quando a garota diz, em tom provocativo.

– Legal encontrar você aqui.

E dispara o mesmo sorriso convidativo da noite em que serviu Lou no *Lord Nelson*.

– É mesmo – diz Lou, chocada pela fala direta. – Mundo pequeno este. Mais uma vez, sente-se enrubescer.

– Não sabia que vocês costumavam vir a Brighton. Deviam ter contado – diz a garota.

Nesse momento, Lou percebe que o sorriso provocante não é para ela; não mesmo. Não foi Lou que ela reconheceu, foi Sofia.

21h44

Ana e Steve estão assistindo à televisão. Um programa cômico de perguntas e respostas em que os convidados comentam assuntos da atualidade, um dos favoritos de Ana. Para ela, a atração combina com descontração, após uma semana agitada. Gosta do humor irônico e das brincadeiras. A sala está à meia-luz e, a lareira, acesa. Chamas tremeluzem no teto e Ana, aconchegada no sofá, debaixo de um cobertor grosso, sente-se mais relaxada do que estivera em dias. Então, Steve levanta-se.

– Aonde você vai? – pergunta ela.
– Comprar cigarros.
Imediatamente, Ana desconfia.
– Oh.
Ele não a encara, não precisa, ela sabe. Mas antes que possa discordar, ele sai porta fora. Ana ergue os joelhos dobrados até a altura do queixo e passa os braços em torno deles. Eles estiveram tão bem hoje. Steve tem sido maravilhoso. Por que será que ele tem que fazer isto? O fato de ela pressentir o que virá não melhora a situação.

Ele se foi e demorou mais do que o normal. Ana já estava começando a se preocupar quando ouve o ruído da porta. Ele entra na sala carregando uma sacola plástica.

– Está a fim de um copo de vinho tinto?
Ele tira o maço de cigarros da sacola e coloca-o sobre a lareira com a garrafa.

Ela faz que não com a cabeça.

– Eu vou tomar.

Ela suspira.

– É um pouco tarde.

Não é, claro, mas Ana não sabe como dizer que um cálice de vinho não será o primeiro drink da noite dele. Foi a demora para voltar que o traiu. Enquanto permaneceu fora, Steve deve ter comprado vodca, com sorte um quarto de garrafa, provavelmente meia garrafa, e emborcado tudo, talvez junto com uma lata de energético. No entanto, Ana não pode acusá-lo disso sem criar uma cena. Em vez disso, reclama do horário, mesmo sabendo que isso não faz sentido e que ela acabará passando por desmancha-prazeres.

– Não são nem 22 horas!

O tom de voz soa como se ele tivesse lhe dado uma pancada, está sendo defensivo e agressivo ao mesmo tempo. Embora em outras épocas, ela tenha deixado passar, agora está cada vez mais consciente da importância da sinceridade num relacionamento. Não consegue entender o que o impulsiona a sair no frio, fazer sua compra escondido e depois emborcar tudo na esquina furtivamente. Nunca o flagrou fazendo isso, pois ele esconde, mas ela sabe. Isso é coisa de mendigo, de alguém desesperado.

Ana estremece.

Basta alguns goles de bebida para acabar com a tranquilidade. A televisão continua ligada no mesmo programa de sexta-feira à noite, mas agora o riso parece enlatado e forçado; as chamas ainda tremeluzem, mas parecem não mais aquecer o ambiente. Ela ainda está enrolada no cobertor, mas agora em busca de proteção e não de conforto: um anteparo que gostaria que fosse mais duro, mais resistente.

***

– Então – diz a garota. – O que a traz a estas paragens?

– Oh, eu.... – Sofia gagueja, está enrubescendo agora, também?

Lou avalia rapidamente a situação: "Este não é um encontro platônico comum: tenho certeza disso".

– M ...meus amigos – murmura Sofia, por fim.

A garota olha em torno da mesa. Vê Lou, demora um pouco para reagir.

– Será que não estou reconhecendo você, também?

– Hum – Lou faz que sim com a cabeça, desejando que ela não a tivesse reconhecido.

– Então, de onde eu a conheço?

Lou capta o olhar de Howie. Percebe que ele está preenchendo as lacunas da conversa a toda a velocidade. Sem dúvida, já criou para as três uma história bem sugestiva.

Ela se esforça para esclarecer bem as coisas imediatamente.

– Vi você no *Lord Nelson*, há alguns dias.

– Sim, é isso mesmo!

A garota solta uma risada; obviamente, não se deixou abalar pela situação.

– Então você está aqui com amigos, também? – pergunta Lou, na esperança de parecer mais fria do que se sente.

Não que esteja realmente interessada no motivo de ela estar no restaurante; está muito mais preocupada em saber qual é a sua relação com Sofia, como se conheceram. Há um *frisson* no ar; ela não consegue esconder uma ponta de ciúme.

A garota faz sinal com a cabeça apontando para um grande grupo nas proximidades.

– Estamos comemorando os 21 anos do meu colega. Já estávamos quase encerrando.

"Ótimo", pensa Lou.

– Mas vamos para o Candy Bar mais tarde, se quiser se juntar a nós.

O coração de Sofia afunda mais uma vez.

– Ah... certo, concorda Sofia... – Hum... sim. Talvez...

Lou está tendo dificuldade para controlar suas emoções. Um minuto antes, flutuava, achando que a garota estava interessada nela, mas agora ela está de olho em Sofia, e Sofia está correspondendo. Sua noite inteira parece estar ruindo, mas, evidentemente, não tem poder para fazer objeções. E quando a garota se retira sedutoramente, ela refreia em um estremecimento.

De repente, Vic solta o verbo.

– Detesto o Candy Bar. É jovem demais para nós.

– E eles não vão me deixar entrar – diz Howie.

Lou quer se animar. Está começando a se descontrair um pouquinho quando a garota se volta, retorna para a mesa e diz para Sofia:

– Oh, antes de sairmos, você me prometeu seu número de telefone, lembra-se?

Lou não consegue acreditar na audácia dela.

– Hum, eu... – responde Sofia.

Rapidamente, tira uma caneta da bolsa, rabisca o número em um guardanapo e entrega a ela.

***

Ana e Steve estão sentados em silêncio, a televisão está ligada, porém Ana não está mais assistindo. Não consegue se concentrar; não consegue falar. Está furiosa com Steve, desapontada, mas sabe que, se disser alguma coisa, não conseguirá disfarçar a raiva. E isso só serviria para provocar a hostilidade que, inevitavelmente, acompanha a bebedeira dele; portanto, é melhor não dizer nada. Conter a raiva somente intensifica a pressão interna. Sente-se como uma garrafa de espumante que caiu no chão, cujo líquido está prestes a se espalhar por toda a parte no momento em que o lacre for retirado.

Durante meia hora, fica sentada ali, do mesmo jeito. Depois, não consegue suportar mais. Afasta o cobertor que envolve os joelhos, pega o celular da mesinha de centro e se levanta.

– Agora aonde você vai? – pergunta Steve.

– Preparar uma xícara de chá.

Ela não resiste e dá uma espetada nele.

– Por que, você quer uma?

– É claro que não.

– Certo, então.

– Por que está levando o celular?

– Porque quero fazer uma ligação.

– Acho que está um pouco tarde para isso.

Ela dá uma olhada no relógio; ele está certo, são 22h30. A única pessoa para quem poderia ligar neste horário seria Karen, mas não hoje à noite, não na véspera do funeral.

Ela para no hall, raciocinando. Talvez haja alguém com quem possa falar ou, ao menos, enviar uma mensagem de texto... Vai para a cozinha e coloca a chaleira no fogo. Enquanto espera a água ferver, digita no celular:

Oi, Lou, espero que esteja tendo uma boa noite, seja o que for que estiver fazendo. Lamento incomodá-la tão tarde, mas talvez possa me dar uma ligada quando tiver um tempinho. Não tem nada a ver com a Karen, desta vez é com o idiota do meu namorado. Cuide-se. Ana.

Toma um tempo para reler o que escreveu. Mesmo a esta hora, a redatora profissional nela não permite erros. Aperta a barra de espaço várias vezes, apaga "*o idiota do meu namorado*" e corrige para "*comigo*". Fazendo isso, está absolvendo Steve, pois também imagina que não seja razoável despejar sua frustração em Lou às 22h30 de uma sexta-feira. Pressiona "Enviar", martela os dedos no balcão. Gostaria de poder falar com Lou agora mesmo, mas as chances de o telefone dela estar ligado ou mesmo de ela ouvir são muito remotas. Por enquanto, Ana precisa esperar e se conter.

***

– E agora, para onde? – pergunta Howie.

Eles estão agrupados do lado de fora do restaurante.

– O que acham do Queen's Head? Fica aberto até tarde.

– Ótimo – diz Vic, e Lou fica aliviada em ver que Sofia concorda com a cabeça.

Por um lado, Sofia e ela estão se entendendo muito bem até agora. Sofia contou a ela os fatos mais importantes de grande parte da sua vida, e Lou se flagrou confidenciando muito mais do que pretendia. Contou a Sofia não apenas sobre seu emprego e amigos, como também dos motivos que a trouxeram à cidade, suas crenças política e tudo o mais. Todos os sinais seriam bons, mas...

Mas há um detalhe preocupante: o jeito como Sofia prontamente dera seu número de telefone para a garota no restaurante. Ela não sabe exatamente o que isso significa, mas está incomodada com as possíveis implicações. Será que Sofia vai se encontrar com a garota uma noite dessas? Sofia é tão atraente, raciocina Lou, que poderia facilmente estar se encontrando com muitas mulheres. E por mais que goste dela, não quer ser apenas mais um troféu na cabeceira da cama dela.

Já dentro do pub, Sofia se oferece para pagar a primeira rodada.

– Uma garrafa de Becks, por favor, diz Vic.

E depois anuncia:

– Preciso ir ao toalete.

Lou desce as escadas junto com ela para ter uma chance de conversar cara a cara.

– E aí? – pergunta Vic imediatamente.

Lou meneia a cabeça.

– Ela é legal – diz, sem querer entrar em detalhes.

– Legal? – protesta Vic com voz esganiçada. – É claro que ela é muito legal! Não seria minha amiga se não fosse. Você está a fim dela ou o quê?

– Oh, sinceramente, Vic.

Lou mexe os pés, olha para baixo. Percebe que as outras mulheres da fila para os boxes do banheiro estão ouvindo a conversa.

– Aha! – Vic examina o rosto dela e depois bate palmas. – Eu sabia!

Lou não sabe ao certo se ela está animada por ter juntado duas boas amigas ou com sua própria habilidade de casamenteira.

– Acho que ela também está atraída por você – Vic concorda com cabeça.

– Você acha?

– Definitivamente ela está a fim de você. Dá para perceber.

– De verdade?

– Lógico, toda aquela sondagem sobre sua vida; ela está entusiasmada.

– Mas e aquela garota? – pergunta Lou

– Que garota?

– Você sabe, aquela a quem Sofia deu o número do telefone.

– Oh, *aquela*? Não é nada, tenho certeza.

Mas Lou não consegue descartar isso tão facilmente. Vic tem interesse em juntar as duas, mas mesmo assim ela não confia na situação.

Nesse momento, um boxe fica vago.

– Vá você primeiro – diz Vic, e Lou aceita a oferta.

Enquanto está sentada lá dentro, ouve a voz de Vic, evidentemente sem se dar conta que a sua leve embriaguez deixara a sua voz mais aguda do que o usual.

– Continue, o que você acha?

Só pode estar falando com Sofia. Depois que pagou a rodada, ela deve ter vindo para cá, também.

Lou está atenta à resposta, com a respiração suspensa.

– Ela é um encanto – diz Sofia.

Lou sorri. Sofia gosta dela, então! Mas pode perceber pela voz de Sofia que ela sabe que Lou está ouvindo. Pode estar simplesmente sendo educada, não está meio bêbada como Vic, e é mais cônscia de si mesma.

– Mas você se sente atraída por ela? – pergunta Vic.

– Ela ainda está aqui dentro? – pergunta Sofia. – Não a vi quando desci as escadas.

– Sim, mas ela não vai ouvir.

– Acho que sim – diz Sofia, em tom firme, e Lou não consegue evitar uma risada.

– Posso ouvir – diz ela, saindo do boxe.

E no momento em que Vic entra no boxe, Sofia sorri para Lou e sacode a cabeça.

***

Karen está mergulhada na banheira. Olha para baixo, observa o corpo distorcido pela perspectiva. A água está cheia de bolhas de sabão; ergue uma perna, as bolhas deslizam, uma miniatura de avalanche. Analisa a coxa criticamente: a pele está pálida, qualquer vestígio do verão está há muito apagado. Não lhe faria mal um bronzeado, perder uns quilinhos. Como se isso importasse agora. Concentra a atenção nos seios; antes motivo de orgulho e alegria. Agora, depois de amamentar duas crianças, eles perderam a redondeza firme e pendem levemente para os lados.

– Mas eu os adoro – ouve Simon dizer.

Ele baixou a tampa do vaso sanitário para usá-lo como assento e conversar com Karen enquanto ela se banha. Ela concorda com a cabeça, sabendo que é verdade; ele ainda dá muita atenção a eles. E não apenas quando fazem amor. Às vezes, vem por trás e a surpreende, dando um agarrão neles, rápido e furtivo, quando ninguém está vendo, murmurando alguma bobagem no ouvido dela.

Mas o corpo dele também mudou. Em duas décadas, Simon ganhou quase 12 quilos, a cintura já não é tão firme quanto antes, embora o seu estômago se vanglorie de não ter mais do que simples indícios de flacidez; os peitorais já não são tão duros, até mesmos os bíceps estão mais moles. Ela se importa com isso? Não, é claro que não; ao contrário, faz com que se sinta melhor, permite que se sinta sexy apesar de seus próprios defeitos. Odeia o Simon de 20 e poucos anos. Ele a intimidaria, a faria sentir-se vulnerável.

"Como o seu corpo pode tê-lo decepcionado dessa forma?", sussurra, ela.

As imperfeições dele eram tão mínimas, tão normais, eram os defeitos de quase todo o homem de meia-idade. Não havia nenhum sinal de algo seriamente errado.

– Não me pergunte – diz ele. – Acha que eu queria que isso acontecesse?
– É claro que não.

Ela gosta deste momento, de costas para o vaso sanitário; não pode vê-lo, mas sabe que está ali.

– Amanhã será o seu funeral – diz a ele.
– Pobrezinha – ele responde. – Espero que você não tenha ficado muito aflita com tudo isso.

Já é lendário o estado de nervos dela na véspera de receber visitas: fica irritável e tensa, até Luke já notou.

– Mamãe não estava muito legal antes da minha festa de aniversário – disse Luck muito sério, certa vez, para Ana. Na época, Karen deu risada, sensibilizada com a capacidade de percepção do menino.

O telefone toca, quebrando a corrente de seus pensamentos. Ela não pretende sair do banho e não está com vontade de atender; de qualquer maneira, não vai dar tempo. A secretária eletrônica responde automaticamente.

"Você ligou para a casa de Karen, Simon, Luke e Molly" – diz a voz de Simon. Desde a morte de Simon, esta é a primeira vez que Karen ouve essa gravação. E fica ofegante, pois isso intensifica a sensação da sua presença. Fecha os olhos absorvendo o timbre da voz de Simon, sorvendo-a como se fosse um alimento e estivesse faminta. As palavras poderiam ser um lugar-comum:

"Não estamos em casa no momento, por favor, deixe seu recado após o sinal" – mas cada uma é rara e preciosa.

– Olá, querida, é a mamãe.

A voz familiar a pega de surpresa. É tarde para sua mãe estar ligando. Ela e o pai de Karen moram no Algarve, onde o fuso horário está uma hora à frente, devendo ser quase meia-noite por lá.

– Só para avisar que chegarei em Gatwick às 9 horas, amanhã, e devo estar na sua casa lá pelas 11 horas. Consegui arrumar alguém para cuidar do seu pai por alguns dias e, assim, posso ficar até terça-feira, e se ele estiver indo bem sem mim, até quarta ou quinta.

Ao ouvir o clique do telefone encerrando a chamada, Karen solta um suspiro de alívio. No momento que sua mãe disse que estava vindo, deu-se conta de como sentia a ausência dela. Nada substitui o amor de mãe em um momento como este.

Seus pais estão na casa dos 70 anos e moram muito longe. Além do mais, o pai de Karen sofre do mal de Alzheimer e não pode ficar sozinho nem por um minuto sem uma cuidadora. A mãe cumpre este papel 24 horas por dia, e encontrar alguém para ocupar o lugar dela nunca é fácil. Desde que o pai foi diagnosticado com a doença, Karen acostumou-se a colocar as próprias necessidades em segundo plano; há alguns anos não pede mais nada para a mãe, muito menos para o pai.

Na semana anterior, ela havia dito que ficaria bem com Phyllis e Ana apoiando-a até o dia do funeral. E isso apesar dos protestos da mãe, que gostaria de ter vindo mais cedo. Mas agora percebe que, por mais apoio que tenha tido de outras pessoas, não é a mesma coisa. Phyllis tem sua própria dor, e Ana não é a sua mãe.

Estranhamente, ter finalmente suas necessidades atendidas faz com que Karen se sinta ainda mais triste. Ela começa a chorar.

– Quero minha mãe – soluça.

Pode sentir a presença de Simon, que ainda está atrás dela, meneando a cabeça em sinal de compreensão. Por alguns momentos, sente que não é mais velha do que Luke, nem mesmo do que Molly e, em um gesto infantil, seca o rosto com as costas da mão. No ar úmido do banheiro, já não sabe dizer onde começa a condensação do vapor do banho e onde terminam as lágrimas.

Sábado

1h07

Já passava da 1 hora quando o grupo saiu tropeçando do pub.
– Estão a fim de um café na nossa casa? – sugere Howie.
Lou está ansiosa para prolongar a noite o máximo possível, e Howie mora perto da casa dela.
– Estou.
– Nós também – dizem Sofia e Vic.
Tudo está correndo muito bem, mas Lou ainda não sabe exatamente o que pensar do comportamento de Sofia. A linguagem corporal dela passa a impressão de que está fisicamente atraída por ela. Por mais de duas horas, Sofia ficou sentada no pub com o braço descansando nas costas do banco partilhado pelas duas, quase em torno dos ombros de Lou. Ela também riu muito. No entanto, não houve oportunidade para nenhuma das duas avançar mais tendo os outros por perto, o que tornou difícil uma avaliação mais segura. Além disso, Lou ainda não consegue parar de pensar que Sofia possa ter várias mulheres interessadas nela, bonitas como ela, e vice-versa.

Aaargh! Gostaria *tanto* de saber como Sofia se sente! Por que é tão complicado? Mentalmente, recrimina-se. Quando o mero fato de conhecer alguém é tão carregado de angústia e aberto a mal-entendidos, não é de se espantar que ela seja tão incorrigível no trato de seus relacionamentos.

Oh, Deus, estava tão envolvida nos seus pensamentos que, quando se dá conta, os outros já estão bem à frente. Mas Sofia para na esquina para esperar por ela, enquanto Lou corre para alcançá-la.

– Desculpe – diz ofegante. – Estava num mundo todo particular.

– Não, isso é bom – diz Sofia.

E antes que Lou possa impedi-la ou afastá-la, Sofia segura a sua mão. A mão de Sofia é tão macia. O gesto parece tão genuíno, tão afetuoso, tão íntimo, que, repentinamente, Lou não consegue mais suportar a dúvida. Pode estar confusa, mas está atraída por Sofia e precisa saber, antes que as coisas vão mais longe.

– Hum ... Posso te perguntar uma coisa? – diz ela.

– Sim, o quê?

Lou está toda apreensiva, situação difícil. Mas está escuro e elas estão meio altinhas. Com um pouco de sorte, seu embaraço ficará ligeiramente oculto. E ela acaba perguntando:

– E aquela garota no restaurante?

– O que tem ela?

– Você deu seu número de telefone para ela – diz Lou, calmamente.

Sofia quase solta uma risada, mas, depois, parece perceber a ansiedade na voz da outra e volta-se para encará-la.

– Não estava pensando que eu estou interessada nela, estava?

Lou se cala. Sente-se tão exposta, tão constrangida, incapaz de admitir isso explicitamente.

Sofia continua.

– Conheci-a numa festa em Londres, semanas atrás.

O coração de Lou começa a bater forte. Sua reação pode parecer excessiva, porém não consegue evitar. Está cheia de esperança e, ainda assim, prepara-se para uma decepção.

Sofia continua:

– Acho que ela tem uma certa atração por mim.

Lou não consegue ouvir mais, no entanto, precisa saber.

– Embora, para ser franca, não creio que ela seja assim tão exigente...

A mente de Lou volta rapidamente para o *Lord Nelson*. Aquela figura, pensa, meio que deu em cima de mim, também.

– De qualquer maneira, ela está indo para a Espanha em breve.

– Ah ...

– E eu disse que tenho um amigo em Madri que está procurando alguém para dividir um apartamento – Sofia acrescenta. – Ela queria meu telefone para que eu pusesse os dois em contato.

– Oh – de repente, Lou sente-se uma verdadeira tonta.

Sofia conclui:

– Na verdade, saí da festa sem dar o número para ela porque achei que era um pouco metida. Mas depois me senti, como é que se diz? Pega no flagrante por ela no restaurante. Foi constrangedor.

– Percebi – diz Lou.

As duas continuam andando, em silêncio. O ar está carregado com as preocupações de Lou, mas ela se conforma que não haja nada entre ambas, além de um certo desalento...

"Comportei-me como uma *perfeita* idiota", pensa. "E agora Sofia sabe exatamente o quanto estou a fim dela; é mortificante! Quando vou aprender?"

Elas estão se aproximando da casa de Howie, mas Lou já havia estragado tudo completamente. Sofia, então, volta-se para ela, agarra-a de supetão no umbral de uma porta e a beija. A princípio, Lou fica atônita, a coisa parece estar acontecendo de um jeito tão fácil e tão rápido. Segundos depois, já está totalmente mergulhada na experiência, e não analisa mais, apenas se entrega. Meu Deus, que beijo! Era tudo o que desejava e muito mais. O cheiro de Sofia é maravilhoso, maravilhoso! Sua boca é deliciosa: macia, úmida e quente. Lou quer que o beijo dure para sempre. Elas ficam se beijando um tempão. Tinha esquecido como pode ser fantástico.

– Passei a noite inteira desejando fazer isso – diz Sofia, por fim. – Mas não conseguia pegar você sozinha.

– É mesmo?

– Hum – Sofia concorda. – Esperei por horas.

– Eu também.– Lou sorri para ela. – Eles vão querer saber onde estamos, acho melhor irmos.

– Sim, também acho.

Sofia franze o nariz, mostrando desagrado por ter que sair dali.

Elas retomam a caminhada, mas, alguns passos adiante, Sofia agarra a gola do casaco de Lou e a conduz para um poste de iluminação.

– Achei tão fofo você ter ficado com ciúmes! – diz ela, beijando-a novamente.

Desta vez, Lou sente como se o seu corpo inteiro se dissolvesse, como se estivesse sendo transportada por ondas de puro prazer, completamente fora de si. Sofia pressiona o corpo dela contra o seu, e Lou é atingida por uma onda de desejo tão forte que pensa que cairia se não houvesse um poste apoiando-as.

O segundo beijo selou tudo. Se Lou ainda duvidava da atração entre elas, agora não duvidava mais.

***

Ana detesta noites como esta, quando o sono escapa dela. É como se quanto mais pensasse em dormir, mais difícil fosse cair no sono, até acabar em um turbilhão de pânico. As preocupações vão surgindo aos borbotões: preocupações que não consegue ordenar nem descartar. São como um creme em uma batedeira, uma grande massa transbordante e informe. Preocupada com Steve. Preocupada com o trabalho. Preocupada com Karen. Preocupada com Molly e Luke. Preocupada até com Lou, de quem não tivera notícias desde que ela lhe enviara aquela mensagem de texto. Preocupada, preocupada, preocupada...

E agora precisa fazer xixi.

Levanta-se e vai ao banheiro. Ela percebe, então, que lá embaixo a televisão ainda está ligada em alto volume. Steve deve estar na sala de estar; ele não foi para a cama com ela. Pode ter adormecido com a televisão ligada ou, então, está acordado, assistindo a algum filme horrível. Espera que a primeira hipótese seja a verdadeira. Se for verificar e ele estiver acordado, teme o que vai encontrar. O humor dele pode estar em um estado nada conciliador, e ela não conseguiria enfrentar isso de novo.

Mas se ele estiver dormindo, tentará desligar a televisão. O ruído pode acordá-lo cedo ou tarde e, então, prefere que ele durma direto até passar a bebedeira, até o amanhecer. Desce as escadas procurando não fazer barulho e abre a porta com cuidado.

A única luz vem da tela brilhando no escuro; os tons saturados de vermelho e azul de um filme de horror da década de 60 revelam um cenário lamentável. Lá está Steve adormecido, todo espalhado, sem cobertor nem travesseiro, completamente vestido e ainda de sapatos, deitado no piso de madeira.

Ela sente vontade de chutá-lo.

Em vez disso, dá a volta em torno do corpo dele, pé ante pé, e desliga o aparelho. Ele murmura alguma coisa e depois volta a ressonar.

Evita cobri-lo com um cobertor ou colocar um travesseiro debaixo da sua cabeça, para não acordá-lo. Apenas puxa a porta e sobe as escadas.

No quarto, abre um pouco as cortinas para checar o que está acontecendo lá fora.

Diagonalmente oposto à sua casa há um bloco de escritórios com um amplo portão, onde um sem-teto às vezes dorme. Ela costumava vê-lo com frequência, mas ultimamente ele tem aparecido muito pouco.

Logo que Steve foi morar com Ana, perguntou por que ela não reclamava do homem para o pessoal dos escritórios. Ela respondeu que ele não a incomodava, que não estava fazendo nada de errado.

– Ele é muito limpinho e arrumado – disse ela. – Todas as manhãs, guarda seu papelão bem direitinho; tenho-o visto fazer isso. Não acho que seja um viciado ou algo do tipo.

Até no Natal ele estava lá. Foi quando Steve resolveu levar-lhe um copo de licor.

– Ele não quis – disse Steve, espantado, ao voltar com o copo intocado.

– Tá vendo?! – disse Ana. – Não falei?

– Você não vai acreditar no que ele está fazendo.

– O quê?

– Preparando sanduíches de queijo cottage. Ofereci a ele um pouco da comida do jantar de Natal, mas ele também não quis.

– Bem, cada um na sua.

Esta noite ele não está ali.

"O que será que aconteceu?", pensa Ana, fechando as cortinas e voltando para a cama.

A expectativa é que o mendigo tenha encontrado um lugar melhor para ficar.

Depois, começa a pensar em Steve, deitado lá embaixo. Será que está mais consciente agora do vício do que quando foi morar com ela? O que aconteceria se rompesse com ele? Seria capaz de cuidar de si mesmo, bebendo do jeito que bebe? Isso ela não sabe, embora ele se virasse bem antes de conhecê-la. Será que ele acabaria nas ruas, também? Este é mais um assunto para se preocupar, além de todas as apreensões que já povoam seu cérebro.

***

Lou está se despindo, consciente da presença de Sofia no quarto ao lado. Em respeito ao pedido de Vic para que ela e Sofia não fizessem nada que pudesse ser ouvido, e não querendo parecer presunçosa para com Sofia, deu a elas o seu futon.

Agora, livre de inibições, já que não há ninguém olhando, Lou tira o jeans com um rebolado sexy. Nada de dobrar; ela não pode perder tempo. Engancha a calça no tornozelo e a chuta, assistindo, divertida, a peça voar pelo cômodo e aterrissar no chão. Porém, nesse movimento, o seu celular salta do bolso da calça e desliza pelo piso de madeira. Melhor verificar se não houve algum estrago. Tudo parece estar bem, mas quando está prestes a colocá-lo na mesa, para depois entrar no saco de dormir no sofá, aparece no visor o ícone de um envelopinho. Quem será que lhe enviou uma mensagem de texto? Aperta o botão, abre a mensagem e lê.

"Oh, Deus", pensa ela. "Ana está precisando conversar."

Lou verifica o horário do texto: 22h33. É tarde demais para entrar em contato. Droga. Se tivesse escutado o telefone bipar, poderia ter atendido, mas o pub estava barulhento demais. Talvez tenha sido melhor assim; ela não poderia ter dado total atenção.

Ligará para ela amanhã, assim que puder.

***

Karen acorda de repente. Está congelando, tremendo tanto que os dentes batem. Teve um pesadelo, ficou presa em um redemoinho e foi sugada pelo vórtex de um buraco fundo e escuro, lutando para respirar.

Acende a luz.

Está tudo bem, diz para si mesma, olhando em volta. Você está aqui, no seu quarto. Está bem.

Está suando frio, a camisola encharcada. Ela se levanta, tira a camisola e troca-a por uma camiseta limpa, retornando para a cama. Mesmo assim, não consegue parar de tremer. Sente mais frio ainda. Cobre-se com o edredon, apertado como um casco de tartaruga.

Karen sempre gostou da sensação de ter algo para protegê-la enquanto dorme, bem quentinho e aconchegante. Quando pequena, costumava pegar todos seus bichinhos de pelúcia e alinhá-los ao longo do comprimento da cama, entre os lençóis. Depois entrava debaixo das cobertas e os encaixava bem junto ao corpo. Só então conseguia pegar no sono.

– Isso era um tanto cruel – lembra-se de Simon dizer, quando lhe contou.

– Não eram animais de *verdade*, querido – soltou uma risada.

Ela pode ser adulta, mas ainda gosta da sensação de ter algo bem aconchegado ao corpo. No inverno, Simon costumava formar uma concha com seu corpo em torno dela. No mínimo, seus corpos se tocavam em alguns lugares. As pernas se entrelaçavam ou eles ficavam de mãos dadas: sabia que era amada e que também amava.

É por isso que não consegue parar de tremer. Não está bom, Simon não está aqui.

Tremores, tremores, tremores chegam aos músculos, que se contraem involuntariamente. Tenta imobilizá-los sem resultado. Tremores violentos, que chegam aos dentes.

Ela dobra os joelhos encostando-os no estômago, posição fetal.

Talvez os tremores sejam mais um sintoma do choque, uma reação física ao trauma. Lembrou-se da vez que eles encontraram um gato atropelado. Estava nos estertores da morte, ao lado da rodovia, perto de casa. Tremia como ela agora. Em um ato de misericórdia, fez Simon quebrar o pescoço dele. Ela mesma não conseguiria fazer, mas ele, sim.

Parte dela gostaria que alguém quebrasse o seu pescoço, a tirasse daquele tormento. Mas eles não podem, ela não tem escolha. Precisa ir em frente, por Molly e por Luke. Não há possibilidade de abandonar os filhos; eles precisam dela, agora mais do que nunca. Concentra os pensamentos neles, nos seus bebês, como ainda são pequenos, como são vulneráveis, o quanto ela os ama e eles a amam. Devagar, lentamente, bem lentamente, os tremores vão diminuindo.

8h33

— Por que você não veste a camiseta vermelha? Fica bem em você, vai sentir calor usando isso quando estiver fazendo o churrasco – diz Ana.

Steve está tirando uma camiseta regata azul-marinho pela cabeça. Ela abre a janela para sentir a temperatura. Inspira e sorri. Ah! Como adora esta vista. A casa fica próxima ao topo de uma das várias colinas de Brighton, onde fileiras de casinhas geminadas estilo vitoriano em tom pastel se espalham diante de seus olhos como uma cidade de brinquedo. Comparada à infindável planície de Londres, a cidade tem limites discerníveis, e, a distância, surgem campos verdes e marrons. Acima, o céu é de um azul enevoado. Parece que vamos ter mais um dia abrasador.

Ana para de se maquiar para observar Steve. As costas dele são largas e fortes, a pele tem um bronzeado dourado por causa do trabalho ao ar livre, e, quando ele enfia a mão dentro de uma gaveta, admira seus músculos bem-definidos.

"É um homem de sorte", pensa, "por ter um corpo tão bonito".

— Certo, madame – ele se volta para ela. – Assim está bom para você?

A camiseta escarlate contrasta com seu cabelo louro palha; a aparência dele é fantástica. Ana usa um vestido novo, comprado especialmente para a ocasião, que destaca a sua silhueta. Vão compor um belo casal na festa dos 50 anos de Simon.

Não importa se ela acabou de passar batom! Está tão orgulhosa de Steve, ele está tão irresistível. Precisa dar-lhe um beijo naquele mesmo instante.

***

Esse vestido não vai servir, decide Ana, devolvendo-o ao guarda-roupa. É mais para o verão, muito revelador, seria desrespeitoso, e pessoas como Phyllys podem não gostar. Mas vestir-se de preto da cabeça aos pés parece sombrio demais para Simon. Que tal usar a saia e a blusa de gola polo que já vestiu no início da semana, com suas botas verde-escuro e um colar de pedras semipreciosas? Adora aquelas botas e, ao menos, vai se sentir ela mesma. Está certa de que Simon aprovaria.

Soa tão estranho pensar em termos do que Simon gostaria, quando ele não estará lá. Ana não se lembra da última vez em que Karen fez uma reunião dessas proporções sem a companhia dele. Até consegue ouvi-lo agora, na sua versão altamente sociável, rindo de alguma piada grosseira, discutindo política, perseguindo as crianças pela casa, rosnando como um monstro...

Mais uma vez, as palavras de sua mãe a atingem em cheio: a vida não é justa.

Se fosse justa, por que Steve, cujo físico é a sua benção, mas também é alvo de intermináveis maus-tratos, deveria continuar vivo, enquanto Simon, cujas únicas transgressões parecem ter sido trabalhar muito e se estressar demais, foi amaldiçoado com um corpo que o traiu?

O corpo de Steve, com sua tremenda resistência física, é um convite ao abuso, já que é difícil motivá-lo a reduzir a bebida, devido às rápidas recuperações que tem após os constantes porres.

Cruzes, como os sentimentos dela para com Steve mudaram desde aquele churrasco.

Ela ainda o ama, é certo, mas não com aquela idolatria cega, porque, se for sincera consigo mesma, algo que não tem sido com frequência, o comportamento de Steve em relação ao álcool vem piorando cada vez mais desde que ele foi morar com ela e, junto com isso, seu temperamento também vem piorando.

Ana recorda-se da noite em que, pela primeira vez, ficou realmente alarmada com as atitudes dele. Tinham acabado de comer, quando ela tentou impedi-lo de beber mais. Já tinham bebido vinho o bastante – pelo menos ela, certamente.

– Você não pode me impedir – disse ele em tom provocador.

Agilmente, ela pegou o cálice dele de cima da mesa da cozinha. Mas Steve, já com as reações lentas, não percebeu o gesto e continuou a encher o cálice até que o vinho se espalhou em volta. Ele ficou histérico, arrancando o cálice da mão dela. No meio da refrega, a haste do cálice se partiu. Ele, então, pegou a parte da taça, jogou-a no chão e a triturou com os pés sobre o piso de ardósia.

– Aí está – rosnou ele. – Satisfeita?

Apavorada com o que poderia vir a seguir, Ana correu para a casa de Karen e Simon, mesmo sendo tarde da noite. Eles a confortaram e a acalmaram, mas Ana continuou abalada e contrariada durante dias. É claro que depois Steve mostrou-se cheio de remorso, implorando para se redimir. Como consequência, eles fizeram um pacto, prometendo a si mesmos absterem-se de bebidas alcoólicas durante um mês. Ana nunca tivera problemas quanto a isso. Sua esperança era que a sua abstinência facilitasse a dele. Mas quando o mês acabou, dentro de poucos dias, Steve estava de volta ao ponto onde parara.

Desde então, Steve teve muitas, inúmeras chances; ele lhe fez incontáveis promessas de sobriedade. Nessa época as palavras soaram vazias; a humildade, uma farsa. Ele a desapontou repetidas vezes, exaurindo-a.

E onde está ele agora? Isso mesmo. Prostrado no andar de baixo.

Com um gesto selvagem, ela arranca a saia e a joga longe.

– Droga!

Nesta manhã, Steve que escolha seu próprio traje. Vai poupar suas energias para Simon. Afinal, é o dia dele.

***

– O que há de errado com este? – Karen segura no ar um macacão de veludo azul-marinho.

Molly bate o pé.

– Quero o meu vestido novo!

– Mas seu vestido novo não é de festa – diz Karen pacientemente.

Como explicar à filha que as flores nas cores turquesa e rosa forte são muito alegres para um funeral? Parece uma ironia, pois Simon gostava desse vestido novo em Molly.

– Este é o seu vestido do Natal – diz ela, tentando convencer a filha.

Mas antes que ela tenha um completo ataque de raiva, enfia o vestido na sua cabeça.

– Aí está – diz.

E vira a menina de frente para ajeitar a bainha.

– Você está realmente bonita. Vamos escovar o cabelo?

– Nãããããõooo – grita Moly, lamuriosa.

O cabelo dela é macio e fino como algodão de açúcar, fácil de enredar.

– Você não pode ir à festa especial do Papai com este cabelo todo emaranhado.

– Ora!

Ela continua o que está fazendo, ignorando os protestos da menina.

– Certo, agora está pronta – beija Molly na testa. – Boa menina.

"Que horas serão?", pergunta-se, consultando o relógio para ver quanto tempo lhes resta.

***

– São quase 9 horas – diz Lou, postada ao lado da cama, com duas canecas na mão. – Vocês me pediram para acordá-las.

– Mesmo? – murmura Vic. – Ela rola na cama, aconchegando-se debaixo das cobertas.

– Trouxe uma xícara de chá para você – Lou coloca a xícara na mesa de cabeceira – Você tem a sua festa hoje.

– Droga, é verdade – Vic joga os braços por cima do edredom. – Minha casa está em ruína.

– Isso não acontece nunca! – debocha Lou.

O barulho acorda Sofia, que se espicha.

– Olá... – diz ela sonolenta, erguendo-se e sorrindo para Lou.

"Como ela é linda", pensa Lou, "com o cabelo arrepiado e os olhos remelentos".

Mas diz simplesmente:

– Chá.

– Obrigada.

Sofia senta na cama e estende a mão para pegar a caneca na mão de Vic.

Lou está encarapitada na borda do futon.

– Não precisa ter pressa.

Vic sorve um gole fazendo barulho.

– Achei que você estava indo para a casa da sua mãe?

– Estou, mas só vou sair depois do meio-dia.

– Preciso ir para casa arrumar as coisas

Vic faz beicinho.

– Por que me deixaram beber tanto?

– Acho que você fez tudo sozinha – Lou solta uma risada.

Ela acha divertido brincar com Vic, mas nesta manhã a presença de Sofia acrescenta uma emoção especial.

– Como se sente? – pergunta para Sofia, com o coração alvoroçado.

Está acordada desde às 6 horas, consumida pela esperança e excitação. Sofia disse coisas maravilhosas na noite passada, mas será que não foi o vinho falando? Lou não consegue estar certa de que Sofia vai querer vê-la de novo.

– Estou bem, com um pouco de ressaca, talvez ... mas, sim, realmente bem.

Sofia arregala os olhos, fixando o olhar no de Lou.

– Tive uma noite *fantástica*.

Isso foi um indício, é claro que foi! Por dentro, Lou pula de alegria.

– Eu também.

Mais uma vez, sente-se enrubescer.

Vic dá uma tossidinha muito significativa.

– Ótimo – declara em voz alta. – Estou contente que vocês duas tenham se divertido. Sinto-me tremendamente horrível.

– Oooh, você! – Sofia bate no cotovelo de Vic, quase derramando o chá. – Sabe de uma coisa? Hoje estou livre, por que não te ajudo a arrumar a casa?

– Viu só? – avisa Lou.

– Não ...

– Ela não está errada quando diz que é um chiqueiro.

– Não sei do que vocês estão falando – protesta Vic. – São apenas alguns papéis e algumas coisas jogadas.

Lou sacode a cabeça. – É um depósito de lixo!

– Tudo bem – Sofia dá de ombros. – Venho de uma família grande, estou acostumada com bagunça.

– *Adoraria* que você me ajudasse. – Vic dá um beijo na bochecha de Sofia.

Lou sente uma pontada de ciúmes. Seu desejo é ficar a sós com Sofia. Gostaria de passar o dia com ela; nem se importaria se tivessem tarefas a fazer. Em silêncio, pragueja contra a mãe, que a obrigara a passar o fim de semana com ela. Depois muda o foco.

– O que vocês vão querer para o café da manhã? Tenho muita comida em casa.

***

"Gostaria muito de saber até que ponto eles estão compreendendo tudo isso", pensa Karen, enquanto descem as escadas: Luke no seu passo largo e decidido, e Molly, sentada, com muito cuidado. A impressão que se tem é que eles mergulham na realidade e depois saem dela. Em um momento estão conectados com uma surpreendente perspicácia e, no seguinte, estão distraídos com questões mais imediatas. Assim: "Papai morreu porque ele fez alguma coisa errada?" e "Ele vai voltar depois da festa especial?". Ou perguntas de partir o coração como: "Foi minha culpa?", ao lado de coisas como: "Vai ter bolo?". Ou ainda: "Quando vamos andar no carro brilhoso?"

Algumas respostas ela precisou repetir muitas vezes. Eles parecem entender aquilo com que conseguem lidar e depois mudam de assunto abruptamente, como se já estivessem fartos da coisa toda.

Bem, de uma forma menos óbvia, ela não está fazendo a mesma coisa? Conectando-se e desconectando-se da realidade, enfrentando a dor e depois fugindo dela? Em um momento ela está preocupada com pormenores. Será que seus pés vão doer se calçar sapatos de salto na igreja? Eles prepararam comida suficiente? O gato vai se apavorar com a presença de dezenas de estranhos? Deve trancá-lo no quarto de cima? E no instante seguinte, ela está chorando incontrolavelmente, tomada por uma dor tão profunda que mal consegue se mexer. Depois, há o incidente da tigela de salada, quando ficou assustada com a própria fúria.

Talvez estes sejam jeitos diferentes de lidar com os acontecimentos. Molly e Luke são ecos infantis dela mesma; as emoções deles amortecidas, suas reações mais simples, mas semelhantes, porque, se eles têm dificuldade para compreender o que aconteceu, e ela também tem. Por exemplo, por que está se arrumando toda? Por que não pode vestir roupas que sejam um reflexo do seu baixíssimo estado de espírito – um abrigo, um macacão todo esburacado, um par de calças jeans suja? Por que não deixar o cabelo todo bagunçado, o rosto sem maquiagem? A Karen enlouquecida e dolorida não se importa com a aparência.

Mesmo assim precisa cumprir com esta farsa, arrumar-se e vestir as crianças com perfeição; é ela, em particular, que precisa segurar as pontas. Oh, sim, ela pode chorar, isso é permitido – as pessoas esperam isso dela, vão se condoer. Mas o que dizer de gritar? Berrar desesperada e lançar travessas como fez ontem? Imagina os rostos chocados enquanto grita, transpira e quebra tudo. Mas está tão zangada que os outros certamente devem sentir a mesma coisa. Talvez uma cerimônia de lançamento de pratos fosse um ritual mais adequado do que a cerimônia na igreja. Assim todo mundo poderia participar, destruindo as louças contra o muro do quintal da casa.

10h23

– Estou indo – Ana diz para Steve, ansiosa para sair, antes que acabe explodindo com ele.

– Oh, certo – diz ele, surpreso –, pensei que o funeral não fosse antes das 11h30.

– E não é. Eu é que estou a fim de uma caminhada. Mas você precisa se apressar, senão vai chegar tarde à casa de Karen.

– Certo, certo.

– Você tem que ligar para a Karen e verificar a que horas ela vai sair, para combinar o local onde ela vai deixar as chaves.

Lá vai ela, de novo, consertando as trapalhadas que ele faz. Se não tivesse enchido a cara na noite passada, não teria dormido demais e não estaria tão lerdo e com essa cara de sono.

Já era bem ruim ele não acompanhá-la ao funeral. No íntimo, está muito magoada com isso, mas, se desapontar Karen, não vai conseguir controlar sua fúria, e este não é o momento para perder a cabeça.

Steve diz, meio ressabiado.

– Não sei o número do telefone dela.

– Cristo! – Ana diz irritada e pega o celular de dentro da bolsa. – Vou ligar para ela. Você é um inútil.

Depois, ruma para a porta da frente.
– Onde vai pedir para ela deixar as chaves? – diz ele, meio encabulado.
– Não tenho a menor ideia. Debaixo de um vaso de planta ou algo assim. Procure!

Ela para e pensa: é importante para Karen que Steve cumpra a promessa de cuidar da comida. Aperta o botão de discagem rápida e, enquanto espera que Karen atenda à chamada, diz:
– Arrumar um local para colocar as chaves é a última coisa que ela precisa antes do funeral do marido.
– Lamento.
– Não, você não lamenta – ela se irrita. – Se lamentasse de verdade, não teria passado o tempo todo bebendo.
– Não consigo parar – diz ele calmamente.

***

– Creio que é melhor irmos logo – diz para Vic.
– Assim tão cedo? – pergunta Lou desapontada.
Afinal, ela só precisa sair daqui a uma hora para visitar a mãe.
– Tenho um monte de coisas para fazer – suspira Vic. – Não é só o apartamento que está uma zona, preciso comprar comida e bebida, também.
– Ok.
Lou está meio amuada: por causa da desorganização de Vic, o tempo que ela teria para ficar com Sofia foi encurtado. E também tem a presença de Vic. Como que ela e Sofia vão combinar de se ver de novo ou mesmo trocar números de telefone, com Vic sentada ali? Apesar de Vic ser sua amiga mais antiga, ela ainda se sente constrangida com a situação.
Mas, neste momento, Vic demonstra sensibilidade.
– Estou subindo para o terraço para fazer alguns telefonemas antes de sair – diz ela.
Lou tem vontade de abraçá-la.
"É por isso que ela é minha amiga".
Apesar de todo o seu exibicionismo, autocentrismo e falta de tato, Vic é uma defensora dos interesses e da felicidade de Lou.

***

"Cristo, quem está me ligando?", pensa Karen, pegando o telefone abruptamente. "Oh, é Ana".

– Desculpe! – Ana entra direto no assunto. – É que, de repente, me dei conta de que você já deve estar saindo, e Steve precisa que deixe as chaves.

– Ok – diz Karen, que, até então, não tinha pensado nisso, pressupondo que ele estaria por ali a qualquer momento.

"Como sou tonta", pensa. "Desde quando Steve é confiável?"

Não é hora de expressar sua exasperação e, de qualquer forma, isto não é uma prioridade. Está tendo dificuldades para ocupar o tempo de Molly e Luke; ambos estão muito agitados, precisando fazer alguma coisa que não seja ficarem sentados assistindo televisão. Além do mais, sua mãe está para chegar dentro de instantes. Ela já ligou para dizer que passou pela alfândega sem problemas e que primeiro virá à sua casa para deixar a mala.

– Vou colocar as chaves debaixo do vaso de planta ao lado da porta – diz ela.

– Ótimo, obrigada.

Depois de um silêncio, ela pergunta:

– Como você está?

– Alucinada.

– Há alguma coisa que eu possa fazer?

Karen pensa por um instante. Logo é tomada por uma onda de gratidão. Não teria sobrevivido à última semana sem sua amiga e, mesmo assim, nem pensou no fato de que ela, também, perdeu uma pessoa querida. Steve não deve ter sido de grande apoio, pode apostar nisso. Ana deve estar suportando sua dor sozinha.

A voz de Karen fica mais doce:

– Não, não preciso. Vejo você na igreja. Mas muito obrigada por perguntar.

***

Vic mal tinha fechado a porta do terraço na cobertura quando Sofia vira-se para Lou e diz:

– Vai estar muito ocupada na semana que vem?

– Bastante, mas acho que tenho umas duas noites livres. Por quê?

Sofia vai direto ao assunto.

– Gostaria de dar uma saída, então?

Lou concorda com a cabeça.

– Seria bom. Trabalho de segunda a quinta na cidade. Se preferir, pode me encontrar lá.

– Que tal na quinta? Assim não precisaremos nos preocupar em acordar cedo na sexta.

"Bem, nunca imaginei", pensa Lou.

Ou ela está sendo atenciosa ou está planejando uma noite longa. Ambas as hipóteses são tentadoras, embora prefira a última. A simples ideia faz com que fique enrubescida e empolgada. Não consegue acreditar em como as coisas estão se encaixando tão depressa.

– Que tal vir à minha casa jantar? – pergunta Sofia, como se percebesse o desejo de Lou de estar em algum lugar onde a sedução seja mais fácil. – Vou cozinhar para você.

– Isso seria maravilhoso – responde Lou.

Dentro dela, sua alma está em um turbilhão de sobressaltos, dando saltos mortais e plantando bananeira, tudo ao mesmo tempo.

– Você tem e-mail? Vou te enviar o meu endereço.

– É claro. Espere um minuto, deixe eu te dar o meu cartão.

– Ótimo, talvez possamos trocar mensagens entre hoje e quinta-feira. – diz Sofia.

Está procurando a bolsa quando Vic volta para o quarto.

– Está resolvido. Bem, Sofia, acho que precisamos tomar nosso rumo.

Minutos depois, Lou deseja um feliz aniversário para Vic e elas partem. Inicialmente Lou está meio atordoada, tão impressionada que está com Sofia. Permite-se desfrutar dessa sensação por um instante. Depois se lembra de Ana, com uma súbita pontada de culpa. Talvez agora seja uma boa hora para ligar.

– Olá – responde Ana. – Obrigada por me ligar.

– De nada.

– Desculpe-me por ter mandado um torpedo tão tarde ontem à noite. Espero não ter te incomodado.

– Não, estava no bar. Não ouvi o telefone tocar. Está tudo bem?

– Bem – Ana bufa. – Não muito, estou a caminho do funeral de Simon.

– Deus, lamento – Lou volta à Terra com um baque, como poderia ter esquecido? – Quer que eu ligue mais tarde?

– Na verdade, agora não é um mau momento para conversar. A igreja é perto daqui e estou adiantada. Do contrário só vou poder falar com você amanhã, e eu estava meio que querendo o seu conselho, bem..., logo.

– É claro. Como posso ajudar?

Ana respira fundo.

– É... hum... meu namorado, Steve.

Lou já desconfiava de alguma coisa. Sempre teve a sensação de que Ana estava escondendo algo que envolvia uma pessoa importante na sua vida.

– Oh? – Lou a encoraja.

– Ele está bebendo demais.

Lou aguarda.

– Na verdade, mais do que demais. Acho que ele é alcoólatra.

– Ah!

Lou sente pena dela. Se alguma vez lidou com uma questão intransponível na sua linha de trabalho, deve ter sido o vício no álcool. Sua convivência com Jim não ressaltara isso tragicamente? E os efeitos sobre as pessoas mais próximas e mais queridas parecem ser profundos, invariavelmente eles sofrem as consequências. Mas dizer isso a Ana não vai ajudar no momento, por isso, resolve perguntar:

– Ele não está aí com você agora?

– Não. Ele se ofereceu para ajudar com a comida, está indo para a casa da Karen. Está perdendo o funeral.

"Parece-lhe uma fuga emocional", pensa Lou, um comportamento típico de viciado.

Mas mantém a opinião para si mesma.

***

A campainha toca, Karen corre para abrir a porta.

– Querida – diz sua mãe, abraçando-a. – Minha pobre querida.

– Olá, mãe – Karen corresponde prontamente ao abraço, depois se solta, lembrando-se de algo. – Espere – pega as chaves sobressalentes na mesinha do hall e as coloca debaixo do vaso de plantas, ao lado da porta. – Desculpe, estava preocupada em não esquecer.

– Tudo bem. Agora – a mãe segura um das mãos da filha. – Fique aí, parada – e afasta-se para dar-lhe uma olhada.

Karen respira fundo, fecha os olhos demonstrando exaustão e encosta-se contra a parede em busca de apoio.

— Venha cá de novo – ordena a mãe, puxando Karen para si.

Como aconteceu na ocasião em que Steve a abraçou, o contato físico fez Karen chorar. Mas o abraço da mãe produz uma sensação diferente; longe de lembrar Simon, ele reverbera décadas passadas.

Ela inala o perfume característico da mãe, que ela usa desde que Karen era criança, e agarra-se ao cardigã de pele de carneiro, macio e aconchegante. A relação entre as duas pode ter mudado nos últimos anos, já que agora a mãe exige mais cuidados, está mais lenta nos seus movimentos e também encolheu um pouco. Mas ainda é a mãe de Karen, seu rochedo.

Pela primeira vez desde a morte de Simon, Karen se sente segura.

***

— Não sei o que fazer– confessa Ana. — Já tentei tudo.

— Não é você que tem que fazer alguma coisa – adverte-a Lou, com delicadeza.

— O que quer dizer?

— Se ele está bebendo demais, isso é problema dele, não seu.

— Eu sei, mas...

Lou a interrompe.

— Vou ser sincera: espero que não se chateie. Mas já trabalhei com um número considerável de viciados e, por isso, tenho alguma noção do que você deve estar passando.

— Imaginei que tivesse, é por isso que queria falar com você.

— A tentação é achar que pode curá-lo.

— Sim.

— Bem, lamento dizer que não pode.

— Oh, não?

— Ele tem que fazer isso por si mesmo.

Ana emudece. Sua cabeça está tão confusa que não consegue enxergar as coisas direito. Falta menos de uma hora para o funeral de Simon e, apesar de ter dito que era uma boa hora para conversar, agora se dá conta de que este assunto é pesado demais para aguentar no momento. Percebe sua mente se fechando, bloqueando a questão.

Na caminhada, tem a sensação de que a cabeça está separada do corpo, de que seus pés estão quilômetros abaixo dela. Sente que está avançando através de um nevoeiro, e que tudo parece nebuloso.

– Provavelmente você está certa – diz Ana.

A voz dela soa distante, como se fosse outra pessoa falando. E, então, de repente diz.

– Oh, desculpe, espere.

Nesse momento, ela corre para a sarjeta e vomita violentamente. É quase todo café, não comeu quase nada nesta manhã. Está trêmula, o corpo quente e molhado de suor.

Instantes depois, ouve uma voz abafada.

– Ana? Ana?

É Lou, ainda do outro lado da linha.

O celular caiu no chão e Ana apanha-o com as mãos trêmulas.

– Sim, sim. Desculpe.

– Acho que você precisa encontrar um lugar para se sentar.

– Certo, sim.

Ana visualiza uma mureta do jardim nas proximidades.

– Encontrei um lugar.

– Você está bem?

Ela ri.

– Hum... acho que sim.

– Você vomitou?

– Sim.

– Isso não é bom – diz Lou. – Quer que eu vá encontrá-la?

– Oh, não, não se preocupe.

– Tudo bem, posso fazer isso. Estou indo para a casa da minha mãe, mas posso me atrasar um pouco. E não vou ficar. Poderia ir aí, para ver se você está bem.

– Sinceramente, não. Não poderia te pedir isso.

– Sim, pode.

E sem dar tempo para ela argumentar, Lou continua:

– Estou indo. Acho que vou com você ao funeral. Percebo que está precisando de um pouco de apoio.

– Não, não. Não pode fazer isso.

– Posso, sim. Não tem ninguém para cuidar de você. Dê-me só alguns minutos para juntar as minhas coisas. Depois, pego um táxi e chego aí. Posso ir para Hertfordshire saindo daí. Realmente, não tem problema.

Ana percebe que ela está avaliando.

– De qualquer jeito, estava querendo ir ao funeral. Para prestar minha homenagem. É engraçado, mas sinto como se tivesse conhecido Simon.

O ânimo de Ana melhora ao ouvir isso, talvez não devesse deixar Lou de fora.

– Se tem certeza ...

Evidentemente, Lou já decidiu.

– Onde você está?

– Sentada numa mureta.

Olha em volta, sentindo-se desamparada. A rua é ladeada de árvores, com casas da década de 1930, recuadas e com generosos jardins na frente. Ela está em frente a uma dessas casas agora. Não consegue ver nenhuma placa que sirva de referência. A sensação é a mesma que teve quando era pequena e se perdeu dos pais em uma festa no vilarejo: uma mistura de pânico, medo e desamparo.

Há tremor na sua voz:

– Não sei o nome da rua.

– Ok. Não saia daí, mas dê uma olhada para ver se encontra um ponto de referência.

Ana olha e observa as árvores do lado oposto da rua à sua frente.

– Ah, sim, estou num parque entre a Dials e a praia. Estou vendo um banco, posso encontrar você lá.

– Conheço esse lugar. Onde vai ser o funeral e a que horas?

– Numa igreja, virando a esquina desta rua, às 11h30.

– Ótimo, ainda faltam 45 minutos. Por que diabos você está saindo tão cedo? Pelo visto não fica longe daí, com certeza.

– Queria fugir do Steve.

– Entendo. Bem, assim é melhor, quer dizer que não precisamos correr. Vá com calma.

– Obrigada. – diz Ana.

O nevoeiro na sua cabeça está se dissipando, não totalmente, mas aos poucos e já está funcionando melhor. Agora que se permitiu ser resgatada, está extremamente agradecida. Através da neblina da sua mente, percebe por que Lou é uma terapeuta tão boa.

– Estou indo para a praça agora.

– Continue falando comigo. Não quero que desmaie. Vamos falar sobre o quê? – o tom de voz de Lou é brincalhão.

– Não sei – Ana não está apta a iniciar uma conversa.

– Então, vou apenas falar com você. Não será nenhuma conversa brilhante. Você vai ter que me acompanhar enquanto enumero tudo o que vou colocar na minha mochila, assim não me esqueço de nada: Escova de dente, pasta de dente, sabonete líquido para o banho, pente...

Embora ela não assimile bem o que Lou está dizendo, já que no seu cérebro não cabem mais informações, a simplicidade dos itens que ela enumera acalma Ana, conferindo-lhe uma inegável sensação de conforto.

10h54

"Como deve ser duro ter um namorado tão encrenado", pensa Lou, enquanto o táxi se arrasta em meio ao trânsito do centro de Brighton.

Ao seu lado está a mochila feita às pressas. Dá uma verificada no cabelo pelo espelho retrovisor do motorista. O aspecto dela é um pouco desleixado, mas poderia estar pior, considerando o horário em que foi dormir e toda a correria de agora. O próximo passo é explicar para a mãe a mudança de planos.

– Oi, mãe – diz, procurando manter um tom de voz otimista.

– Olá, querida. Está saindo?

– Mais ou menos. Lamento dizer que vou me atrasar um pouco mais que o combinado.

– Oh.

Uma pausa carregada de significado: *de novo*, a mãe está irritada. Lou, porém, não está muito preocupada com o humor da mãe. Não vai se sentir culpada. Afinal, Ana está mesmo precisando dela, certamente a mãe vai entender isso. Mas, como acontece com frequência, o tom da mãe é de quem se sente prejudicada, o que põe Lou na defensiva, menos inclinada a moderar as palavras ou se explicar mais completamente.

– Vou a um funeral – diz ela abruptamente.

– Um funeral?

– É uma longa história. Conto para você quando chegar aí.

– Quem morreu?

– Uma pessoa que eu não conheço muito bem, um cara que conheci no metrô.

– O quê?

– Não posso entrar em detalhes agora. É uma coisa que aconteceu no início desta semana.

– Cer-to.

Lou detecta confusão e ceticismo, na voz da mãe. Como ela ousa! Lou fervilha de raiva. Por que ela não consegue simplesmente confiar no meu julgamento? Compreender que não estaria fazendo isso se não tivesse uma boa razão?

– Veja, lamento. Sei que é importante que eu esteja aí. Vou chegar assim que puder. O funeral é daqui a meia hora. Estou ficando apenas para isso e depois pego o trem. Não vou demorar muito, prometo. Devo atrasar apenas umas duas horas em relação ao horário combinado. Isso é tudo. Ok?

– Er, sim – diz a mãe.

Lou pode perceber que ela titubeia, tentando entender, mas não dá importância.

– Está bom. Vejo você, então.

E, para mostrar que está aborrecida, encerra a ligação sem se despedir.

***

Ana escolhe um banco e senta sobre as pernas dobradas na tentativa de relaxar.

A temperatura está bastante agradável para fevereiro, e a névoa parece estar se dissipando – seja ela real ou imaginária, não consegue distinguir. Está cercada de flores de açafrão: fileiras de amarelo e malva adornam a grama irregular, as cabeças alongadas apontando para o céu. Elas exalam um leve perfume que nem sabia que tinham. Mas como são centenas, é possível sentir o aroma doce, de mel. É isso: açafrão.

A primavera chegou. Nos poucos dias que se passaram após a morte de Simon, a estação mostrou sua cara.

Então surge um táxi, contornando vagarosamente a rua: o motorista deve estar procurando Ana.

Ela se levanta e acena.

– Fique sentada – ordena Lou enquanto paga o motorista.

Tira algo da mochila.

– Trouxe um pouco de água.

– Obrigada.

Elas se sentam quietas no banco, revezando a garrafa de água. O silêncio permite que ouçam os ruídos do local: crianças gritando, pássaros cantando, cães latindo e seus donos chamando por eles.

– É bonito aqui – diz Lou. – Não conhecia esta praça. Fica longe de Kemptown, por isso nunca tive motivos para vir aqui.

– É a minha favorita – diz Ana. – Tem muitas atrações diferentes. Lá tem um roseiral, com um espaço gramado perfeito para tomar banho de sol. Em cima do morro, é bem arborizado, é lá que os frequentadores passeiam com seus cães. Todos esses arbustos e esquilos para perseguir. E atrás dele, tem um jardim cercado, mágico, com um pombal e uma árvore enorme. À sombra dela, são ministradas aulas de ioga no verão. E lá adiante, como pode ver, há um bom parquinho. Karen e Simon trazem as crianças aqui com frequência. Traziam, quero dizer – Ana suspira. – Tenho certeza que Karen ainda vai trazê-los aqui, mas...

Lou toca a mão de Ana.

– Tudo bem, entendo o que quer dizer.

Do lugar onde estão sentadas, conseguem ver crianças maiores balançando-se em uma tirolesa gigante que desce do alto do morro até o chão. Duas crianças menores brincam no gira-gira: Venha, venha. Mais rápido! MAIS RÁPIDO. Uma delas está de quatro, a cabeça erguida para o céu, os cabelo esvoaçantes, as mãos agarradas às barras de metal; a outra está sentada, mais sossegada. Em solo, passando as barras da direita para esquerda sem cessar estão seus pais, girando as crianças obedientemente.

Após alguns instantes, Ana diz:

– Agradeço muito a você por isto. Gostei mesmo.

– O prazer foi meu. – diz Lou.

É uma escolha estranha das palavras, mas Ana sabe o que ela quer dizer. De que é feita a vida, a não ser de momentos como estes?

– Está se sentindo suficientemente forte para irmos então? – pergunta Lou.

Ana solta um profundo suspiro e se põe de pé.

– Sim – concorda ela. – Nunca estive tão pronta.

***

A igreja já está bem cheia. É um espaço amplo, sem grandes atrativos, com paredes de cor creme, fileiras de bancos de madeira bem-lustrados e janelas com vitrais em ambas as laterais. Lá dentro, o ar está alguns graus mais frio do que do lado de fora.

Ana ruma para a ala central.

– Acha que está bem se eu me sentar aqui com você? – pergunta Lou. – Pode haver outras pessoas que queiram sentar perto.

– É claro – concorda Ana. – É melhor não sentar tão na frente, vamos para a fileira de trás.

"Por que será que Karen escolheu esta igreja?" pensa Lou.

Deve haver igrejas mais bonitas nas redondezas. Mas não comenta nada. Em vez disso, pergunta em voz baixa:

– Simon era frequentador assíduo da igreja?

Ana sacode a cabeça.

– Frequentava raramente.

Ela alisa a parte de trás da saia, senta-se e abre o roteiro do serviço religioso. Depois, inclina-se para Lou sussurrando:

– Aparentemente todo mundo tem direito a um funeral na sua igreja paroquial, mesmo que não sejam frequentadores assíduos.

– Não sabia disso.

– Nem eu. Às vezes Simon ia. Geralmente no Natal e na Páscoa.

Lou pensa em Simon, o homem que não conheceu. O corpo dele está a uma curta distância: lá está o caixão, envolto em um tecido branco, coberto por um simples ramalhete de lírios.

Atrás delas, as pessoas vêm chegando, e Lou quase não acredita ao ver tanta gente. Agora entende o motivo para a escolha desta igreja em especial: ela é imensa. Há pessoas de todas as idades, algumas vestidas de preto, a maioria com roupas modernas, mas sóbrias. O fato de estar usando uma simples calça jeans e um casaco a incomoda um pouco. Não teve tempo para trocar de roupa, mas espera que ninguém se importe ou pense que ela está sendo inconveniente.

E aqui está Karen; e as crianças devem ser Molly e Luke. É a primeira vez que os vê. Repara imediatamente que Luke é a cara de Karen, com seu espesso cabelo castanho avermelhado, feições delicadas e marcantes. Mas será que Molly, com seus cachos louros, rosto redondo e faces rosadas, se parece com Simon quando criança?

"Coitadinhos", pensa ela, "perder o pai assim tão pequenos".

Eles tomam um assento bem à frente ao delas, na primeira fileira de bancos. Karen vira-se para trás e sorri para Ana, notando Lou ao lado dela.

– Obrigada por virem – diz ela.

Lou percebe que ela se esmerou para parecer estar bem: seu cabelo está brilhante e lavado, está maquiada e veste um elegante vestido cinza escuro. Porém sua fisionomia indica que não dorme há dias, os olhos estão injetados; deve ter chorado.

Neste momento, surge do nada a figura de Jim na sua mente. Ela se pergunta se ele teve um serviço religioso para marcar sua passagem. É uma tragédia que Simon tenha falecido deixando tantas pessoas desconsoladas, mas talvez seja ainda mais trágico deixar este mundo sem ninguém em especial para lamentar sua falta.

***

Pouco depois, a cerimônia tem início.

O vigário avança alguns passos e dá as boas-vindas a todos os presentes em poucas palavras. Lê o salmo *O Senhor é Meu Pastor*, a pedido de Karen, e depois pronuncia algumas preces. Há um roçar de papéis enquanto a congregação procura o texto depois um "Amém" quase unânime.

Karen luta para segurar as lágrimas, tudo parece demais. Mesmo assim, quer absorver tudo, guardar estes momentos como um tesouro e não cair no choro. Está atenta à Molly e ao Luke ao seu lado. Quer evitar que eles provoquem algum tumulto, embora, até agora, estejam se comportando surpreendentemente bem.

O vigário acena com a cabeça para ela. É a sua hora.

Karen põe-se de pé, caminha para o púlpito. Está muito consciente do ruído provocado pelos saltos dos sapatos sobre as lajes do pavimento e atenta aos filhos, que a observam de olhos arregalados.

Tem nas mãos duas folhas de papel dobradas em quatro partes. Ela as abre e se aproxima do microfone.

– Minha primeira intenção foi a de não me pronunciar – admite.

Sua voz ressoa alta e sobe até o teto, desconcertando-a. Recua um pouco, não querendo ser tão estridente.

– Depois ponderei que não poderia deixar de fazer isto, pois estaria correndo o risco de me arrepender para o resto da minha vida.

Fileiras e fileiras de rostos conhecidos a observam. Consegue enxergar as emoções em cada um deles, expressando apreensão e expectativa, pessoas desejando que ela cumpra o que veio fazer. Os semblantes exprimem, também, exaustão, confusão, dezenas de perguntas sem resposta. Acima de tudo, enxerga pesar pelo homem que eles também perderam. Nunca vira tal dor diante de si. Isso a deixa engasgada e, por alguns instantes, não consegue falar. Mas precisa fazer isto, sim, tem que fazer. Ela engole em seco.

– Assim, pensei em contar para vocês o que eu amava em Simon. E comecei a fazer uma lista – ela baixa o olhar e lê: – o cabelo espesso e brilhoso dele – ela sorri e dirige o olhar para Alan. – Eu sei, é ridículo colocar isso em primeiro lugar, mas foi a primeira coisa que me veio à mente. Para aqueles de vocês que não sabiam, Simon tinha muito orgulho do seu cabelo.

Alan passa mão na cabeça careca; sua mulher encosta a cabeça no ombro dele e aperta sua mão.

– A lista continua. A risada dele, seu senso de humor. A aptidão dele como pai... Então, dei-me conta de que era bom demais para ser verdade. Isso não explica tudo o que Simon era. Vocês não querem ouvir uma lista somente das melhores qualidades dele, não é? Um homem não é feito apenas de qualidades. Ele não era perfeito. Longe disso.

Ela ouve algumas risadinhas.

– Então, comecei a anotar seus defeitos e, enquanto escrevia, percebi que eram os defeitos o que eu mais amava em Simon, provavelmente mais que suas virtudes. As falhas que fizeram dele o homem que era. O homem vulnerável, bondoso, generoso, engraçado, sociável e adorável que é – ela tosse e se corrige – que *foi* meu marido.

Ela toma a segunda folha de papel.

– Assim, lá vamos nós. Adorava o fato de que ele estar sempre atrasado para tudo. Não muito atrasado, mas um pouquinho, sempre. Mas ele se culpava, costumava censurar a si mesmo em relação a isso, quando, na verdade, não era assim tão ruim em manter a pontualidade. O que quero dizer, sim, é que frequentemente estava dez, às vezes até vinte minutos, atrasado. Mas raramente mais que isso. Não era como determinadas pessoas que nos mantêm esperando por horas ou cancelam no último minuto. Ao contrário, era muito confiável, você sabia que ele apareceria, apenas que seu relógio interno estava alguns minutos atrasado em relação aos demais.

Com a nossa convivência, logo aprendi a fazer concessões: passei a acrescentar uns quinze minutos a mais quando esperava por ele. Deus sabe que o bobão nunca entendeu como ele mesmo poderia fazer isso. Ele apenas dizia que estaria alguns minutos atrasado, pois bem – ela dá de ombros –, ele nunca estava.

Mais uma vez, Karen ergue o olhar para a plateia e vê Phyllis sentada entre Molly e Luke, sorrindo e acenando com a cabeça em sinal de concordância.

– Outra coisa – prosseguiu ela. – Ele estragava as crianças.

Ela vê que a mãe abre um largo sorriso.

– Ele era extremamente inapto quando se tratava de Molly e Luke – um fantoche nas mãos deles. Não estabelecia limites. Permitia que repetissem um prato quando eu queria guardar um pouco para o dia seguinte ou que deixassem comida no prato quando eu queria que aprendessem a comer tudo. E, quando saía com as crianças para fazer compras, voltavam para casa com todo o tipo de coisas que elas o haviam convencido a comprar.

Por causa disso, nossa casa está explodindo de tantas coisas, o que, admito, muitas vezes me enlouquecia. E, além disso, sobrava para mim o papel de carrasco. Era raro eu comprar presentes para eles por impulso, porque Simon vivia fazendo isso. Mas, há algum tempo, percebi como eu era sortuda. Nenhum pai é perfeito, e o defeito de Simon é que deixava Molly e Luke passarem impunes em muitas das coisas que faziam, porque os amava tanto. E não é melhor ter um pai que ama exageradamente do que um que não ama o suficiente? Simon tinha uma adoração absoluta pelos filhos.

Karen olha para Molly e Luke e, mais uma vez, tenta descobrir quanto eles estão absorvendo disso tudo. Eles estão de olhos bem abertos, fixos nela. Está surpresa, esperava que se distraíssem, pois não estavam acostumados a ir à igreja. Phyllis se inclina e abraça os dois.

– O que me leva a outro dos defeitos de Simon. Ele trabalhava demais, e isso acabou não sendo muito bom para ele. Vamos ser sinceros: as viagens de ida e volta para o trabalho, o estresse, as longas horas, não fizerem bem à saúde dele. Mas Simon adorava seu trabalho – agora, ela procura os colegas de Simon e observa um grupo deles sentados ao fundo da igreja. – Uma das maiores alegrias de Simon era a execução de um novo projeto paisagístico. Todos aqueles detalhes, as infinitas possibilidades do uso das plantas. Embora não fosse isso que constituía o emprego para ele: era que adorava seus colegas de trabalho, e sempre repetia isso. E ele – aquele canalha – gostava até mesmo do Charles, seu chefe – solta uma risada e acena com a cabeça na direção de Charles, que parece um pouco constrangido. – Simon estava pensando em mudar sua rotina de trabalho, para poder passar mais tempo conosco e não precisar se deslocar todos os dias –, isso talvez vocês não soubessem. Mas, de qualquer forma, planejava continuar no mesmo ramo, porém montando seu próprio escritório; era um homem 100% dedicado. E trabalhar muito foi uma opção dele, ninguém o obrigou a isso. Simplesmente era muito consciencioso, queria fazer o seu melhor e proporcionar o melhor para nós, sua família.

Mais uma vez, lança um olhar para os filhos. Agora Molly está em um mundo próprio, balançando as perninhas a um ritmo abstrato, os pezinhos pendurados no ar. Mas Luke ainda está acompanhando, meio intrigado, como se tentando entender o que ela dizia, mas só conseguindo compreender a metade. Está segurando debaixo do braço o seu Croco Azul; é como se o brinquedo também estivesse participando.

– Meu Deus – ela verifica suas anotações. – Aqui estou eu, ainda no terceiro defeito, e tenho montes deles. Vamos acelerar o ritmo. Havia, também, o peso dele, certamente uma imperfeição. Na verdade, Simon não cuidava tão bem da saúde como deveria. Bem... ele certamente pagou o preço disso – Karen morde o lábio, mais uma vez contendo as lágrimas. – Mas, havia coisas até mesmo em relação a isso que eu gostava: o apetite dele, ele adorava comer e desfrutar dos alimentos. E eu até que gostava do tamanho dele, tinha mais volume para abraçar...

Ela prende a respiração para firmar a voz.

– O que mais? Humm, sim, a bagunça dele. Ele era bem bagunceiro, Simon. Dava bastante trabalho arrumar a desordem que ele deixava. Isso sempre me intrigou, dado os meticulosos projetos arquitetônicos que era capaz de fazer – ela sorri tristemente e passa para o gosto literário dele. – Péssimo, às vezes.

Best-sellers eram o fraco de Simon. Ele os devorava no trem, um, dois por semana. Aquele horroroso livro sobre o código, por exemplo. Vocês conhecem, foi lançado há algum tempo. Lamento por aqueles de vocês que gostaram. Mas estão em boa companhia, porque Simon absolutamente delirava com o livro e, para meu constrangimento, recomendava-o a todos indiscriminadamente. Até para Ana, por exemplo. Se vocês não sabiam, ela é redatora. Karen dá um amplo sorriso para a amiga, que sacode a cabeça para indicar que está lembrada do fato.

– Não era tão ruim assim – murmura Ana.

– Você disse que era um lixo! – exclama Karen, e as risadas reverberam por toda a igreja. – É isto, acho eu. Tenho mais coisas anotadas aqui e vou deixar esta lista para aqueles que quiserem dar uma olhada mais tarde, quando voltarem para casa. Obrigada, vigário.

Ela desce as escadinhas e volta ao seu lugar, levando consigo as anotações bem dobradinhas, ordeira como sempre.

12h39

Ana é a primeira a chegar à casa de Karen, ansiosa para ver se Steve cumpriu sua promessa culinária. Assim, quando Karen lhe pediu para ir na frente e receber os convidados, enquanto os membros mais próximos da família iam para o cemitério, ficou grata por ter uma desculpa. Ela leva consigo Molly e Luke. Luke ficou irritado e mal-humorado após o serviço religioso e pediu para ir para casa. Ana se ofereceu para acompanhá-lo e, então, Molly quis ir também. Eles se comportaram muito bem, e Karen decidiu que o enterro seria um pouco demais para os filhos. Mesmo Ana está secretamente satisfeita por não ter que presenciar por toda aquela coisa de "do pó para o pó".

Quem abre a porta para ela é Steve. Imediatamente, Ana constata que ele está bem, limpo e apresentável. Da cozinha, vem um aroma de carne assada de dar água na boca e ela mais uma vez fica aliviada. Mas o que a cansa mesmo é essa dança de um passo para frente, dois passos para trás.

Steve estende os braços para abraçá-la, mas ela se esquiva.

– Ah, deixa disso – implora ele.

Ana libera as crianças e permite que ele a envolva nos braços. Após alguns instantes, porém, ela começa a se sentir sufocada: a lã grossa e áspera do avental dele é quente e esfola o seu rosto. O abraço parece mais uma prisão do que condolências, e ela faz um movimento de corpo e se solta.

– Desculpe – diz ela. – Simplesmente não consigo fazer isto agora.

Steve deixa cair os braços ao longo do corpo, impotente.

– Tudo bem – diz ele, mas pelo jeito como sai pisando duro pelo corredor.

Ana percebe que está ofendido, o que a coloca na defensiva. Quando comparada com Steve, Lou foi tão generosa no seu apoio, sem pedir nada em troca, apenas deu. E depois que a cerimônia do funeral acabou, saiu de fininho, sem fazer alarde, para a estação do trem.

Suponho que seja mais fácil para ela, raciocina Ana. Não está amarrada nesta situação, não é a minha companheira e não conhece Simon de verdade.

Mesmo assim.

Ela segue Steve para a cozinha, conduzindo Luke e Molly.

– O cheiro está maravilhoso, querido – diz ela, alegremente. – Bom trabalho.

Depois, percebe o que ele está fazendo. A princípio, não consegue acreditar, mas, sim, ele tem um saca-rolhas e taças.

Pergunta, incrédula:

– Você não está bebendo, está?

– É claro – responde ele –, soando tão incrédulo quanto ela.

– Mas é um *funeral*, – murmura Ana, tentando baixar a voz para que Molly e Luke não ouçam.

– As pessoas vão querer vinho – responde Steve confiante.

– Sim, talvez queiram, mas não no instante em que passarem pela porta.

E, no momento em que ela diz isso, os convidados vêm chegando, atravessando o hall e entrando na cozinha.

– Uma taça de vinho? – oferece Steve bem *blasé*.

– Er, sim, por favor. Por que não? – diz o primeiro a chegar.

É Charles, que fica um tanto chocado, mas parece contente com a oferta.

Steve dirige um sorriso é sarcástico para Ana.

Ela está atônita com a audácia ele.

– Não são nem 13 horas – rosna, observando-o com os olhos apertados enquanto ele entrega uma taça para Charles e enche uma segunda para si mesmo.

– Prefiro uma xícara de chá – pede um dos vizinhos de Karen e Simon.

– É claro – diz Ana, os lábios apertados, – deixe-me preparar uma para você.

Com os cotovelos, afasta Steve do caminho para pegar a chaleira. Porém muda de ideia.
– Talvez você possa fazer isto, *querido*. Vou ver se Molly e Luke querem comer alguma coisa de almoço. Eles costumam almoçar bem cedo. Ela se inclina e acaricia a cabeça dos pequenos.
– Não é, meus amores?

***

O letreiro no final do vagão indica que o banheiro está ocupado, mas Lou quer ser a primeira da fila: deve ter sido toda aquela água que bebeu no parque. Caminha na mesma direção para a qual o trem está indo, agarrando-se nos puxadores das costas dos assentos em ritmo irregular, esforçando-se para se manter de pé à medida que o trem acelera e balança.

Para na sanfona, entre os dois vagões, à espera. De repente, o trem dá uma guinada, e Lou se desequilibra, cambaleia, disparando a porta automática que abre e fecha. Por fim, o letreiro preto da trava de porta gira para "desocupado", e dela surge uma mulher acompanhada de um garotinho.

– Desculpe – diz a mulher, conduzindo a criança à sua frente com a mão na cabeça dela. Lou sorri solidária.

Lou entra na cabine com uma sensação de apreensão: como os banheiros dos trens podem ser tão sinistros! Enquanto luta com o secador de mãos defeituoso, guarda esperanças de que a mãe aprecie o seu sacrifício. Passa grande parte da vida viajando de trem, mas o trem seria o último lugar que escolheria para estar em um sábado. E hoje ela está abrindo mão tanto do aniversário de Vic como da oportunidade de estar com Sofia de novo.

A mãe de Lou a irrita mesmo nos seus melhores momentos, não tem certeza de que vai ter paciência para lidar com ela. Foram 24 horas agitadas, após uma semana particularmente pesada. Lou está física e mentalmente exaurida. Não será preciso muita coisa para exasperá-la e, de antemão, sabe que a mãe provavelmente não vai compreender porque quis ir ao funeral de Simon. Se ela quiser que justifique essa decisão, vai irritar Lou, ainda mais porque já antecipa o que virá.

E isso ainda é de menos, acredite ou não, pois certamente não conseguirá explicar à mãe que está cansada porque conheceu uma possível namorada ontem e que elas ficaram acordadas até de madrugada.

Mais uma vez, Lou pergunta-se por quanto tempo ainda vai continuar vivendo o que, no fundo, é uma mentira. Recentemente, a sensação de que isso simplesmente não está certo tem-se repetido dentro dela, cada vez mais forte.

***

– Não se preocupe – diz Karen, descartando o pedido de desculpas de Ana ao voltar para casa. – Eu mesma provavelmente teria oferecido vinho no momento certo.

– Ele já abriu seis garrafas – queixa-se Ana.

A cozinha está cheia de convidados. Está vendo Steve servir um cálice após o outro, cheios até quase a borda. E depois ele enche seu cálice no mesmo nível.

– Está tudo bem – reitera Karen –, ele está ajudando as pessoas a relaxar. Não se preocupe.

Mas Ana está preocupada. O que Karen não compreende é que, primeiro, e acima de tudo, a generosidade de Steve é consigo mesmo.

Com um grande esforço, tenta desviar o foco para outra direção. Tem sido um ciclo interminável, essa coisa de criar espaço para Karen, ou para qualquer outra pessoa, enquanto Steve está exaurindo sua energia mental. Se ao menos viver com ele não fosse tal gangorra emocional: em um momento, ela se enche de orgulho, no próximo, quer se esconder de vergonha. A melhor coisa a fazer no momento, decide ela, é deixá-lo em paz. Assim, ela pega um prato de papel, enche de comida e leva para a sala de estar.

***

– Olá, Lola.

Lola é a filha de 7 anos de Tracy. Karen se abaixa para falar com ela, de maneira que fiquem na mesma altura.

– Sabe o que tem lá em cima?

Lola sacode a cabeça.

– Um gatinho.

Lola ofega.

– O nome dele é Toby. Que tal subir com Molly e os amiguinhos dela para vê-lo? Mas não muitos, porque ele é ainda muito pequeninho.

– Posso?

Karen concorda com a cabeça. Lola é sensata e, como Tracy é cuidadora de crianças, está acostumada a estar rodeada dos pequenos, parecendo gostar da superioridade natural que vem junto com o papel.

– QUEM QUER VER O GATINHO? – grita ela da porta da cozinha.

Dentro de instantes, um grupinho de crianças a segue para o quarto de Molly e Luke. Antes de eles desaparecem do campo de visão, Karen ouve Lola avisar:

– Temos que ser muito carinhosos com ele.

– Não deixem o gatinho sair do quarto! – grita Tracy.

Ela se volta para Karen.

– Ele vai ficar bem?

– Está acostumado com Molly e Luke – diz Karen, que resolve conferir o que o filho está fazendo do lado de fora.

Luke parece bem contente, tentando marcar gols contra o muro do quintal juntamente com seu amigo Austin; o goleiro é o Tio Alan. O quintal deles não é bem um espaço apropriado para tais atividades, e Karen está preocupada que a bola atinja as janelas da cozinha, mas certamente o destino lhe deve algo depois desta semana. É muito mais importante que as crianças se divirtam; Karen não quer que se lembrem do funeral do pai como um evento totalmente sombrio.

– E aí, como está indo? – pergunta Tracy, para imediatamente se corrigir. – Pergunta boba, não?

– Não, tudo bem – Karen sorri para demonstrar que não está aborrecida. – Para ser totalmente sincera, nos últimos dias praticamente não tive um momento de sossego. Organizar isto me tomou um tempão. Muita gente telefonou, ou tive ligar para as pessoas sem parar. E, para completar, ainda houve um fluxo constante de visitantes. A mãe de Simon, Phyllis, esteve aqui, além de Alan e Françoise. Ontem, Ana e Steve vieram ajudar no preparo da comida, e agora minha mãe chegou... Quando toda essa agitação acabar, acho que, aí, então, vou cair na real – ela faz uma pausa. – Francamente, estou apavorada com a expectativa de ter tempo para pensar.

– Imaginei que estivesse.

– Há muitas coisas nas quais ainda não pensei.

Para Karen, é mais fácil falar com Tracy sobre estas questões, talvez porque a relação delas sempre esteve circunscrita às crianças, e Tracy não conheceu Simon muito bem. Karen sente que pode pisar neste território sem tanta cautela.

– Posso imaginar que tenha ficado tão presa aos desdobramentos dos acontecimentos que não consegue pensar mais à frente.

– Isso mesmo – suspira Karen.

O temor dela é que, assim que toda a função do funeral acabar, vai abrir espaço para que seja esmagada pela nova realidade.

Ela tenta explicar:

– Tem a mudança de casa, para começar. Não vou levar isso adiante agora, mas, mesmo assim, haverá uma série de coisas para resolver obviamente. Por exemplo, sei que Simon fez um seguro de vida, e eu ainda não fiz absolutamente nada em relação a isso, nem mesmo sei onde a papelada está.

– E uma bênção que ele tenha se preocupado com isso – observa Tracy.

– Embora eu não tenha a mínima ideia do que isso representa para nós, em termos financeiros.

– Há tempo de sobra.

– Suponho que sim...

Mas Karen sabe que, independentemente do seguro, há coisas prementes para resolver, como o pagamento da hipoteca e das contas. Charles fez questão de dizer para ela não se preocupar, mas sente que as pessoas esperam que, aos poucos, ela comece a funcionar mais normalmente, e isso pode acontecer bem antes de ela estar pronta. Se algum dia estiver...

Tracy parece ler a mente dela e quer ajudá-la.

– De qualquer forma, só quero dizer que, no decorrer das próximas semanas, estarei por aqui. Posso ficar com Molly e Luke sempre que precisar, além dos dias normais em que já fico com eles. E sabe, isso é para você, quero dizer que, como sua amiga, não espero que me pague.

Subitamente, ela pareceu um pouco sem graça.

– Obrigada.

A generosidade de Tracy comove Karen, especialmente porque sabe que a sua renda é relativamente pequena e que ela tem menos tempo ainda em suas mãos. Os olhos delas se enchem de água.

– Desculpe – ela estende a mão para a amiga.

– E *nunca* se desculpe por chorar também – adverte-a Tracy.

Depois, pega a amiga pelo braço e diz:

– Agora, sabe qual é a minha sugestão? Venha comigo, vamos comer um prato bem cheio desta comida que parece tão maravilhosa. Não sei quanto a você, mas eu quero um pouco daquela torta de cebola e um pedaço desta pizza...

16h29

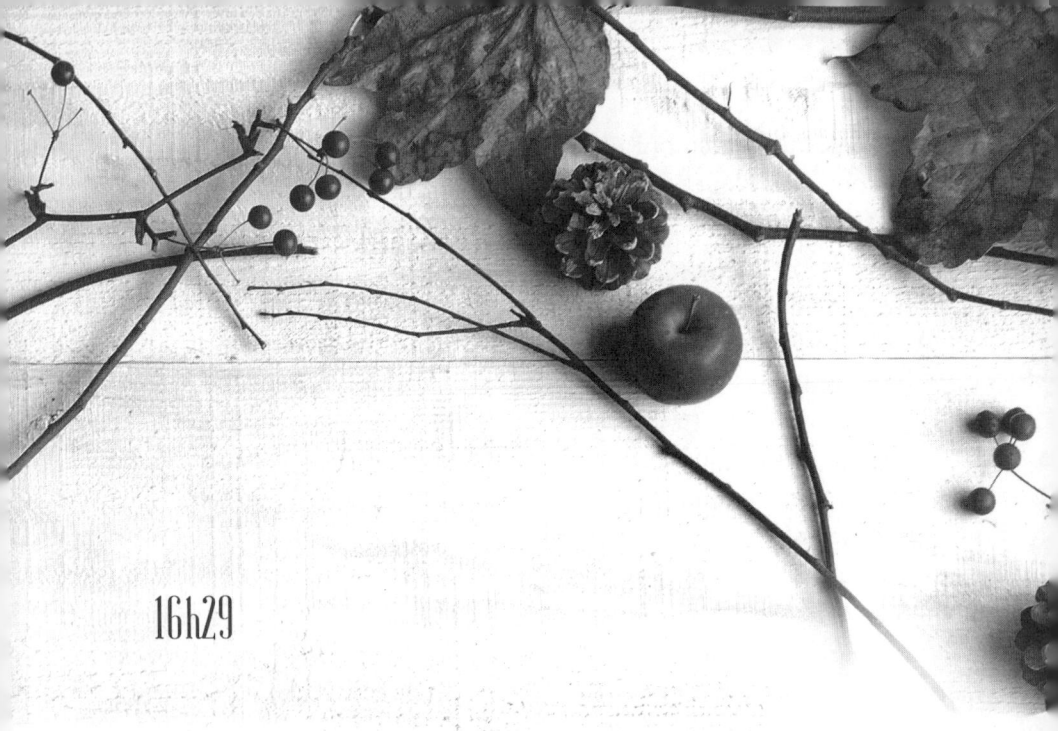

Nem Lou nem a mãe têm carro, mas as razões delas para isso não poderiam ser mais diferentes. A motivação de Lou deve-se, em grande parte, à sua preocupação com o meio ambiente. Na verdade, gosta de dirigir e, quando mais jovem, teve um Beetle. Mas atualmente, está mais alerta aos malefícios provocados pelos veículos e, de fato, não precisa de um. Brighton é uma cidade compacta, ela mora na região central, onde é fácil circular a pé ou de bicicleta, e as viagens para Londres são relativamente baratas, rápidas e descomplicadas.

Já a mãe de Lou nunca aprendeu a dirigir, e agora, que está chegando aos 70, é improvável que venha a fazê-lo. O resultado é que ela fica bastante circunscrita à casa. Tem sido assim desde o falecimento do marido. Depende muito da boa vontade dos outros para transportá-la, e o cunhado de Lou é convocado bem mais vezes do que gostaria. (É significativo o fato de que ela telefone diretamente para ele, sem passar pelo crivo de Georgia, sua filha. Mas é aqui, acredita Lou, que está a chave para o verdadeiro motivo para a mãe não dirigir: ela acredita que é papel do homem ficar atrás do volante.) E quando a pousada está vazia, como muitas vezes acontece durante a semana, principalmente no inverno, a mãe de Lou acaba andando de um lado para outro em uma casa vazia, ficando cada vez mais solitária e neurótica.

Com a falta de um carro, não há ninguém para pegar Lou na estação e, por isso, ela é obrigada a pegar um táxi. E ela não se sente à vontade para pedir à tia ou ao tio para ir buscá-la, sabendo que o tio está doente e que eles também são convidados. No entanto, são mais algumas libras que ela se ressente de gastar, acrescidas do valor da passagem. E, quando vai visitá-los por obrigação, como agora, isso somente serve para aumentar seu ressentimento, enquanto caminha pela trilha do jardim, com ressaca, depois de uma noite mal dormida e preparada para um interrogatório sobre sua chegada tardia.

***

– Como Papai está? – pergunta Karen, ao se dar conta que ela ainda não perguntou pelo pai, apesar de ela e a mãe estarem juntas há um bom tempo.
– Oh, você sabe – responde sua mãe.
De fato, Karen sabe. A última vez em que viu o pai foi no Natal, quando ela, Simon e os filhos foram para Portugal passar alguns dias. Ele reconheceu Karen e Simon, porém não conseguiu lembrar dos nomes de Molly e Luke. Sua mente não consegue essa informação. As recordações mais antigas gravadas profundamente no seu cérebro permanecem, enquanto as experiências mais recentes passam a toda a velocidade como carros de corrida e desaparecem.
– É uma pena que ele não estivesse disposto a vir. – diz sua mãe. – E você sabe como ele fica perturbado quando viaja.
– Compreendo.
Pensar no pai desse jeito é como enfiar uma faca na dor de Karen. Aos poucos, ela está perdendo-o, também. A mãe está perdendo o marido justamente no momento em que Karen perdeu o dela. A perda talvez não seja tão rápida, tão súbita, nem tão chocante, afinal o pai de Karen já tem 80 anos, mas está partindo o coração da mãe.

***

Lou foi recebida da forma de sempre: com chá na sala de estar. Enquanto espera a mãe vir da cozinha, bate um papo com os tios Audrey e Pat. Por fim, sua mãe entra na sala trazendo uma bandeja de madeira escura, como de costume, coberta com um impecável guardanapo de linho branco, colocado de forma que os cantos pendessem sobre as bordas, formando um losango perfeito. Na bandeja, há quatro elegantes xícaras cor de rosa com desenho floral e quatro pires com filetes em ouro, um bule combinando, uma pequena jarra de leite, uma tigela de cubos de açúcar com um par de pegadores de prata imaculadamente polidos e uma porção de biscoitos cuidadosamente arrumados em forma de flor.

– Chá, querida? – pergunta a mãe.

– Por que não serve os outros primeiro? – sugere Lou. – O meu eu prefiro forte.

Sua mãe faz como foi solicitado mas, apesar disso, quando Lou recebe sua xícara, percebe que não está do jeito que gosta, mesmo após todos esses anos do mesmo pedido.

– Biscoitinhos de chocolate?

Lou não é criança. O uso do diminutivo a irrita, mesmo que saiba que está sendo injusta. Ela estende a mão e pega não um, mas dois biscoitos. Está com muita fome.

– Deixe um pouco para o restante de nós – adverte a mãe.

Lou contém o seu ímpeto de observar que deve haver no mínimo uma dúzia de biscoitos no prato e ainda murmura um pedido de desculpas.

– E, então? – a mãe senta na sua cadeira, a coluna impressionantemente ereta para sua idade. – Fale-nos sobre o funeral que você foi assim, de última hora, querida. A propósito, você foi vestida desse jeito?

Lou se esforça para não dar uma resposta malcriada.

– Foi uma cerimônia bem informal.

– Compreendo – mas a mãe deixa bem claro que não compreende. – De quem você disse que era o funeral?

A esperança de Lou era que ao menos lhe fossem concedidas algumas horas de folga antes do interrogatório, mas o fato de estar acontecendo poucos minutos após ela ter passado pela porta piora ainda mais as coisas.

Ela respira fundo. Como vai explicar de uma maneira rápida e clara, de forma que elas abandonem esse assunto e passem para o próximo? Não quer se aprofundar nos detalhes, pois considera de mau gosto. Muito embora não tenha conhecido Simon pessoalmente, é leal à ideia que tem do homem como o marido de Karen e pai de Luke e Molly. Não deseja que o ocorrido seja contaminado pela curiosidade ou pelo julgamento da mãe.

– É apenas um cara que eu meio que conheci no trem.

– Oh?

A mãe inclina-se para frente, prestando atenção.

– Na verdade, não o conhecia assim tão bem, mas havia algo nele... – Lou tenta encontrar as palavras adequadas.

– Sim?

Ela resolve omitir os detalhes sobre Karen e Ana e os encontros subsequentes delas. Isso apenas servirá para complicar ainda mais as coisas. Talvez se mantiver o assunto curto e simples satisfaça a mãe.

– Veja, ele morreu de repente, inesperadamente. Estava lá, imóvel, um homem relativamente jovem. Costumávamos conversar de vez em quando – isto era uma mentira, mas Lou vai inventando uma história na tentativa de fazer com que a mãe se esqueça do assunto – e eu, er... gostava dele, nos dávamos bem e, quando descobri que havia morrido, decidi ir ao seu funeral, prestar minha homenagem, você sabe, dizer adeus.

"Ufa!", pensa Lou. " Espero que isto a satisfaça e ela mude de assunto. Mas..."

– Ah, *compreendo* – diz a mãe.

O tom dela está carregado de insinuações.

Imediatamente Lou percebe que ela chegou à conclusão de que eles tinham algum tipo de envolvimento emocional. Como ela consegue estar tão errada? É quase risível.

– Não, não, não foi nada disso – corrige Lou. – Era apenas um amigo.

– Se você está dizendo... – diz a mãe, lançando um olhar conhecedor para o Tio Pat e a Tia Audrey.

Ela sorri para a sua filha.

– Não era de estranhar que quisesses comparecer ao funeral.

Em vez de argumentar ou esclarecer, Lou decide que o mais simples é deixar como está.

***

No início da noite, Steve já havia acabado com todas as bebidas da casa. Parece ter considerado sua missão passar a tarde inteira deixando todo mundo chapado. Enchia as taças antes até que os convidados pensassem em se reabastecer. Ana estava de olho nele. O resultado é que a reunião transformou-se em um evento turbulento. O aparelho começou a tocar na sala de estar, e alguns pais de meia-idade até mesmo começaram a dançar, para mortificação dos filhos adolescentes; as crianças menores brincaram de esconder, correndo e gritando em volta da casa sem supervisão;

as conversas fluiram com facilidade, mesmo entre estranhos. As pessoas estavam rindo e celebrando, e Ana estava contente: Simon teria gostado disso. No entanto, essa agitação toda a deixava desconfortável. Ela sabe o que os outros convidados não sabem: que isto é um disfarce para Steve, pois permite que ele próprio beba livremente, ocultando seu próprio estado de embriaguez. Ademais, Ana suspeita que, a cada taça que ele oferece aos outros, ele bebe várias.

– As bebidas acabaram – diz Steve para Karen, segurando-a pelo braço no hall quando ela passa por ele a caminho do andar de cima. – Quer que eu vá comprar mais?

– Ah, é mesmo? – pergunta Karen. – Comprei montes e ainda temos umas duas caixas no armário do hall.

– Aquelas também acabaram – diz Steve.

Ana o observa na entrada da sala de estar.

Karen está desconcertada.

– Hum. Sim, bem... Creio que precisamos de mais, então.

– Eu irei – Steve se oferece mais uma vez.

– Obrigada. Isso seria ótimo.

Mas ele fica lá, parado por alguns instantes e depois acrescenta, sem rodeios.

– Preciso de algum dinheiro.

– Oh, é claro, desculpe.

Ana se encolhe de vergonha. Dinheiro não está entre as preocupações de Karen hoje, nem deveria estar. Este é um dos motivos pelos quais se ressente com Steve por ele não ganhar muito e gastar o dinheiro que não possui. Por isso, ele nunca paga nada para ninguém, nem mesmo umas poucas garrafas de vinho para uma viúva recente.

– Eu resolvo isto – declara ela. – Deixe-me pegar a minha bolsa.

– Não, está tudo bem. Vou buscar o dinheiro.

Evidentemente, a generosidade de Ana, deixou Karen pouco à vontade.

– Resolveremos isso numa outra hora – diz ela, esperando que Karen não se lembre futuramente.

– É claro – Karen sorri e ruma para as escadas.

Ana vai até a cozinha, localiza sua bolsa e entrega duas notas de 20 libras a Steve.

– Por que você simplesmente não me dá o seu cartão? – pergunta Steve.

Ana não confia seu cartão a ele, não depois de tantas taças de vinho. É bem capaz de escamotear uma garrafa de uma bebida mais forte para si mesmo.

– Nada disso – diz ela. – Isto será suficiente. Acho que deve levar alguém com você, para ajudar a carregar.

Se ele não for sozinho talvez sinta-se encabulado de comprar algo para si mesmo.

– Por que você não vem?

Ana não quer ir à loja de bebidas, não quer mais bebidas alcoólicas. Além do mais, são quase 10 minutos de caminhada no frio e, na verdade, não quer ficar sozinha com Steve.

– Por que não convida um cara para ir com você? As embalagens são pesadas.

– Eu vou – Alan se oferece, e os dois saem juntos.

19h21

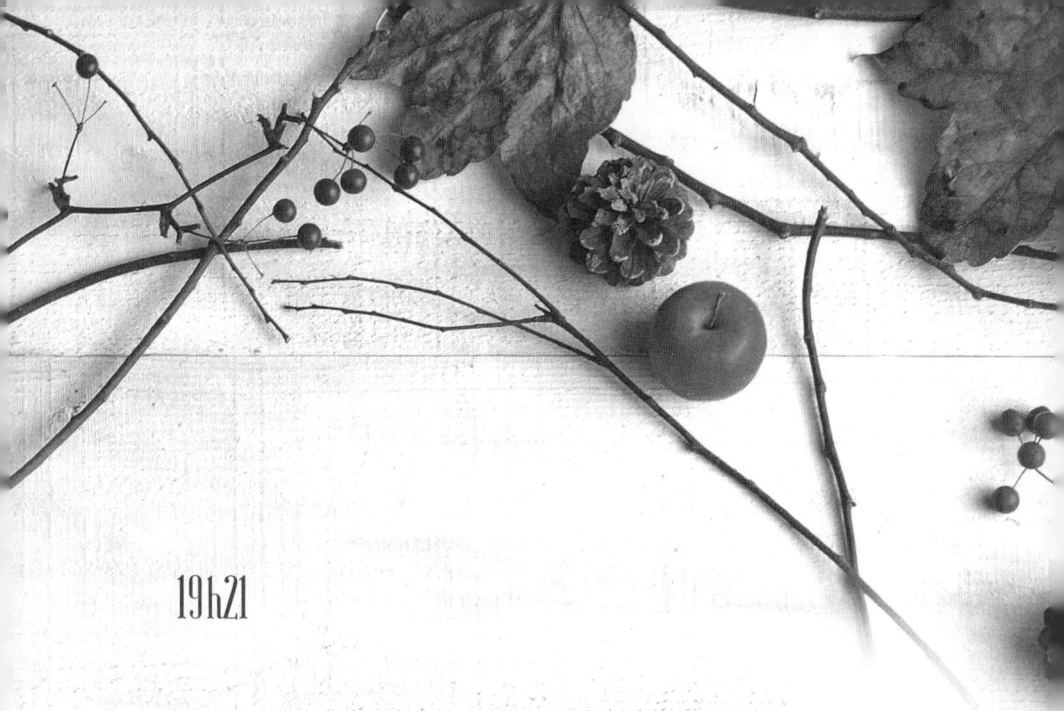

Meia hora depois, Alan e Steve retornam com seis pacotes, divididos entre eles
— Obrigada — diz Ana, cumprimentando-os enquanto colocam os pacotes sobre a mesa.
Mas agradecimento dela é direcionado diretamente a Alan, e ela lhe dá um beijo.
— O quê, nada de beijo para mim? — pergunta Steve, mas ela o ignora.
Ana já tinha dado alguns passos no corredor quando Steve agarra a namorada pelos ombros e a obriga-a encará-lo.
— Você não me agradeceu.
— *Pardon me* — diz ela, sarcástica.
— O que há com você? — indaga ele.
Está quase gritando, perdeu a capacidade de calibrar o volume da voz. Alguns dos convidados espiam do hall para ver o que está acontecendo. Ana baixa o tom de voz esperando que ele faça o mesmo.
— Nada. Estou bem.
— Não minta para mim!— exclama ele aos gritos.
Um casal que conversava na entrada da cozinha interrompe a conversa, lançando um olhar desconfiado para eles.
— Deixe quieto, por favor — Ana sussurra com voz sibilante.
— NÃO VOU DEIXAR QUIETO! — berra Steve.

Todos à volta se calam.

— Por que você deu um beijo em Alan e não deu em mim? — pergunta ele indignado.

A bebida sempre traz à tona o ciúme de Steve. Steve sóbrio é um cara sexualmente confiante, e esta foi uma das primeiras coisas que atraiu Ana. Já o Steve embriagado é um animal diferente, o arquétipo do monstro de olhos verdes.

— Não quis dizer nada com isso — retruca Ana, atenta à perturbação que eles estão causando e querendo aliviar a situação logo.

— Sim, você quis — os lábios deles estão retesados, os olhos, cheios de rancor.

Ela sacode a cabeça.

— Estava apenas agradecendo.

— Ei, cara. — Alan intervém, pondo a mão no ombro de Steve delicadamente para afastá-lo de Ana: ele a está intimidando. — Vá com calma, tá? Ela não quis dizer nada com isso.

Mas a intromissão de Alan só serve para exacerbar a questão.

— ME LARGUE!

Steve dá uma cotovelada com força em Alan para afastá-lo de Ana.

— Oh — Alan recua, ergue a mão aberta para indicar que não quer violência. — Não tem necessidade disso.

— Você diria isso, não é verdade? — Steve o rodeia.

Tudo está acontecendo tão depressa que Ana fica impotente para impedir.

Karen surge no alto da escadaria para ver que confusão é aquela.

Steve olha para cima, vê Karen, percebe que tem plateia.

— Por que vocês não dizem simplesmente? — pergunta ele, com ar zombeteiro.

— Dizer o quê? — rebate Alan aturdido.

— Que vocês preferiam que tivesse sido eu!

— Desculpe, não entendi.

Steve vê um casal na cozinha, observando a cena. Na sala de estar, as pessoas estão boquiabertas, horrorizadas.

— Vocês preferiam que tivesse sido eu?

Parada no meio da escadaria, Karen interfere:

— Acho que você precisa se acalmar, Steve.

Mas não adiantou.

Steve fixa o olhar em Karen; Ana vê rancor nos olhos dele, a mesma virulência que costuma ser dirigida a ela.

– VOCÊS PREFERIAM QUE EU TIVESSE MORRIDO EM VEZ DE SIMON.

Todos ficam em silêncio, estarrecidos.

Depois, Karen diz com voz calma.

– Sabe de uma coisa, Steve? Não sei quanto aos outros, não posso falar por eles, mas, no que me diz respeito, você tem razão, *eu* preferia que tivesse sido você e não Simon. Agora, saia da minha casa neste instante. Já causou problemas suficientes. Vá para casa e durma para curar essa bebedeira.

Steve fica tão chocado com o as palavras dela que, por um momento, emudece.

– Dê um jeito nele – murmura Karen para Ana, voltando para o andar de cima.

Ana percebe que ela está tremendo. Por baixo dessa postura serena, está a fúria.

– Eu o levo para casa – diz Ana.

À sua volta, as pessoas retomam suas conversas. Os diálogos são uma mistura de alegria forçada, para fingir que nada aconteceu, misturados com discussões abafadas sobre o horrível comportamento de Steve.

Nesse momento, ele está encostado contra a parede, com dificuldade para ficar de pé.

– Você vai ficar bem? – pergunta Alan para Ana. – Posso cuidar dele, se quiser. Ao menos, deixe-me ir com você.

– Por favor, não – Alan já fez e aguentou o suficiente. – Vou ficar bem.

Francamente, se estivesse no lugar de Alan, teria dado um soco em Steve. Mas Alan, como o irmão, é essencialmente pacífico. Agredir fisicamente alguém não está na natureza dele, a não ser no campo de futebol. Além disso, também está de luto.

– Lamento muito – diz Ana para Alan.

– Não é culpa sua – responde Alan.

Mas Ana sente que é.

Steve já deixou Ana possessa incontáveis vezes, mas nada que se compare ao que aconteceu hoje. Como ele *ousa*? O que aconteceu está além da sua compreensão, mas nem por isso está menos aborrecida. Quando chegar com ele em casa, não importa quão bêbado ele esteja, vai ouvir umas verdades. Mas primeiramente, precisa chegar lá.

— Vamos — diz ela, falando entre dentes, e puxando-o pelo avental na direção da porta.

— Aondeestamosindo? — pergunta Steve, com voz arrastada.

— Para casa. Você não é bem-vindo aqui.

Ela o agarra pelo braço, mesmo que o contato físico neste momento lhe seja repulsivo, e o conduz porta afora.

— Tchau — diz para Alan.

Steve mal consegue ficar em pé. Dá uma guinada contra a porta e depois sai cambaleando pela passagem do jardim.

— Por que você não o coloca na cama e depois volta? — sugere Alan, parado na porta.

— Talvez faça isso — concorda Ana, embora ache improvável.

Ela conduz Steve através do portão da frente e vira para a esquerda. Eles demoram o que parecem séculos para chegar ao fim da rua. Steve tropeça várias vezes, dando risadinhas e dizendo *oops* a cada passo em falso. Ana não acha isso nem um pouco engraçado, serve apenas para testar ainda mais sua paciência.

— Por que está tão zangada? — pergunta ele enquanto atravessam a rua principal em um passo perigosamente lento.

— Não acredito que você precise me perguntar.

Mas é claro que no estado que está ele precisa, perdeu totalmente a memória e, certamente, a razão.

— Apenas tomei algumas taças de vinho.

— É, certo — rosna ela. — Vou levá-lo para casa e aí, então, você vai saber o que fez de errado.

Ana não quer ficar gritando com ele no meio da rua.

— Ooh, Deus, Ana está zangada comigo — diz ele, fazendo uma cara de menino travesso.

Se Steve estivesse sóbrio, talvez achasse o gesto encantador, mas agora é simplesmente patético.

Finalmente, eles chegam à rua Charminster. Ele entra na trilha do jardim e para na porta, à espera. Ana tira a chave de dentro da bolsa e abre a porta com uma das mãos, enquanto a outra mantém Steve de pé, depois, empurra-o porta adentro.

– Você me empurrou! – reclama ele, ao cair para frente nas escadas. Ele retesa os braços e depois se recompõe.
– Upa – rosna ela. – Empurrei, sim.
– Por quê?
– Para garantir que você entrasse.

Ela fecha a porta da frente com um chute. – Se não estivesse num estado tão deplorável, não teria caído. Não faça um escândalo por causa disso.

– Mas você me machucou – lamuria-se ele, equilibrando-se precariamente.

– Não machuquei você. Mas se estamos falando de machucar, o que acha que fez para mim?

– Ahn?

Ele não vai entender. Ana sabe que é uma perda de tempo mas, mesmo assim, precisa manifestar a sua indignação. Está com muita raiva para se conter.

– Seu comportamento hoje foi horrível. Para mim e para todos os que lá estavam. Nunca tinha visto, nem ouvido falar de uma coisa como essa.

– Eh?

– Pelo amor de Deus, Steve! As pessoas estavam de luto, seu maldito imbecil. Era um funeral. Um homem morreu. De repente, do nada, sem nenhum aviso. MORREU. Um homem relativamente jovem. Um homem que todos nós amávamos muito. Um homem que deixou para trás esposa, filhos e um número incontável de amigos e parentes. E você foi desrespeitoso, primeiro com o irmão dele, logo com ele, depois com Karen, esposa dele e com quase todos que estavam lá!

– Desculpe-me.

– Não se incomode em pedir desculpa. É tarde demais para isso. Estou farta. Ainda por cima conseguiu virar a coisa toda para o seu lado. E, francamente, Karen está certa. Simon vale dez vezes mais que você.

– O que você disse?

Ele avança na direção dela, os ombros retesados.

Ana retrocede na direção da porta de frente. Steve já tinha demonstrado antes essa habilidade de passar, não só emocional como fisicamente, de um bêbedo desajeitado e embaraçoso para uma pessoa cruel e ameaçadora. E, mesmo sabendo que isso a colocará em apuros, ela repete:

– Disse, ou suponho que deva ter dito, que Simon vale dez de você.

Ana está tão furiosa que nem se importa com as consequências.
– Vadia.
O insulto não a atinge. Ela ergue o queixo, desafiadora.
– *Não* sou uma vadia. Estou simplesmente dizendo a verdade. Hoje você transformou uma circunstância que, em si, já era bem difícil para todos, num desastre. Estávamos todos num funeral, Steve, lembra? *O funeral do meu amigo.* E, ainda assim, você foi agressivo, grosseiro e extremamente insensível. Por quê? Porque estava bêbado, este é o motivo.

Steve pode não estar articulado neste momento, mas, Deus, Ana está. O ódio afiou sua língua, clareou sua mente.
– Eu NÃO estou bêbado!
– Faça-me um favor. Você foi, ou é, uma merda absoluta. *Você* é que tem problemas, se é isso que entende por vadia, porque seu comportamento não levou em consideração absolutamente ninguém a não ser você mesmo. Você é totalmente incapaz de se colocar no lugar de outra pessoa, Steve.

E, então, ela lança mão daquilo que, para o relacionamento deles, é crucial.
– Isso inclui o meu lugar, também.
– Eh?
– Tente me acompanhar. Acabo de perder um amigo, um amigo muito, mas muito querido. Estou profundamente abalada. Mas, desde a morte de Simon, que faz agora, o quê? Cinco dias, você não fez nada, sim, *NADA*, para me apoiar.
– Sim, eu fiz.
– O quê, um espaguete à bolonhesa para mim? *Oops*, me desculpe, me esqueci. Oh, é claro, você fez toda aquela comida ontem, também. Isso foi legal da sua parte, admito. E você gostou. Mas foi também uma desculpa perfeita para não ir à cerimônia religiosa. Enquanto eu queria você lá, *precisava* de você. Embora isso não pareça nem mesmo ter passado por esta sua cabeça, estúpida e narcisista.

Ele faz um movimento brusco e ergue cabeça, o insulto parece ter penetrado no seu cérebro.
– Primeiro e acima de tudo, você pensa em si mesmo, e não gosta de funerais. Bem, aprenda uma coisa *ninguém gosta*.
– Eu acho, *espero*, que você tenha pensado em Karen. Mas eu sou a sua namorada, e você não pensou, nem *uma vez*, em verificar como eu estava.

Ela se interrompe, olha para ele. Steve parece estar se recuperando um pouco da embriaguez, ficando um pouco mais sóbrio, conseguindo acompanhar os violentos ataques verbais dela.

– Sabe o que eu quero agora?

– O quê?

Eles estão em pé, frente a frente, como dois boxeadores estudando um ao outro, os pés afastados.

– Quero que você vá para o inferno.

Depois, ela chega bem perto e cospe no rosto dele, literalmente. Uma pegajosa massa de cuspe horrível atinge o rosto dele e depois escorre gradualmente.

Assistir a isso foi imensamente gratificante.

Eles param. Steve está lento por causa do álcool, mas, depois, reage. Lança-se na direção dela e a empurra maldosamente, com considerável força e ela voa para trás e bate a cabeça na porta da frente, deslizando para o chão.

Mas embora Ana esteja sem fôlego e chocada, num átimo de segundo ela está galvanizada. Agora está em completo estado bélico, a adrenalina correndo no sangue. Parte dela está consciente de que Steve é maior e mais forte do que ela, mas não importa. Ele já a ameaçou vezes demais. Neste momento, não cabe raciocínio sobre o que é menos forte. Quer que ele sinta fisicamente a força da sua fúria. E então, como um animal selvagem, ela toma impulso apoiada nos quadris. E, antes que ele tenha a chance de se mover, chuta-o com toda a força. As pernas dela são longas e atingem uma boa altura. Suas botas, essas perversas botas de couro verde-escuro, com salto alto e bico pontudo, são armas eficazes. E quando chuta, pega bem no meio das pernas dele. Bem ali, onde doi.

Ele se curva, em agonia.

Ela não para. Põe-se em pé. E, enquanto ele está curvado, praguejando, Ana abre a porta de frente. Depois, agarra o braço de Steve e, antes que ele tenha a chance de saber o que está acontecendo, empurra-o com toda sua energia para fora.

Ele cai de costas na trilha do jardim e aterrissa de bunda no chão, mas Ana nem se detém para ver se está muito ferido. Sua segurança está acima de tudo. Volta para a entrada e bate a porta com um estrondo. A seguir, passa a corrente e tranca a porta.

***

– Você acha que Ana está bem? – pergunta Karen.
– Espero que sim. – diz Alan.
Ambos ainda estão abalados com o confronto.
Karen morde os lábios.
– Talvez seja melhor telefonar para ela.
– Acho que você já tem muita coisa para resolver. Françoise e eu podemos dar uma passada lá, se quiser, no nosso caminho para casa. Já estamos saindo.
– Você se importaria?
– Não, não é um incômodo.
Alan e sua família moram a cerca de dois quilômetros dali, e a casa de Ana fica no caminho.
– Steve é um imbecil – comenta Alan.
– Certamente – concorda. – Arrependo-me muito de tê-los apresentado.
– Ela vai se livrar dele, você vai ver. – diz Alan confiante.
– Espero que esteja certo.
– Venha cá. – Alan abre os braços e eles se abraçam.
Ele se inclina para trás, afasta o cabelo do rosto dela, olha nos seus olhos.
– Não tem que culpar a si mesma. Não em relação a Steve, nem em relação a Simon.
– Não estou me culpando! – protesta Karen.
– Você *está*.
A voz dele é firme, mas suave, bondosa. O coração dela balança, isto a faz lembrar tanto de Simon.
– Ok – concorda ela. – Mas me passe uma mensagem de texto quando chegar em casa, para me informar como Ana está.

**

Pouco tempo depois, Ana ouve Steve pondo-se em pé, limpando a poeira. Depois, ele abre a caixa do correio e espiona lá dentro.
Ela se afasta, senta-se nas escadas e fixa o olhar nele.
– Você vai me deixar entrar? – pergunta ele.
– Está brincando?
Então, ela se dá conta do que estava querendo dizer desde que a briga começou, talvez dias antes disso, talvez antes mesmo do momento em que descobriu que Simon morrera.

– Você nunca mais vai entrar aqui.
– O quê?
– O que você quer dizer com "o quê?" Você me ouviu. Eu disse que nunca mais vai voltar à minha casa, nunca mais mesmo.
– Você não pode fazer isso.
– Duvida?

A portinhola da caixa de correio se fecha. Ela se prepara: sabe o que ele vai fazer na sequência. Não deu outra: BAM! Ela pode sentir a porta, na realidade, todo o hall, a casa toda, vibrando, enquanto ele lança o peso do corpo contra a madeira. E de novo, BAM!. Mais uma vez: BAM!

Ela pensa: "será que os parafusos vão aguentar?" Mas ainda está muito cheia de adrenalina para se render à ansiedade. Corre para o andar de cima, abre a janela do quarto e inclina o corpo para fora.

Ele está lá embaixo, no escuro, o corpo todo torcido para um lado. Dá alguns passos para trás e depois se atira na porta de novo. Parece não se importar em se machucar.

– Oi.

Ele olha para cima.

– Se continuar fazendo isto, vou chamar a polícia.
– Você não faria isso.

A mandíbula dele está travada, não está acreditando.

– É claro que faria.

Ela entra pega o telefone que está na cômoda e volta para a janela. Ergue o telefone para ele ver:

– Creio que este problema merece um telefonema para a polícia, não acha?

Ele choraminga.

– Deixe-me entrar, Ana, por favor.

Ana lembra-se da história dos *Três Porquinhos* e solta uma risada, incrédula.

– De jeito nenhum.

O rosto dele tem a mesma expressão que ela já viu muitas vezes quando está embriagado: a boca caída, o cenho sulcado, uma expressão de quem está confuso. Apesar da agressividade, a postura dele é largada, os membros descoordenados. E, finalmente, é como se os últimos vestígios da névoa que toldava a visão de Ana se dissipassem. Ela consegue enxergar Steve como ele realmente é.

Um triste e lamentável bêbado.

E ela entendeu a mensagem que o pronunciamento de Karen no funeral tinha para ela. De que ela amou Simon pelos seus defeitos, mas Ana não ama Steve pelos dele. Não pode e nunca poderá. Como poderia, quando o pior defeito de Steve, o seu vício, leva a isto? Ela está sendo aterrorizada na sua própria casa. Isto é inadmissível.

– Você tem que me deixar entrar – choraminga Steve.

– Não.

– Onde eu vou dormir?

– Isso é problema seu.

– Ah, Ana...

Ele soa como uma criança de 5 anos, mas não comove Ana. Ela está decidida.

– Não me venha com essa de "Ah Ana". Já chega. Acabou. Você até mesmo conseguiu que o funeral acabasse girando ao seu redor. E nos últimos dias, agiu como se eu tivesse que escolher entre você e o meu amigo mais próximo. Pois bem, estou escolhendo o meu amigo. E não adianta ficar aí, do lado de fora, discutindo. Se você gritar ou bater na minha porta mais uma vez, vou telefonar para a polícia. Agora, vá para onde quiser, não me importo. Amanhã vou deixar suas coisas do lado de fora.

Ana sai da janela, entra no quarto de hóspedes. pega dois cobertores velhos e gastos. Retorna à janela do quarto, curvando-se para frente.

Steve está sentado no caminho, parecendo triste.

– Aqui – diz ela.

– Ele olha para cima.

– Pode ficar com estes – diz ela, exibindo os cobertores. – Pegue.

E atira primeiro um e depois o outro para ele. O primeiro pousa no chão ainda dobrado, pesado, mas o segundo se abre, pairando no ar como um paraquedas.

Por alguns minutos, Steve permanece na porta da frente, xingando. Depois, se aquieta, mas Ana ainda pode ouvi-lo andando de um lado para outro. Ela não reage e, então, ele começa a lhe telefonar. Primeiro, no telefone fixo. Repetidas vezes. Até que ela tira o telefone da tomada. Depois, no celular. Ana desliga o celular, também. Por fim, ele pega os cobertores e vai embora.

21h45

"É isso, então", pensa Karen, fechando a porta da frente.

Todos os convidados foram embora. Agora, ela precisa dar uma olhada no celular.

Alan havia cumprido o que prometera.

Tudo calmo no front ocidental, diz o texto. Rodeamos a casa e não conseguimos ouvir nada desagradável, por isso não os incomodamos, calculamos que estivessem dormindo e não quisessem ser acordados. Bom descanso.

Mesmo assim, alguma coisa a está preocupando. Durante toda a semana, vinha tendo a sensação de que as coisas entre Ana e Steve estavam cada vez mais tensas, a despeito da sexta-feira em que eles passaram alegremente cozinhando juntos. Estava tão tomada pelos acontecimentos que não deu muita importância ao assunto, até que a assustadora briga desta noite trouxe seus temores à tona, e ela estremece ao pensar de que Steve é capaz quando impelido até seu limite.

Decide ligar para Ana, para se certificar.

Mas o celular dela parece estar desligado, a chamada cai diretamente na mensagem de voz. Karen tenta o telefone fixo, que toca, toca, sem resposta.

– Deixe isso, querida – diz a mãe. – Ana tem idade suficiente para cuidar de si mesma.

Karen sacode a cabeça.

– Estou preocupada.

Como ela pode explicar que Ana e ela têm uma conexão que vai além de muitas amizades, que elas às vezes parecem virtualmente ligadas por um sexto sentido, psíquico, em geral quando as emoções estão nas alturas, como tem acontecido ultimamente? Sua mãe vai achar que está sendo melodramática.

– Sei que está ansiosa e que é uma boa amiga. Mas diante de tudo que vem acontecendo, acho que deve evitar se envolver. Alguém mais vai ajudar, se for necessário.

– Sou a amiga mais íntima dela – protesta Karen. – E ela mora aqui bem perto. E se aconteceu alguma coisa com ela?

– Não aconteceu nada com ela. A mensagem de Alan foi clara: eles foram dormir. Provavelmente ela tirou o telefone da tomada para que não fossem incomodados. Acho que você ficou tão acostumada a se preocupar e a se aborrecer com tudo esta semana que não consegue desligar, o que é bastante compreensível, mas tenho certeza de que eles estão bem. Vou ficar olhando as crianças e você poderá dar uma chegada lá para vê-la amanhã de manhã, se quiser.

– Ótimo.

Mas Karen ainda está insegura.

***

Lou está sentada na sala de estar com a mãe, Tia Audrey e Tio Pat. Ele colocou uma poltrona de espaldar alto e amplo bem perto da televisão, juntamente com seus remédios. Ele é surdo e, como explica em voz alta, se não fizesse isto, não conseguiria ouvir o anfitrião do programa de entrevistas. Audrey e a mãe de Lou estão compartilhando o sofá, ambas com a coluna bem ereta, uma testemunha da criação rigorosa delas ("Sente-se ereta."). Lou está descansando, os pés sobre um dos braços da outra cadeira que ela considera remotamente confortável, uma poltrona reclinável afundada que só escapou de ser considerada um traste e descartada pela mãe porque era a favorita do pai de Lou.

Tio Pat está obstruindo a visão de Lou do programa de entrevistas, mas, de qualquer maneira, não está efetivamente assistindo ao programa. Está tratando das unhas, uma atividade para substituir o aborrecimento depois da discussão sobre Simon.

"Será que a minha mãe não consegue enxergar que eu não me interessaria por um homem?" pensa ela, enquanto arranca um pedaço de cutícula particularmente resistente. No entanto, consegue observar que eu não estava vestida apropriadamente para um funeral. Não tenho namorado há anos, sim, anos. O último foi quando tinha 15. O que será que ela pensa que tenho feito todo esse tempo? Abstinência?

Lou pensa em Sofia e no beijo delas na noite anterior. Depois dá uma olhada na mãe, com seu capacete de cabelo cinzento com ondas frisadas no estilo Thatcher, os lábios enrugados em decorrência de décadas mantendo-os quase sempre franzidos. Mas, apesar da sua aparência rígida, sua mãe gerou duas filhas com idades próximas. De alguma maneira, deve tê-las concebido. Lou até lembra que o pai deu a entender que a mãe era sexualmente ardente e, afinal de contas, deve ter havido algo que os manteve juntos durante décadas duas pessoas tão diferentes.

Consequentemente, ela deve estar fingindo ignorar a verdade.

É uma situação que tem consumido Lou durante toda a sua vida adulta. E como isso é perverso. Aqui está ela, virtualmente esparramada no sofá, o corpo reagindo à mera recordação do beijo de uma mulher.

– Sou gay – murmura baixinho.

Mas a mãe está tão entretida com a televisão que não ouve.

***

– Vá para a cama – ordena Karen. – Subirei dentro de um minuto.

– Por que não deixa isto para amanhã?

Karen está esvaziando a lava-louça.

– Estou bem, sinceramente. Prefiro fazer isto agora. Depois posso colocar mais uma leva. Por que não toma um banho?

– Boa ideia. Quer que eu deixe um banho preparado para você?

– Sim, por que não?

Há anos elas não fazem isto. Mas a prática traz para Karen lembranças da infância. A mãe dela é da geração na qual tal frugalidade era comum. Muitas vezes Karen pensa que as pessoas poderiam agir mais desse jeito de novo.

Enquanto retira os pratos e os empilha no aparador, pensa em como o passado se faz presente em momentos inesperados. Aqui está ela, cuidando de louças que guardam consigo partes da sua história.

Aqui está a caçarola de ferro fundido já meio deteriorada que Phyllips passou para ela há alguns anos, dizendo que seria mais útil para Karen do que para ela, uma vez que agora tinha filhos. Aqui estão, também, canecas diferentes de várias origens: as de brinde que Simon trouxe do escritório, duas de uma fina porcelana que foram presente de Ana, uma jocosa, presente de Alan, sugerindo que homens peludos são melhores amantes. Há as formas para fazer flã que pertenceram a sua da avó, oferecidas a Karen quando ela foi para a faculdade. Foi no mesmo outono em que a avó foi para uma casa de repouso. Karen lembra-se da avó dizendo que não iria mais cozinhar, mas que talvez Karen pudesse usá-las para equipar sua cozinha. Na época, a reação de Karen foi *blasé,* mas agora, sempre que faz uso delas, lembranças profundamente comoventes lhe vêm à mente.

Na sequência, retira seis conjuntos de pratos de jantar de um serviço que ela e Simon pediram como presente de casamento. Quantas refeições serviu neles? Corre o dedo em torno da borda, acompanhando o traçado da linha azul brilhante. Eles não têm nada de espetacular, apenas porcelana branca simples.

Os amigos deles não nadavam em dinheiro na época. Simon e ela se casaram quando ela era relativamente jovem, e ela e suas colegas eram recém-formadas. Uma lista de casamento extravagante seria considerada gananciosa. De qualquer forma, os pratos duraram bastante e somente dois se quebraram. Qual seria a lógica de ter algo tão precioso e frágil que nunca poderiam usar para comer neles? Enquanto estes tiveram anos de bom uso, desde seu primeiro jantar como casal, quando praticamente a única coisa que ela sabia fazer era torta de carneiro, até as festas de aniversário dos filhos. A base plana os torna ideais para bolos assim como eles têm sido ideais para quiches, pizzas e tortas...

E assim é a vida, como os próprios pratos, um círculo completo. E no âmago de quase todas essas lembranças está Simon. Durante muito tempo ele esteve intrinsecamente ligado à existência dela: quase todas as peças de louça remetem de alguma forma aos dois. Mesmo os itens anteriores ao relacionamento deles ele usou e compartilhou com ela, repetidas vezes.

É muita coisa para assimilar. Karen já derramou todas as lágrimas que podia hoje. Esta exaurida, entorpecida.

Mesmo assim, ela ainda esvazia a cesta dos talheres e coloca na máquina com uma última carga. A seguir, ela enche o compartimento do sabão, fecha a porta da máquina e gira o botão para dar partida.

***

Mais uma vez, Ana acorda após umas poucas horas de sono. Está surpresa e aliviada pelo fato de Steve não ter causado mais perturbações. Talvez tenha ido embora.

Ela volta para a janela, espiona no vão da cortina. Se ele estiver no jardim, não quer que a veja e faça outra cena.

Não há ninguém lá.

Depois, algo chama sua atenção. Na soleira do prédio de escritórios, um pouco mais acima na sua rua, estão os seus cobertores. Não consegue ver Steve, mas, pelo formato arredondado das cobertas, deduz que deve estar enroscado debaixo delas, adormecido. É o mesmo lugar onde o sem-teto costumava se abrigar, o homem dos sanduíches de queijo cottage.

Domingo

8h23

Karen se espreguiça, há alguém na cama ao seu lado.
Poderia ser?
Não pode ser.
Não é.
É Luke. Ele se esgueirou para debaixo das cobertas durante a noite, e agora ela é atingida pela realidade.
Será que todas as manhãs vão ser como esta? Um soco no estômago, sempre que abrir os olhos?
Ela fecha os olhos, na esperança que tudo desapareça. Enrola-se bem apertada em torno de Luke; não sabe se está protegendo a si mesmo ou a Luke. Mas ele está quentinho e macio e, por enquanto, ainda dorme, em paz. Talvez por alguns momentos fugazes, parte disso possa desaparecer da cabeça dela.

***

A primeira coisa que Ana faz é olhar pela janela. Steve não está mais naquela porta e levou os cobertores consigo. Abre bem a janela, curva-se para fora, corre os olhos pela rua.
Nem sinal.
Ainda está abalada por tudo o que aconteceu, mas prática como sempre, faz uma análise rápida da situação. Não pode sair de casa agora, com

medo que ele retorne. Steve tem uma cópia das chaves. Portanto, antes de qualquer coisa, precisa chamar um chaveiro. Engata o telefone na tomada e entra em contato com o serviço.

Fica sabendo que vai custar o dobro porque hoje é domingo.

– A senhora não pode esperar até amanhã? – pergunta o homem. – Se já está no imóvel?

– Não – diz Ana, curta e seca.

Assim, dentro de uma hora, ela já está desperta, vestida e observando o homem desmontar a fechadura da porta da frente.

Seu temor é que Steve volte antes de o homem acabar o serviço. E, em vez de ficar sentada balançando as pernas, decide usar essa agitação para fazer algo útil. Pega um rolo de sacos de lixo de debaixo da pia da cozinha e leva-o para o andar de cima. Chegando lá, retira todas as peças de roupa de Steve de dentro do guarda-roupa e as deita sobre a cama. Depois, dobra as roupas de qualquer jeito e as coloca uma a uma nos sacos. Dentro de vinte minutos, está feito.

Ela está procurando caixas para colocar os livros de Steve quando lembra que o celular ainda está desligado. Talvez possa se arriscar a ligá-lo. Ao menos pode recusar as chamadas. Assim que o som de conexão é disparado, o aparelho toca. Ela dá um pulo, nervosa.

É Karen.

– Graças a Deus! Estou tentando falar com você há *séculos*.

– Desculpe. Desliguei o celular. Por que não tentou o fixo?

– Tentei ontem à noite. Tocou, tocou, e nada. Achei que devia haver algum defeito na linha ou algo assim.

– Não, eu tirei da tomada. E depois esta manhã eu deveria estar no telefone falando com o chaveiro.

– Chaveiro? Por quê?

– Steve e eu nos separamos.

Ela prefere não fazer rodeios.

– Oh – a surpresa na voz de Karen é óbvia.

Ana espera cair a ficha.

– Mesmo? – Pergunta Karen, após alguns instantes.

– Sim.

Ana sabe que Karen provavelmente não vai dizer muita coisa com medo que ela mude de ideia em um futuro próximo. É sempre um risco tomar partido quando casais se separam, pois isso pode se voltar contra você caso eles se reconciliem. Mas ela quer deixar bem claro que é o término é definitivo.

– Tivemos uma briga tremenda quando entramos em casa.

– Nossa. Lamento.

– Não é culpa sua.

– Não, suponho.

– Ele estava se comportando como um babaca total. Eu é que deveria pedir desculpas para você.

– Não é culpa sua também.

Mas, mais uma vez, Ana sente que é.

– Deveria ter previsto isso.

– Ana, com Steve você nunca poderia ter previsto. Num momento, ele está extremamente charmoso e, no próximo, bem, espero que você não se importe de eu dizer isto, é um bêbado insuportável.

– Essa é uma forma delicada de dizer.

– Ontem à noite, ele se superou.

– Nem me fale! – diz Ana. – Você não viu nada. Quando voltamos para cá ele foi horrível.

– Ele não agrediu você, agrediu?

– Não exatamente – Ana dá uma risada. – Creio que o machuquei mais do que ele a mim.

– Oh!

– Chutei as bolas dele.

– Bem feito! – aplaude Karen.

Finalmente Ana tem uma percepção de como seus amigos realmente se sentiam em relação a ele.

– Onde ele está agora?

– Botei para fora de casa.

– O quê? Esta manhã?

– Não, ontem à noite.

– Ooh, querida, o pobre infeliz. Estava meio frio.

– Dei dois cobertores para ele.

Somente agora, ao relatar o ocorrido para Karen, é que Ana consegue enxergar a bizarrice da coisa toda. O espelho está se estilhaçando no seu mundo de reflexos.

– E agora?

– Mandei trocar as fechaduras.
– Meu Deus – Karen exclama. – Você não perdeu tempo.
– Apenas quatro anos – observa Ana secamente.
– Bem, lamento – repete Karen. – Gostava dele de certa forma.
E depois acrescenta:
– Da versão sóbria dele.
– Esse é o problema, é somente metade dele.
– Hum... – diz Karen pensativa. – O que vai fazer hoje?
– Empacotar as coisas dele, na maior parte do tempo, espero. Por quê?
– Mamãe se ofereceu para ficar de olho em Molly e Luke por algumas horas. Quer que eu vá aí te ajudar?
– Isso seria ótimo – responde Ana.

***

Foi uma longa semana para Lou e ela precisa recuperar o sono perdido. Aliando isso ao fato de ser domingo, está justificada sua permanência na cama por uma hora a mais do que o usual. Meio acordada, meio cochilando, ela ouve o barulho das pessoas se movimentando pela casa. O ruído do aquecedor de água enquanto sua tia toma uma ducha, o som débil da música clássica no rádio do solário, o tinido dos pratos na cozinha.

Por fim, ela sabe que não pode se safar por mais tempo; a mãe vai começar a andar de um lado para outro, ansiosa para que Lou tome o café da manhã. Joga as cobertas para trás, veste o roupão e desce para o andar térreo. Ouve vozes: mas não é o Tio Pat que está conversando com a mãe; é sua irmã Georgia que está aqui. Georgia costuma dar uma passada nos fins de semana. Ela e mãe estão na cozinha.

– Elliot é muito parecido com o seu pai – a mãe está dizendo.
– Você acha? Achei que fosse mais parecido com Howard.
Howard é o marido de Georgia, Elliot é o filho deles.
– Não, veja aqui? O queixo dele? É o seu pai escrito.
Lou franze o cenho e para no último degrau. Droga, Georgia está mostrando para a mãe as fotos do Natal; era ela quem queria mostrá-las. Afinal, foi ela quem as tirou e está satisfeita com o resultado. Fica desapontada ao perder uma oportunidade de ganhar elogios da mãe. Deveria ter sido esperta o suficiente para não enviar um conjunto de fotos para a irmã, pois, quando se trata de instantâneos dos seus filhos, é claro que Georgia

vai querer mostrá-los na primeira oportunidade. Lou aconselha a si mesma a não ser rude e vai se juntar a elas.

– Bom dia – diz a mãe.

Lou pega uma xícara e um pires do aparador, levanta o abafador de chá, vira o bule e despeja o chá na xícara. Gosta do seu chá forte, mas este está forte demais e frio.

– Acho que vou fazer um fresco – murmura ela.

– Oh, sim, desculpe, este já foi feito há algum tempo – diz Georgia. – Levantei tão cedo, por causa das crianças. É automático. Estou com inveja de você, que pode dormir até tão tarde.

Por um átimo de segundo, Lou tem vontade de responder:

– Não, você não está.

Mas, em vez disso, toma um assento ao lado delas e pega as fotos. Seu sobrinho Elliot lambendo uma colher de mistura para bolo, a boca toda lambuzada. Elliot dando seus primeiros passos com as perninhas arqueadas. Elliot se divertindo no banho. Manifestar qualquer outra coisa que não seja entusiasmo seria terrível da parte dela. Depois, tem sua sobrinha tomando café da manhã, o rosto da menina de cenho franzido, a sobrinha rindo e brincando com o chocalho que Lou lhe deu.

Lou coloca leite no seu chá e deixa-se levar pelo no momento, contemplando as fotos, rindo e arrulhando junto com a mãe e a irmã. Está contente com as fotos, mesmo que a mãe não as tenha elogiado nem uma vez.

Então, quando chegam à última foto, Lou tem um inexplicável surto de emoção. De repente, sente vontade chorar.

Ela se levanta e vai até a janela, tentando descobrir o que a afetou tanto. Lágrimas saltam dos seus olhos. Então, a causa lhe vem, no momento em que ela enxuga as lágrimas. É a inveja. Não da vida da irmã: ela não queria ter o casamento dela, nem sua casa, nem mesmo os filhos que ela tem. Mas o que ela realmente inveja é o relacionamento da irmã com a mãe.

Parece tão fácil, tão limpo, tão sincero, comparado ao seu.

***

Ana está em meio à selagem da terceira caixa com os livros de Steve usando um pedaço de fita crepe, quando o telefone toca novamente.

É Lou.

– Olá – diz ela. – Este é um bom momento para falarmos?

Desta vez, Ana acha que dá para conversar. O furacão passou. Ela está juntando os cacos, mas não está tão presa no meio do turbilhão como antes.

– Sim.

– Só queria saber como foram as coisas ontem.

"Por onde devo começar?", pensa Ana.

Foram 24 horas de guerra.

– A reunião na casa de Karen foi bem. No geral.

– Fico contente em ouvir isso.

– Onde você está? – Ana quer estar segura antes de disparar a versão completa dos acontecimentos.

– Na casa da minha mãe. Na verdade, dei uma saída para comprar os jornais. Queria uma desculpa para fazer uma caminhada.

Nesse momento, Ana ouve o barulho de um carro.

– Você chegou bem aí?

– Sim, bem.

Ana ainda não conhece Lou muito bem, mas, apesar disso, consegue detectar um tom velado na voz dela. A verdade é que Lou não soa como se estivesse bem.

– Está tudo bem?

Lou solta o ar.

– Acabo de passar um péssimo momento com minha mãe. Ela está me enlouquecendo.

– Ah.

Pelo jeito que ela fala, e também pelo que já sugeriu anteriormente, quando as duas saíram no início da semana, Ana sabe que há uma história ali.

– Lamento ouvir isso.

– A mesma coisa de sempre, a mesmíssima coisa. Não esperava que fosse de outro jeito. Ainda assim, às vezes a gente tem esperanças de que as coisas mudem. É inevitável.

– É assim. – Ana pensa em Steve.

Quantas vezes esperou contra todas as expectativas que seria diferente, que ele mudaria? Ela resolve confiar e contar tudo.

– Na verdade, eu e Steve nos separamos ontem à noite.

– Oh.

Ana concede a ela alguns segundos, como Karen fizera antes.

– É uma pena – diz Lou finalmente.
– Você acha isso?

Ana está surpresa que Lou sinta-se assim. Não tinha passado pela sua cabeça que Lou considerasse os dois um par perfeito.

Mas Lou esclarece:

– É sempre uma pena quando duas pessoas que gostam uma da outra se separam. Tive a impressão que você gostava muito dele.

Considerando que elas se conhecem há tão pouco tempo. É incrível que Lou tenha intuído algumas coisas sobre ela.

– Eu gosto, eu gostava.
– Mas é terrivelmente difícil viver com um alcoólatra, isso eu reconheço.
– Não aguentei mais.

Ana olha em volta para todas aquelas caixas. É uma pena. Ela e Steve tinham coisas em comum, como a leitura, disso vai sentir muita falta.

– Estava falando sério quando disse aquilo no parque, você sabe.
– O quê?
– Que você não pode resolver o problema para ele, curá-lo.
– Não.
– Provavelmente ele vai ter que chegar ao fundo do poço antes de fazer algo a respeito. É o que dizem. De certa forma, você o ajudou, fez com que enfrentasse a realidade. Com você lá para apoiá-lo, você estava facilitando as coisas para ele e ele estava fadado a continuar bebendo.

Ana já tinha ouvido este raciocínio antes, mas só agora que isso encontrou ressonância dentro dela. Steve no fundo do poço é uma ideia trágica. Ela lamenta por ele.

– Você acha que ele vai ficar bem?

Ela quer que Lou diga que sim. Não pode aceitá-lo de volta, sabe disso mas, está preocupada com ele, sente-se culpada. Afinal, foi ela quem o botou na rua; ninguém pode dizer que foi ele quem partiu.

– É provável – responde Lou. – Há ajuda para ele, se procurar.
– Está pensando em algo do tipo Alcoólicos Anônimos ou coisa parecida?
– Sim. Ele já tentou algo do gênero?
– Não.
– Nunca se sabe, talvez faça isso agora. Nesse meio tempo, ele tem um lugar para ficar?

– Não sei – Ana é franca.

A culpa aumenta. Ainda se sente responsável por ele, não pode se livrar desse sentimento da noite para o dia. Mas contrapondo-se a isso há outro sentimento recente, mas que ela valoriza muito: o reconhecimento de que ela deve primeiro e acima de tudo cuidar de si mesma.

– Não quero mais ele aqui – repete ela. – Não. Ele pode ficar com o cara para quem trabalha às vezes, Mike, ou algo parecido, assim espero. Não quero nem falar com ele, mas gostaria de saber se está bem.

Ela está dividida.

– Nesta manhã ainda não tive notícias dele.

– Ele levou o celular?

Ana lembra dos telefonemas incessantes da noite anterior.

– Sim.

– Eu posso telefonar, se quiser – Lou faz uma oferta inesperada.

– O que você pretende fazer?

– Verificar se ele está bem. Também trabalho num albergue para pessoas sem-teto. Assim, se o que já está ruim ficar pior, e ele não estiver com Mike ou com outra pessoa, posso encaminhá-lo para lá.

As emoções de Ana são contraditórias: a ideia de Steve vivendo num albergue mexe com ela por dentro. No entanto, gostaria de saber se ele está aquecido e cuidado, mesmo que seja no básico. Seria melhor do que nada. Não consegue pensar nele dormindo em uma soleira de porta por mais uma noite.

– Você se importaria?

– É claro que não. Posso reter meu número para que ele não retorne a ligação. Vamos apenas verificar se está bem.

Ana não quer que Lou se enrede em telefonemas infindáveis, não quer uma mediadora. Mas, evidentemente, Lou já presenciou comportamentos como o de Steve, o que não é de surpreender dado o seu trabalho, e ela é ao mesmo tempo prática e generosa.

Ana está agradecida, especialmente em um momento em que a própria Lou está tendo um dia difícil.

A mãe de Lou não sabe a sorte que tem, pensa Ana, enquanto espera pela chamada de Lou com as novidades. Não deveria dificultar a vida dela, deveria, sim, ter orgulho da filha que tem.

***

"Nada como o presente", pensa Lou.

Ela não sabe bem o que vai dizer, mas não faz muito sentido ensaiar. Já está na rua por algum tempo agora, caminhando em torno de uma praça. Sua mãe deve estar querendo saber onde ela está.

Para seu alívio, Steve responde imediatamente.

– Alô?

– Oh, olá – diz ela, recompondo-se. – Eu, er, você não me conhece, sou Lou, uma amiga da Ana.

– Sim. Ela já me falou de você – Lou detecta um sotaque australiano. – O que você quer?

– Estou ligando em nome dela. Ela só quer saber se você está bem.

– Estou bem – diz ele.

Ele não parece estar bêbado, conclui Lou. Ótimo.

– Apenas uma noite ruim. Ana está bem?

Lou sente a voz dele se suavizar.

– Sim, ela parece estar – responde Lou, sem dar maiores explicações.

– Onde você está?

– Na casa do meu amigo Dave. Ele diz que posso ficar aqui, mas apenas por pouco tempo.

Ah, Ana estava certa. Isso também é bom. Até certo ponto. Ele agora é problema de outra pessoa. Mas alguma coisa em Lou não lhe permite encerrar a conversa agora: ela quer orientá-lo, dar-lhe esperanças. Não por ele, nem por Ana, mas por si mesma.

– Alegra-me ouvir isso – diz ela.

E depois acrescenta:

– Veja, Steve, você não me conhece, pode me dizer para cair fora e pode, também, nunca usar ou fazer algo com a informação que vou lhe passar, depende de você. Sei que bebe muito, Ana me contou.

Ela para de falar e espera. Se ele for desligar o telefone na cara dela, vai ser agora. Mas não, ele ainda está lá, consegue ouvir sua respiração. Assim, ela continua.

– Daqui a pouco, depois que eu procurar, vou te enviar uma mensagem de texto com um número. É de algumas pessoas que podem apoiá-lo, se você sentir que quer parar. Ok?

– Que seja – diz ele.

E depois acrescenta:

– Obrigado.

13h00

O almoço é servido às 13 horas em ponto. De fato, o relógio carrilhão em cima da lareira da sala de jantar bate exatamente no momento em eles estão tomando seus assentos: a mãe de Lou, Lou, Pat e Audrey. Georgia já se foi, tinha de cozinhar para sua própria família.

Não obstante, a mãe de Lou desdobrou uma parte extra da mesa de carvalho em honra a Pat e Audrey. Ela preparou uma carne assada para eles. Lou, como sempre, tem que se contentar com os legumes.

– Você ainda é uma dessas veganas? – pergunta Pat.

– Vegetariana – corrige Lou. – Eu como laticínios.

– Pensei que você já tivesse ultrapassado essa fase – diz ele, cortando a carne com gosto.

O sangue jorra do lado da junta e na travessa. Ele recolhe-o com uma colherinha e cobre com ele seu prato servido.

– Não é uma coisa que *ultrapassa* – Audrey o corrige. –É algo em que você acredita.

Ela sorri para Lou, para mostrar que entende, mais ou menos.

Lou faz um gesto de cabeça, agradecida. Há muito tinha observado que Audrey é mais liberal que o marido e, por falar nisso, do que sua irmã, a mãe de Lou. Embora sua mãe seja a que tem filhos e netos, a irmã dela parece mais, e não menos, em contato com a geração mais jovem

Durante alguns momentos, o único som que se ouve é o raspar da prata polida na porcelana. Então, Audrey tenta puxar conversa.

– Então – diz ela, inocentemente –, você tem namorado no momento, querida?

Lou quase deixa seu garfo cair no chão. Não está acostumada a questionamentos diretos como este; sua mãe os evita.

– Acho que estava acontecendo alguma coisa entre Lou e o homem do trem – diz a mãe de Lou, arqueando uma das sobrancelhas.

É evidente que, tendo Audrey e Pat para respaldá-la, ela está disposta a sondar mais profundamente do que o usual.

Lou range os dentes.

– Não – ela insiste –, não há ninguém.

Ela olha para baixo, concentrando-se em espetar uma cenoura com o garfo. Realmente, esta refeição é inacreditavelmente insossa; nem o molho ela pode comer porque foi feito com a gordura da carne.

– Tudo bem, querida, você pode contar para nós – diz Tio Pat, com uma nota exageradamente simpática, assim como a que Lou ouviu na voz da sua mãe ontem.

"Mas eu não posso!" Lou protesta internamente.

Este é todo o problema.

– Não acho que ela queira falar sobre isso – diz Audrey. – Desculpe, querida, não quis me intrometer. É só que você é uma garota tão boa e...

– Está ficando meio passada – diz Tio Pat, na tentativa de ajudar.

– Pat! – repreende Audrey. – Não foi isso que eu quis dizer.

– Eu me casei com 21 anos – ressalta a mãe de Lou.

– Eu sei. – Lou pega a mostarda, precisa de algo que dê sabor a esta comida deplorável.

– E sua irmã se casou com 24.

– Sei disso, também

– Você não quer ter filhos, então? – pergunta Tio Pat.

Lou sente que está sendo pressionada por essa conversa como o cordel de um papagaio de papel impulsionado pelo vento.

– Bem, não sei – murmura ela.

–Você daria uma mãe maravilhosa – diz Audrey.

Lou sabe que a intenção foi boa, mas sinceramente... Audrey teria dado uma mãe maravilhosa, também, mas Lou nem pensaria em mencionar isso. Não tem a menor ideia do motivo de Audrey não ter tido filhos: abortos, infertilidade, impotência do marido, qualquer um desses fatores pode ter sido o motivo. Talvez haja nervos expostos que não podem ser tocados. Por que eles não a deixam em paz?

– Sabem de uma coisa? Acho que eu realmente não quero filhos – diz ela, esperando chocá-los, apenas um pouquinho.

E isso nem é uma verdade absoluta, a verdade é que ela não encontrou ninguém para dividir a maternidade com ela. Mas ao menos pode fazer com que eles parem de meter o bedelho na sua vida.

– Oh – diz a mãe de Lou.

Lou consegue ler a decepção no rosto dela. Mas por que deveria estar tão desapontada? Dois netos não são suficientes? Isto remete Lou às fotografias, e ela sente uma corda sendo tencionada dentro de si.

Talvez seja porque a mãe se veja refletida nas circunstâncias de Lou: ambas são mulheres sem marido, vivendo sozinhas. E embora não admita, a mãe de Lou é solitária, sua existência é tão limitada que ela não consegue acreditar que a vida de Lou possa ser diferente.

Lou estremece. Ela não pode permitir que a mãe acredite que elas são parecidas, nem por um segundo. Elas são diferentes, totalmente diferentes. Tem que deixar isso bem claro.

Então, Lou pensa em Simon e em tudo o que aconteceu na semana passada, e como ela tem só uma vida, que tem que ser bem vivida ou, ao menos, com o máximo de integridade possível. Lembra-se do pedido do pai que não contasse a verdade para a mãe e, em último caso, que ela descobrisse a verdade por si mesma.

Covardia.

Bem, seu pai pode ter passado sua vida evitando confrontos com a esposa, mas isso causou a morte dele, e Lou está certa que não vai deixar que o mesmo aconteça com ela. Entende que, se continuar negando quem ela é, pode acabar como mãe: sufocada. Se não imediatamente, então, no final.

Não consegue mais fingir. Uma vez que reconheceu isto, o cordel não consegue mais suportar a tensão. E se rompe.

– E... Eu sou gay – declara ela.

Desta vez não tem televisão para afastá-las dali. Elas estão lá, à mesa. As três palavras mais poderosas que ela já pronunciou eclipsando os legumes cozidos demais, a carne meio crua e o molho que está talhando rapidamente.

***

Pizza requentada, salada de feijão, cuscus: Karen serve para as crianças, para ela mesma e para a mãe um almoço com o que restou do dia anterior. Depois, enquanto Molly tira uma soneca e Luke e a avó praticam caligrafia, ela dá uma fugida para a casa de Ana.

A caminhada é curta; é a primeira vez que ela está sozinha, completamente sozinha, em dias. Ela tem tido gente constantemente à sua volta, seja no andar de cima, no quarto ao lado, em algum lugar próximo.

Está uma tarde horrorosa. Não justifica o uso de um guarda-chuva nem do capuz da sua capa, mas a umidade está suspensa no ar, permeando seu cabelo e suas roupas, pousando na sua pele. De muitas formas, é um dia como milhares de outros. Mas, à medida que caminha, vai se conscientizando cada vez mais de que hoje é diferente, é o primeiro dia da sua vida completamente sem Simon.

Ela está sepultado, se foi.

Enquanto passa por uma casa geminada branca após a outra, algumas com a pintura descascada, algumas recém-decoradas, outras com andaime, algo lhe vem à cabeça: nem todas, mas muitas delas são lares de famílias. Dentro delas, por trás das fachadas caiadas, estão pessoas que têm companheiros, filhos. Eles estarão rindo, brincando, discutindo, amuando-se, servindo almoços de domingo, cochilando no sofá.

Parece irreal o fato de que o mundo dela não é mais reflexo do deles.

***

– Eu já sabia – diz Tio Pat.

– Se sabia, por que nunca me perguntou? – Tio Pat parece não saber como responder, e Lou o ajuda. – Porque estava com medo de perguntar, talvez?

– Eu, er, não sei ...

– Pois bem, acho que é isso – diz ela. – E quem pode culpá-lo? Eu mesma estava com medo contar. A verdade é que vocês todos sabiam há anos, porém nunca admitiram isso em voz alta.

Ela fixa o olhar em cada um deles. Tia Audrey está examinando atentamente seu prato, parece que essa louça nunca foi tão fascinante. Tio Pat a observa, a cabeça caída de lado, como se tivesse sido inesperadamente confrontado por um animal estranho no jardim zoológico e estivesse tentando avaliá-lo. Mas é o semblante da mãe que Lou realmente quer interpretar e não consegue.

O rosto dela está vazio, inexpressivo.

– Sabe de uma coisa, mãe – diz ela. – Não tenho namorado não porque não consiga, mas porque não quero. Gosto de mulheres, simples assim. Papai sabia e me pediu para não te contar. Por isso, não contei, não por todos esses anos.

Lou continua:

– Protegi você, escondi a verdade de você, porque ele estava tão preocupado que isso a abalasse. Na verdade, ele disse que isso a destruiria. Mas eu tenho 32 anos, que diabos.

Pode perceber que a mãe tem uma reação de repugnância diante da blasfêmia, mas não consegue mais se conter. Lou precisa, tem que sair do armário.

Vira-se para o tio.

– E você está certo, Tio Pat, *estou* ficando velha.

Depois, dirige a palavra à mãe.

– E daí se eu achei que estava tudo muito bem, protegendo você, mãe, mas o que essa proteção a você fez COMIGO? Se continuar desse jeito, vivendo uma mentira, quem vai acabar destruída, consumida, sou eu. Estou te dizendo, sou gay.

Lou prossegue:

– Não tem essa de voltar atrás, de mudar, nada de "oh-ela-apenas--não-encontrou-o-homem-certo". Nunca serei como Georgia. Nunca serei casada, com duas crianças ponto quatro, nunca vou morar numa bela casinha no campo, com um lindo marido, perto de você. Nunca vou dirigir um lindo, enquanto meu marido trabalha para pagar as malditas roupas infantis e minhas bolsas de grife como as dela. Não dou a mínima para nada disso. Moro em Brighton, onde há um monte de gente exatamente como eu. Ganho o meu próprio sustento, Tenho meus próprios amigos. E vou dormir com mulheres.

Ela para, expira, prepara-se para o ataque. Espera...

Mas nada acontece. A mãe pergunta simplesmente:

– Todos terminaram? – e levanta-se.

Eles passam seus pratos para ela como tivesse sido solicitado implicitamente, sua mãe os recolhe e, sem uma palavra, deixa a sala. Os três ficam ali, sentados, constrangidos. Lou ouvindo o tique-taque do relógio em cima da lareira, marcando a passagem do tempo.

Por fim, Audrey dá uma tossida e depois pergunta:

– Bem, então, isso quer dizer que você tem uma namorada, querida?

Lou solta uma risada levemente histérica.

– Não.

Sofia vem à sua mente, mas é cedo demais para revelar tão pouco à tia e, de qualquer forma, não quer um escrutínio sobre um relacionamento específico, o que pode piorar ainda mais uma situação que já é explosiva.

Audrey sorri, solidariamente, e Lou sente que, de uma maneira muito sutil, está oferecendo apoio.

– Na verdade, não estou me encontrando com ninguém – explica ela.

Percebe que Tio Pat se contorce todo, como se a simples menção de uma relação dela com uma mulher evocasse todo o tipo de aberração sexual.

Lou devolve o sorriso da tia e depois respira profundamente, estende a mão e coloca os legumes restantes dentro de um prato, põe a tigela vazia debaixo do prato, pega a molheira e toma o caminho da cozinha.

Sua mãe está de pé diante da pia, os cotovelos mergulhados na espuma de sabão.

Lou vai passa por cima do escorredor com os pratos.

Sua mãe está chorando.

Lou sufoca a raiva, inclina-se para olhar nos olhos dela.

– Você está bem, mãe?

A mãe evita encontrar o olhar dela. Com os olhos intencionalmente focalizados no jardim bem em frente, ela diz:

– Não entendo, Lou. O que eu fiz de errado?

– Não é nada que você tenha feito, mãe – responde Lou.

Por dentro ela está gritando: o que faz você acreditar que precisa fazer alguma coisa *errada* para eu ser gay.

Finalmente a mãe volta-se para ela, e Lou pode ver a dor. Um músculo da bochecha dela se contrai, os olhos estão cheios de mágoa.

– Você sempre foi a favorita do seu pai – diz a mãe, como se lutando para encontrar uma explicação.

– Mas não a sua – observa Lou.

– Não é que eu não amasse você.

Lou está chocada; sua mãe nunca tinha usado a palavra amor em relação a ela antes. Ela espera. As mãos da mãe estão pousadas na beira da pia, a espuma de sabão pinga no chão sem parar.

– Eu simplesmente não entendia você, isso é tudo.

– Eu sei.

De repente, Lou compreende o ponto de vista da mãe. Deve ter sido difícil ter Lou como filha; uma garota tão fácil e tão firmemente ligada ao pai. Talvez ela tenha se sentido destituída de poder.

– Vou tentar ajudar você a me compreender melhor agora.

– Hum...

A mãe volta a olhar pela janela, pensativa. Lá fora, o jardim está imaculadamente cuidado, os canteiros brilham com a grama verde aparada com precisão; vasos de prímulas e amores-perfeitos ladeiam o caminho por ordem de altura, as menores próximas da frente, como uma fila de alunos para um fotografia escolar.

– Não é tarde demais, você sabe.

Lou estende o braço, coloca a mão em cima da mão da mãe e a aperta. Não está acostumada a tocá-la, elas raramente fazem isso. Através da umidade e do sabão, sente os ossos da mãe, a fragilidade dela.

E embora a mãe não corresponda e continue não encarando Lou, também não retira a mão.

Por enquanto, Lou sabe, isso é tudo o que mãe pode oferecer.

***

– Café, é o que precisamos – diz Karen. – Vou fazer, continue o que está fazendo.

Ela sabe onde Ana guarda o pó de café, como funciona a cafeteira e logo leva as canecas escada acima, com cuidado para não derramar nada no carpete cor de creme.

– Pare um pouco – sugere ela.

As duas sentam-se no banco na janela da sala. Karen coloca as canecas no chão.

Por alguns momentos, ficam sentadas em silêncio, olhando para fora.

Não é uma rua refinada, e é provável que nunca seja. Há lixo na calçada: uma garrafa plástica, uma bolsa Cartier e jornais velhos molhados pela chuva. Um carro passa devagar, procurando um local para estacionar; um rapaz sobe a rua, pulando as poças d'água. A distância, na parte alta, um novo bloco de escritórios está sendo construído; na porta ao lado, a casa perdeu parte das telhas do telhado.

— Aqui estamos nós. Ambas sem nossos homens — observa Ana, depois acrescenta, desculpando-se: — Não que eu queira dizer que é a mesma coisa para mim do que é para você.

O seu aspecto está diferente hoje, pensa Ana. Depois, descobre o motivo. Ela está sem maquiagem: um sinal certo de que os acontecimentos a obrigaram, como aconteceu com Karen, a abandonar sua rotina. Karen gosta de ver Ana exposta deste jeito, parece mais jovem, mais vulnerável, mais real.

Karen inclina-se para frente e toma a mão dela.

— Coragem — diz ela.

Domingo

11h43

O céu está mais azul do que nunca, sem nuvens. É alto verão, faz calor. A janela do carro está totalmente abaixada; Lou tem o braço esquerdo apoiado na porta e descansa a cabeça no cotovelo, para aproveitar a brisa. Elas estão no detonado MG de Sofia, com o teto dobrado para trás, passeando à beira-mar. Sofia é quem dirige. Lou observa o perfil de Sofia enquanto ela olha para frente, concentrada, e seu coração voa alto para encontrar o céu sem nuvens.

É uma dessas ocasiões tão raras em que Lou não consegue, de maneira nenhuma, imaginar como poderia ser mais feliz. Adora seu emprego, apesar de todos aqueles alunos pentelhos com os quais têm que lidar. Ama esta cidade, apesar de sua decadente mistura de prédios e pessoas e da praia de pedrinhas e não de areia. Adora seu apartamento, embora pequeno e imperfeitamente projetado. Ama seus amigos, tanto os antigos como os novos. E até mesmo, de um jeito estranho, ama sua mãe. Sabe que ela está tentando, pode perceber o esforço na sua voz quando se falam. E embora possa ouvir também a desaprovação de quem Lou é, sua mãe está lá, aberta. Em última análise, é mais um problema da sua mãe do que dela. E ela consegue lidar com isso, devagar, no seu próprio ritmo.

Finalmente Lou adotou um enfoque diferente: ela mudou, agora deixa as coisas acontecerem. Talvez tenha sido necessário testemunhar uma morte para perceber o quanto queria encontrar alguém, tornar-se disponível, libertar-se dos grilhões do passado. Seja qual for o motivo, Lou está amando e, desde a noite anterior, é oficial. Ela disse primeiro, suavemente, enquanto ela e Sofia estavam na cama.

– Eu amo você.

E Sofia disse, em voz alta, com uma força indubitável:

– Eu amo você também – e depois as duas deram risadinhas e se beijaram.

E, logo depois dessa primeira vez, Sofia e depois Lou gozaram.

Elas estão se aproximando de um farol de trânsito.

– Você tem que ir por aqui – orienta Lou.

Sofia liga a seta, faz a conversão e, quando estão se afastando do calçadão da praia em direção ao conjunto residencial Hove, Lou tem uma súbita ideia para tornar este momento ainda mais perfeito.

– Vamos parar e tomar um sorvete – convida ela.

***

Karen está ajoelhada, as mãos enfiadas na terra, limpando o solo da chácara. Molly e Luke estão conversando entre eles, brincando nas proximidades. A terra está úmida em decorrência da chuva que caiu na noite anterior.

Há alguma distância dali, alguém está batendo na madeira com um martelo. Talvez erguendo uma cerca ou consertando um galpão. E vindo de um pouco mais longe, ela consegue ouvir uma cantoria em um campo esportivo, do outro lado da rodovia. Como é fim de semana, deve ser uma equipe escolar de futebol ou beisebol, torcendo para que um de seus jogadores complete o circuito e marque pontos.

Karen consegue sentir o sol aquecendo as suas costas.

– Crianças – diz ela, levantando-se. – Venham cá passar protetor solar.

– Não, não, nada de protetor! – Molly bate o pé na grama grumosa. Odeia fazer isso.

– *Sim*, senhora, protetor.

Karen caminha até a grande cesta de vime que trouxe consigo e de lá retira um frasco plástico.

– Venham cá.

E antes que Molly possa protestar ainda mais, espreme o líquido branco azulado na palma da mão e o espalha em Molly, deslizando as mãos em torno da carne rechonchuda dos braços dela; a seguir, passa na parte da frente das pernas e depois na parte de trás. Por último, espalha o creme em ambas as bochechas. A esta altura, Molly está em completamente rebelada, batendo os pezinhos com crescente ferocidade, e Karen pode sentir que está à beira de um ataque de choro, quando diz:

– Certo, acabou – e a libera para continuar a brincar.

Ufa, a cena foi evitada. Ultimamente, os ataques de raiva de Molly diminuíram. Tinham atingido um crescente um mês atrás, mas justamente quando Karen estava pensando seriamente que talvez não conseguisse suportar mais sem fazer algo de que viesse a se arrepender, eles atenuaram. Agora, parece ser um episódio que ocorre uma vez ao dia, e isto ela consegue administrar.

– Sua vez, Luke.

Ele fica parado lá, obediente, o tronco retesado. Sua cor de pele é igual à de Karen, mas o físico é igual ao do pai, pensa Karen, e os talentos dele também são os do pai.

Desejaria que Simon pudesse vê-los. Ele está perdendo essas mudanças, as particularidades do crescimento dos filhos. O fato de Molly estar menos difícil, de o corpo de Luke estar mudando, deixando de ser criança para ser um garoto... Às vezes, sente-se só ao observá-los, pensando que, embora tenha amigos e familiares que ficam contentes ao saber deles, somente o pai apreciaria essas diferenças sutis exatamente como ela faz.

Então, sente uma rajada de vento, ouve as folhas farfalharem no topo das árvores, o zumbido de uma abelha bem perto. E, pela primeira vez, desde aquele pavoroso dia de fevereiro, tem a sensação real de que talvez ela possa, que ela vai, recuperar-se do que aconteceu. Ainda não acabou, sabe disso, e de muitas maneiras nunca acabará.

Karen está aceitando cada dia, seja ele solitário ou entorpecido, e ela nunca se reconciliará totalmente com o que aconteceu. Mas está aprendendo a viver de outra forma, neste mundo no qual Simon já não está mais. Suas emoções estão se desenrolando em um novo território.

Gradualmente, está trazendo à luz sua dor para que possa reconstruir a si mesma a partir de zero. Por instinto e por desígnio, está descobrindo o que lhe traz alívio e se volta nessa direção, como uma flor que busca a luz do sol. Ela pode continuar.

– Terminamos – diz ela, fechando a tampa do protetor solar e dando um tapinha no traseiro de Luke.

***

Ana gira os diais do cadeado até que o código apareça alinhado e abre-o. Ela empurra o grande portão de metal, que se abre amplamente. Esta carregada de coisas: uma sacola contendo sanduíches, água e biscoitos amanteigados que ela leva em cima do ombro, um grande ancinho em uma mão e um tapete na outra. Ela tranca o portão e parte ao longo da trilha.

Assim que vira a esquina, vê que Karen, Molly e Luke já estão lá.

Molly corre para saudá-la.

– É a Dinda, Ana!

Karen está curvada, limpando os canteiros.

– Olá.

Ela levanta a cabeça e sorri.

– Olá!

Ana coloca tudo no chão sobre um trecho de grama e admira a pilha de relva murcha.

– Você já fez montes.

– Venha ver o meu canteiro – grita Luke, parando de fazer as massinhas de barro para puxar a camiseta de Ana com as mãos enlameadas.

Ela não tem escolha senão acompanhar o menino até o menor dos canteiros. E, veja só, os girassóis crescerem muito desde a última vez que esteve aqui. Agora têm mais de 60 centímetros de altura, uma bela fileira de folhas grandes e saudáveis pendendo um pouco por causa do calor, começando a produzir botões de flores.

– Uau! – comemora ela. – Dentro em breve estarão da sua altura.

– Eu sei – Luke está orgulhoso. – E olha aqui, minhas sementes cresceram também.

– Oh! É mesmo. Qual é o nome delas?

– Ibérida.

– Que lindas. Vamos ver como estão os legumes?

Luke conduz Ana até o canteiro onde Karen está trabalhando.

– Os feijões cresceram, não? – observa Ana.

Enroscando-se em torno de uma moldura de tábuas de bambu, eles estão floridos, botões vermelho brilhantes de esperança. Uns dois já tinham se transformado em feijões.

Karen concorda.

– As alfaces precisam ser colhidas. Leve quantas quiser; elas estão quase murchando.

– Ótimo. E aí, o quer que eu faça? – indaga Ana.

Karen conhece mais jardinagem do que ela, tendo lido muito sobre o assunto e consultado Phyllys.

– Não faz sentido regar agora, está muito quente. Vamos fazer isso antes de irmos embora. Talvez você possa limpar o canteiro dos ruibarbos.

– Claro. – Ana tira as luvas de jardinagem da bolsa.

Logo está de joelhos, extraindo ervas daninhas do solo.

Não demora muito para se ouça um "Olá! Olá!" vindo da trilha.

É Lou e logo atrás dela está Sofia. Elas estão estilosas, vestindo jeans com as pernas cortadas e camisetas de algodão. As duas se completam, são simétricas, como dois suportes de livros. Há algo especialmente encantador nelas como um casal.

– Senhoras, sejam bem-vindas – cumprimenta Ana, pondo-se em pé.

– Trouxemos sorvete! – anuncia Sofia.

– Oba! – Molly dá um pulo.

Ela estava muito concentrada dispondo pedras por ordem de tamanho em uma fileira ao lado das massinhas de barro.

– Eles precisam ser comidos agora. Neste minuto – ordena Lou, mexendo em uma sacola de plástico branco.

Não é a primeira vez que Ana repara que Lou tem jeito para lidar com crianças. Não se admira que ela faça o que faz.

– Quer chocolate ou morango? – pergunta para Molly.

– Morango!

Lou lhe dá um picolé.

– Luke?

– Chocolate!

– Também gostaria de chocolate – diz Ana – se possível.

– Claro. Karen?

– Fico com o que sobrou. – diz Karen,

– Não, você é a próxima a escolher – insiste Lou.

Ana sorri. Típico de Karen. Mas também típico de Lou. Karen

encontrou sua parelha em termos de generosidade. Elas são espelhos uma da outra. E de outras formas ela, Ana e Karen espelham-se umas nas outras. E, igualmente, o mesmo acontece com ela e Lou. A amizade delas faz com que se lembre do espelho de três painéis que havia na penteadeira da mãe dela. Quando pequena, costumava angular os três painéis para ver um reflexo após o outro de si mesma, ficando cada vez mais indistintos *ad infinitum*. Adorava ver como os três painéis do espelho apresentavam uma perspectiva diferente do mundo.

Ana abre a sua embalagem e dá uma lambida. Hummm, chocolate branco. Pecaminoso, delicioso.

– Temos um anúncio a fazer – diz Lou.

Pela expressão fisionômica delas, Ana pode perceber que se trata de uma boa notícia.

– Sofia está de mudança para Brighton – conta Lou, dando um largo sorriso para a namorada.

– Isso é maravilhoso – diz Ana.

– Meus parabéns! – Karen sorri.

Lou estende o braço e puxa a namorada para si. Sofia enrubesce.

Ana sente uma pontada de inveja, está vibrando por elas, mas não consegue deixar de invejar sua felicidade. Não seja desagradável, diz para si mesma. Não é o seu momento, é o momento delas. Lou é tão adorável, merece ser feliz.

– Isso quer dizer que você vai passar a fazer a viagem de ida e volta? – pergunta ela.

– Sim – confirma Sofia.

– Mais uma no trem das 7h44 – acrescenta Lou.

– Perfeito – diz Ana.

Sente uma certa tristeza: as conversas *tête à tête* com Lou acabarão.

"Ah", pensa Ana. "Então ainda teremos algum tempo no trem, apenas nós duas." Ela gostaria de ser menos egoísta com suas amizades; espera que elas não notem. Mas ainda não faz seis meses daquele dia de fevereiro em que rompeu com Steve. Ela não tem arrependimentos; sabe agora que ele nunca poderia fazê-la feliz, embora ele tenha se juntado ao AA e esteja indo bem. Mas a sobriedade é o caminho dele, não dela. Ele precisa fazer isso por si mesmo, sozinho. Mesmo assim, sente enormemente sua falta e ainda acha que não está preparada para outro relacionamento. Sua esperança é que, com a passagem do tempo, chegue a sua hora de encontrar alguém novo, mais fácil e mais bondoso.

Talvez.

Provavelmente.

O que sabe com certeza é que não tem sido fácil. Não para ela mesma, nem para Karen e nem para as crianças. Embora tente esconder, Karen ainda chora todos os dias. Ana sabe. Luke continua dormindo com a mãe todas as noites. Karen admite que está sendo condescendente consigo mesma e também com ele mas, em algum ponto, deve incentivá-lo a voltar para o próprio quarto. Vai fazer isso logo, Karen é assim, valente.

Ana espera que, algum dia, Karen também encontre alguém novo. Indubitavelmente vai demorar mais tempo porque ela e Simon estavam juntos há séculos, mas talvez não.

Quem sabe?

Até lá, e depois disso, elas têm umas às outras. Se Deus/o Destino/a Sorte quiserem, ela e Karen terão uma à outra durante os muitos anos que virão. E outras amigas como Lou e agora Sofia.

Subitamente, Ana sente vontade de chorar, olhando em volta para todas elas. Há quatro meses, quando as mulheres assumiram este arrendamento, era apenas um pedaço de terra inculta. Não havia canteiros, nem flores, nem legumes, apenas um descampado de sarças e erva daninha, precisando urgentemente de um trato. Elas capinaram o solo e plantaram. Elas transpiraram e riram, enlouqueceram com o excesso de chuva e com a escassez de água, queixaram-se das lesmas até que Karen cedeu e se rendeu às bolinhas para exterminá-las e também lutaram (e fracassaram) em manter o terreno livre de ervas daninhas. Molly e Luke também ajudaram. Hoje, há oito canteiros no total, cada um deles circundado por tábuas de madeira. E elas têm alface crespa e roxa prontas para consumo e as alfaces comuns estão a caminho. Já tiveram um pé de rúcula por algum tempo, e tem framboesas maduras e ruibarbos quase intermináveis. Logo terão feijões e brócolis, couve e repolho, groselhas, amoras, abóboras e ameixas de uma árvore que já estava lá, Pode não ser o grande jardim em Hove pelo qual Karen tanto ansiava, mas é mais do que uma alternativa viável. A natureza tem uma forma de curar a alma, o arrendamento tem sido uma ponte para o mundo exterior. O que elas fazem juntas enche Ana de alegria.

E por que sente vontade de chorar? Ela para o que está fazendo para pensar e depois compreende.

É Simon.

Simon teria adorado. A chácara teria sido exatamente o seu tipo de lugar, com sua impressão de comunidade e vida burguesa e seu vasto pedaço de céu. Ele adorava plantas também. E ao planejar e cartografar o espaço, teria estado no seu elemento.

Mas talvez ele esteja aqui. Retornou à terra, afinal. Vida, morte, as estações do ano, dia, noite, é um padrão, um ciclo.

Acabado o sorvete, Ana pega sua pá de jardineiro. Logo estará de joelhos novamente, lutando para retirar da terra um dente-de-leão particularmente tenaz.